脱轨

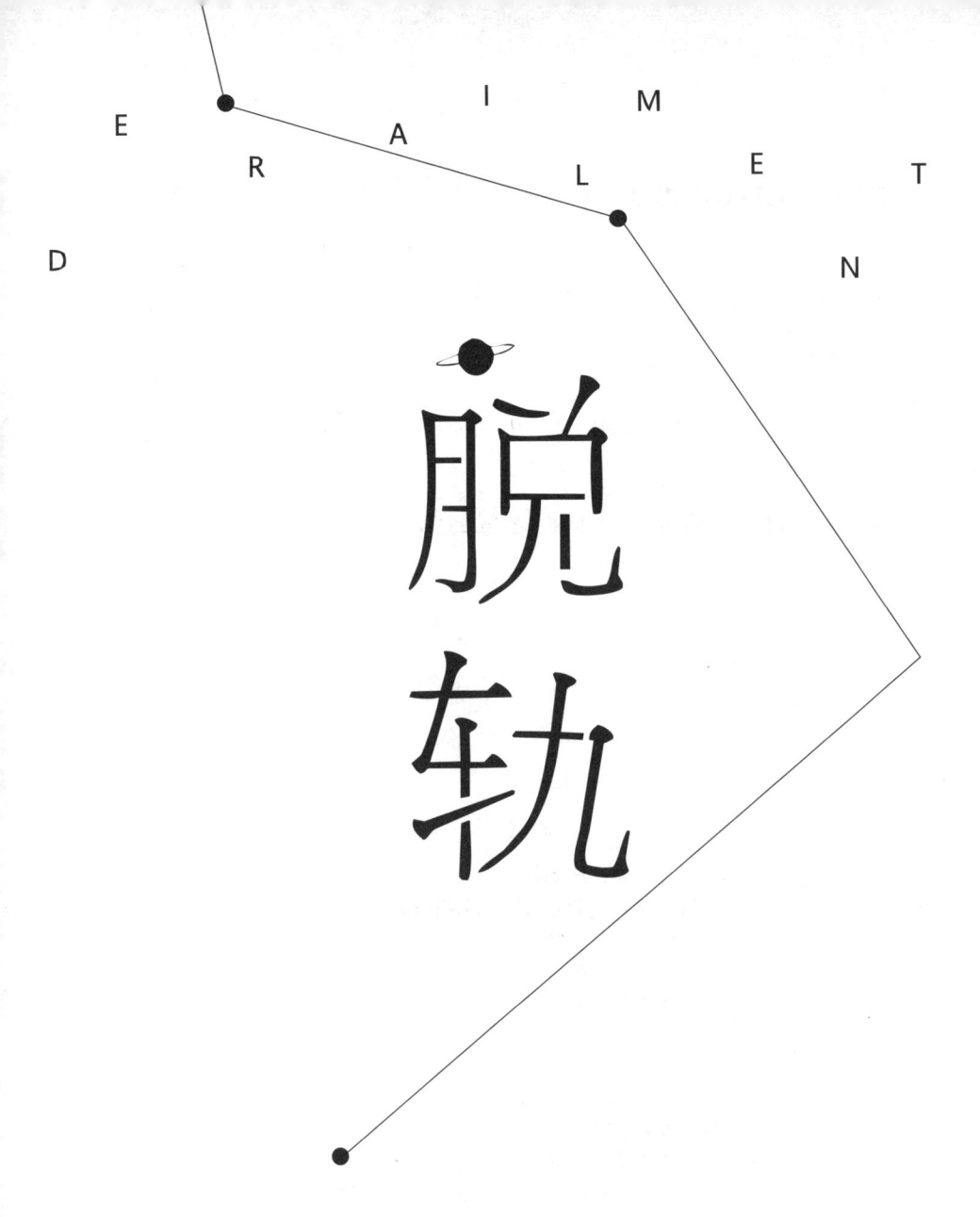

DERAILMENT

Priest

作品

图书在版编目（CIP）数据

脱轨 / Priest著. —北京：北京联合出版公司，2016.11（2024.6重印）
ISBN 978-7-5502-8958-1

Ⅰ.①脱… Ⅱ.①P… Ⅲ.①长篇小说—中国—当代 Ⅳ.①I247.5

中国版本图书馆CIP数据核字（2016）第261252号

脱轨

作　　者：Priest
选题策划：北京磨铁图书有限公司
责任编辑：牛炜征
封面设计：砚　川
版式设计：刘珍珍

北京联合出版公司出版
（北京市西城区德外大街83号楼9层　100088）
嘉业印刷（天津）有限公司印刷　新华书店经销
字数382千字　700毫米×980毫米　1/16　印张22
2019年8月第2版　2024年6月第10次印刷
ISBN 978-7-5502-8958-1
定价：48.00元

版权所有，侵权必究
未经书面许可，不得以任何方式转载、复制、翻印本书部分或全部内容
本书若有质量问题，请与本公司图书销售中心联系调换。电话：010-82069336

目录 / CONTENTS

第一章　意外　/　001

第二章　平行空间　/　019

第三章　美发店　/　053

第四章　废柴的奋起　/　081

第五章　征程　/　161

第六章　涅槃　/　241

第七章　大赛　/　285

番外一·蒋博　/　339

番外二·祁先生的奋武　/　343

番外三·浮生若梦　/　347

脱轨

第一章

Chapter 1

意 外

一

那是个让人昏昏欲睡的下午，工作日，天气阴沉。

整个城市同冷空气搏斗了几次三番后，终于还是败下阵来，丧家之犬似的准备滑入一个漫长的冬天里。

街上人车稀疏，都是匆匆而过。

一辆红色越野车停在街角，车里走出一个年轻姑娘，二十五六岁，挺漂亮——本人长得有六七分漂亮，妙手妆容一化，成了十分的漂亮。她身材高挑，上身穿着应季的新款小斗篷式披肩，光腿穿短裙，手里拿着个新手袋，时髦得像刚从杂志封面上走下来的，跟满大街苟且在棉衣羽绒服与松垮秋裤里的路人完全是两个物种。

她锁好车，借着车里的暖气，毫不畏寒地迈开两条大长腿，走向街角的一家咖啡厅。

咖啡厅布置得很用心，门面装潢让人眼前一亮，被对面婚纱影楼的摄影师看上了，正在这里取景。拍照的新人冻得活似一对掉毛鹌鹑，在镜头下一起强颜欢笑，镜头一走，立刻抱在一起瑟瑟发抖。

穿短裙的长腿美女经过，既没有看摄影器材，也没看新郎，将一干人等都当成了布景板，只重点盯了新娘一眼，见此新娘子长得腰圆腿短脸盘大，她才仿佛放了心，愉悦地将下巴抬高了两分，目不斜视地走了过去。

她轻车熟路地推开咖啡厅的门，动作熟稔，也不见东张西望，大概是个熟客，但进了门却并不立刻往里走，微妙地在门口停顿了一下，不慌不忙地伸出两根手指，借着反光的玻璃门将自己的额发微整了一番，保证每一根都歪斜得恰到好处，这才将双手一起搭在手袋上，置于身前，端庄优雅地等着人来招呼。

　　这姑娘的两眼微垂，本来是个杏眼长眼角的温婉相貌，但此时静立门口，却无端显出几分旁若无人的自矜来。

　　店长本来正在给咖啡拉花，被旁边的服务员提醒了一声，转过头看见她，脸上立刻露出笑容："晓媛来啦？"

　　店长说着，三步并作两步，从柜台后面走出来，亲自迎到门口，亲热地拉住那美女的手腕，嘴上还没忘了把客人恭维一番："今天这身衣服真好看——但是不冷吗？咱们这么瘦又不扛冻……要不今天就坐在阳光的地方吧，暖和暖和？"

　　来店里的这位美女名叫江晓媛，是咖啡店长冯瑞雪的中学同学兼好友，小时候两人是同桌，长得都不错，学习都不行，臭味相投，玩得挺好。两人在高考考场上"同生死"，一起考了个完蛋的分数，结果却没有"共命运"——因为江晓媛比冯瑞雪多了一个有钱的爹。

　　江晓媛被她爸送到了国外，上了一所花钱就能进的野鸡大学，学习"陶器艺术研究"专业。

　　冯瑞雪则因为家境不好，放弃了学费高昂的三本大学，进了当地一所专科学校。

　　四年中，两人过着截然不同的日子。

　　江晓媛每天跟一帮狐朋狗友出去鬼混，成功地释放了她被应试教育禁锢的灵魂，将不学无术进行到了底——毕业设计时，她本想做个"艺术杯"敷衍老师，不料手一哆嗦，材料放多了，就临场改成了欧式花瓶。然而花瓶的工程巨大，做了一半，她屁股也麻了，手也酸了，遂没了精雕细琢的耐心，江晓媛当机立断，一掌挥下，把花瓶压扁了，一个不规则不对称的趴地器皿就此诞生。

　　导师拿着她的大作端详了五分钟，愣是没看出个所以然来，只好开口询问江晓媛这是何方妖孽。江晓媛本想大言不惭地回答说这是个烟灰缸，谁知由于不抽烟，"烟灰缸"一词不是她的日常用语，她一时想不起来外语怎么说，只好临时改口："一个碗。"

　　导师与她大眼瞪小眼了一会儿，感觉自己又被这帮傻×富二代开了一回眼界，秉承着"给钱的是大爷"的原则，他给了她一个富有反讽意味的高分评价：

"打破规则，有尖锐棱角，颇具先锋艺术的反叛精神。"

该评价配合实物食用效果最佳，反正谁看谁知道。

就这样，江晓媛带着她的先锋艺术烟灰缸学成归国，中间还生出一番波折——由于她的先锋烟灰缸造型太过奇诡，险些被机场安检扣下。

而这时的冯瑞雪已经在社会上磕磕绊绊地打拼了几年，学了一手西点烘焙的好手艺，还考下了咖啡师，最重要的是，她学会了一手见人说人话、见鬼说鬼话的绝活。同学会上再相见，虽然物是人非，但冯瑞雪凭着自己的三寸不烂之舌成功地套回了和江晓媛的交情，从她手里拿到了五十万的启动资金，开了这家咖啡厅。

这笔投资是江晓媛这辈子花过的最值的钱，冯瑞雪肯做事，手艺好，善于包装和钻营，很有管理天赋，朋友圈里流传的什么"本地最好吃的十家咖啡甜品店"之类软文里总能有她家的身影，两三年就做出了品牌，还开了一家分店。现在江晓媛已经从她这里收到过一笔不小的分红了。

冯瑞雪把股东江晓媛带到了店里阳光最灿烂的一张桌前，亲自做了她平时喜欢的饮料和点心，端上来陪她坐着。江晓媛的态度却不同寻常得冷淡，也不看对方，目光飘飘悠悠地落到了隔壁桌上。

冯瑞雪打量着她的眼色，带着几分不易察觉的讨好问："你怎么这时候来了？上班又摸鱼？"

没错，江晓媛是有工作的，她是个写字楼里的小白领，属于毫无技术含量的低端脑力劳动者，税后月工资三千五百块，是她月平均开销的二十分之一。

这份工作是她爸不想让她年纪轻轻就游手好闲，硬逼她去的。老板是她爸的朋友，也知道她是个什么货色，万万不敢对她委以重任，只是养在办公室里，跟长得张牙舞爪的绿萝一起当吉祥物。

幸好，江晓媛虽然不干活，也不给别人捣乱，她上班就在办公室玩电脑，不高兴了就开车跑出去玩。

江晓媛吹了吹咖啡上的泡沫，格外漫不经心地说："今天懒得去了。"

好像提起的不是她的工作，而是约的美容美发。

"小心烫啊，"冯瑞雪习以为常地递了一张餐巾纸给她，"其实我觉得你爸让你上班是对的，人总得干点什么吧。"

江晓媛听了这话，抬起头，似笑非笑地看着冯瑞雪。

冯瑞雪莫名其妙："看我干吗？怎么了？"

江晓媛用两根手指拎起餐巾纸，指甲红得触目惊心，她有些做作地擦了擦嘴角不存在的污迹，手指微微一顿，仿佛想好了对策似的，将她暗自揣着的恶意向冯瑞雪释放了出去。

"我又不缺钱。"江晓媛说，"不缺钱干什么工作？我就不相信什么热爱事业，人从骨子里就是好逸恶劳的，什么工作狂，那不都是穷的吗？"

冯瑞雪漂亮，会说话，讨人喜欢，虽然学历不怎么样，但是做事的能力足以弥补，可谓是个十全九美的人，唯一一点遗憾，就是她家庭条件很一般——她爸卧病多年，她妈小学没毕业，平时替人打零工补贴家用。这也是冯瑞雪一直以来的心病，总觉得自己出身不好，即便将来发达了，也只能算是个不上档次的暴发户。

江晓媛跟她认识这么多年，对这些事当然心里有数。

此时，要是冯瑞雪再听不出来江晓媛是故意的，她就实在不配从事服务业了。店长那可掬的笑容不可避免地停顿了一下："晓媛，你是不是……遇到什么不开心的事了？"

江晓媛皮笑肉不笑："没有。"

冯瑞雪："没有就好——你看你新买的包多好看，不便宜吧？你这种白富美要是也每天不高兴，就没天理啦。"

江晓媛的目光落在崭新的手袋上，眼睛里闪过不易察觉的厌恶，她伸手按住那包，往冯瑞雪面前一推："觉得好看就拿去吧，送给你。"

刚才还在拿话挤对她，转眼又随手送东西，冯瑞雪有些蒙，但她很快反应过来，开玩笑地说："真的啊？两百块钱以内我可就不跟你客气了，不过要是……"

"四万六。"江晓媛面无表情地说。

冯瑞雪："什么？"

江晓媛："上午逛街刚买的，小票和保修单还在里面没拿出来，你可以当新的用。"

冯瑞雪被烫了一样缩回了手："你到底怎么了？"

江晓媛淡定地端起杯子喝了一口咖啡："我说真的，我不喜欢了，你要是看上了就拿去，反正也不是什么特别了不起的东西。"

冯瑞雪忽然有种不祥的预感，搭在桌上的双手紧张地绞在一起——有些时候，女人和女人之间，是有这种心照不宣的。

这时，江晓媛放在桌上的手机振动了起来，两人一起低头看去，都看清了来电显示——来电人霍柏宇。

冯瑞雪嘴唇微微掀动几下，没说出话来。

江晓媛按了拒接，她十指交叉，端庄地坐在漂亮的咖啡桌后，精雕细琢的桌布在阳光下熠熠生辉，像是打过柔光的画片。

"我现在不想搭理霍柏宇那个傻×，"江晓媛说，"就想听你说，冯瑞雪，你和霍柏宇到底是怎么回事？"

店长脸上的血色一瞬间消失了。

霍柏宇是何许人也？

名义上，他是江晓媛的现任男朋友，只不过她没把他当回事。

霍柏宇自称是个搞艺术的，实际是艺术在搞他。他热爱制造饼脸大肚子的光屁股小人儿，由于作品太过离奇，连江晓媛这种艺术专业出身的都无法欣赏，更别说普通群众了，总而言之，尽管他十分高产，却一直没人买账。

这男人长得眉清目秀，颇有旧电影里男主角的风流倜傥样儿，造型也很是多变，时而是随时能去收破烂的"犀利哥"，时而是眼神忧郁的文艺青年，刮了胡子能装嫩，留起胡子也会颓废。江晓媛有时会怀疑这许多的行头背后，可能是他胸腔里那颗娘炮之心在作祟——他把自己当换装芭比了。

经过了一段时间的鬼混，江晓媛深切地认识到，这男花瓶恐怕是一个赤诚的二百五，非但拿胡闹当艺术，还丝毫不觉得自己是在胡闹。霍柏宇真心诚意地认为自己是个郁郁不得志的艺术家，时而以雕塑界的凡·高、泥潭里的杜甫自居。江晓媛纯粹觉得看他神经兮兮地自我陶醉挺解闷，兼之霍柏宇长得养眼，才肯纡尊降贵花时间与金钱泡一泡他。

所以江晓媛来找冯雪瑞，而不是去找霍柏宇说——在她眼里，霍柏宇是个玩意儿，但是冯瑞雪好歹算是个人。

闺蜜撬男人这种狗血的三角关系一旦发生，如果爱情比友谊深厚，那么这是男女之间的事，如果友谊比爱情深厚，那就是她和冯瑞雪之间出了问题。

江晓媛面色平静，她认为自己是个大家闺秀，尽管已经先行出言尖刻，失了深层次的风度，却依然保持着表面上的优雅。

"你不用想抵赖了，没人跟我挑拨事端，那天——就上礼拜四，我把一双新买的鞋落在了他那儿，晚上才想起来，开车回去取，亲眼看见你抱着他的胳膊跟他上楼的。"

冯瑞雪的手指甲让自己掐得泛了白。

江晓嫒瞥见，冷笑了一声："霍柏宇是什么东西？跟你直说了吧，在我眼里，他还不如这个包值钱，他就是食之无味、弃之可惜的一块垃圾鸡肋。你到底看上他什么了？脸？神神道道的灵魂？还是……"

她的话音被再次响起来的电话打断，还是霍柏宇。江晓嫒眉头一皱，挂电话关机，余光瞥见桌上的咖啡，有心拿剩下的半碗咖啡泼那冯瑞雪一脸，又怕饮料溅脏了袖子。她于是把咖啡变成言语，泼了冯瑞雪一脸："还是我所谓的男朋友这个身份？"

冯瑞雪的眼角剧烈地抽动了一下。

江晓嫒心想："哦，原来还真是这么回事。"

报复的快意与熊熊燃起的愤怒在她心里交织成了一张网，她紧紧地抿住嘴，以免自己在公共场合破口大骂，忍了半天，她才低声问："冯瑞雪，你是有病吧？"

冯瑞雪低下头，高频率地眨了几下眼睛，苍白地嗫嚅道："对不起，我……"

江晓嫒打断她："别，别来这套，不急着忏悔。"

冯瑞雪的神色有些惊惶。

江晓嫒低笑了一声："瑞瑞，我就想知道，你们这些人是怎么想的。"

她说"你们这些人"的时候，充满讥诮的目光特意在冯瑞雪的手镯上停留了一下——那是某名牌出过的一款玫瑰金手镯，后来被山寨成了热款，价值从二十到二百不等。冯瑞雪手上戴的这个，约莫是个中档货，讲讲价一百块钱能拿。

冯瑞雪这个人很有上进心，日子过得精打细算，在她身上出现的名牌只有两种，要么是过季打折打到两折以下的处理货，要么是神奇山寨。有时候江晓嫒心里难免鄙视，只不过因为友情深厚，这点鄙视很快就被压了下去，她反而觉得冯瑞雪怪不容易的，这么多年也一直假装自己不知道或是不在意，没有对冯瑞雪提过只言片语。

直到这时，友情眼看着走到了尽头。

冯瑞雪上身微微往前倾了一下，小声说："我对不起你，但是你先冷静一……"

江晓嫒截口打断她："我没有不冷静啊。"

冯瑞雪嘴唇凝成一条线，她哑口无言了半响，忽然破罐子破摔地长出了口气，绷紧的肩膀跟着放下来，她如同卸下了一个重担，整个人和她因为疏于保养而有些下垂的眼角一样，显得倦怠极了。

"我……"冯瑞雪开口说,"我一直在担心你会发现,昨天晚上还在心怀侥幸地想,如果你能在发现之前就跟霍柏宇玩腻了、掰了……就好了,这事就能掀过去了,谁也不知道。"

"自欺欺人吧。"江晓媛说,"你还没告诉我呢,你是看上他什么了?还是——你是看不上我什么了?"

冯瑞雪低下头,两颊的刘海垂下来,弯成一道有点动人的弧度,她说:"如果我说……我有时候会很嫉妒你,这是可以理解的吧,毕竟……"

"你没有嫉妒我。"江晓媛再次打断她,一字一顿地说,"嫉妒不是这样的,你其实是看不上我,用这种方法嘲弄我——冯瑞雪,咱俩脸都撕破了,你何必费心讨好我?怎么,怕我把你这小破店的投资收回去?"

冯瑞雪好像被人打了一巴掌。

骄纵的人不见得都牙尖嘴利,不见得都会讨人喜欢,但他们通常有一种共同的本能——踩人痛处总是一踩一个准。

江晓媛无疑是个中翘楚。

冯瑞雪觉得自己仿佛赤身裸体地在游街,一点尊严与温情都没有剩下,江晓媛那刻薄的上嘴唇一碰下嘴唇,"朋友""合伙人"……这些体面的身份就全都舍她而去,她成了一个面目可憎的摇尾乞怜者。

可是江晓媛这还不算完,她还不慌不忙地补上了最后一刀:"我还不至于赶尽杀绝,反正没几个钱,你不用担心。"

如果她暴怒、泼咖啡、撒泼打滚、扬言撤资、逼冯瑞雪还钱——那么冯瑞雪是可以承受的,毕竟这些都隐约在她预料之中,她甚至可以从江晓媛的歇斯底里中找回自己微妙的心理平衡。可惜江晓媛没有,她果然强势惯了,高高在上地只用这一句话,就非但将两个人的关系划得泾渭分明,还端起了浓郁的优越感,事无巨细地展示给冯瑞雪看。

不就是区区五十万吗?

她越是在言语上"宽宏大量",冯瑞雪就越是痛苦不甘心——这些战术女人天生就懂。

"你给了我钱……"冯瑞雪艰难地挣扎着,开始语无伦次起来,"但那也不是你自己挣来的,你的一切都不是你自己挣来的。江晓媛,我有时候在想,我们俩到底有什么不同,凭什么你坐在宝马车上呼啸而过,我就要在寒冬腊月里骑个

第一章 意外

破电动车，还要一路被别人在车里按喇叭？"

江晓媛意味深长地端着微笑，没有回答。说出了这句话，冯瑞雪已经输了。

冯瑞雪看见她的表情，忽然发现江晓媛就像个高高在上的公主，根本不需要朋友，也不需要霍柏宇，她要的是女仆、是玩偶，要负责讨她的开心，接受她的恩赐，还要在千恩万谢中将她的优越感双手捧起，山呼万岁。

世界上再没有比"优越感"更华美的外套了吧？她冯瑞雪就是江晓媛外套上一个点缀用的蝴蝶结。

"江晓媛，"冯瑞雪连名带姓地说，"你为什么需要保持那么多的优越感才能活下去，你想过吗？"

江晓媛没料到她绝地反击，愣了一下。

冯瑞雪："对，你是比我有钱，你比世界上大多数人都有钱，别人朝九晚五疲于奔命，你无所事事地随便刷爆几张卡都有人帮你还，你过得比别人舒服，你会投胎，但这代表你很厉害吗？"

她突然提高的声调几乎压过了咖啡厅里的音乐，店员们都小心翼翼地看过来。冯瑞雪深吸了一口气："我感激你，我对不起你，我是因为嫉妒你做错了事，我愿意补偿，但是今天咱俩要把话说明白——江晓媛，你刚才说我不是嫉妒，其实是因为你觉得我根本不配嫉妒你，对不对？"

这时，咖啡厅的门"叮"地响了一声，一个相貌堂堂的年轻男人匆匆走了进来，目光环视一圈后看到了坐在阳光下的江晓媛和冯瑞雪，他脚步一顿，像是有点着急，又好像是不敢过来。

正是霍柏宇。

霍柏宇是个细腰长腿的窝囊废，他在一边戳了半晌，终于犹犹豫豫地选择了江晓媛一边，他先是看了江晓媛一眼，目光中含着请示，等她请他这个立场坚定的双面间谍坐下。

江晓媛一见他，突然之间索然无味起来，感觉自己这通兴师问罪好无聊。

"我在这儿干什么？"她扪心自问，"有必要吗？"

江晓媛一言不发地站起来，将她承诺过的手袋往冯雪瑞面前一推，仿佛推送了一团珠光宝气的分手费，看也没看那个男花瓶，大步走了出去，一路钻进了自己的车。

她从后视镜里瞥见霍柏宇急赤白脸地追了出来，干脆就连安全带也没系，车门也没关好,在车子"哔哔"的警报里一脚踩下油门,风驰电掣地驶去了。

江晓媛的余光看见那咖啡厅门口小清新的装潢,感觉它虚伪得有些讨厌。

"哔哔"啰唆个不停的车也很讨厌。

年久失修的路段更讨厌。

江晓媛有心将这讨厌的车开到树上,直奔4S店再买一辆。而就在她这么想的时候,一转弯,一辆中型商务车好似赶着投胎一样,迎面驶了过来。江晓媛的脚还在油门上,被高跟鞋别住了转不过来,她只来得及疯狂地把方向盘往旁边打去,直冲上了道边护栏。

她真的撞了树。

二

江晓媛脑子里一片空白,有那么一瞬间,她甚至觉得自己看见了扑面而来的安全气囊。气囊的弹出速度在每小时三百公里左右,没系安全带的情况下,拍死个把鲁智深也不在话下。

生死一瞬的时候,什么斗气吵架、争风吃醋,都成了不值一提的鸡毛蒜皮。

江晓媛脑子里只有一句话:"我不可能就这么死了吧?"

然而一声尖锐的刹车声后,预想中的剧痛却没有如期而至,江晓媛眼前突然一黑。

接着,飞驰的车辆、颠簸不平的街道、大树、惊慌的路人……突然全部从她面前消失了,她整个人离奇地失重,好像有某种神秘的力量,将她从车撞树的惊悚场景里剥离了出来。她被拉出那辆致命的车,带到一个陌生的场景中,周围没有声音,也没有光,江晓媛只听得见自己的心脏和动脉在歇斯底里地鼓噪。

她手脚冰凉,一身冷汗地在原地呆愣了足有半分钟,终于惊疑不定地回过神来。

这是哪里?

怎么回事?

忽然,身侧传来一声轻咳,江晓媛浑身的汗毛一齐稍息立正,本能地往旁边错了半步,八公分的细高跟不负众望地崴了她的脚脖子。一只冰冷的手在她五体投地之前攥住了她的胳膊,同时,江晓媛也看清了面前的人——是个穿黑衣的男子。

第一章 意外

他长得非常标准，像三维动画里合成的假人，领子上有一枚硬币大的纽扣，正发着白光，模模糊糊地照亮了他面无表情的脸。

苍白，毫无血色。

江晓嫒一提肩膀，猛地抽出了自己的胳膊，戒备地打量着面前的人。

"请跟我来。"黑衣男子像是看不懂江晓嫒的戒备，自顾自地提步往前走去。

"这是什么地方？"江晓嫒强压下惊慌，色厉内荏地质问，"你是谁？怎么回事？"

"这里是灯塔，我是本地的灯塔助理，"黑衣男子声调毫无起伏地回答，随即又重复了一遍，"请跟我来。"

他说话听起来好像自动答录机，字正腔圆，毫无感情，不像活物。

江晓嫒双臂抱在胸前，一动不动，心想："什么鬼？我凭什么要跟你去？"

她不动，自称灯塔助理的黑衣男人居然也没有等她，他踏着某种奇异又固定的韵律，一声不吭地往前走去，动作僵硬又精确。

他是机器人吗？还是僵尸？

江晓嫒屏住呼吸，信马由缰地让想象力驰骋了片刻，几乎觉得这黑衣男子下一刻就会回过头来，冲她露出青面獠牙。她被自己的想象力吓了一激灵，回过神来，忽然发现随着灯塔助理这么一转身，此时唯一的光源也离她远去了。

江晓嫒本没有怕黑的前科，这会儿却忽然有种从心而起的寒意，这里的黑暗好像有生命，张着嘴等着将她囫囵吞下去。她后脊蹿起一层冷汗，犹豫了片刻，不情不愿地拔腿追了上去。

江晓嫒边走边活动着自己的手腕，她在国外不学无术的时候学过半年跆拳道——可惜跆拳道本身作为一项体育赛事，已经基本被比赛规则限制成了花拳绣腿，更不用说她压根儿没认真学，本来就是抱着泡肌肉男的初衷跟去凑数的，其学习心得基本等同于比别人多做了几套广播体操。江晓嫒努力地回忆着教官教的那些招式，评估着自己能撂倒前面这个人的可能性。

就在这时，一道强光突然刺痛了她的眼睛。

江晓嫒看见广袤的黑暗中有一道笔直的光柱横扫而来，那光凭空生出一般，一眼望不到头，长而笔直，犀利而雪亮，好像从世界尽头席卷而来，摧枯拉朽一般地破除万丈黑暗，转眼就杀到了她面前。

她不由自主地将双手挡在眼前，那光柱从她身上碾压而过，又继续朝着不可知的方向奔涌而去。

引路的黑衣男子终于再次开口，说了句人话。

"不用怕，"他说，"只是灯塔的光柱，上来吧。"

江晓媛随着他的话音抬起头，整个人呆住了——

她看见黑暗中有一条浮在空中的天桥，影影绰绰地架在无限阴影深处，像是连通着另一个世界，每一个台阶都好像浮在空中，前途未卜。

自称"灯塔助理"的黑衣男子站在两层浮阶上，半侧过身，冷漠地冲她伸出一只手。江晓媛看见他那偏棕色的眼睛里有一层一层、如流光溢彩似的纹路。她情不自禁地脱口问："你……是人吗？"

"这是三号区域中所有平行空间的监测站，"灯塔助理好像没听见她的问题，居高临下地说，"你知道什么是'平行空间'，对吧？"

江晓媛并不很清楚，她的荣誉毕业证上只有一个被压扁的烟灰缸，闻言把一双眼睛瞪得溜圆。

灯塔助理不以为意，淡淡地解释说："世界上有无数时空与你所在的时空并行存在，它们永远不会有交点……简单说吧，假设你走在十字路口上，你可以转入任何一个方向，选择直行的你，选择左转的你，选择右转的你，甚至选择后退的你将会从这一刻开始，引发一系列完全不同的事件，也就引发了四个平行空间，每个平行空间中都会有一个你的存在。"

突然有了四个分身的江晓媛面对着自己的三头六臂，一时间说不出话来。

"每一个灯塔管着一定范围里的平行空间，"灯塔助理说，"灯塔检测到你所在的时空将会发生时空震荡……就像地震——我是本次震荡的监测员，由于你在时空发生震荡时，刚好身处震点上，现在你暂时被震脱了原有时空，我们马上将你送回去。"

江晓媛干笑了一声，心想自己不是碰上神经病了，就是在做梦。

可这声势浩大的奇景实在不像是寻常的神经病能弄出来的，她那被"吃喝玩乐"与"买买买"占据的脑子里，也不太可能做出这样还有理论依据的梦。

江晓媛不由得回望一眼，来路漆黑一片，除了前方灯塔助理领子上的微末光源，她别无依仗。她有种自己正踽踽独行的错觉，一股毫无来由的恐惧冲进她心里。

"哎，你刚说要送我回去，我回程票多少钱？刷卡行吗？"

灯塔助理面无表情地看着她，仿佛她只是放了一个空虚的屁。

第一章　意外

_011

"好吧，你说的那个……那个平行时空，"江晓媛艰难地放下身段，试图和神经病沟通，"就是能让人重新回到小时候之类的吗？"

灯塔助理尽职尽责地纠正了她愚蠢的看法："你方才可能没有完全听懂，假如你回到了自己的小时候，那里将成为另一个平行时空，再也不是原来那个了。"

还是个认真的神经病！

从小物理、数学没及格过的江晓媛叹了口气，无可奈何地准备走一步看一步。

他们行至台阶尽头，那里有一个巨大的、如同要冲破宇宙的高塔。

江晓媛用力咽了一口口水，跟着灯塔助理走进高塔，倘若她能稍微读点书，大概会觉得自己像畅游地狱的但丁，正走着一条不可思议的路。

灯塔中有星罗棋布的光，乍一看彼此交叠，其实互相并无干涉。两人一路走到了高塔底部，映入眼前的是一个小高台，像中学老师的讲台那么大，高台旁边飘着各种看不懂的坐标数字。

江晓媛的脑子里却"嗡"的一声响——她看见台上摆着座椅与方向盘，分明是一辆车的驾驶舱！

后视镜上挂着熟悉的挂件，安全带安安静静地垂在一边，安全气囊弹出了一半，细碎的玻璃碴悬空静止，好像某个时间某个地点的精确截图。

对了，她想起来了，自己撞了车！

江晓媛不由自主地往后退了一步。

又一步。

灯塔助理打了个响指，台上蓦地灯光大亮，被照射成一部灯光聚焦的舞台，而江晓媛就是那个即将粉墨登场的小丑。

"不……"江晓媛不住地往后退去，语无伦次，"你刚才说什么？你不能把我送回去，我不能回去！"

灯塔助理："你不可能永远待在这里，被时空风暴扫下来，总要被送回原本的时空坐标的。"

江晓媛难以置信地抬头看着他玻璃球一般剔透的眼珠："我撞车了！你看不见吗？你瞎吗？前挡玻璃都碎成那样了，我连安全带也没有系，我会死的！你有病是吗？"

灯塔助理神色不变，灯光在他脸上打出一圈瓷一样的莹白。

他像是个不近人情的人形容器："那说明这个时空中的你本来就应该在这个

时间点死去，有什么不对吗？"

江晓嫒目瞪口呆。

"见死不救是什么逻辑？这是个变态吗？"江晓嫒感到自己颈侧的血管"突突"乱跳，她心想，"这地方太变态了，人也变态，不行，我得跑。"

灯塔助理向她走来："传送马上开始了，请您过来一些，以免传送发生偏差……"

江晓嫒的手在斗篷下剧烈地颤抖着，突然，她猝不及防地向前一扑，猛地用肩膀将灯塔助理撞到一边，谁知这灯塔助理看起来身材高挑，人却轻得和纸片一样，被她一撞就侧歪出去，江晓嫒没想到居然这么顺利，也愣了一下，但她在关键时刻竟然也是很有决断的，很快就反应过来，夺路狂奔。

她向来只擅长涂脂抹粉，跟运动从来八竿子打不着，此时肾上腺素飙升，全身的潜能都被激发出来。

然而她没能跑远，她觉得自己好像被一双看不见的手抓住了。

江晓嫒的两条腿还在绝望地往前奔跑，人却不住地往后退去，越是跑，那亮着光的高台与可怖的驾驶舱离她就越近，好像她身后追着个黑洞，无处不在的引力场不断地蚕食鲸吞着她。

色厉内荏的江晓嫒所有的勇气终于流泻一空，她快要被恐惧压垮了："等等！求求你，我不能死……救命！我才二十五岁，我父母只有我一个女儿，我不可以死掉的！我还有……对，我还有工作，我还有好多事要做，我不能死在这么莫名其妙的地方！救命啊！啊——"

灯塔助理毫无触动："抱歉，我听不出你这句话的合理性在哪里，任意一个空间中，每一秒的时间单位里，都有无数比你年幼的生命体因为各种原因死去，他们也未必不是独生。只要是生命，没有不能死掉的。"

见江晓嫒实在太惊恐了，灯塔助理竟还试着安慰了她一句，他诚恳地说："你就算现在不死，将来也会死的。"

江晓嫒一时间被呛得接不上话。

这时，她的后脚跟碰到了一个硬物，江晓嫒猝然回头，发现那高台居然已经近在咫尺了！

一只看不见的手正在将她往致命的驾驶舱中推，江晓嫒本能地挥着胳膊，那些本来凝滞在空中不动的碎玻璃在触碰到她手腕的一瞬间，"活"了过来，沿着既定的抛物曲线形飞了出去，在她手腕上留下了几条浅浅的伤口。

第一章 意外

细微的疼痛打破了江晓媛最后一丝幻想——这是真的，不是闹着玩儿的，那个穿得像个棺材的变态真的打算把她塞进一辆刚撞完树的车里。

　　江晓媛歇斯底里地尖叫起来："这是谋杀！谋杀！啊——"

　　灯塔助理面不改色地辩解："我没有谋杀你，撞你的又不是我。"

　　江晓媛："我给你钱！大哥，你要多少都行！求求你……"

　　黑衣男人漠然注视着她："在灯塔中，你们随时膨胀或紧缩的货币是无法流通的。"

　　江晓媛彻底绝望了，她方才有多侥幸，此刻就有多憎恨所谓的"时空意外"，如果没有这一出，那她最多是在猝不及防中出了事故，可能几秒钟之内就能不痛不痒地去见米开朗琪罗——总比这样一点一点地看着自己接近死亡强。

　　二十分钟以前，江晓媛还觉得自己无比强大，她手里捏着冯瑞雪一个巨大的把柄，可以轻而易举地把她戳来刺去。她甚至觉得只要自己愿意，这个世界上没有什么是她买不来的，然而此时，她却好像一只渺小的蚂蚁，一阵小风都能将她掀翻在地，一片树叶都能把她压死，这世界上卑微的风雪雨露都掌握着她的生杀大权。

　　一个人在要死的那一刻，家财万贯也好，美貌倾城也好，权势滔天也好，都烟消云散了，她成了世界上最下等的人，只要能让她再活一分钟，让她怎么样都愿意。

　　就在这时，高台上突然响起一个声音："暂停——传送程序，暂停。"

　　江晓媛顿时被撂在了半空，她八爪鱼似的匍匐在地，恨不能十指长出吸盘，与皇天后土化为一体。

　　她昂贵的帽子已经飞到一边，精心保养的长发糊了一脸，五脏六腑全都是冷的，江晓媛一边哆嗦，一边顺着灯塔助理的目光抬起头，看见不远处另一个戴着发光纽扣的人缓步走了过来。

　　灯塔助理轻轻地开口问："明光，你干什么？"

　　来人没有回答他，径自走到江晓媛面前，端详了她片刻，他温文尔雅地笑起来，弯下腰冲她伸出一只手："小姐，还好吧？"

　　江晓媛从死地里哆嗦回来，整个人还蒙着，被对方闪得头晕目眩。这个人的脸也像是电脑合成的，可是合成得十分巧妙，无处不美，美得几近不辨男女，乃至于带着一股说不出的虚假。

说话间，来人轻轻一提裤腿，蹲了下来，伸手专注地擦掉江晓媛脸上横竖撇捺的泪水。

"我同事的这里，"明光指了指自己的脑子，"缺了一段程序，和人沟通有些问题，真对不起。"

江晓媛一听，敢情自己是差点儿让一个缺件的人形电脑整死，顿时委屈得哭得喘不上气，像抓住救命稻草一样抓住了明光的袖子："我……我……"

明光十分理解地拍了拍她的后背，转向灯塔助理说："一个人猝死，和她在健康情况下预知自己走向死亡，但无法阻止的内心感受是完全不一样的，我们没有权利把这种极大的痛苦强加在别人身上。"

终于有一个会说人话的了，江晓媛一时感动得无以复加。灯塔助理却皱起了眉——他这个动作倒是非常人性化，一点儿也不像机器人了。

"她为什么会被时空风暴剥离？"明光继续说，"我看了这次时空风暴的记录，根本原因还是你把路径计算错了，你难道不觉得自己应该负一点责任吗？"

灯塔助理深深地看着这个名叫明光的人，那双极端类人的眼睛里阴晴不定。

明光又转向江晓媛："好了，别哭了，我替你请求启动纠错程序特殊条例。"

灯塔助理："但……"

明光抬手打断他，垂下的眼睛看起来有些冷漠，语气依然是温和的："助理，对当事人来说，时空根本不重要，重要的只有当下一刻的感受，你让她在死亡前一秒停留了这么长时间。如果是你，你会是什么感受？"

这一句话，险些又把江晓媛的眼泪勾出来，但方才已经没皮没脸地崩溃过了一次，她此时回过味来，不肯破罐子破摔，还是艰难地收拾起了自尊，飞快地用五指捋了捋凌乱的长发，低声说："谢谢。"

明光嘴角微微一翘，没吭声。

灯塔助理脸上空白了片刻，像个死机的机器人，好一会儿，他目光才微微一动，像刚跑完漫长的程序。

"通过权限。"灯塔助理冷冷地说。

江晓媛深深地大喘了口气，几乎感觉自己麻木的四肢又涌进了血液。

灯塔助理却低头看了她一眼，他玻璃球一样的眼睛在她身上凝注了片刻。那一刻，他的表情人性化极了，似乎含着呼之欲出的怜悯与讥诮。不等江晓媛反应过来，灯塔助理就错开了目光："我去取合约。"

第一章　意外

说完，他那富有节奏感的脚步声渐渐远去。

"你刚才说的……什么条例是什么意思？"江晓媛回过神来，努力地屏着哭嗝问。

"哦，这个事很容易解决。"明光说，他的语气里带着一种天然的轻松愉悦，"我们可以在你的时空点之前，人为地加一条通道……这么解释你可能不明白，简单来说，这条通道能把你的时间冻结五秒钟，让你有足够的余地坐进那驾驶舱里，系好安全带，受伤还是不可避免的，但是应该没有生命危险，这个结果你可以接受吗？"

江晓媛听了，根本无暇去思考这句话的合理性，她用尽了全身的力量，才避免了自己当场喜极而泣，除了点头，她还能说什么呢？然而倘若她肯多懂些人心险恶，就应当明白，天上掉下这样大的一块饼，里面很可能装的不是什么好馅。

"当然，时空法则是极其复杂的，"明光用那双漂亮得不可思议的眼睛看着她，"否则就要乱套了，你说对吧？"

江晓媛愣了一下。

"这个通道的构建并不简单，因为你的时空对你来说，会产生巨大的吸引力，"明光耐心地解释说，"你一靠近，它就会把你吸进去，所以我们要利用另一个平行空间，我们会短暂地把你放在另一个平行空间里，让你和另一个空间产生一定的联系，利用两个空间的不相交原则和相互抵消的力量，维系管道短暂的稳定，虽然很短，但对你来说肯定足够了。"

江晓媛以前从未对自己的不好好读书产生过任何愧疚，此时，她终于意识到了这个问题，迟疑了好一会儿，她才低声说："不好意思，我没大听懂。"

"你现在情绪很激动，我能理解，恐怕我具体和你解释一些时空法则，你也不大听得进去，所以我长话短说，"明光宽容地一笑，像变魔术一样从他的外衣口袋里摸出了一把小梳子，递给江晓媛，"头发乱了，整理下吧。"

江晓媛讷讷地接过来，耳根居然有些发红。

明光："你只需要知道，我们要把你送进另一个平行时空，让你在那里待一段时间，等你跟那个世界产生足够的联系，才能把你安全地送回去。"

江晓媛："哦……你们要把我送到另一个世界里，那我……我……"

"你还是你，只是另一个你。"明光说，"不过或许有些区别，尽管你们像是同一个人，甚至共享同一套DNA，但身份、性格可能会完全不同，你或许需要适应一阵子，不过没关系，你的最终的目的还是回到自己的空间，对吧？那只是一个角色，记住，不要太沉迷于平行空间中的角色。"

明光说这话的时候，看着她的眼神就像是全世界只剩下她一个人了，他的眼神专注而充满温情，一点也不像灯塔助理那样冷冰冰的，江晓媛并不是没有见过帅哥的无知少女，可她还是险些被蛊惑了。

美貌是一种魔性的东西，它对人有着不可思议的影响力。

江晓媛："如果我……"

明光竖起一根手指，轻轻地放在嘴边："如果你太沉迷，另一个时空将对你产生太大的引力，你可能会被默认成那个时空中的人，到时候就回不去了，懂吗？"

江晓媛没想到还有这个风险，但很快又释然了——有风险又怎么样，反正直接被塞回那可怕的车里，她肯定是死路一条。

再怎样也比死强吧？

江晓媛："我大概要在那里待多久？"

"一两个月吧。"明光说，"也不用太担心，你毕竟在原本的时空里生活了这么多年，陌生的时空一般来说不会对你产生多大的影响力，顺其自然就行了——好，助理把合同准备好了，你看一下，没有问题就签了吧。"

沉默不语的灯塔助理像一个没有存在感的雕像，不是明光提醒，江晓媛几乎没察觉到他的存在。灯塔助理的双手微微打开，一个透明的屏幕出现在江晓媛面前。

大段的文字密密麻麻的，看得让人头疼，江晓媛有生以来，除了课本以外，她能完完整整读完的书约莫一只手能数过来，还大多是漫画，她看书看不到三千字一准儿能睡着——这还是母语的待遇，如果换成外文，三千还要打个对折。

可是性命攸关，江晓媛还是逼迫着自己努力而缓慢地阅读着这佶屈聱牙的条款，谁知旁边的明光却忽然说："其实你看了也没什么用，这就是个过场，你难道会愿意直接回到那个刚撞了树的车里吗？"

江晓媛本来就一团糨糊的脑子被他说得更乱了。

明光："你还是尽快吧，这一次的时空风暴就要过去了，到时候你自己的时空对你的引力可能是……"

顺着他的话音，江晓媛下意识地回头看了一眼身后要命的台子，不知道是不是她的错觉，她总觉得那台上好像又出现了驾驶舱影影绰绰的催命影子。

江晓媛当场慌了："我马上签，告诉我怎么签，快！"

第一章　意外

明光仿佛早料到她外强中干，志得意满地伸手在空中一抹，将那漫长的条款一直拉到了最后。然后他轻轻地执起江晓媛的手，缓慢而不容拒绝地将她的手指按在了上面。这一下按下去，江晓媛心里忽然不明原因地"咯噔"一下。下一刻，面前透明的屏幕已经显示"完成"字样，整个亮了一下，消失了。

江晓媛蓦地把自己的手抽回来，有些警惕地看着明光。

"记住我对你说过的话。"明光站起来，"一两个月就接你回来，现在去吧。"

说着，他一摆手，高台上出现了另一个场景，好像一条狭小路上的十字路口。

江晓媛像个行动迟缓的惊弓之鸟，犹犹豫豫地站起来，走一步停两下地踏上高台。

突然，她想起了什么，回过头来问："等等，我突然想起来，如果我去了，那另一个时空中本来的'我'不就被我取代了吗？她怎么办？"

"她已经死了。"明光眯起眼睛看着她，笑容又美丽又狡猾，"不用担心，没人会知道。"

没人会知道，除了江晓媛自己。

第二章
Chapter 2

平 行 空 间

一

江晓媛好像一脚踩空，掉进了一个光怪陆离的噩梦里。

她所看到的、听到的、经历过的，无不超出她的常识与接受能力，她十分茫然，但还没敢失措——因为搞不好就莫名其妙地把自己弄死了。

江晓媛再次睁开眼睛的时候，她发现自己站在一条荒僻的路边，前不着村，后不着店，背后就是山崖，脚下有一堆杂乱可怕的痕迹，有车辙、脚印、什么重物被拖拽时留下的浅浅的沟、血迹……甚至一小块衣服碎片。

江晓媛在原地花了五秒钟的时间冷静下来，探头往身后的山崖下看了一眼——深不见底，无论谁从这里掉下去，都踪影难觅了。她虽然难以从一堆杂乱无章的痕迹中窥出什么，却在明光那句冷漠的"她已经死了"中产生了无限联想。

那么本来生活在这个世界的"她"是死在这里了吗？

她是自己失足掉下去了吗？不，这是一条长长的盘山公路，行人不会从这里走。

那么她是被什么人害了吗？

江晓媛眯起眼睛，望向这条盘山公路的两边，杳无人迹。如果真是那样，没有人知道曾经有一个人死在了这里，没有人会替她报案，或许她家里人会找她，但活不见人，死不见尸，大抵会按失踪处理。

还有一个无耻的异界来客顶替了她的身份……

江晓媛忽然有点负疚感，继而又悲从中来，她蹲下来，捡了一块薄而扁平的石头，在路边一棵树上留下了一个记号，然后把那块石头深深地插进了路边的泥土地里，权当立了一块碑。

"等我走的时候就替你报警。"江晓媛伸手拍了拍大树，心想，"真对不起，谢谢你。"

做完这些事，她才有暇审视自身，发现自己的形象发生了一场让人难以接受的大革命——江晓媛一身光鲜已经随着时空转换而灰飞烟灭，此时，她穿着一件灰扑扑的半袖衫，江晓媛简直不想用"衣服"二字"抬举"它，只感觉这是一件有窟窿的抹布。

这"抹布"长不长短不短，刚好垂到她的大腿边缘，裙子不像裙子，上衣不像上衣，下面配了一条非常可怕的黑色七分打底裤，脚上没穿袜子，踩着一双人造皮革的凉鞋，脑后还绑了个萎靡不振的马尾辫——单是这一身打扮，就能作为穿衣搭配的反面教材之典型。

除此以外，她还斜背着一个布挎包，不知道是不是买来就没洗过，已经本色难觅，只是依稀能分辨出其价值不超过十五块钱，正中还绣了一只歪瓜裂枣的猫头，对着江晓媛露出扭曲而狰狞的笑容。

她满心的同情悲愤在那猫深情的凝视下先熄灭了一半，身处这样的装束里，她浑身都痒了起来，恨不能下一秒就回到自己的世界里，她要回去把自己洗掉一层皮。

江晓媛搜遍了全身，最后，从挎包里找到了一个塑料钱包，里面有一张身份证、五百二十块零五毛的现金并一部手机。

这张身份证熟悉又陌生，姓名：江晓媛，民族：汉。照片上的姑娘长得和她像极了，其他信息却与她本人截然不同——户口所在住址是一个她没听说过的外省乡镇，身份证号码当然也是完全陌生的。

现金里只有两张是一百的，其他都是皱巴巴的零钞，活像要饭所得。

至于手机就更可怕了——那玩意儿长得活像个空调遥控器！屏幕只有指甲盖那么大，居然是黑白的，每次按到按键上，此神物就会发出"哔"的一声，随即黑白的屏幕发出荧荧的草绿色光芒，江晓媛足足花了五分钟，才手忙脚乱地弄明白这鬼东西应该怎么用。

浏览器呢？社交软件呢？出租车APP呢？大众点评呢？减肥助手呢？化妆软件与购物推荐软件呢？游戏呢？美图秀秀呢？

江晓媛悲恨相续，险些将这"遥控器"丢出去。

明光还嘱咐她不要沉迷，江晓媛感觉他完全是多虑了——谁会沉迷于这种角色？又不是受虐狂！

当务之急是离开这里，江晓媛第一反应是自己应该打电话报警，只是说辞要好好琢磨一下，正在思考中，一条短信跳了进来。

江晓媛笨拙地打开短信，差点儿给误删了，只见里面写着："距离通道构建成功倒计时五十天，提醒您请勿沉迷于另一个时空——明光。"

满腹糟心的江晓媛在看见这倒计时的时候，总算感觉好了一点。

可她这一口气还没松下来，几条短信忽然接连不断地跳进了她的手机，由于信息过长，还被自动分割成了几页。

怎么回事？这明光还是个话痨？

江晓媛定睛看去，见第一条写着："收到勿回，平行空间法则最重要的一条，就是绝不能产生交集，你从空间一跳到空间二，如果再回到空间一，就会成为两个空间中的非法交集，这种非法交集，我们称之为'钉子'。"

江晓媛第一眼扫过去没能完全理解，然而其中几个关键词却让她毛骨悚然。

第二条马上跃入她的眼："钉子是不能存在的，法则会自动将你修正，也就是抹杀，在穿过所谓'安全通道'，回到你原来空间的一瞬间，你就会被两个时空撕裂。"

江晓媛反复看了三遍，越看越浑身发冷，手哆嗦得几乎拿不住手机，她正要回复，又一条长长的信息打进来。

第三条信息说："被法则抹杀的人与死于其他原因的人不同，时空将不再承认你的存在。当你被抹杀后，原有的时空就会有一个身份永远地空缺出来，灯塔中的某个人就可以占据这个身份，他会想方设法从车祸中幸存下来，成为你，取代你。"

第四条信息："如果你还想活下来，不想变成非法钉子，就不要回应明光。"

江晓媛的手哆嗦了良久，到底忍不住回复了一条短信："你是谁？"

对方没有回答，过了片刻，最后一条信息冲进了她的手机："不要回应明光！不要回来！"

这条信息只闪了一下，方才还几乎满格电的手机电量倏地到了底，忽忽悠悠地闪了两下，歇菜了。

江晓媛僵立原地，如三九寒天跌落冰潭，透心凉。

她从一辆即将把自己撞扁的汽车里逃出来，落入了诡异的灯塔，稀里糊涂地签了一份自己都不知道什么意思的合约，茫然不知道该相信谁，在陌生的世界里以陌生的身份进退维谷，身上只有五百多块整零不一的人民币。

简直是山重水复……压根儿没有路！

忽然之间，时装与珠宝，不断改良进化的炫富姿势好像成了她一场光怪陆离的白日梦。

江晓媛想："为什么是我？为什么我好好一个人会遇到这种莫名其妙的破事？为什么当时我不好好在办公室玩电脑，非要跑去羞辱冯瑞雪？为什么我不能安安心心地用咖啡给霍柏宇洗个脸，非要自己跑出来？为什么只有这天我开车没系安全带？"

就在她独自天崩地裂时，一辆破破烂烂的皮卡从对面的路上开过来，本已经越过了江晓媛，又放慢速度倒了回来，一个四十来岁的汉子从车窗里探出头来："妹，你一个人哪儿去？"

江晓媛迷茫地看了他一眼，压根儿没意识到自己已经涕泪满面。

"咦？"汉子嘀咕了一句什么，口音很重，江晓媛没太听懂，他就又扬声冲她喊了一句，"上车嘛，带你一程。"

江晓媛看着那汉子脏兮兮的脸，一身油乎乎的工装，再看那四处漏风的车，本能地摇了摇头，小心翼翼地抱紧了她的包。那汉子又"咦"了一声，长篇大论了好一通，说得江晓媛脑子里嗡嗡作响，半句没明白。最后，他问："真不走？"

江晓媛犹豫了一下，看了看前路又看了看来路，再想起社会上关于单身少女路边搭车的种种可怕传闻，权衡一番后还是摇了摇头，眼睁睁地看着那皮卡叮当乱响地从她面前开走了。

日头已经偏了西，风开始有了夜风特有的凉意。江晓媛孤立无援地徘徊了片刻，终于意识到自己再不走就要在山路上过夜了。她别无选择，只好站起来，拎着自己仅有的财产，跟跟跄跄地顺着山路，徒步往前走去。

横在地上的影子越拖越长，山路看似平坦，两条腿走起来却吃力得很，江晓媛又渴又饿，发现自己可能要脱水，连哭也不敢再哭……这远近无人的，哭给谁看？

累得走不动的时候，江晓媛就停下来，呆立在山崖边，想着："我干脆跳下去得了。"

可惜到底没敢，她要不是怕死怕得要命，此时此刻也就不会在这里了。

"不要回来"几个触目惊心的字安静地躺在她已经没电的手机里，江晓媛狠狠地咬了咬嘴唇，含着一口锈迹斑斑的血腥味，别无去处，只好继续沿途跋涉而去。

直到天已经完全黑下来的时候，江晓媛才幸运地又碰上了一辆拉货的大车。

江晓媛正左摇右晃地保持着神志清醒，不小心晃到了大道中央，货车被迫停了下来，司机探出头来，惊惧地看着前方歪歪扭扭的江晓媛，也不知道半夜三更遇见的这个究竟是人是鬼。

司机不由自主地伸手拽住后视镜上挂着的降魔杵，瞪着一对大眼，小心翼翼地考证着江晓媛的物种。江晓媛在车灯下恍恍惚惚地回过头来，正好与司机四目相对。

那司机是个中年妇女，又黑又瘦，面貌很是奇诡，眼袋奇大，像个皱巴巴的瘪嘴猴，两人互相把对方吓了一跳。

江晓媛几乎是拼尽全力地转过身来，冲司机伸出一只手："救……"

她只说了一个字，便就地卧倒，人事不知了。

等江晓媛从短暂的休克中清醒过来的时候，发现她已经被移到了货车上，车里弥漫着一股不怎么新鲜的气味，女司机正在往她嘴里灌水。

江晓媛用力吞咽了几次后，呛咳着睁开眼睛，想道谢，一开口，却险些走了音。

"慢说话，慢说话。"女司机拍了拍她的后背，掰了一小块面包递到江晓媛嘴边。

货车司机常年在路上跑，动辄十来个小时，不可能太讲究个人卫生，这位女司机的手黑瘦得像个鸡爪，指甲里藏污纳垢、内涵丰富。尽管江晓媛被食物的气味勾得脑子里"嗡"的一声，见了这样的"餐具"，依然艰难地用伟大的精神战胜了低级的食欲，谢绝了瘪嘴猴的投喂。

不过东西虽然吃不下，水却是可以喝的，江晓媛一口气灌了一整瓶冰凉的矿泉水，恨不能化身漏斗，吞吐江河一番。女司机感觉女鬼应该茹毛饮血，口味可能不会这么清淡，于是微微放下心来，睁着她那双占了面部半壁江山的大眼睛问："小姑娘，你怎么一个人深更半夜地在这里走？遇上坏人啦？"

江晓媛胃里汪了沉甸甸的一瓶水，将她行将出窍升天的魂魄压了回来，麻木昏沉的神志渐渐清醒，发现这位司机大姐还有口臭。狭小的驾驶舱中，司机一说话，口气就全都呼在了江晓媛脸上，江晓媛的脸不易察觉地抽动了几下，虚弱的

第二章　平行空间

_023

消化道也跟着造反，小范围地翻腾起来。

她因为饥寒交迫而奄奄一息的委屈眼看要卷土重来，眼眶又开始发烫，可惜江晓媛不是那种能在外人面前示弱的性格，她连忙往脏兮兮的车座靠椅上一靠，仰起头，将眼泪憋了回去。

"我手机没电了，"她竭尽全力地保持着平稳的语速，低声说，"找不到人，阿……"

江晓媛脱口差点儿说出"阿姨"来，停顿了一下，下线了二十多年的情商临危受命，终于勉为其难地出面让她改了口："姐，您车上能充电吗？"

女司机："我这种车哪有那玩意儿……唉，你也真是可怜，准备去什么地方？大姐送你一程。"

江晓媛呆呆的，完全没有头绪。

司机又问："你从哪儿来的？"

江晓媛连忙报出了她新身份证上的乡镇名，并且下意识地将身份证掏了出来，捧到司机眼前："您看，这是我的身份证。"

女司机被她的脑残行为逗乐了："我又不是警察，看什么身份证？你和我侄女一样大，不会是第一次出门吧？"

江晓媛立刻醒过味来，一脸尴尬，方才那一瞬间仿佛是她的本能反应，那张陌生的身份证好像是她在这个陌生时空里唯一的支点，没了它，她就交代不清自己的来龙去脉。

女司机说："我有个亲戚就是你们那边的，你们那边这几年好多年轻人都往外跑，去大城市打工对吧？去A市的都走这条路，我们家就在那边，正好也顺路，要不然我捎带把你一起带回去吧……啧，小姑娘吓坏了，第一次出门就遇上这种事，可怜。"

江晓媛被她连续说了两遍的"可怜"，她这辈子什么时候被人可怜过？她又窝心又不甘心，眼泪开始摇摇欲坠，只好拼命眨了两下眼："谢谢大姐，怎么称呼？"

女司机一翻自己的牌照，上面"章秀芹"三个字排在她那张家养小精灵似的头像下："我姓这个，你叫我章大姐吧。"

就这样，江晓媛被章大姐捡走了。

货车夜行窄路，司机的精力必须十分集中，车子开起来以后，章大姐就不再与江晓媛搭话，只是嘱咐她累了就先睡一会儿。

车里有汽油味、汗水味，还掺杂着一点食物发酵的味道，空气污浊，吸一口进去，就堵在喉咙里不肯下去。江晓媛靠在冰冷的车窗上，从黑黢黢的车窗上注视着自己模糊的身影，心乱如麻地琢磨起那几条信息。

思前想后，她发现自己不愿意相信"明光要害她"这个说辞。

江晓媛无法面对自己"乡村打工妹"的身份，也无力面对这样的生活，让她顶着这个身份去人人光鲜亮丽的A市，她感觉自己还不如死一死舒坦，就算明光骗了她，江晓媛也宁愿抱着一线希望。

"宁可被那什么法则弄死，我也不在这鬼地方活。"她在深夜里有志气地想。

再者说……也许明光没有骗她呢。

江晓媛下意识地蜷缩成了一团，心里暗自琢磨，要是她能回到自己的时空，她以后开车一定会规规矩矩的，把所有安全隐患都排除，她还要从混日子的公司里辞职出来，要回去好好念点书，读个正经八百的学历出来，然后自己找一份合适的工作，锻炼几年，有能力了再回去帮家里的忙。

如果不是这遭意外，她恐怕永远也感觉不到过去的生活是多么幸福，而她又虚度了多少光阴。

在这样的胡思乱想中，江晓媛窝着脖子，委屈地睡着了，中途几次三番被颠簸的车弄醒，她都迷迷糊糊的，感觉自己好像被一场噩梦魇住了，直到清晨的天光撕开晨雾洒在路上，江晓媛在偏远的休息站里接过章大姐给她的一瓶凉水，才木然地回过神来："哦，噩梦还没完呢。"

车又开了三四个小时，才到了A市的市区。

这座城市江晓媛并不陌生，它是江晓媛妈妈的故乡，外公外婆都在这里，她放假时常过来玩，哪里有好吃的，哪里有好玩的，她心里都一清二楚，却没有走过清晨的高速公路。

视角稍稍一颠倒，整个城市都好像陌生了起来。

江晓媛不知道自己该去什么地方，只好默默地跟在章大姐身后，跟着她去卸货、结算，所有事都办完，江晓媛才主动说："谢谢您，要不然中午我请您吃饭吧？"

章大姐摆摆手："请什么？一个小姑娘出门在外无亲无故的，你也没多少钱，就算有钱，也要放好不能让人知道，懂吗？我们这儿有食堂，走吧，我带你去。"

江晓媛连忙跟上她的脚步，脚指头被劣质的人造皮革磨得生疼，她低头看了一眼，彻底下定决心，选择相信明光，无视后面那些危言耸听的短信，心想：

第二章　平行空间

"娘的，不就五十天吗？忍了。"

章大姐边走边随口问："来了以后怎么办，想好了吗？"

江晓媛想："忍完我就海阔天空了，管它怎么办。"

嘴里却敷衍说："呃……先找个工作？您可不可以告诉我这里哪儿有便宜的酒店？"

"酒店"两字把章大姐逗乐了，她被江晓媛的愚蠢激起了说不出的同情心，感觉这丫头虽说也算老大不小了，却丝毫没有见过世面，不知从哪儿看了几集电视剧，就打算出来"闯一闯"了。

"你还要住酒店？要住几星的？"章大姐揶揄着问。

江晓媛窘迫得不行，这才想起来身上一张信用卡都没有了，只有五百多块现金，哪怕是最便宜的快捷酒店，恐怕也只能凑合三四天。

章大姐的猴脸上泛起一片慈眉善目，拍了拍她的后背："算啦，你呀，还是跟我走吧。"

章大姐家住A市老城区的旧房子里，是上个世纪三四十年代的建筑，产自旧社会。

因为此地盛产刁民，扯皮了很久，多方利益诉求依然难以协调，大概今生今世是拆迁无望了，周围都已经是高楼大厦，隔一条小巷子就是车水马龙，可是一走进小巷口，却好像一下穿越了几十年——里面逼仄、狭小，杂物与垃圾堆在一起，蚊蝇四下肆虐，厨房的油烟气味与下水道的臭味交相呼应……

可谓是闹市区的一块狗皮膏药。

巷子里多为二到三层的小楼，想必当年在旧社会里也曾是一片风光的小洋楼，现在一栋小洋楼里要住五到八户，风光就不必提了，只有有伤风化的光屁股小孩子。女人的内衣破破烂烂地挂在竹竿上，在猪突狗进中迎风招展，好像一面面万国旗帜。

江晓媛深一脚浅一脚地跟着章大姐走进小巷子，总觉得脚下的黑土淤泥含着粪便的气息，心里别提多恶心了，她后悔极了，早知道这样，还不如咬咬牙去住快捷酒店，没钱了大不了留在店里刷盘子——连工作都有着落了。

江晓媛心里打着退堂鼓，嘴上冠冕堂皇地说："我得找个包吃包住的工作，总不能老在这里麻烦你。"

章秀芹头也不回地说："先住着吧，你什么都不知道，出去要被人骗的，回头我带你去找找你们当地的老乡，出来打工哪有自己单打独斗的，怎么着也得找老乡带着，你啊，太没轻没重了。"

江晓媛无从辩解，只好闭了嘴，她不由得又开始忐忑，所谓"老乡"虽然不见得是街坊邻里亲朋父老，但要是地方不大，互相之间没准也是认识的，她一个外来人，顶了这个身份，会不会露出马脚被人认出来？

正在心神不定，突然，一个破旧的塑料桶从天而降，不偏不倚地正掉在江晓媛面前，要是她走得再快两步，没准就被兜在头上了。江晓媛焦躁的心里升起一把火，猛地抬头一看，只见二楼那堆满了破烂的露台上有一个六七岁大的小男孩，那熊孩子脏得泥猴一样，不知道是不是没人管，这么大了还在穿开裆裤。

那小鬼趴在栏杆上，一边挖鼻子，一边挤眉弄眼地做鬼脸，嘴里含含糊糊地喊："砰——砰——"

还没等江晓媛对该生物做出回应，章大姐就一把拉过她，双手将腰一叉，冲着那小男孩骂："走开！要打你了！"

小男孩缩了缩，鬼鬼祟祟地从露台上往下张望，章大姐顺手抄起一把扫帚，扬起一片鸡零狗碎，作势用扫帚杆去捅露台上的小男孩，小孩连忙骂骂咧咧地跑了。

章大姐弯腰把塑料桶捡起来，对江晓媛说："傻子，不要紧，胆子不大，下次见到了凶一点，吓跑了就行了。"

顿了顿，章大姐又补充了一句："不过，毕竟是个孩子，吓唬吓唬就行，别真打，也不是故意托生成傻子的，怪可怜。"

江晓媛小心翼翼地问："没人管吗？"

"刚开始当然有人管，不过他们家去年又生了一个，是个正常的，这个傻的就让他自生自灭了，整天跟大野马似的四处乱窜，活像个要饭花子，唉！"章大姐也不知道是出于气愤还是同情地叹了口气，又回头嘱咐江晓媛说，"以后住在这儿要把门关好了，省得他溜进来。哦，还有走路的时候警醒点，这孩子不懂事，话也听不懂几句，今天是扔下来一个桶，上回不知道从哪儿扔下一块砖头，把那院的姑爷给砸了，上医院缝了八针呢。"

江晓媛心想，这鬼地方万万不能住！

二

　　章大姐家住一楼，墙角布满了青苔与杂草，还没进屋，就有一股阴冷潮湿的霉气热情洋溢地扑面而来，因为二楼露台的遮挡，屋里采光很差，只有一扇朝南的小窗能接到一点阳光，像间牢房。室内白天也要开着灯，江晓媛进屋的时候，发现客厅——姑且算是客厅吧——亮着一盏五瓦的小灯泡，吊在屋顶上，楼上一旦有人走动，昏黄的灯光就跟着摇头晃脑。

　　灯下有一个少女，十四五岁的模样，长得很漂亮，有一双和章秀芹一样大的眼睛，大眼睛长在章秀芹脸上，就把她衬得像只母猴子，长在这少女的脸上，却只让人觉得水灵。

　　她穿着中学生的深蓝色运动校服，正在做功课，听见声音抬头看了一眼门口，见章秀芹领了个陌生人进来，小姑娘既不打招呼也不惊诧，先是皱了一下眉，随即就漠然地将目光落在了自己的书本上，一边漫不经心地翻看，一边用笔卷自己鬓角的头发。

　　章秀芹有些羞赧地介绍说："这是我姑娘，叫甜甜，章甜，你怎么不叫人？"

　　章甜充耳不闻，面色寡淡，依其表面判断，约莫是个中二病晚期。

　　章秀芹十分尴尬，有心发火，但眉间乱跳了片刻，又忍了回去，低声下气地对女儿解释："这个姐姐暂时找不到住的地方，先在咱们家落个脚，你那些功课我也不懂，你以后可以多问问她……"

　　章甜侧头瞥了江晓媛一眼，她的眼珠极黑，脸极白，配在一起，简直像画里走出来的，不过江晓媛还没来得及欣赏，这眉目如画的小姑娘就给了她一个标准的冷笑。

　　章秀芹拿她一点办法也没有，无奈地对江晓媛说："我也管不了她——小媛过来，你先住这里，等大姐一会儿给你收拾收拾……"

　　巴掌大的客厅后面有一间同样没有一丝光的卧室，江晓媛怀疑那丫头长那么白，可能是被这种终年极夜的环境给捂的，卧室后面是一个杂物间，也就是江晓媛的落脚之地了。章秀芹让她等在一边，自己挽袖子上前，三下五除二将杂物堆成了一个堆，并从中翻出了一张折叠行军床和一床被褥，一放一铺，一个单人铺位就横空出世。

江晓嫒低头看着那行军床瘦小的身躯，那被褥边角处各种来历不明的黄渍，再环视了一圈这没有窗户的储物室，心里自嘲地想："我这是从达利表兄变成哈利·波特了。"

"环境差了点。"章秀芹不好意思地说，"就是有点乱，不脏……床单都是刚洗的，你先坐，我给你倒杯水。"

江晓嫒忙叫住她："洗手间在什么地方？"

"洗什么……哦，厕所啊，厕所在外面。"章秀芹说，"厨房也在外面。"

两分钟后，江晓嫒被带到了全楼公用的"洗手间"前面，它实在不配叫"洗手间"，因为根本没地方洗手——那厕所只限于中等偏瘦体型者入内，地面充斥着不明液体，墙上各种不明污渍，最可怕的是，蹲坑对面的墙体上居然有一排漏孔的花窗，江晓嫒一抬头，正好透过花窗和对面二楼住家正在晒衣服的老大爷看了个对眼！

真是便于观测。

江晓嫒面无人色地喃喃说："这……好几户人家用这么一个……一个厕所，早晨不会打起来吧？"

"不会，"章秀芹接过话茬，"大家都用痰盂尿盆，每天排队倒掉就好了，很快的。"

江晓嫒想象了一下该场景，浑身的鸡皮疙瘩竖成了一个方阵。

因为有了这个去处，江晓嫒简直化身成一匹骆驼，每一口吃喝入口都慎之又慎，唯恐多跑一趟厕所——弄得章大姐老觉得她是腼腆。

当天夜里，江晓嫒以为自己会辗转反侧，夜不能寐，然而没有。

她躺在那嘎嘎吱吱的行军床上，头还没沾到枕头就已经睡了过去，一宿无梦，直到一觉把自己睡得半身不遂，才迷迷糊糊地醒过来。四下黑黢黢的，根本也看不出几点来，人在其中，生物钟完全就是罢工状态——何况江晓嫒从来就没有过那玩意儿。

她艰难地翻了个身，抹了一把脸，想起头天晚上夜深人静，她居然没有趁机独自大哭一场，几乎佩服起自己来——她感觉自己身上好像生出了某种特殊的自我保护机制，对自己的遭遇，江晓嫒好像隔着一层什么，冷眼旁观，喜怒哀乐一起麻木了起来。

第二章　平行空间

爬起来后首先面对的问题是梳洗——江晓媛以前每天梳洗的过程是这样的：先用四步骤的洗脸器把面部彻底清洁一次，导入的化妆水半干后再拍另一层水，不同质地的水要拍满三次，按照质地薄厚，从薄到厚，然后再依次涂肌底液、眼部精华、面部精华、眼霜、面霜，最后是睫毛滋养打底膏，然后再看心情决定要不要加张面膜，等一系列养护环节结束后，她会进入更为复杂的彩妆环节。

可是这鬼地方有什么呢？

小楼里总共一个屁大的水房，每天早晨全楼的男女老少一起排着队，每个人带一套牙具，肩膀上甩一条毛巾，个个蓬头垢面而来，滴汤淌水而去。什么液什么精华都是天方夜谭，他们回去能抹一点袋装雪花膏，冬天不让皮肤裂口，就已经算是对这张面皮仁至义尽了。

江晓媛在床边发了会儿呆，想起自己是在别人家做客，应该替人家把床铺收拾好，她低头向自己睡过的床铺看去，结果借着墙缝里射进来的微光看清了床上斑斑点点的霉菌与黄点。江晓媛自己和自己僵持片刻，面无表情地保持着抬着一只手的动作，突然弯下腰来，捂着嘴干呕起来。

当然，她什么都没吐出来，只有生理性的眼泪往下掉，江晓媛想找个地方跟谁抱头痛哭一场，可她孤身一人在这个空间里，谁都不认识，这个江晓媛的父母也不是她的父母，这个江晓媛的亲人也不是她的亲人，她只是个盗取了别人身份的逃犯。

就在这时，江晓媛听见外面传来了说话的声音——老房子没有隐私，隔壁说悄悄话都能听得一清二楚，别说人家根本没想掩饰。

章甜语气很冲地说："你知道她是谁吗就把人往家里带？"

章秀芹说："小点声，你小点声……我在路上遇见的，挺可怜的，一个小姑娘，比你也大不了几岁……"

章甜："小姑娘怎么了？小姑娘就不能是坏人了？我看她就不像什么好东西，人家吃饭的时候筷子都不肯沾嘴唇，那是嫌弃你呢，你看不出来吗？"

章秀芹："人家刚到咱们家，不好意思……"

章甜："拉倒吧！咱们家就这俩瘪屋，你还嫌这儿住的人不够多是吧，苍蝇多飞两只进来都挤不下，你还往家里领人，领来人还白吃白喝，你看她像是要正经找工作的样子吗？这都什么时候了，还不起来？她谁啊？哪户的大小姐啊，等人进去伺候她起居穿衣吗？"

章秀芹："你小点声！吵得我心口疼。"

章甜伶牙俐齿地反击回去："你还气得我牙疼呢！"

章秀芹："行了行了，姑奶奶，你不是还得去补课吗？行行好，快走吧，我给你带的盒饭装好了吗……哎，甜甜，怎么不拿着？"

紧接着外面传来一声门响，章甜愤怒的声音远远飘来："你自己留着吃吧，饿死我算了！"

外间默无声息了片刻，过了一会儿，储物间的门被人轻轻推开一条小缝，章秀芹可能是想偷偷看看江晓媛醒了没有，没想到和坐在床边发呆的江晓媛目光对个正着。章秀芹一哆嗦，失手把储物间的门整个推开了，幽暗狭小的室内，两人一站一坐，相顾无言。

气氛再尴尬不过了。

以江晓媛那病入膏肓的公主病，她再怎样感激章大姐也是绝对忍不住这口气的。她睁着自己那双有点水肿的大眼睛，将舌尖死死地抵住上牙床，预防自己把一口心火直接喷在章大姐脸上。

就这两个破屋，加在一起还没有她的厕所大，把她们娘儿两个打包一起卖了，卖不出她一个月的零用钱。

"就这种鬼地方，真当自己是白宫了？"江晓媛心想，"她还挺会敝帚自珍！"

然而她还没来得及开口，章大姐就猝不及防地先说话了："对不起啊小媛，我这姑娘……我这姑娘从小就不太听话，你看我干这个，没日没夜地在外地跑车，总也顾不上她，你……你能不能别跟小孩子一般见识，她不懂事。"

章秀芹那双猴眼里满是无奈，脸色微青，嘴唇上也没有半点血色，无措又局促地站在门口，那眼神像一把钝钝的锉刀，在江晓媛身上一戳，就将她喷薄的怒火给戳散了。

江晓媛是那种人——假如有人不小心得罪了她，而对方态度轻慢或者不以为然，她肯定不依不饶要闹到底，但是如果对方诚惶诚恐真心诚意地道歉，她心里再不爽也都不好意思发火了。

何况她本来就是个受人恩惠的不速之客，有什么好挑剔别人的？

"没有。"江晓媛有些生硬地说，"没什么，谢谢，我太打扰了。"

章大姐一时不知道说什么好，江晓媛说："我先去洗脸。"

江晓媛站得有些猛，低血糖让她不由自主地晃了一下，眼下对于江晓媛来

第二章　平行空间

说，自尊心要往后排，当务之急就是要找个地方好好吃顿饭、洗个澡。她捏着鼻子将自己收拾干净，把自己唯一的财产整理好，全部带在身上，做出准备长途跋涉的模样，礼貌地跟章大姐道了别，准备破釜沉舟地去住旅馆。

章大姐终究还是欲言又止，没说出什么来，她的后背更疼了，感觉有点直不起腰来，像是有一座大山压在身上。

善心，多么得贵，不是每个人都撒得起的。

章秀芹一路把江晓媛送了出去，邻居都以为江晓媛是她家亲戚，纷纷笑着打招呼。她站在小院门口，目送着江晓媛的背影，叹了口气，或许上次跑车太累了，也或许是头天晚上没睡好，章秀芹胸口一阵一阵针扎似的疼，她扶着门框休息了片刻，忽然，她听见头顶传来"咦"的一声，不用看也知道又是那傻孩子出来捣蛋了。

章秀芹想吓唬他一通，不料突然一阵喘不上气来，她听见自己的心急速地跳了片刻，手指无意识地掐进了木头门框。

只听一声闷响，那小傻子又不知道从二楼扔了什么下来，章秀芹浑身不听使唤，再要躲已经来不及了。

一顶废弃积灰的安全帽从天而降，正落到了章秀芹头上，在一片大呼小叫中，章秀芹直挺挺地摔了下去。

江晓媛整整两天两夜，总共就在章大姐家喝了半碗粥，饿得人都发飘，想要健步如飞是不可能的，因此她没来得及走远——才刚忍着头晕眼花拐到路口，就听见身后一片骚乱。

接着，一个脚踩拖鞋的大妈从窄巷里杀将出来，一把抓住江晓媛的胳膊："姑娘，章秀芹是你姨还是姑？"

江晓媛迷迷瞪瞪地发出疑问："啊？"

大妈说："不得了了，你快跟我来吧，她让二楼那天杀的小兔崽子砸了！"

江晓媛的反射神经蔫耷耷地卷成了一团饥饿的形状，正在消极怠工，还没来得及让这句话跑完整个反射弧，就被大妈拽着一路脚不沾地地飞了回去。

短短片刻，巷子口的章秀芹已经被群众围了个里三层外三层，江晓媛头重脚轻地挤进去，一眼看见章秀芹半死不活地躺在地上，她头上没有明显的伤口，也看不见血迹，只是脸色难看，像个尸体。借着巷子口的阳光，江晓媛看清了，章大姐的脸其实不是疲惫苍白，而是泛着供血不足的青紫色。

江晓媛心里一突,心想:"不会是心脏病吧?"

闯了祸的小傻子已经被人抓住了,他完全不知道自己干了什么,还是乐呵呵的,一个满脸雀斑的妇女冲了出来,抡圆了胳膊,照着那孩子的脸就是一巴掌,小傻子因为营养不良,细瘦得像个萝卜头,脖子不盈一握,江晓媛怀疑那女人一巴掌能将小孩的头囫囵地抽下来。

小傻子发出一声尖锐的号哭。

江晓媛脑仁直疼:"好了别吵,别动她!哪位帮我打个120?我说不清地址……你打他有什么用,别打了!"

"救护车已经叫了。"楼上一个大爷探出头来,慧眼如炬地指点说,"我看她八成不是砸的,搞不好是心脏的毛病,我老伴儿就是这么没的。"

此言一出,众人一片七嘴八舌地议论。

有人说:"心脏病是不是得让她平躺啊?"

还有人说:"药、药,谁家有药,我看电视上说好像要做什么心肺复苏?谁砸她胸口一下试试!"

江晓媛连忙制止:"等等!天哪,不能乱砸!"

方才打了孩子的那位妇女还嫌不够乱,也连忙跟着插了一句:"要是心脏病,那这事责任可就不在我们家孩子了吧?没准儿就是她自己摔的!"

说完,她低下遍布雀斑的脸,看了那傻孩子一眼,见他涕泪满脸,半张脸肿得像馒头,面目十分可憎,顿时又来了火气,抬手扇了那孩子一巴掌:"都是你这倒霉催的,谁让你往前凑的!赖上你了怎么办?"

这明显的指桑骂槐让江晓媛心里大骂一声混账,可是这时候也无暇计较。江晓媛也拿不准应该怎么办,她们学校以前几次三番组织过急救知识培训,可他们那一帮二世祖一天到晚忙着吃喝玩乐,哪个有这份闲情逸致?这会儿后悔自己不学无术已经来不及了,江晓媛只好努力回忆起偶尔从健康节目上听来的只言片语,大声说:"别在这儿围着,散开点散开点,她要喘不上气来了,谁家有硝酸甘油?帮帮忙……唉,救护车怎么还不来?"

江晓媛边说边试图检查章秀芹是否还有心跳,如果真是猝死就麻烦了,她知道猝死的话要在几分钟之内做心肺复苏,然而究竟是几分钟,心肺复苏又究竟是怎么做的,她一概一头雾水。

就在这时,楼上那位大爷健步如飞地奔到屋里又回来,手里拿着一个小瓶

第二章 平行空间

子,直接从露台上丢了下来:"看看是不是这个?"

窄巷中众人活像抢新娘花球一样一同起跳,七手八脚地抓向横空出世的小药瓶,谁也没抓住,小药瓶跳过好几个人的手指尖,一头撞进了站了一下没站起来的江晓嫒怀里。江晓嫒连忙将药塞进章秀芹舌头下让她含着,然后她意识到,再没什么是自己能做的了,只有听天由命。

好在老城区离医院近,急救车来得很快,没多长时间,章秀芹就被抬走了,江晓嫒心乱如麻地提步正要跟上,被那小傻子的斑点妈一把拉住。

傻子的妈说:"要是心脏病,可不是我们家孩子砸的。"

她的神情复杂极了,又像是谄媚,又像是有敌意,活像一只面目可憎的豺狗。

江晓嫒看了她一眼,狠狠地一甩手,心里作呕地想:"滚蛋。"

一位中年妇女一边义务为急救中心的人开路,一边转头问江晓嫒:"我又忘了,你跟我说过吗?你是她侄女还是……"

"我是她捡来的,"江晓嫒飞快地打断她,"没关系,我就昨天在她家借住了一宿。"

说完这句话,江晓嫒自己也愣了愣,她心想:"对啊,我跟她没关系呀,我跟着干吗去?"

救护车是要花钱的,送到医院去也是要钱的,江晓嫒没有经验,不知道这一串手续下来要多少钱,然而她身上总共就剩下了五百多……

到底够不够?

退一万步说,就算够了,她自己都这样穷困潦倒,有什么义务去垫付这笔钱?她今天晚上的住处还没着落呢。

不过还没等她想明白这个问题,江晓嫒的脚步已经背叛了意志,率先替她做出了选择,一路跟去了医院。

章秀芹被推进了急救室,跟着她的是一串仓皇的脚步,江晓嫒有生以来头一遭经历这种事,看着一片飘然远去的白病床,她有点双腿发软地靠在墙上发了会儿呆,缓缓地蹲了下来。

也许是她喘得太夸张了,走廊上一个不知是探病还是等人的年轻男人抬起头来。

这人穿着一件中规中矩的条纹衬衫,浅色羊毛背心,袖子扣得很严实,脸上戴着个框架眼镜,长得斯文又秀气,原本正在无所事事地翻看一本医院的健康宣传册。

依据他的气质判断,他可能是个老师或者文化技术方面的从业人员。

"哎,"他看了看江晓媛雪白的脸色,"你没事吧?"

江晓媛抬起头,半天才对上焦,有气无力地摆摆手,知道自己恐怕是快要饿晕了。

那男人站起来,把椅子让出来:"你到这边来坐一会儿吧。"

江晓媛没有推辞,烂泥一样地瘫到了椅子上,手肘撑住头,努力缓解着自己喧嚣不已的耳鸣。她的腿在哆嗦,人晃得太厉害,身份证从衣兜里掉出来也不知道,男人弯腰替她捡了起来,似有意似无意地在那上面瞥了一眼,随口说:"还是老乡。"

江晓媛撑着头看了他一眼,男人把身份证还给她:"我说怎么看起来这么眼熟,没准小时候我还认识你呢。"

他在搭讪,单从言语上看,技巧说不上高明,然而他说话的样子懒洋洋的,带着一点斯文的漫不经心,丝毫不让人反感。如果是平时,这样一个颇有气质的帅哥开口搭话,江晓媛很可能会得意扬扬地心猿意马片刻,然而此时,她的神经却不由自主地绷紧了——这张身份证并不属于她。

"我叫祁连,"那帅哥说着,慢条斯理地报了一个县城的名字,"知道那地方吗?"

江晓媛闻所未闻,只好敷衍地点了一下头,假装明白。

"我老家在那儿,"祁连说,"咱们是一个地区的,骑车二十分钟就到,这几年老家过来的人真是越来越多了。"

他说得有鼻子有眼的,听得江晓媛出了一身心虚的冷汗,想尽快把这个话题岔过去,忙问:"你是来探病还是送人来看病?"

祁连微笑了一下:"送一个小兄弟来看病。"

江晓媛随口问:"哦,病得不重吧?"

祁连轻轻地推了一下眼镜,镜片上好像有点反光,他抿嘴一笑,没有回答,显得又文雅又干净。

就在这时,一个护士快步走过来:"章秀芹病人家属——你是章秀芹病人家属吗?"

江晓媛一愣,先是本能地否认:"我……我不是家属。"

护士:"那你是谁?"

第二章 平行空间
_035

江晓嫒脑子里一团糨糊:"我就是送她来的人。"

"那不就行了,"护士皱了皱眉,每天接待这么多废话忒多的傻帽,她难免不耐烦,简单粗暴地冲江晓嫒吼了一句,"挂号缴费办手续!"

江晓嫒实在没法习惯这种硬邦邦的态度,顿时抽了口气,一时间,"投诉你""什么服务态度""吼什么吼"三句话争先恐后地涌入她的喉咙,弄得她一时犯了选择恐惧症,不知道先喷哪个,等它们好不容易排好队即将喷薄时,那护士已经没影儿了!

这把江晓嫒憋得,上火上得智齿都疼了起来,她一言不发地站了起来,心说:"我还不伺候了。"

江晓嫒当场打算撂挑子,一边往外走,一边恶毒地想着:"姓章的跟我半毛钱关系也没有,我干吗要在这儿受这种鸟气?最好人死在你们医院,招来一个加强连的医闹,看你们怎么收场。"

走了十步,江晓嫒才华横溢的脑内剧场已经演到了"恶劣护士被劝退,失业在家整天以泪洗面"的情节,演得她咬牙切齿。

走了二十步,她已经开始从暴怒中冷静了下来,意识到自己方才好像有诅咒章秀芹死的意思,心里隐约升起了一点愧疚。

而当她走到楼道拐角处的时候,一阵急促的脚步声传来,江晓嫒抬头一看,章甜迎面跑来了。

早晨章甜摔门而去的时候,还带着"天是老大,她是老二"的张扬,这会儿就只剩下凌乱的头发与苍白的脸色了。小女孩跑得上气不接下气,老远认出江晓嫒,直奔过来,一把抓住江晓嫒的袖子,一时说不出话来,只是焦急地看着她。

江晓嫒看着她,心想:"这熊孩子也有今天,刚才不是还挺有本事的吗?"

这念头一闪而过,江晓嫒拉起章甜:"那边正抢救呢,走吧,跟我去挂号办手续,放心,没事的。"

三

江晓嫒给自己留了五十块钱,其余全部家当都掏出来了,仍然不怎么够,幸亏章甜身上还有一点,两人搜遍全身,乃至于最后搜出一打零钱毛票,结果还是差了五十。

江晓媛皱了皱眉，她也有私心，她不可能一分钱不剩，五十块钱对她而言勉勉强强够一顿不求质量、只要饱腹的饭，她不能连一顿饭钱都不留。

可是怎么办呢？

还不等她想好，章甜就跑过去，跟人家缴费处的人说："叔叔对不起，我们就差一点，能便宜些吗？就几十块，通融一下吧。"

缴费处那位工作人员其实多说也就三十五六岁，只是不知为什么有点谢顶，被这么大一个姑娘叫"叔叔"，他不由自主地摸了一下自己的不毛之地，心里十分憋气，再听了她的诉求，更是被气乐了："我头一次听说还有在医院砍价的，你当这是菜市场啊？"

章甜："可是……"

收银员说："钱不够回家取，下一个——"

章甜："我家里钱都是我妈收着的，我不知道她存折密码，叔叔求求你……"

江晓媛一辈子没和人讨价还价过，简直想象不出章甜是怎么把"便宜五十"这句话说出口的，目瞪口呆了良久才反应过来，实在没脸再看，一时冲动就要把她最后的私房钱拿出来，就在这时，一只修长的手伸过来，手指缝里夹了五十块钱，他用手腕碰了碰江晓媛的肩膀："哎，我先给你们垫了吧。"

江晓媛回头一看，是那个自称老乡的祁连，忙说："不，不用，我……"

她话没说完，章甜已经眼疾手快地把钱抽走了："谢谢叔叔！"

"呃……"祁连眨了眨眼，"不用那么客气，叫大哥就行。"

章甜没应，她已经火烧眉毛一样地冲回缴费处了。

江晓媛略微有点尴尬，摸出她的遥控器手机，有点笨拙地打开通信录："你留一个号码吧，回头把钱还给你……对了，要不要打张欠条？"

"五十块钱打什么欠条？"祁连笑起来，同时报出了自己的号码，"唔，我不姓'齐'，姓'祁'，祁连山的'祁连'。"

江晓媛看了他一眼，感觉叫这名字的应该是一位彪形大汉，和人不是很配。

两人交换了电话号码，祁连十分温和地说："我在报社上班，咱们在这里的老乡很多，我大部分都有联系，出门在外，互相帮助是应该的，你要有什么难处，给我打电话就行，不用客气。"

从来都是别人来求她办事，江晓媛还是第一次受人恩惠——虽然只有五十块钱。

第二章　平行空间

她心情有点复杂，一方面感激，一方面也有些警惕，怎么那么巧来一趟医院就碰上"好心老乡"呢？无事献殷勤，非奸即盗……可是这个男的长得有点帅，倘若是个什么坏人，未免有点屈才。

这时，身后有人粗声粗气地叫了一声"祁哥"。

江晓嫒回头一看，着实吓了一跳，只见一个中等身材、十分壮硕的男人站在她身后，大冷天只穿了件半袖上衣，脑袋上缠着绷带，凶悍的眼睛只露出一只，额头上还有一道疤。

此人的形象简直好像正在对外宣称"我不是好人"。

来人没注意到江晓嫒，顶着白布绷带，杀气腾腾地开口说："下回再碰上……"

祁连开口打断他，指着江晓嫒说："老家来的妹妹，正好碰上了，多说几句。"

说这话的时候，他微微抬起眼皮，看了那壮汉一眼，壮汉好像被按了个开关，顿时闭了嘴，装出一副憨态可掬的模样，冲她点了点头。江晓嫒隔着老远就闻到了一股属于流氓的味道，方才的感激之情荡然无存，心说："果然不是什么好人。"

完蛋，她刚才不会跟黑社会借了五十块钱吧？

不会是高利贷吧？

不过"黑社会"并没有在现场为难她，就在江晓嫒心里的胡思乱想此起彼伏时，他们俩不带一片云彩地走了。

江晓嫒和章甜，一个没有生活常识，一个是个半大孩子，两人在医院手忙脚乱了一整天。约莫到了傍晚，一个中年男子才匆匆赶来，是章甜的舅舅。

这位舅舅满面尘灰，一条腿还有点瘸，身上好像时刻带着"我没钱"仨字示众，来了以后又是安慰章甜，又是向江晓嫒道谢，嘴上感恩涕零，只是只字不提还钱的事，最后章甜过意不去，偷偷把江晓嫒拉到一边："姐姐，等我妈醒过来拿了钱，周转过来就还给你好吗？不好意思啊。"

江晓嫒差点儿习惯性地顺口溜出一句："没几块，不用了。"

不过在最后关头，她总算忍住了没嘴贱，江晓嫒十分不习惯地冲章甜笑了笑，保住了自己全部家当的所有权。

舅舅的到来虽然没有起到什么改善作用，但多了个大男人，江晓嫒就不方便住在章甜家里了，她在医院陪着章甜等到医生宣布病人脱离生命危险，就一个人默默离开了——倒也不是为了做好事不留名，是她必须解决一些个人生理问题。

医院卫生间脏得要死，和章甜他们家那个一样不能忍，江晓媛一路脚不沾地地狂奔，终于找到了一家麦当劳，乳燕投林似的闯了进去，直奔厕所。

她解决了生理问题，饥饿却涌了上来，快餐店里夸张的食物气味一阵一阵地往江晓媛的鼻子里钻，熏得她恨不能吞进一头大象，可是她看了看价目表，想起自己只剩下五十块钱、晚上还没地方落脚的情况，江晓媛终于还是将口水吞咽干净，从人山人海中穿出来走了。

她摇摇晃晃地在路边找到一条长椅，顾不上脏不脏，一屁股坐了下去，发着呆回忆了一下最近二十四小时发生的事。她越想越觉得荒谬，越想越委屈，于是果断抽出手机，找到最早明光给她发的一条信息，毫不犹豫地回了过去："我现在就想回去。"

但这条信息显示结果是"没有成功发送"——很正常，因为她是直接从明光发给她的短信那里回过去的，而对方发来的号码根本就是个空号。

江晓媛愣愣地看着自动退回发信箱的短信，绝望地把"遥控器"倒扣在胸口。

至此，她已经完全不考虑后来那一系列警告短信的真实性了，真要让她在这个倒霉的时空里活一辈子，还不如让她去死痛快。

"还有四十八天，"江晓媛忧愁地想，"就五十块钱？不够吃一顿喝一杯咖啡的，我住在哪儿呢？怎么熬过去呢？"

她没想去找个差事谋生，毕竟不打算长留，江晓媛想，混个四五十天，她这段受难旅程就结束了，她已经将这一段经历完全当成了条件恶劣的野外生存训练。等了好久，明光那边都没有回复，江晓媛悻悻地站了起来，打算走到哪儿算哪儿，实在不行就睡大街。

然后她眼前一黑，饿晕过去了。

这个时空好像知道她把自己当成了一个外人，待她也不客气，晕过去的一瞬间，江晓媛有种自己被推出了这个空间的错觉。

她恍惚间好像回到了时空交错处的灯塔里，面前除了黑，好像还罩着一层雾，看见的和听见的都与她隔了一层什么。不远处传来细碎的声音，好像非常痛苦，间或夹杂着一两声惨叫，钻进人耳朵，像锉刀推到骨头上。

江晓媛有些疑惑，屏住呼吸，大着胆子向着声源处靠近。

转过了几个拐角，江晓媛将自己隐藏在黑暗里，小心翼翼地放出目光，看见一根好像中世纪火刑柱一样的大柱子，她瞳孔狠狠地收缩了一下，猛地咬住了自己的手,以防自己发出什么动静。

大柱子上有一个人……尽管此时看来已经不大像人了。

那人身上连着无数根好像电线一样的线绳,人皮被剥了一半,露出皮肤下面大片的电线和机械组件,黑洞洞的眼眶和脸上挂着明明灭灭的传感器。

通过剩下的一半脸皮,江晓媛勉强认出他是灯塔助理。

一个人的脚步声从远处传来,江晓媛连忙将自己缩成一团,直到那脚步声停下,才胆战心惊地悄悄探出一点头。

她看见明光面前悬着一面透明的屏幕,不慌不忙地走过来,把那屏幕展示给奄奄一息的灯塔助理看:"偷偷警告'钉子'?没用的,看,她还是回复我了,根本没有人会相信你。一个人从高高的云上跌落到泥土里,你跑去告诉她,别费力了,你不可能回去的,你说她会是什么感受?放在你身上,你相信吗?"

灯塔助理微微动了一下,目光冷冷地注视着他。

江晓媛心里一阵狂跳——原来那一系列耸人听闻的警告是灯塔助理发的,怎么会被发现的?她顿时想起第一条信息前面的"收到勿回"四个字,对了……当时她心烦意乱,忍不住回了一条"你是谁",难道他是因为这个被抓住的?

江晓媛胸口好像落下了一块冰,后背已经被冷汗浸透了。

明光凑近灯塔助理的耳边,一字一顿地说:"那个女人的时空坐标点,是我的。"

不知道他做了什么,灯塔助理突然发出一声撕心裂肺的惨叫,整个人好像被烧着了一样,周身都沸腾了起来。

江晓媛的脚步不由得往前挪动了半步,就在这时,灯塔里一个机械的声音突然响起来:"时空扰动,警告,时空扰动——"

江晓媛心里"嘎嘣"一声,几乎不会蹦字了,灯塔助理与明光的目光不由自主地向她躲藏的地方射过来。

无意中听到别人要害自己,还在偷听过程中被发现,这新鲜的人生经历在江晓媛短短二十几年的生命中绝无仅有,她一瞬间不知道何去何从了。灯塔那种仿佛能横扫一切的光亮扫描一样地横削而过,江晓媛被迫双臂护住头脸——

强光扫到她的一瞬间,江晓媛的恐惧在愧疚的帮助下度过了顶点,急转直下地盛极而衰了。她豁出去了,将心一横,想着:"反正我也跑不了,干脆跟那娘娘腔拼了,搞不好还能把人救出来。"

明光那小白脸,居然真打算给她来个李代桃僵,为了一个所谓的"合法身份"，他一个大男人，竟肯假扮女人！

他也打算过上每天花三个钟头梳妆打扮，每一季集中突击更新时尚信息，天天惦记着从国外捎圣诞限量版腮红和卫生巾的日子吗？

这不是变态是什么？

江晓媛恶向胆边生，尽管强光扫得她什么都看不见，她还是不闭眼，用力攥紧了她手中那遥控器一样的手机，一边暗自祈祷这杂牌子玩意儿能像当年的大诺基亚一样砸核桃挡子弹，一边做好了客串动作戏的准备。

就在这时，她的杂牌旧手机忽然爆出一片柔和的白光，逐渐以她为中心胀大，像一个肥皂泡将她裹在其中，从"泡泡"里往外看，那横扫而来的强光好像被调暗了几度，变得不那么刺眼了。

然后她看清了明光那惊慌失措的脸，也看见了灯塔助理仿佛无机质的眼睛……好像他早就知道她在那里一样。

裹着她的泡泡突然水波一样地扰动起来，江晓媛觉得自己像是被一片凉水包围了，耳畔充斥着杂乱无章的絮语，仿佛有一千个人同时在她耳边念紧箍咒。她一动也不能动，大脑突然一阵尖锐的刺痛，像有一根锥子从她的太阳穴直接穿了过去，一份陌生的记忆潮水般事无巨细地涌入她的大脑。

江晓媛看见一个少年运动员，打乒乓球的。

当他微微含胸，手里拿着球拍的时候，就像是握着整个世界的手，小球在球桌上东奔西跑的身影仿佛使了凌波微步，江晓媛迟钝的目光一分钟要跟丢七八次，然而那少年却似乎能和球心意相通，每一个角度、每一个力度，甚至落点……他全都把握得那么精确。

一场练习结束，挥汗如雨的少年拎起自己的运动衫擦了擦汗，回头对江晓媛露出一个阳光灿烂的笑容，鲜活得浓墨重彩。

江晓媛忽然若有所感，她抬起头来，极目远眺，在少年身后的世界尽头，灯塔助理那双无悲无喜的眼睛好像在与她遥遥对视。

江晓媛想问一句："这孩子是你吗？"

可她说不出也动不了，只能睁着眼睛看。

看着看着，江晓媛发现，这个乒乓球少年居然是国家队的。小球运动从来是国人强项，竞争有多激烈可想而知，这小孩刨除天赋以外，从小到大吃过多少苦，是江晓媛这种鲜少在中午之前起床的人无法想象的。

第二章 平行空间

不知道是不是灯塔助理将这些记忆直接打入她大脑的缘故，江晓媛的感受如同身临其境，一个靠请老师吃饭才能通过中学体能测试的人，居然能感受到那种职业运动员的拼搏和梦想，这种感觉实在不可思议。

然而她的血还没来得及跟着沸腾起来，就随着少年遭遇了一场意外——

半大孩子毕竟少了点稳重，一天，他半夜和队友溜出去找夜宵吃的时候，在一条少有人烟的窄巷里遭遇了一个持刀入室的抢劫犯，刚捅过人的刀刃上血迹还没干。

刀捅进少年身体的时候，江晓媛吓得忘了尖叫，脑子里一片空白，就像她开车撞树的那一刻一样，接着，她和那少年运动员一起感觉到了熟悉的时空震荡。

原来他和她一样，来过这座时空交叠的灯塔里，听过同一套说辞，做过同一个生或者死的选择，最后签了同一份不平等条约，前往另一个平行空间避难，等待所谓的"通道"建成。

时空转换，把江晓媛从一个挥金如土的富家女，变成了一个穷困潦倒的打工妹；也把那少年从一个前途似锦的职业运动员，变成了一个坐在轮椅上的残疾人。

江晓媛越看越觉得浑身发冷，她发现了这场时空转换是怎样挑选受害人的——他们年龄性别与身份各不相同，但都对原本时空的生活无法割舍。

职业运动员就像苍鹰折翼，没有了腿，他人生只有同梦想一起支离破碎，活不长的。江晓媛恰恰相反，她像个名贵的家养宠物，天生带着纯种的基因缺陷也就算了，从小就是衣来伸手饭来张口，根本不具备"野外生存"的能力。要是不能回到原来的时空，可能也就是死路一条——这一点上，他们俩是一样的。

少年被迫签订合约，来到平行时空的时候明显是怀疑明光的。一开始，他不回复来自明光的任何信息，拖着残疾的身体在无比的痛苦和无尽的怀疑中熬过了五十天。从第五十一天开始，每一天，他都会收到一条来自明光信息："通道已经准备完毕，是否启程？"

一开始是短信，如果他关了手机，信息就会发到他的电脑、电视……甚至家门口的广告牌上，像一道追命的诅咒，无时无刻不出现在他周围，只要他心里有一点松懈，一点脆弱，立刻就会乘虚而入，诱使他选择那个致命的"是"。

这个拉锯的过程整整过了三个月，其间，少年无数次地试图用残疾的身体创造奇迹，但一次又一次以失败告终。终于有一天，现实耗光了他的坚持，他带着侥幸向明光投降了。

后面就没什么悬念了，侥幸的期冀永远不会被满足。

少年被两个相斥的平行时空碾碎，灯塔主人如愿以偿地取代了他在原本时空中的身份，成了那名被歹徒刺伤的少年运动员，被送往医院抢救后，幸运地"活"了下来，取代了他的人生。

至于那少年本人……他很幸运，脑电波即将消散的时候，灯塔里一个机器人正好出了故障，让他钻了空子，苟延残喘地寄居在了那机器人身上，成了一个时而像人、时而不像人的"灯塔助理"。

江晓媛突然明白，为什么她第一次进入灯塔时，灯塔助理不由分说就要把她送回那可怕的车祸现场，回去，她还有一线希望不死；不回去，她一定会生不如死。记忆逐渐淡出，江晓媛看见明光向她扑过来，惊世骇俗的容颜也因为狰狞而扭曲了，他被罩在她身上的保护膜反弹了出去。

江晓媛连忙抬起头去看灯塔助理，发现他已经垂下了头，裸露的传感器上那些不知道干什么用的灯都灭了。

江晓媛吓了一跳，心想："他不会死了吧？"

正在焦急时，她忽然听见耳边有人说："别看了，我在这儿。"

那是灯塔助理那平平淡淡、带着点机械感的声音。江晓媛连忙四下寻找，没看见人，感觉那声音萦绕在耳侧，仿佛无处不在。

"他不断利用时空震荡寻找像我们一样的牺牲品，"灯塔助理在她耳边说，"老是这一招，屡试不爽，偷了无数个人的身份，上一个身份自然死亡后，他就回到灯塔，找下一个牺牲品，男女老少不忌，这回终于到头了。"

江晓媛："到头了是什么意思？明光到底是什么东西？"

"你可以把他理解成一种病毒，像电脑木马那种。"灯塔助理淡淡地说，"你已经不会再上当，他布置到现在，根本没时间去寻找下一个牺牲品，他多次钻时空法则的空子，现在就等着被法则清理吧。"

江晓媛从他的声音里听出了难得的愉快，可她却没办法跟着高兴："那你呢？那我呢？"

灯塔助理沉默了一会儿，回答她："你会在新的时空里好好地生活下去。"

江晓媛："我原来的时空呢？卡在我被车撞的一瞬间不动了吗？"

灯塔助理笑了起来："我给你解释过的，当你站在一个十字路口，每一个方向都是一个平行空间。你撞车的一瞬间就像一个十字路口，下一秒会有无数个平行空间以此为起点分道扬镳。有些空间里的你死了,有些空间里的你被救活了。整个世界除了你以外全都会有条不紊地沿着不同空间的时间线继续走下去——只有你终结在这里。"

"一个人的一生,就是一条独一无二的时间轨迹。"他说,"你的轨迹来到了这里,从此和那边没有一点关系了。"

江晓媛莫名其妙地觉得自己的偷渡有点悲壮。

灯塔助理:"别哭了。"

她这才发现,自己居然已经泪流满面。

"我来送你离开,"灯塔助理说,"我还要把我的记忆和梦想一起送给你,你以后要连着我的份儿一起活着。"

江晓媛忍了一会儿忍不住,干脆放任自己哽咽起来:"我怎么可能完成你的梦想,我八百米要跑七分钟,还不如你那个没有腿的呢!"

灯塔助理:"我知道,我没有让你完成我的梦想,你有你自己的,我只是把能抵达那里的腿送给你……明光选择了我们,是因为他觉得我们都很脆弱,必须有所依仗才能活下去,其实不是的,再脆弱的人也有强的一面,对不对?"

江晓媛心想:"别做梦了,梦想是什么狗屁东西,我就没有。"

她只会花钱败家,混日子才是她的常态,即便有了飞毛腿,她能走哪条路呢?她既没有梦想,也不知道自己能强在什么地方。

可是还不等她提出异议,灯塔助理就率先开口说:"时间到了,我们走。"

江晓媛:"等……"

她眼前一片光影飞转,再也听不见那个机械冰冷的男声的只言片语,只是有种陌生的感情涌入她心里,并不是十分激烈,但坚韧而绵长。

江晓媛一瞬间有种错觉,好像她真的即将无坚不摧,能抵达任何一个彼岸。

她清楚这种感情不属于她,是另一个比她强很多的人的,可她还是不由自主地被感染,半推半就地做了个掷地有声的决定——

江晓媛想:"我会在这个世界好好活的。"

即使再也回不去了。

下一刻,江晓媛感觉自己正被人轻轻地推着,她睁开眼睛,瞳孔被光猝不及防地晃了一下,立刻流下了生理性的眼泪。泪眼蒙眬里,她看见一圈人围着她,一个有点眼熟的人蹲在她面前,小心翼翼地扶起她:"我说你没事吧,刚离开医院又要进去？你是低血糖还是怎么回事？"

祁连？

江晓嫒还没从灯塔助理生命的最终余韵里回过神来，迷迷糊糊地想："怎么每次倒霉都碰上他，什么孽缘？"

四

二十分钟之后，江晓嫒臊眉耷眼地跟着祁连进了路边的快餐店，在经历了灯塔助理短暂而波澜起伏的一生一死后，回归了她没钱吃饭的现实——最缺德的是店里还在放一首老歌，嗷嗷地唱着"我才发现梦想与现实间的差别"，好像一把黏糊糊的恶意劈头盖脸而来。

"也不知道你爱吃什么，随便买了点。"祁连把食物托盘往她面前推了推，"别客气。"

江晓嫒半死不活地冲他笑了一下，心塞地想："什么都不爱吃。"

当她坐在冰冷的塑料椅子上，面对油腻腻的快餐时，江晓嫒就不合时宜地想起自己转载过的一篇美食博文。

"法国餐厅非油即腻，肉多菜难吃，除了甜品之外全都乏善可陈。美国餐厅根本就是东抄西借，骨子里就不上档次。俄国餐厅是穷鬼和大肚汉的最爱，适合饥荒年间办大食堂。德国与英国人做的东西压根儿不是给哺乳动物吃的。日本人只配喝点酱油。韩国就更不用说了，用韩国人那个方法把肉腌完，就算肉烂得长蛆也尝不出馊味来，实在是用心险恶。东南亚人民多奇志，在这片神奇的土地上，他们对洗涤灵味有种特殊的情愫。"

江晓嫒文笔不行，只能拾人牙慧，感觉写这篇文章的喷子字字句句都说到了她那高贵冷艳的心坎里，还大加赞赏过。

而今，江晓嫒在精神上依然高贵冷艳，依然在用力地蔑视着眼前的汉堡和薯条。同时，她也痛心疾首地发现，自己饥饿的肉体竟背叛了她的格调，大量的唾液山洪暴发似的企图杀出一条血路，溶解那些可耻的淀粉质。

江晓嫒挣扎着想保留最后一点尊严，气若游丝地问："多少钱？我来付。"

祁连："八十。"

妈的，钱不够。

这种垃圾食品凭什么卖这么贵？

江晓媛僵硬地坐在那里，使了吃奶的力气，终于没能把"那咱俩AA吧"这句话说出口。

祁连早知道她没钱，好整以暇地笑了一下，吊了她一会儿以后，给了她一个台阶下："请女神吃顿饭得排队，我等凡人求之不得，哪有让女神亲自掏钱的？"

江晓媛不想听他扯淡，半死不活地看了他一眼，连接这句玩笑话的心情都没有——谁家女神穿七分裤？

她摸出手机，顶着丧心病狂的食物香，硬着头皮给祁连发了一条短信："借据：江晓媛借祁连一百三十元整（含饭费），一周之内还清。"

祁连微微挑了一下长眉，似乎有点出乎意料，不予置评，只是将汉堡往她面前一推："心安理得了就吃吧，凉了不好。"

江晓媛忙接过来，一边吃一边玩命地遏制食欲，不让自己的吃相太难看，她一边吃一边发愁，一个人无论追求什么高大上的终极目标，首要任务是得活着，对于她来说，现在基本的温饱就是最大的困境。毫无疑问，她得去找份工作养活自己，那么问题来了——她能干点什么？

她连挖掘机也不会开。

这个世界的江晓媛没有一份像样的学历。

"学历"，对于伟人来说，一点用都没有，是金子总会发光，有没有那张证书，他们迟早都会获得殊途同归的成就。可是对于庸人来说，它的存在就不可或缺，因为除此以外，他们这辈子再不会有什么别的建树了。

江晓媛，毫无疑问是个庸人。

哪怕她是个烟灰缸里走出来的海归大学生，有了这份教育部认证的学历，她就可以进写字楼当小白领——小白领每天只要形象良好，会打印会复印，来了客人会倒水，能用简单的办公室软件就可以胜任，烟灰缸系毕业的能干，炒锅案板系毕业的也能干。

可是没有那张毕业证书的人不行。

即便江晓媛有自信在平行空间拍出一个一模一样的先锋烟灰缸。

而工作问题以外，还有个更加迫在眉睫的事——她今天晚上住哪儿，以及下顿饭钱从哪儿出。

江晓嫒硬着头皮，想向祁连开口借几百块钱，可几次三番酝酿感情，来回打了无数遍腹稿，她也没能将这请求说出口。

她实在不擅长借钱。

那么……难道要去医院找章甜，催她还钱？江晓嫒想象了一下那情景，欲哭无泪地发现自己也不擅长要账。

真是穷途末路。

祁连与她萍水相逢，先是在医院借了钱给她，又请她吃了一顿简餐，没让她饿死在大街上，不管出于什么目的，这"半个老乡"都已经仁至义尽，简直是时代的活雷锋，如果他在此基础上再献殷勤，江晓嫒更要怀疑他别有用心了。

她到最后也没憋出一个字的请求帮助，吃完以后打肿脸充胖子地和祁连告了别，背负着她一个礼拜内必定还钱的承诺，漫无目的地四处乱逛，以期能找个可以收留她的地方。

人倒霉了，喝凉水也要塞牙的，江晓嫒走着走着，突然被人撞了一下，整个人被大力拉扯到一边，她本能地夯起两条细瘦伶仃的胳膊，背在肩上的包就这么让人顺理成章地拽跑了。

那小偷一击得手，回头看了她一眼，脚踩一双风火轮似的行如疾风，转眼就不见了踪影。

江晓嫒拔腿去追："混蛋，还给我！"

小偷是不可能被一个八百米跑了七分钟的人追上的，夜色已经深了，街上行人稀疏，个个行色匆匆，听见她的喊叫，连个停下来看一眼的都没有，更别说拔刀相助了。江晓嫒追着小偷跑了一条街，实在跑不动了，她嗓子眼冒烟，一手扶住路边的电线杆子，想就此蹲下来大哭一场。

然而她转念一想，蹲在路边哭这动作实在太不好看了，像一条丧家之犬，她干不出来，于是只好猫着腰，用呕吐的姿势勉勉强强地站着，用尽全力平复呼吸……同时不让自己哭出来。

这形象当然也没好看到哪儿去，但她好歹是站着的。只有站着，才能有对世界凶狠的气势。

江晓嫒很想问一问灯塔助理，他不是说把梦想留给了她吗，难道留下的就是这么一个噩梦？

她在那儿站了不知多久，忽然，一阵脚步声传来。江晓嫒抬头一看，惊愕地

第二章　平行空间
_047

发现，那个抢了她包的贼居然又回来了！

隔着三步远，贼把布包往她身上一扔，嫌弃地上下打量了她一番，说："姐们儿，你也太穷了吧？"

江晓媛居然无言以对。

贼用一种"算了，不跟你一般见识"的表情冲她摆了摆手，"还是还给你吧，破包不值两块钱，我拿着嫌沉。"

江晓媛不知道自己是应该说"谢谢你"，还是应该上前给他一耳光。

贼又问："我说你不会连住的地方也没有吧？"

江晓媛终于成功地说出了第一句话："关你屁事？"

贼"啧"了一声，双手捋了捋自己的裤缝，伸手一指："前面走三百米，有一家网吧，他们家招网管呢，晚上可以在网吧里待着，你可以去看看。"

深夜大街上，抢包贼可怜她穷，跑来给她介绍工作？

江晓媛震惊了，不知道这算不算传奇经历，她愣了半天，才回嘴反问："那你怎么不去？"

"我才不干，来钱太慢。"贼坦诚地一摊手，继而诚恳地劝解说，"像你就没办法了，跑得比瘸子还慢，干不了我们这差事，只能凑合着干点没技术含量的。"

说完，他摇头晃脑地看了江晓媛一眼，感觉自己算是积了阴德，于是心满意足地来无影去无踪了。

江晓媛原地考虑了一下自己要不要报警，三秒钟之后决定还是先解决生存危机。她沿途前往了抢包贼介绍的网吧，老板一边吃方便面一边对她进行了一次简单的面试，检查了她身份证的真伪，然后让她抵押了证件，给了她一份可以借宿的工作，待遇是每月六百，管饭，每餐不超过五块钱，在江晓媛的软磨硬泡下，老板同意让她工资周结——这样，她就可以在周末凑齐欠祁连的一百三十块钱了。

三十分钟之后，老板教会了她登记身份证件以及收钱的流程，丢给她一本电话号码："停电了打这个电话，设备坏了让客人换一台电脑，然后统一报修，记住了吗？"

江晓媛用力点头。

老板又说："没事的时候你可以玩电脑，不过玩的时候注意点，别上不干不净的网站给我弄一堆病毒，来人了就按着桌上的计价标准收钱，不要随便给人打折，柜台上有监视器，我看得见。"

说完，他晃了晃江晓媛抵押给他的身份证，一口气把泡面汤喝光，将江晓媛丢在柜台，上楼睡觉去了。江晓媛默默地听了，知道老板不是嘱咐她不要善待客人，是警告她手脚干净点。

她对着柜台上那台老掉牙的台式机，以及桌面上穿着暴露的美女图片发了会儿呆，意识到自己的生存危机暂时得以缓解，大大地伸了个懒腰后，大小姐又有了伤春悲秋的力气。

江晓媛以前上网不多，尤其念书的时候，不知从哪儿听来的谣言说室内Wi-Fi会有辐射，她干脆连网络都没装，反正她有的是消遣的地方。而现在，她周围不但充斥着不明辐射，还充斥着乌烟瘴气的烟味、食物残渣味、人味……以及一屋子"杀杀杀"的不明生物。

她却连抱怨的力气都没有了。

江晓媛木呆呆地思考了一会儿自己未来的人生方向，毫无头绪，只好茫然地玩起了扫雷，消磨起漫长的、穷困的时光。

开局不利，第二下就点到了雷，炸了满屏的花。

五

江晓媛："还少一张身份证。"

几个乡非青年把跟在后面的小男孩往她面前一推，嬉皮笑脸："没带，让他报个号算了。"

江晓媛掀了掀眼皮，见那小崽子身材瘦小，肩膀只有两个巴掌宽，下巴比姑娘的还光滑，明显就是个没发育的未成年。江晓媛伸手把旁边"未成年人禁止入内"的牌子拉过来，沾了一手灰。

熊孩子还给她散德行："姐姐，你别看我长得嫩，其实家里娃都打酱油了呢。"

江晓媛没精打采地冷笑一声："我看你会不会打酱油都两说——还没上初中呢吧？不好好读书，到这里鬼混，长大了看你干什么去。"

她以自己为前车之鉴，一字一句都是肺腑之言，不料那熊孩子飞快地接了一句："当网管啊！"

这真是无法反驳的会心一击。

第二章　平行空间

_049

老板从楼上下来瞥见，冲江晓媛挥挥手，示意她收钱闭嘴，少管闲事。这家网吧经营得非常不正规，里面要多乌烟瘴气有多乌烟瘴气，老板只管赚钱和玩电脑，什么牛鬼蛇神都往里放。

老板溜达到收款台，把抽屉里的钱拿出来，看了江晓媛一眼，当着她的面，仔细核对了一遍账目，见她果然没有偷奸耍滑，挺满意，痛快地抽出一百五十块钱，支付了她这一个礼拜的工资。老板叼着烟，哼哼唧唧地说："你什么时候要是不想来了，提前跟我说一声，我把你身份证给你。"

江晓媛收好钱，不客气地对他摊开手："现在就还给我。"

这真是江晓媛人生中最灰暗的一个礼拜。

曾经，江晓媛以为她爸把她送到一个人人说鸟语的鬼地方，去跟洋鬼子学烧陶罐是她的人生低谷；后来她认为每天要去办公室报到打卡是对她个人自由的极大侵害；再后来，她觉得冯瑞雪撬她墙脚的背叛是她做人最大的失败。

然后她觉得可怕的车祸、可怕的灯塔、可怕的章大姐家才是这个世界上最黑暗的地方——直到她在这家黑网吧住了一周。抢包贼介绍的工作就是不靠谱。

老板所谓的"包住"，就是在厕所旁边的储物小黑屋里给了她一张简易的床铺，同居室友是几台歪脖子坏电脑，四仰八叉的显示器们每天都用黑洞洞的四方大脸深情凝视着她的日常起居。

小黑屋的墙简直是泡沫做的，不隔音，她值班的时候灌一耳朵"杀杀杀"，然后还要在"杀杀杀"中入睡，一天二十四小时浸泡在硝烟弥漫中，对和平的渴望简直上升到了人生理想的高度。

要是想做点个人清洁，江晓媛就只能恳求老板让她去二楼的洗澡间。洗澡间的门锁还是坏的，她每次进去都要找根绳，小心翼翼地把门拴好，并洗一个十分惊心动魄的战斗澡——假如她耗时超过十分钟，愤怒的老板就会嫌她费水，直接关水闸。

换洗衣服是她从隔壁的三无小超市里买的，买的时候根本没敢睁眼看，反正这一身从里到外的衣服，包括一套牙具与一条毛巾在内，总共价值二十三元。江晓媛有生以来第一次和人砍了价，她把章甜在医院里砍价的那一套说辞照抄过来，成功地让老板免了她三块钱零头。

在这样水深火热的日子里，江晓媛平均每分钟三次想辞职，最后奇迹般地全都忍下来了——因为她把自己所有不能忍的事情按照程度深浅排了个序，"欠钱不还"战胜了所有竞争者荣获第一，江晓嫒为了实现她一周之内还钱的承诺，必须拿到这一百五的工资。

此时功德圆满，江晓嫒终于离开了网吧，她站在路边，贪婪地吸了几口汽车尾气，感觉自己算是活过来了，她第一时间给祁连打了电话，要了个地址，弄清大体位置后，本想坐公交车前往，后来心里一算计，觉得为这三五公里花两块钱不值得，于是环保绿色无污染地走了过去。

前后不过七八天，江晓嫒的金钱观念已经从"以千为最小单位"变成了"角下面还有分，能省一分是一分"，可见阶级的改变多么容易。

祁连家住在一个老旧小区里，一室一厅，不知他是买的还是租的。江晓嫒路上还有点犯嘀咕，怀疑他是个职业流氓，可是到了她"债主"家里一看，她才发现不是那么回事——祁连家没有电视，客厅干干净净地放着几个布艺小沙发，周围是几个顶到房顶的大书架，没有江晓嫒想象中的刀枪剑戟斧钺钩叉，反而充满了文艺——甚至学究的气息。

墙角有个小小的工作台，竖着台灯、笔筒、一沓凌乱的稿纸，还有一台旧电脑。

江晓嫒十分惊讶，心想："也许是我那天太紧张了，人家真是个文化工作者呢。"

这念头刚一闪过，就见祁连往她对面一坐，随手松了松领口，将袖子一挽，露出小臂上支棱八叉凶兽刺青，他的眼镜丢在了电脑旁边，微微眯起了眼睛，那眼皮像是刀刻的，眼尾锋利狭长，看起来十分冷漠，他额前的头发垂到了鼻梁上，整个人斜靠在沙发上，漫不经心地点起了一根烟，问："怎么，有事找我？"

这回真不是紧张造成的错觉，他还是像个大流氓。

"我是来还钱的。"江晓嫒数出一百三十元整，放在茶几上，"上礼拜谢谢你。"

祁连愣了一下，含含糊糊地笑了一声："你可真是……这礼拜去干什么了？"

"网……网吧，"江晓嫒很不长脸地回道，"当网管。"

祁连一皱眉："怎么去那么乱的地方？"

江晓嫒："已经辞了，一会儿去重新找个工作。"

祁连听完，沉默了一会儿，然后他掐了烟，站起来："找工作是吧？跟我走吧。"

江晓嫒愣了愣："可我什么也不会……"

"不会慢慢学，"祁连一边换鞋一边回答，"走着过去吧，不远。"

"他为什么要帮我？"江晓嫒开始有些不安，忐忑地想，"萍水相逢，这不合理吧？"

第二章 平行空间

江晓媛小心翼翼地说:"谢谢,不用了,其实我来的路上看见一家饭店正在招服务员,已经跟人家说好了……"

祁连截口打断她:"饭店端盘子有什么好干的,油乎乎的没几个钱,我带你去个干净卫生的地方,管吃管住,客人基本都是女的,工作环境安全。"

江晓媛:"我……"

祁连回过头来:"去不去?"

江晓媛:"……去。"

"干净卫生""管吃管住""环境安全"这三个词,无一例外地戳中了她的死穴,是远离祁连这个人,苦哈哈地到小饭馆端盘子,还是铤而走险地搏一把?

江晓媛只犹豫了一秒钟,就没出息地选择了后者。一边走,江晓媛一边默默打了几遍腹稿,半晌,才谨慎地问:"你为什么这么帮我?"

"应该的,"祁连头也不回地敷衍说,"老乡。"

江晓媛一个标点符号都不相信。

祁连:"真的,我打了个电话找人问过,你一离家就找不着人影了,家里人都急了,现在有好几个人都在找你。"

江晓媛先是提心吊胆地吃了一惊,随后又忽然落寞下来,默默地想:"你们找的人已经死了。"

她一点也不想和这个时空中"江晓媛"的过去有任何联系。

"记得往家打个电话,等过两天有空了,我再带你去见见老家的人。"祁连说,"嗯,到了。"

/ 第三章 /

Chapter 3

美 发 店

一

江晓媛心不在焉地抬头一看——面前是一家装修豪华的美容美发会所。

这种地方与江晓媛十分有渊源，她以前给人送钱送得和孝子贤孙一样：每隔四天就要去做一次头发营养，每两次头发营养后还要加一次头皮护理。为了理清这繁忙的日程，江晓媛在她常去的店里都有专人负责，会提前一天发微信提醒。

搭上无数时间与精力，她那脑袋毛也没好到哪儿去，大约就是花钱买个心理安慰。

由于人傻钱多，江晓媛每次驾到，店长都会专门腾出时间来伺候她，逢年过节、变天降温，店里必然会给她发微信表达问候——过年的时候就发"庆祝我们的缘分又长大一岁了"，母亲节的时候发"要替我感谢你妈妈，把亲爱的你带到这个世界上"，连世界艾滋病日都不消停，要给她发一条"我们彼此陪伴的健康人生是最幸福的"……不知是何居心。

反正以后再也不会有人这样讨好她了。

祁连招呼她走进去，伸手敲了敲前台："方舟呢？"

前台接待的姑娘见他态度熟络，立刻转身去叫了。

"他们这两天招人，店长是我小学同学。"祁连说，"你放心吧，这地方消费也不便宜，来的大部分都是有钱有闲的女客，没有那么多乱七八糟的事。"

江晓媛作为"前任顾客"，并不需要他来帮忙熟悉环境，闻言木然地活动了一下眼珠。她的身份跳楼似的从"老佛爷"降级到了"洗头妹"，结结实实地体会了一把什么叫作"物是人非"。

江晓媛还没调整好心理状态，一个穿瘦腿铅笔裤的小个子男人就从里面走了出来。

此人胸前别着两块牌子，一块写着"店长"，一块写着"技术总监"，显得很是能者多劳。他头上戴了一顶礼帽，露出一点烫过的深棕色发梢，鼻梁上架着一副无镜片的眼镜框，睫毛被睫毛膏涂得仿佛两丛将要刺破人间的荆棘，桀骜不驯地里出外进。

此人一亮相，就露出了职业化的微笑，盯着祁连那不事雕琢的头，谄媚地问："帅哥，烫一烫做个造型嘛，我们有个刚从日本学习回来的团队，保证给你打造最炫最合适的造型……"

"他以前叫陈大龙，"祁连没理他，指着来人对江晓媛介绍说，"这傻×初中的时候脑子里漏了个洞，被人骗得学也不上了，天天跟着人家崇拜一个坐莲花座的'耶稣大士'，还狗长犄角地给自己起了个英文名叫'诺亚'，中文名陈方舟。"

"哦，"祁连又不慌不忙地补了一刀，"他吹什么你都别信，英文二十六个字母，他就能认出'诺亚'那四个——还得按顺序排。"

陈方舟满脸和煦的笑容一变，迅雷不及掩耳地暴起，一把揪住祁连的领子，扑将上来，打算同他搏斗一番，可惜那陈老板先天不足，个头比江晓媛还矮小半头，搏斗过程多有不便，连蹿带蹦的，好像一只野心勃勃的跳蚤意图给大型犬来个一剑封喉。

江晓媛往后退了几步，感觉到了"家乡"人民的民风彪悍。

这场不平等的战斗以祁连拎着陈方舟的后脖颈子，将他扔到一边画上了句号。祁连揉了揉发皱的衣领："不同物种授受不亲。"

刚消停下来的陈方舟又想跟他再撕咬三百回合。

祁连恰到好处地把江晓媛往前一推，挡在自己面前，正色说："我有正事——这是老家的一个妹妹，记得吗？"

陈方舟这才看清了快退到门外的江晓媛，他脸色一变，脸上狰狞一缓，磕磕绊绊地展示了一个慈祥的笑容："哦，记得……"

"胡说八道，你记得个屁，"祁连打断他，"你跟着邪教组织跑了那年，她还没换牙呢。"

"她刚过来，什么都不懂，就想在你这儿学点技术，"祁连调戏了陈老板几次，终于说了一句正经话，"你多照顾一下，别让别人欺负她，不过她要是有什么不对的地方，还是该说就说，出门在外大家都是亲人——不往心里去，是吧？"

后面半句他是对江晓媛说的，江晓媛下意识地点了点头，回过味来一想才发现不对，这两句话听着，好像家长送小孩去上学时跟老师说的。

她和祁连有这么熟吗？

陈方舟爽快地一口答应下来，笑眯眯地对江晓媛说："妹妹别害怕，我现在已经彻底改邪归正，跟组织脱离关系了，我连耶稣大士的莲花座像都给烧了，挫骨扬灰，你要不相信，那灰我还留着呢。"

江晓媛无言以对，只好惆怅地看着他，感觉陈老板有点脑残，而被这种店骗着花过十几万的自己好像更脑残。

祁连："她现在没地方住，你给想想办法，交给你了。"

陈方舟痛快地点了头，祁连就双手插在裤兜里往外走去，满腹疑问的江晓媛刚要开口叫住他，他就忽然在门口回过头来，目光正对上欲言又止的江晓媛。

"江河奔海的时候，是不可能无视其他支流上游的泥沙的。"祁连前不着村后不着店地说了这么一句话，"人的过去就跟出身一样，都是既定的，没法选择，只能接受，你说对吧？"

江晓媛的瞳孔剧烈地收缩了一下——祁连知道！关于平行时空，关于灯塔，他肯定是知情人！这个人接近自己果然是有目的的！

江晓媛惶急地上前一步，正要问个清楚，却见祁连竖起一根手指放在嘴边，做了个"嘘"的手势。

他背对着夕阳，摆了摆手，似是而非地笑了一下："我没有恶意——眼看天也快冷了，这周末住得近的同乡们会有个小聚会，大家辛苦大半年了，一起吃个火锅，别忘了一起来，也顺便给家里报个平安。"

说完，他不等江晓媛反应就走了。

江晓媛在原地愣了一会儿，她本来特别担心别人发现她的秘密，可当她真的确定祁连已经知道了的时候，惶恐过后，她居然感觉心宽了一点，她不是能藏得住事的人，祁连的存在让她有种自己不那么孤独的错觉。

江晓媛深吸了几口气，在经历了可怕的"网吧生存"后，她轻而易举地就接受了自己的洗头妹身份，并且不用陈方舟招呼，就自行拿起扫帚，像一棵植物一样安安静静地站了一天，见哪个客人脚下的头发碎屑多了，就上去帮忙扫一扫。

第三章　美发店
_055

反正不管怎么说，她先有一份安身立命的工作了。江晓媛抹去被挥发的染烫药水呛出来的眼泪，惊喜地发现店里居然还有饮料机和爆米花机，有对比才有真相，跟那黑作坊一样的破网吧比，这里的环境简直像个天堂了。

"不走后门还进不来。"江晓媛苦中作乐地想。

她发现自己已经彻底接受了无法再回去的现实，后悔药也吃不下去，只好既来之则安之，到哪个庙念哪里的经，并且尽量不去回想自己那一枕黄粱梦一样的旧生活。

江晓媛其实不太相信自己能坚持到现在，能在这个时空活下去，她始终认为这是灯塔助理的力量和勇气在发挥作用，一想到自己好歹还有那样一根"金手指"加持，她就会多一点信心——那可是靠小球运动打进国家队的人，不是开玩笑的。

就这样，江晓媛在美发会所落下脚来，陈方舟果然很讲义气，会所每周一下午歇业半天，陈店长就利用短暂的假期，亲自指导江晓媛该怎样洗头。

"你上来不能一声不吭，直接就拿水冲，"陈方舟说，"你得问客人水温怎么样，开头两句话你必须要记得说，一个是'您觉得水温怎么样'，还有一个是'您喜欢手劲大一点还是小一点'，记住了吗？"

江晓媛点了个头。

陈方舟就指着洗头台上当活体模特的另一个洗发小妹说："你来跟她说一遍。"

模特当场就笑场了，江晓媛举着冲水喷头僵立原地，感觉这比小时候当众抹着红脸蛋朗诵诗歌还让人感觉羞耻。

"不要腼腆，"陈方舟指手画脚地说，"要不要做生意？要不要赚钱？要，那就不能腼腆，你得'哦喷'一点……你明白'哦喷'是什么意思吧？"

江晓媛差点儿让他喷一脸，只好蚊子一样地低声学了一句："您觉得水温怎……"

"不对不对，"陈方舟撑着他枣核一样瘦长两头尖的身板，在旁边上蹿下跳，"感情，你不能说得这么敷衍，你要记住，你是给活人服务的，不是干殡葬美容的，你得有激情，还要让客人感觉到你这种激情。"

陈方舟："小时候参加过故事主题班会吗？就是长征故事、革命故事的那种——主持人那句话怎么说的还记得吧？一般是'啊，祖国'对不对？就要把握住那种劲儿，我来给你演示一遍。"

他说着，挺了挺胸，整个人往上拔高了两公分，做出一副总统演讲的姿态，抑扬顿挫地开了口："啊，祖国！我给您洗头发！啊，祖国！您觉得水温合不合适？啊，祖国！您喜欢我手劲大一点还是轻一点？"

模特乐不可支,脑袋"咣当"一下撞到了搪瓷洗头池的池壁。

"笑什么笑!"陈店长在模特后脑勺上甩了一巴掌,又转头教育江晓媛,"我就是让你体会这种感情色彩,你要用爱祖国的热情去爱顾客。"

江晓媛只觉得自己以后再也不能好好地热爱祖国了。

二

当然,陈方舟并不是一个纯粹的二百五,还是会点什么的。

他热情洋溢地将雷人的开场白阐述完以后,就尽职尽责地教了江晓媛好几个按摩手法,每一个手法对于江晓媛来说都是既熟悉又陌生,既似曾相识,又要从头学起。

"你学东西挺快的。"陈老板说,"回去要记得把指甲剪干净,有的顾客头皮敏感,被指甲划了会长头屑。门口有几个塑料模特头你看见了吗,你每天没事就用那个练,一个礼拜以后把手法练熟,再在店里同事头上练,把每个人的脑袋都洗过一遍,他们全票通过了才能正式接客……咳,我是说接待顾客。"

江晓媛吃了一惊,没想到一个洗头小妹的上岗培训居然这么森严。

陈方舟瞥了她一眼:"怎么了,奇怪啊?别家确实不这样,好多美发店不重视洗头发,新来个小破孩没人教一教就让他们给客人洗——不过话说回来,那种小店十块二十块就能剪个头,我们这等级最低的实习技师修一个发梢都八十起价,凭什么,总得有过人之处吧?"

江晓媛:"哦,知道了。"

她发现陈老板正色下来的时候真有那么点店长的意思,他眼角有一道不怎么明显的细纹,随着他的动作而微微浮动,侧脸显得无比专注。

"好好学吧,小姑娘。"陈方舟说,"你看我,当年初中没毕业,除了能忽悠,什么都不会,十五六岁就开始干这个,这么多年没改过行,现在也人模狗样地混成店长了,我出国学习过,前一阵还买了房跟车,我成功不成功?"

江晓媛或许别的见识有限,唯有成功人士见过不少,对陈方舟这就以"成功人士"自居,十分不以为然。

陈方舟:"怎么,不服啊?"

他态度随和,江晓媛也忍不住放松了些,随口扯淡说:"陈总,你给别人当店长不算什么,得打出自己的品牌才能拿得出手,再说了,买一套房算什么?你好歹得在市区有个'大平层',郊区得有个温泉入户的别墅,度假区还得有个产权观景房,还得在国外搞个养马的庄园,这才能勉强算是有点产业。"

陈方舟一脸震惊地看着江晓媛:"我的姥姥,我有眼不识泰山啊,姑娘,你看起来这么文静,居然也这么能吹!真是同道中人!"

江晓媛一点儿也不想当他的同道中人,皮笑肉不笑地一龇牙:"陈老板抬举了。"

"你来试试吧。"陈方舟让出地方,擦了手,从兜里摸出一个小册子递给江晓媛,"对了,这是本店员工手册,我自己编的,你拿回家背熟,正式上岗前我要抽测。"

江晓媛还以为这是什么技术秘籍,翻开一看,震惊了。

只见其中大部分内容为一问一答,正常的问题,比如——"等待时间过长,客人不满意如何处理",或者"客人对服务不满意,怎样化解矛盾"之类,只占了很小一部分。剩下大部分是"客人要给你介绍对象怎么办"这种奇葩问题。

江晓媛:"介绍对象是什么玩意儿?"

陈方舟认真地说:"这个时常碰到的,咱们的顾客里有好多中老年妇女,你懂的,唔,上回就有个客人要给我介绍,第二天带来一个小姑娘,长得柴火似的,一问三不知,就会看着你傻笑,后来才知道,是智力有点问题。"

一个全新的世界在江晓媛面前徐徐打开,她好奇地问:"然后呢?"

陈方舟冲她一抬下巴:"自己看手册。"

江晓媛低头一看,只见小册子上下一页写着:"告诉客人你在老家定亲了。"

"她怎么这样?再怎么说你也是个店长,也是那个什么……"江晓媛打了个磕绊,险些咬了舌头,言不由衷地说,"那个有房有车的成功人士呢。"

"逗你玩的,"陈方舟笑了一下,"房贷三十年,车是电驴子——再说了,虽说时代讲究人人平等,未来谁也不见得比谁穷,但你现在是给人家服务的,在别人心里总归低人一等,这个事你心里得有数,不要自取其辱。干咱们这行啊,嘿嘿,去银行贷款都批不下折扣。"

江晓媛的心情忽然沉寂下来。

陈方舟:"做什么?别吊丧一样……人家既然付钱给你,就有权利看不起你,你要尊严,要钱不要?"

江晓媛脱口说:"也没什么了不起的。"

"好!有志气。"陈方舟说,"我就喜欢你这种脑子有坑跟钱有仇的好孩子！来，向后转，把她这脑袋洗干净，看这泡沫都干了。"

洗头台上的活体模特为了表明她还是个活物，忍不住插了句嘴："陈老总，你这么说不对啊，世界上的人都需要钱，难道大家都不要脸？"

陈方舟在她脑袋上削了一巴掌："废什么话，人家隔壁写字楼里端着咖啡提着电脑走来走去的有尊严也有钱拿，让你去做，你做得了吗？不许动！躺好！"

模特"嘶"了一声，江晓媛第一次下手没轻没重，不小心拉掉了她两根头发。

"端着咖啡提着电脑走来走去的人在跟你学洗头呢。"江晓媛心里闷闷地想。

人与人之间的差别有多大呢？

江晓媛曾经认为人与人之间的差别很大，好比她和冯瑞雪，冯瑞雪一天到晚兢兢业业、抠抠索索，十几年赚不来她一辆不想开随时不要的车。而现在，她发现人和人之间的差距原来这么小，她和那些洗头妹之间只差一层皮。

剥掉这层薄薄的油皮，鱼目与珠就傻傻地分不清楚了。

就这样，江晓媛开始了她的上岗前培训，以前别人给她做头发的时候，她总是嫌服务人员洗发洗得太敷衍，头皮按摩时间短得来不及闭眼，轮到她角色转换，她才知道这个活有多磨人，轻了不行，重了不行，指甲不能碰到，手指第一个关节就无时无刻不吃着劲儿，店里要求，一颗脑袋至少要有十分钟的头皮按摩，除去润湿、打洗发水护发素等简单步骤，她的手全部要浸在水里和冰冷的护发用品中。

除去练习和打扫，江晓媛在店里就像个透明人，她不怎么和同事说话。过去二十多年里，江晓媛从来都认为自己是个外向、喜欢社交的人，到了这个时空后不知怎么的，她突然发现自己其实不擅长和别人打交道。

她的这帮同事，年纪最大的也不过三十来岁，小的甚至还未成年，从店长到洗头妹，没有一个念完了中学，这些孩子大多来自乡村，都是年纪轻轻就孤身外出打拼的，没有技术，智力水平也不怎么样，像一把飘萍，三五年就来了又去，流水一样，他们想在消费高房价高的城里站住脚跟，简直就是不可能的。

江晓媛在"没有技术"和"智力水平不怎么样"这两点上，与周围的人是有共通之处的，但她毕竟是不同的。想法、观念、爱好……甚至看似无关紧要的细小生活习惯，都注定了她难以和同事们打成一片。

轮到考核的那天，江晓媛一口气洗了十几个同事的头，洗完手指已经打不过弯来了，指肚也被泡得泛了白。陈方舟让她先去洗手，又给了她一小瓶甘油，嘱咐说："这个要记得经常抹，天就要冷了，过年前是我们的旺季，手不能长冻疮。"

第三章　美发店

江晓媛疲惫地动了动嘴角，一言不发地接过来去了洗手间。

她没有先开水龙头，而是将两只手撑在洗脸池上，深深地低下了头，下巴几乎顶在了胸口上，江晓媛缓缓地吐出一口气，忽然想："我居然会来干这个。"

陈方舟花了十多年的时间才混到如今的地步，江晓媛想不出他吃过多少苦，私下里又有多努力，可那又怎么样呢？陈老板这么努力，如今还是个背了一屁股贷款的城市贫民，连辆中档的家用轿车都买不起。依旧是个不折不扣的穷鬼——而通过别人给他介绍的对象水平来看，他可能还是个不怎么有尊严的穷鬼。

店里的小姑娘小伙子都拿他当榜样和目标，可在江晓媛看来，陈方舟又穷又矮，再过上几年，他脑门上还要再加一个"老"字，作为一个男人，这辈子基本上没什么好期待的了。江晓媛都替他绝望，完全想不通陈老板一天到晚到底有什么好开心的。

每天累得像狗一样，就为了活成陈方舟那样吗？

江晓媛抬起头看着镜子里完全素颜的脸，心想："如果是灯塔助理在这里，会怎么办呢？"

她呆立片刻，想起那个少年运动员，身体里的金手指好像又发挥了作用，渐渐地把她迷茫混乱的心绪稳定了下来，这一平静，她发现自己连思路都清晰了不少。

"我得先谋生，"她飞快地洗了手，涂好味道难闻的甘油，"先干好现在的事，然后尽快……就限定在两个月之内吧，找一个未来的方向，我不可能一直干这个的。"

她必须要马上安顿下来，祁连那边、原江晓媛的亲朋好友那边还不知该怎么应付，她还打算抽时间去一趟医院，看看章大姐她们，但愿章甜能想起还钱来。

还有那么多的事呢，这样想着，江晓媛挺直了腰杆，步履坚定地出去迎接她的考核结果了。她把店里的塑料模特都摸秃毛了，自认已经非常努力，对结果并不担心。江晓媛本来想着，哪怕不全票通过，百分之八十的好评起码该是有的。

谁知结果大大出乎她的意料。

打分是匿名的，陈方舟收上来一水惨不忍睹的小学生孩儿体，平均五个字里就有一个错别字，十分考验阅读者的分析水平。陈方舟翻了几页后，意味不明地看了江晓媛一眼，开始逐条念："用力不均匀，指甲刮了我两下。"

江晓媛刚刚在卫生间里鼓起的悲壮勇气被这条评论的恶意糊了一脸，当时就忍不住回嘴："我手上根本就没留指甲！"

陈方舟没理她，接着念："我感觉洗完头以后脖子很僵。"

江晓媛："……"

这也能怪她吗？

陈方舟："洗得不好，水有点凉。"

江晓媛的目光扫过三五一群凑在一起的同事，心里明白了，他们不是在挑剔她的水平，是在孤立她。

陈方舟又念："水太烫了……我说你们是有毛病吧？到底是凉还是烫？"

男的倒是不大会针对江晓媛，不管看得惯看不惯她，好歹他们愿意看在她长得不错的份儿上给她留点面子，女的就不吃这套了，一帮理发洗发小妹们叽叽咕咕地笑了起来，好像一群面目可憎的鸟类。

这时，一个少年抓了抓自己刚吹干的头发，先是往左右看了看，缩脖端肩小心翼翼地说了一句："其实我觉得洗得挺好……"

他还没嗡嗡完，就被旁边一个厉害的小姑娘一脚踩上脚面："你好公道呀。"

还有个矮胖的女技师伸出手指在他后背上戳了一下："你是觉得只要是美女洗的就都好对吧？"

少年好像还不到二十岁，是个小孩，没来得及修炼出刀枪不入的本领，在野鸭子坑里被挤对得脸都红了。

陈方舟脸色阴沉地把收上来的一堆纸条往废纸箱里一塞，目光凉凉地扫过去，所经之处收获了一堆不以为然的挤眉弄眼，但是好歹没人吭声了。

陈方舟："你过来，给我洗一次。"

有个泼辣胆大的高级技师出面问："老板，今天下午应该放假呢，我们可以走了吗？"

陈方舟："滚吧。"

一大帮人欢呼雀跃，转眼就跑了个干净，每周只有这么半天集体放风的日子，可以一起出门逛街，虽然以姑娘们的收入水平，到了商场连个冰激凌都舍不得买，但看看总是好的。

店里安静下来，只有透过紧闭的大门能听见外面传来的车声与人声，江晓媛一言不发地跟着陈老板进了洗头室，拿洗发水的时候把瓶子摔得山响，一把拽过冲水的淋浴器，跟洗头台上的搪瓷盆撞在一起，发出冷冰冰的脆响。

"陈老板，"她阴阳怪气地说，"贵店里上山投名状、见面杀威棒的风气挺浓厚的啊。"

陈方舟没理她，伸手抓住淋浴器："慢着，洗之前应该先跟客人说什么？"

第三章　美发店

江晓媛面无表情地看着他,两人在洗头室小小的空间里僵持住了。她像要命一样要面子,不肯在大庭广众之下气急败坏,可连眼皮都被怒火撑得一波三折,快要喷薄而出了。

陈方舟语气微微缓和了一点:"你肯定觉得特别委屈吧?"

江晓媛不肯承认,她总觉得"委屈"是受气包的专利,厉害的人应该不动声色地记仇,迟早有一天要报复回来——不过具体该怎么报复,这个章程她还没来得及确定下来。

陈方舟的脸色缓和了一些:"你洗头时候的手法我看了,不算特别好,不过也还行,算是中等水平,上手很快,你知道他们为什么不愿意给你好评吗?"

"不知道,可能有病吧。"江晓媛先是硬邦邦地说,随后,她面色一动,忽然好像想通了什么,脸上露出一个十分尖酸恶意的笑容,"哦,我明白了,是怕我抢业绩分钱嘛。"

他们每月除了八百块基本工资以外,其他全是"绩效工资",拿洗头妹来说,她的绩效工资取决于她洗了多少颗脑袋,如果这些脑袋短期回访,并在洗头的时候重新点了她,那这一颗还能在当月算五倍的绩效。一般只有周末时店里客流量大得让每个人都很忙,工作日期间却是要竞争的——多一个人来洗头,就代表多了一个抢绩效的。

江晓媛冷笑一声:"有些人真是没法说,心术不正,整天就想从犄角旮旯往外抠一毛两毛的,一辈子都别想有什么大出息。"

陈方舟听了这段指点江山的话,忍不住笑出了声。

江晓媛话音一顿,立刻回过味来,也发现了自己这句话是多么的可耻。

她一个洗头小妹,命中注定的升职道路是"实习技师——技师——高级技师——技术总监——店长",一眼能看到底,陈方舟的位置就是她职业生涯的终极,还能有什么大出息?

难道她还能靠一手出神入化的"洗剪吹"技术混上"嫦娥三号"吗?

陈方舟:"你不要怪他们,他们这也是在教你做人。"

江晓媛冷笑:"呵呵。"

陈老板懒洋洋地跷起二郎腿,躺在洗头台上闭了眼:"你不要以为非得德高望重、有钱有势的人才有资格教你做人,那些人才不会说,你得花几百几千去请才能听人家一堂课——真正教你做人的恰恰是身边的小人物。江晓媛,我问你,人人都是爹生娘养，你凭什么看不起别人？"

江晓嫒现在对这种论调格外敏感，一提"看不起人"，她立刻就会联想起自己和冯瑞雪的那场论战，继而会想起自己之所以沦落到这种鬼地方的原因，"看不起人"这四个字简直成了她一块逆鳞。于是她当场就炸了毛，语气很冲地喷了回去："我看不起谁了？"

陈方舟："你自己数数，外面那帮同事你认识几个？"

江晓嫒："我交际恐惧症，不行吗？我就天生不爱说话，犯法啦？陈总，有些人也太自卑了吧，是不是非得别人捧臭脚跪舔他们，他们才能有点自己是人不是狗的自我认知？"

陈方舟被她噎得一愣一愣的，他这里的小姑娘们大多受教育程度不高，年纪又小，还没到修炼出全国撒泼的王霸之气，少有嘴皮子这么利索的，一时都快要对江晓嫒刮目相看了。哑然了半天，陈方舟问："你上过高中吧？"

江晓嫒心说："老娘还是正经八百的留学生呢。"

但这事无凭无据，说出来打脸，因此她只是哼了哼，没吭声。

陈方舟疑惑地问："那又是为什么没有去考个大学好好念书，跑来干这个？"

江晓嫒随口扯谎："没钱，念个屁。"

陈方舟沉默了一会儿，没再追究这个话题："行了，别废话了，你开始洗吧，刚开始要问客人的话别忘了问。"

江晓嫒磨磨蹭蹭地活动了一下手指，开始了她饱含愤怒的愚蠢工作。

"忍过这一段，我马上辞职走人，"江晓嫒想，"真是落架的凤凰不如鸡。"

陈方舟从头到尾没有出声指导什么，闭着眼睛好像快要睡着了，直到最后冲洗护发素的时候，他才突如其来地开了口：

"你要是真尊重一个人，肯定会主动找人家说话，哪怕没有话说，聊聊各自的年龄、家乡总是可以的。别人看得出你是没话找话，但是也能感觉到你想交流的好意。"陈方舟说，"要是顾客觉得闷，让你跟他说话，你也晒着人家吗？"

江晓嫒冲着水，没吭声，显然是没将这番苦口婆心听进去。

联合国有一票否决权，陈方舟有一票通过权，第二天，他用自己的脑袋力排众议，让江晓嫒挂牌上岗了，她从此有了一个"实习"的胸牌。不忙的时候，趁着陈方舟到饮水处歇口气，江晓嫒不情不愿地走过去："谢谢陈老板。"

"谢我？"陈方舟回头看了她一眼，笑了一下，"别谢我，他们整不到你，又不敢对我怎么样，以后还得变本加厉地欺负你，你就等着吧。"

他说得对，江晓媛在店里成了个狗不理。她虽然为了生存，暂时接受了自己洗发小妹的身份，心理上却是不肯同流合污的，她带着这个"身在曹营，心在汉"的精神，将自己拾掇得干干净净，一天到晚鹤立鸡群，独来独往。

江晓媛还从美发会所门口的二手书市场里选购了一打二手旅游杂志，五块钱三斤，十分实惠。别人凑在一起聊指甲聊家常的时候，她就自己高贵冷艳地坐在一边看书。

她选的杂志非常有用意，自己的水平江晓媛心里有数，字太多的正经书是看不下去的，而图片比较多的时尚杂志别人也会看，显不出她卓尔不群，斟酌来斟酌去，只有旅游杂志图文并茂，文艺小清新，且不受店里的乡非青少年们欢迎，是一种性价比很高的装×捷径。

陈方舟的话，江晓媛一个字也没听进去，她打定主意要在一群泥腿子中做一朵璀璨的白莲花。

白莲花每天与天斗与人斗，与自己郁郁不得志的起伏心绪斗，忙得不亦乐乎，直到接到祁连约她去吃火锅的短信，江晓媛才傻眼了——歇菜了，还有这出，彻底忘了！

她的瞎话还没编好呢，原主人的父老乡亲们能接受"走在大街上突然失忆了"这么串台的梗吗？

三

可该来的总会来，躲到天涯海角也没有用。

江晓媛最怕的其实还不是面对一群陌生的"亲朋好友"，而是万一她在这个时空里的父母和原本时空中的父母一样怎么办呢？

她该怎么去面对明明一模一样，却又完全不同的人呢？

"遥控器"手机催命似的响了一声，祁连发来短信问："我什么时候去接你？"

烦死了，有这么逼人的吗？这个催法简直是在拉皮条。

江晓媛冲着手机大吼一声："催个毛，老娘不去！"

手机逆来顺受，当然不会提出什么异议，江晓媛兀自默立片刻，叹了口气，像个神经病一样仰起头,对着空无一物的天花板,自言自语地问:"你说怎么办?"

天花板还没来得及发育出聊天的功能,只好无言地端着那张沧桑泛黄的脸,慈祥地注视着她。

江晓嫒闭了闭眼,无声地呼出一口气。

也是,除了面对,她还能怎么样呢?

不过在勇敢面对之前,她还是想拖一时是一时,给祁连回了短信:"我先去医院看看章大姐,告诉我地址吧,晚上我自己过去。"

祁连那边终于没了动静。

江晓嫒松了口气,出门奔医院去了,她有点怕祁连,怕得又有点依赖——她直觉里那个人似乎没有恶意,但她对祁连摸不着头脑,不知道他到底知道多少,也不知道他接近自己到底是因为什么,只能兵来将挡水来土掩。

这个月份天已经有点冷了,街上已经有人穿起了薄棉服。江晓嫒身上还是刚开始的那身夏装,她装作不畏严寒的样子,快步跑到公交车站,前脚刚到,一辆快速公交就驶入了车站,江晓嫒扫了一眼汽车站牌,发现这辆也去医院的方向,抬脚就要上去。

她旁边有一对中年夫妻,男的本想跟在她后面上车,被女的一把拉住:"你没看见上面写着快速公交,这个贵一倍呢,不上这辆。"

江晓嫒的脚步条件反射似的顿了一下,鬼使神差地没上,公交车转眼开走了,温暖的尾气退散,秋天的小寒风冷飕飕地开始反扑,江晓嫒站在原地,一个不由自主的寒噤过后,她愣愣地反思着自己方才的所作所为。

"我有病吗?"她想,"干吗不上?"

正这么想着,后面一辆车缓缓地进站,还是顶着个"特快"的标志,江晓嫒脚尖在地上点了几下,依然没上去。她眼观鼻鼻观口地在原地站成了一座八风不动的美人像,对自己的变化感到毛骨悚然。

等江晓嫒磕磕绊绊地到了医院,她已经被冻得有点麻木了,形体却保持了麻木的优雅,棺材板一样半身不遂地走了进去。江晓嫒边走边盘算:"章甜今天要是能把钱还给我,加上从陈诺亚那儿预支的半个月工资,凑起来也有小一千了,我可以拿去买件厚衣服。"

想到这里,她又觉得有点牙疼——不到一千块,在她的印象里,充其量够买一件又打折又掉色的破牛仔裤,去哪儿弄像样的厚衣服?

第三章　美发店

_065

江晓嫒熬过了在黑网吧苟且偷生的日子，第一时间就是把那一身"换洗衣服"扔了，并发誓以后再也不贪便宜买这种东西。感觉自己整张人皮都被那身破衣服污染了。

也许她可以像冯瑞雪那样，去商场里买些所谓的大众名牌，可它们不单难看、互相抄袭，还会随处撞衫！

那么难不成她要到那种小摊小贩或者地铁小商店买衣服吗？

万一碰上黑心商家怎么办？

一时间，什么黑心棉啦，死人身上扒下来漂个白就当新衣服卖啦……种种骇人听闻的传言在江晓嫒脑子里走马灯似的转了一圈，她开始觉得浑身都痒了起来。她身上同时兼具穷且事儿多这两项不可共存的特质，矛盾简直不可调和，痒了一路也没想出对策来。

江晓嫒饥寒交迫地找到了章大姐的病房，章大姐睡着了，章甜守在一边，那小姑娘原本柔软水灵的脸已经凹陷了下去，她膝盖上放着一本习题册，靠在椅子背上困得东倒西歪，书从她手里滑了出去，"咚"一声掉在地上，她一脸慌乱地清醒过来，好一会儿才意识到没出什么事，皱了皱眉，一边自己跟自己生着气，一边弯腰去捡——然后她看见了江晓嫒。

章甜见了她，并不惊喜，反而脸色微微一变，随后她有些勉强地憋出很有礼貌的样子，拘谨地站了起来："小嫒姐来了？"

她还小，小孩子之间互相借个十块二十块，都显得是件大事，江晓嫒借她五百块钱，在章甜眼里俨然是一笔能让她一直惴惴不安的"巨款"了，可是章秀芹这一病来得太突然了，原本还算小有积蓄的家眨眼就捉襟见肘。

来给她帮忙的舅舅告诉她，如果债主来，她就装得可怜一点、走投无路一点，最好可怜兮兮地哭一通鼻子，这样别人也就不好逼迫她了。章甜单纯地想，杀人偿命欠债还钱，这不是天经地义的吗？怎么能利用别人的同情心耍这种心眼儿？

舅舅说："好啊，那你去还钱吧，钱呢？"

钱没有。

因此江晓嫒进来的时候，章甜几乎不敢正眼看她。

"我就是来看看。"江晓嫒走进病房才觉得有点尴尬，探病应该带礼物的，她这一路净顾着琢磨黑心棉了，把这茬儿忘得干干净净。

章甜："进来坐。"

江晓媛探头看了一眼，压低声音："怎么样了？"

章甜蔫蔫地摇了摇头："手术做了，恢复得不太好，还得留院观察一段时间。"

"哦……"江晓媛不知道怎么提还钱的话茬儿，顿了一下，她生硬地拐了个弯，说，"幸亏现在都有医保，要不然……"

"我妈没有，"章甜打断她，迎着江晓媛惊愕的目光，她说，"我妈一直觉得自己身体好，不会生病，嫌每个月去交医保贵，就……"

江晓媛要钱的心先凉了一半，她难以置信地瞪大了眼睛："那……那这住一次院，你们自己要负担全部吗？你家里有那么多钱吗？"

章甜一听这话，眼泪像断线的珠子一样稀里哗啦地掉了下来，她本来觉得自己装不出来，谁知话到了这里，她悲从中来，本色出演，装都不用装，章甜默默地缩在小小的椅子上，一边摇头，一边伸手去擦，越擦越多，到最后几乎喘不上气来了。

"小媛姐，"章甜哽咽着说，"等我去想想办法，有钱了以后马上还给你。"

江晓媛脱口说："哎，算了算了，不用了，看病要紧，你先拿着好了，我不急。"

章甜难以置信地看着她，发现世上还有这种穷大方的傻×，于是哭得更凶了。

江晓媛来时操心了一路杂牌子外贸小店的服装质量，走的时候才心情沉重地发现纯粹是自己想太多，只有"99元羽绒服大甩卖"的超市才是她的归宿。她刚一走出住院部，就看见了阴魂不散的祁连，身份成谜的祁连靠在一棵大树上，冲她招手示意，简短地说了两句话。

第一句是："走吧，我顺路。"

第二句是："她们把钱还给你了吗？"

江晓媛连惊诧的力气都没有了，反正这个祁连好像无所不知，知道江晓媛借钱给章甜这件事也不足为奇。江晓媛被小寒风一灌，吹得说不出话来，感觉随着夜幕降临，风好像比来时还凛冽了，她再也维持不住假装的从容不迫，一边像个鹌鹑一样哆嗦，一边摇了摇头。

祁连有些诧异："你没好意思要？"

江晓媛莫名悲痛："我……我跟她说不用了。"

尽管她开始素颜不化妆，开始买旧杂志，开始学会不上快速公交，但骨子里还是个不当家不知柴米贵的富二代，哪怕再穷再窘迫，钱在她眼里也始终只是一件道具，突然没有了确实会给她的生活造成很多不便，但还没有重要到凌驾于其他——诸如人命、道义之上。

第三章　美发店

祁连意味不明地打量了她一番，好像对她有了什么新的认识，说："想不到你还挺仗义的。"

江晓媛："也不是……不提这个了，不是说要聚会吗？怎么走？"

祁连站在原地没动地方，抬起那双眼镜后面刀锋一样的眼睛："你怎么不问问今天都谁来？"

江晓媛觉得从祁连嘴里说出的任何一句话都像双关，一下一下地戳着她脆弱的小神经，她理智上知道自己应该试探着打几轮太极，多装装糊涂，可是理智还没掌控她身体的大权，冲动已经刺激得她脱口而出："你到底要说什么？你早就知道我根本就不是……"

祁连看了她一眼，就那么一眼，江晓媛就不明原因地说不出话来了。

祁连把一根手指竖在自己嘴边，对她做了个不要说的手势："不要这么想，也不要这么说——跟我走。"

江晓媛心里一阵狂跳，跟着祁连快步离开医院。

"上车。"祁连说，"先给你看点东西。"

祁连帅得很另类，正面看，他貌似温文尔雅；侧面看，却又是另一副面孔，架着眼镜的鼻梁高得嶙峋而傲慢，下巴刮得很干净，嘴唇没什么血色，嘴角天生有点上翘，可是翘得既不温暖又不和煦，像是含着个游戏人间的嘲讽。

江晓媛默默地坐上了他的副驾驶，忽然，她被后视镜上夹的一张照片吸引了注意力。照片有些陈旧了，微微泛黄，上面有个面色苍白的少年，这少年她是认识的，是灯塔助理那张机械脸下面真正的模样。

"许靖阳，你认识的吧？"祁连把那张照片摘下来递给她。

江晓媛先是下意识地点了点头——灯塔助理跟她一样被明光坑过，中途以一个残疾人的身份在某个平行空间里挣扎了几个月，难道就是这个时空吗？

江晓媛："他的腿……"

"嗯，截肢。"祁连应了一声，又问，"你原本是什么身份，方便说吗？"

江晓媛让他问得蒙了一下——她发现自己居然一时答不出。

由于旷工时间比在岗时间长，江晓媛连自己的工作单位全称和岗位都说不太准，生平也没有半个能挂在嘴边的成就，怎么自我介绍？难道要说"我是某某人的女儿""我是某某地久负盛名的败家子"吗？

江晓媛第一次发现自己这么拿不出手，吭哧得耳尖泛红，才含糊出一句：

"是个白领。"

祁连："家境也不错吧？我看得出来。"

江晓媛更加窘迫："呃……还行吧。"

祁连的手指有一下没一下地敲打着方向盘，知道江晓媛的话里有保留，她的家境恐怕不止"还行"。他一看江晓媛就知道这是个娇生惯养的大小姐，当时心里的失望简直无以复加，一开始根本不想管她，反正"他们"已经失败了无数次，这么多年，祁连都已经习惯了，这个不行，还会等来下一个。

可这几天他与变成灯塔助理的许靖阳的联系突然断了，他不得不重新找上江晓媛。

江晓媛小心翼翼地问："这到底是怎么回事，你认识灯……许靖阳吗？难不成你也是……"

"不是，我跟你们不一样，我是土著，"祁连回过神来，十分敷衍地说，"他是我一个朋友。"

他说着，摸出了烟盒，摆弄了片刻，看了江晓媛一眼，又塞回兜里："许靖阳失踪后，我找了他很久，直到有一天碰到了一个和他一样的人。"

江晓媛屏住呼吸："除了我以外还有？"

"嗯，一个男的，六十来岁，"祁连说，"是负责一片社区垃圾分类的垃圾回收员，工作一直出错，有一次还因为忘了关火，差点儿把他租的房子点着，家里人带着去医院看过一次，刚刚确诊的老年痴呆。"

这话切身相关，江晓媛锈住的大脑不得不僵硬地运转起来，她反应很灵敏地问："你为什么会去关心一个痴呆的大爷？"

祁连拿出一部旧手机，边角撞得乱七八糟，仔细看，上面还有利器划过的痕迹，像个满身沧桑的老江湖，比江晓媛那部"遥控器"还够呛，好在还能用。祁连从古老的收件箱里翻出一条信息，上面简洁地写了一个人的姓名、性别、年龄、工作地点几个基本资料，来信地址的号码是空的。

对了，从"灯塔"发出来的信息都是空号。

祁连："是失踪的许靖阳主动联系我的。"

江晓媛："然后呢？"

祁连："我去看了那个人，有一天他坐在社区长椅上，我装作问路找他搭话，发现他正拿着一支破圆珠笔，哆哆嗦嗦地在一张餐巾纸上解一道偏微分方程……"

江晓嫒："解一个什么玩意儿？"

祁连噎了一下："你明白大概意思就行。"

江晓嫒："我……我那什么，我是艺术生——你的意思是，他其实已经被换掉了，不是以前那个收拾垃圾的人，也根本不痴呆，对吧？"

祁连："不。"

"那怎么……"电光石火间，江晓嫒突然有一个可怕的猜测，"你的意思是，他本来是一位高级知识分子，被换到了这个时空里，发现自己成了个收垃圾的，还正在变……"

祁连："变成一个痴呆老人。"

灯塔夺去运动员的腿，夺去科学家的智力。

江晓嫒倒抽了一口凉气。

祁连带着几分怜悯地看着她："你们所谓的'灯塔'就是这样的，只往前照，身后都是阴影。"

江晓嫒心头飞快蹿起的恐惧蓦然褪去，心里很快产生了微妙的庆幸——幸亏她没有智力，这万一，一双长腿长了和没长区别也不是很大，只能起到装饰作用。

江晓嫒："后来那个大爷怎么样了？"

"失踪了。"祁连说，"他和许靖阳一样，有一天突然就不见了。"

两个人在狭小的轿车空间里相对沉默下来，不知过了多久，江晓嫒才又轻声问："后来呢？"

祁连把旧手机递给她，它看起来很久没人用过了，信箱里没有存多余的东西，接连好几条都是一个人的基本信息，像一条条冰冷的档案，只有当事人能从其中看出那一个个在痛苦和绝望中离开的生命。

江晓嫒抬起头来："他们都'失踪'了吗？"

"不是，"祁连平静地说，"那些不肯相信我的说辞的人，后来都'失踪了'，还有些相信了，他们死了。"

江晓嫒失声叫出来："死了？"

祁连："自杀——灯塔里的病毒——你们是这么叫的吧？他每次用完一个身份，就会利用时空漏洞回到灯塔，接着不断地寻找替死鬼，由于平行空间中时间流速不同，所以对于我们这个空间而言，每隔几个月就能接到一个被骗来的倒霉蛋。有些人无法接受自己的身份被占据，所以在这里自杀了……你的处境，自己明白的对吧？你不会觉得那病毒把你送来是好心的吧？"

江晓媛脑子里乱成一团。

祁连挑剔地看了她一眼，一边保持着自己表面的耐心，一边心想："看着智商不高，好在还不算蠢到家。"

江晓媛："灯……我是说许靖阳，既然明明知道明光是要坑他，又能预料到自己的下场，他为什么还要在布置好一切之后断然舍弃这边的身份，回去送死呢？"

祁连顿了一下，他打心眼里不想和江晓媛讨论许靖阳，总觉得这种先天智商不足、后天情商残疾的大小姐不会明白，因此只是敷衍说："他出于某种原因，没有腿是活不下去的，与其苟延残喘地活着，不如想办法替自己报仇——你可以这么理解。"

蝴蝶是没有办法扇着一边的翅膀活下去的，与其被人摆布而生，不如殉道而亡。

祁连懒得多说，江晓媛心里却不像他想象的那么懵懂，毕竟，灯塔助理把自己的一生都送给了她，他实在慷慨至极，不吝所有。

江晓媛："他是怎么知道自己可以寄居到机器人身上的？"

祁连愣了一下："等等，许靖阳和你说了那么多吗？"

江晓媛低了低头，把眼泪忍了回去，简短地把她两次进入灯塔的来龙去脉说了出来——包括许靖阳已经死了的事。

祁连的脸色终于变了。他默然片刻，突然推开车门走了出去，站在街边沉默地点了一根烟。

他背对着江晓媛，肩膀宽阔而消瘦，一手插在兜里，一声不吭地在渐黑渐暗的街头吐出微弱的烟圈，寒风顺着他打开的车门灌进来，江晓媛没有躲闪，蜷缩在车座之中，看着大片的夜色渺茫地落下来。

等她冻得手脚冰凉，祁连才仿佛平静了下来，重新回到车里，他脸上那种近乎柔弱的温和消失殆尽，嘴角绷紧成一条线。

"他不知道自己能变成机器人，也没期待过会有那么好的运气。"祁连在江晓媛满心迷茫的时候猝不及防地出了声，"他一开始只是把希望寄托在我身上，希望我能帮他留住那些人。后来我们发现，同一个时间里，像你一样的外来者只能有一个，而病毒似乎也只能把人传送到这个时空中。"

江晓媛艰难地眨了眨眼。

"他跟你说过吧，如果那病毒来不及找到下一个身份，逗留的时间太长，他会被法则消灭。但这个时间是多长，我们无法预料，"祁连深深地盯着江晓媛的眼睛，"换

第三章　美发店

句话说，你必须要在这个世界站稳脚跟，尽量地长寿，不能再给他下一次机会。"

江晓媛胸口好像被什么东西堵住了，堵得她呼吸都不顺畅了。

祁连轻轻眨了一下眼睛，补了一句："否则他的孤注一掷就算输了。"

这句话像一记闷棍砸在江晓媛头上，一时间，她感觉无数人生命的重量随着这句话一起压在了她的肩膀上，而她像是一块顽铁，机缘巧合，被打成刀刃，至关重要，又弱不禁风，在进退维谷中难当大任。

江晓媛："可是……可是……为什么他要选我？"

"不知道，"祁连说，"也许是你失去的东西最少？"

不知是不是江晓媛的错觉，她总觉得祁连的话音里有种微妙的讽刺——也对，她身为一介纨绔，从某种程度上来说也是身无长物，她是个物质上的白富美、精神上的穷光蛋，除了钱，她没什么可以失去的。

大概这也是灯塔助理许靖阳选中她的原因——不都说能用钱解决的问题就不是问题吗。

祁连明里暗里地对江晓媛施加了很大的压力，心里却没敢对她抱有任何不切实际的希望。

他缓缓地发动了车子，心里漠然地想："实在不行，大不了我养着她，还让她过以前那种日子，只要不给我惹事就好了。"

四

当天晚上，祁连果真带着江晓媛混进了一个低规格的火锅聚会，他左顾右盼间如生光辉，跟谁都好像能说上几句话。江晓媛一边亦步亦趋地跟着，一边提心吊胆地小声问："你明知道我是个冒牌货，怎么还……"

祁连瞥了她一眼："我方才说过什么？既然你打算长住，就必须完整地接受这个身份。"

不知是不是她太敏感了，江晓媛总觉得祁连对她的态度虽然还算礼貌，但有种说不出的轻慢，她能感觉得到他是在勉强耐着性子，也能感觉到对方把自己当成了一个大麻烦。

来参加聚会的人三教九流，干什么的都有，互相之间也不像江晓媛想象的那么熟络，连八竿子打不着的亲友也不算，感觉更像个以家乡为主题的网上论坛或者贴吧聚会，她这个冒牌货混进来也不显得突兀。

祁连说："随意一点，你先去吃点东西吧。"

江晓媛心乱如麻地想："这怎么吃得下去，我有那么没心没肺吗？"

等她十五分钟后独自干掉了一盘牛肉时，江晓媛就深切地意识到了，她就是没心没肺。

跟陌生人吃火锅，这在以前的江晓媛看来，是要尖叫的——那么大一口破锅，里面鱼腥肉臊嘌呤成海，地沟油和口水齐飞，一大堆筷子你来我往，互相打着枪林弹雨似的架……简直太可怕了。

然而此时的江晓媛却完全挑剔不起来了，因为她连日来的食谱是这样的：黑网吧的伙食费一顿不能超过五块钱，并且不能离岗太久，她只能在网吧周围解决，江晓媛充分发挥了自己的聪明才智，利用五块钱编制了两种套餐，A 套餐是豆浆加煎饼，B 套餐是包子加矿泉水，一天三顿 A、B 套餐轮流倒班，吃了一个礼拜，她把自己吃得黄里发黑，活像块煎饼。而到了陈老板店里后，她每天吃的是店里统一订的盒饭，盒饭由附近一家小黑作坊倾情赞助，卫生条件堪忧，每天的饭盒都是一间包罗万象的昆虫馆，扫帚毛更是司空见惯，时而还有加餐——店里有个少年就吃到过一只和着米饭一起蒸熟了的壁虎，感动得嗷嗷哭，绝食了三天。

这样一来，江晓媛吃顿火锅简直就像打了一次牙祭——真让她自己掏钱来吃，她还不见得吃得起。

聚餐进行过半，一个中年妇女才匆匆赶过来。

祁连小声说："叫人，三婶。"

江晓媛忙学舌叫了声"三婶"，除此以外，她一句话也不敢多说，唯恐暴露什么。在对方絮絮叨叨的抱怨里，她渐渐地勾勒出了原来的江晓媛是个什么样的人。

这个世界的江晓媛家里父母早已经离婚，母亲多年没有联系，父亲早年干活儿落下了病根，过世了，家里只剩下了一个老奶奶和她相依为命。奶奶年纪大了身体不好，一直要吃药，家境也每况愈下，于是江晓媛从高中辍了学，打理起家里一点薄田，顺便在一些乡镇里的小工厂打工，赚一点微薄的工资，可惜随着奶奶医药费越来越多，渐渐难以为继，她这才想着离家打工，出来找点事做，碰碰运气。

没想到运气这玩意儿就像鸡蛋壳，不能碰，一碰就歇菜。

三婶在席间多喝了几杯，有点上头，搂着江晓媛的肩膀，喋喋不休地数落起来：“你没钱可以先借，你说说，你将来要是考上大学，出来有个正式工作，还怕还不起吗？不比你现在吃苦受累还赚不到几个钱强吗？好好想想，后不后悔？”

江晓媛随口敷衍："反正我读书也不行，念下来也是浪费……"

这话是有理论依据的，毕竟，平行时空的江晓媛也是江晓媛，长得一样，基因也一样，江晓媛对自己的水平很有数。

谁知这话还没说完，三婶就在她后脊上捆了一巴掌："瞎说！你不行谁行？当年中考的时候考了县里第一，免了一半的学费呢！唉，那时候谁不夸，谁不说你将来会上清华北大，你说说你啊……唉！"

江晓媛被她拍得往前一倾，手里的半块烧饼"啪嗒"一声掉在地上，碎了。

"县里第一？"她双目中射出两丛难以言喻的震惊，"我吗？"

这是找人替考了吧？

江晓媛木然地倒抽一口气，抬手擦了擦嘴角的烧饼渣，心头的震惊无从排解，只好抬头望天，以期与各个时空的一众在天之灵好好交流一二。足足用了五分钟，她才艰难地将这个消息消化完毕，胸口又后知后觉地弥漫起一阵难以抑制的难过——原来有一个时空中的她这么出息，偏偏尽管她这么出息，命运却依然不肯厚待她一点，先是让她举步维艰，又是让她中途夭折。

换来自己这个山寨货李代桃僵。

江晓媛的心情突然就低落了下去，一直持续到她带着一身火锅味回到店里。她心不在焉地下了祁连的车，被满载世态炎凉的夜风糊了一脸，祁连把车窗拉下来："哎——"

江晓媛神色黯淡地回头看了他一眼。

祁连递出一个钱包："我看你缺两件秋冬衣服，需要多少钱自己拿吧，我今天就带了这么点现金，以后没的用了再找我要。"

江晓媛震惊地看了看他，又看了看他开的那辆貌不惊人的大众车："你很有钱吗？"

祁连用钱包敲了敲车门："没你家有钱，不过尽我所能吧，毕竟当年欠过别人一个人情，现在必须还上。"

江晓媛一开始没反应过来他是什么意思，在寒风中站了好一会儿才缓缓地回过味来。

"等等，"她难以置信地看着祁连，"你是觉得我没钱活不下去，会像那些人一样逃回灯塔，自杀，坏你们的事？"

"没那个意思，"祁连毫无诚意地说，"你别多想。"

江晓媛有生以来第一次看懂了别人的脸色——祁连嘴上说着没那个意思，其实他就是那个意思。

"你当我是什么，没人接济就活不下去的窝囊废吗？"江晓媛看着祁连那张俊秀的脸，忽然就火了，"我明白了，在你眼里，我就是个比以前那些人都好打发的累赘，只要有人掏钱养，就能一直混吃等死地留在这边对不对？"

祁连："……"

在想通了许靖阳为什么会选中江晓媛之后，祁连确实把她当成了一个难度系数降低了不少的任务——比起之前那些，她这种情况确实最好打发。

江晓媛歇斯底里地嚷嚷道："我告诉你，我不缺钱！"

她是个游手好闲的公主，然而游手好闲之前，她首先是个公主。

叫嚣完这一通，江晓媛一声不吭地转身就走，再也不想看见祁连和他的破车。

"哎，我听说你老家的奶奶还要看病呢，"祁连忙叫住她，"看病也要钱的，还是说因为她不是你亲奶奶，所以你压根儿不想管她？"

江晓媛头也不回地吼道："关你什么事，我自己有办法！"

江晓媛甩开祁连，一脑门官司地闯进店里——陈方舟给她安排的宿舍就在后面，她用力推开门的时候，心里还在发着不切实际的宏愿："总有一天我发达了，要把那破钱包甩到你们脸上！"

她这么一进门，店里原本正在说笑的两个人同时停下来，一齐转头看向她。

两个人江晓媛都有印象，其中一个是她考核那天，出面问陈方舟他们可不可以走的高级技师，叫海伦——店里除了陈方舟和另一个大叔技术总监外，就只有三个高级技师，都是自费出境学过手艺的，每个人头上都顶着个半土不洋的外国名。

海伦有二十七八岁，浓眉大眼，稍有些姿色，工作资历深，为人也能说会道，每个月经她的手办下来的会员卡最多，在店里是个地位超然的台柱，陈老板都会给她几分面子。

另一个姑娘则身材矮胖，是个实习技师，就是那天带头挤对江晓媛的那个，好像叫什么"小K"，真实姓名不详。

这天是店里歇业放假的日子，两人却没走，海伦正比着一个塑料模特的头，给小K讲一些手法。江晓媛见了此情此景，才想起来——二十天以后，在年底旺季

第三章　美发店

到来之前，店里要进行一次大考评，考过了的可以升职称。

她一直沉浸在自己窘迫的境遇中，对这件事完全没上心。

实习技师一般很少能轮到剪发的工作，干得最多的就是烫染上药水，如果没有专门洗头的人，他们也会多赚一份洗头的绩效。江晓媛来了以后，这份收入就被瓜分了，所以小K对江晓媛有种天然的敌意。见江晓媛进来，小K圆脸上用力地挤出一个高深莫测的笑容，目光一边不由自主地落在江晓媛的长发和长腿上，一边掰出不以为然的表情，当着江晓媛的面，她伸手捂住嘴，跟旁边的海伦叽咕了起来。

江晓媛："……"

这胖子准是偶像剧看多了，学得一身不伦不类的臭毛病——有些影视作品总让演员把角色应有的高贵冷艳演绎成没教养，诸如什么抬下巴、鼻孔朝天、不正眼看人、阴阳怪气、似笑非笑、当着人面开小会，等等，搬到现实中，效果实在一言难尽。

海伦伸手在小K的后背上捆了一巴掌，大声说："你跟人家比？人家指不定干几天就走了，你是要评技师的人，还不用功！再这样我不教你了。"

小K话里有话地说："是呢，我就是个不干活儿就没饭吃的小可怜，当了两年实习技师，再不升级真的活不下去了，你看，我又没有直接找到店长走后门的本事，也没有人半夜开车送我回来……"

江晓媛重重地把一把椅子推到一边，她本不愿意纡尊降贵地与这些姑娘发生什么口舌冲突，然而别人既然已经打到了家门口，她也不得不反击——大度不计较和打不还手骂不还口的包子还是有区别的。

江晓媛："有话说话，别指桑骂槐的。"

小K本打算挤出一个"矜贵的"笑容，谁知面部脂肪妨碍了肌肉发挥，只做出了一个"富贵的"笑容："我没有说你啊小媛姐，这么晚回来，玩得开心吗？"

江晓媛努力平复着心头的无名火，感觉自己犯不上。她本想就这么算了，谁知就在她刚刚抬腿要走时，海伦又火上浇油："别耽误时间聊天了，你要考技师，要上进，人家又不要。"

这话听起来好像被指着鼻子说"不上进"，江晓媛按在椅背上的手青筋一跳——她确实没打算在洗剪吹方面有什么建树，可她占用了原主人的身份，不单将人家中考状元的成绩一笔勾销，还混成了这德行。

祁连狗眼看人低就算了，难道她还要受几个剪头发的奚落？江晓媛一冲动，脱口说："谁说我不考？"

江晓媛这句话一出口，海伦和小K全都抬起头，用一种"这女的傻了吧"的目光看向她。

小K一愣之后，笑出了一口参差不齐的大板牙，笑到一半才发现自己得意忘形露了丑，急忙伸手遮住了嘴，用呕吐的姿势完成了"优雅微笑"的高难度动作。

从洗头小妹到实习技师，一般需要一年左右的时间，学得快的也要小半年，虽然实习技师平时干的也都是比较傻瓜的事，但是店里对他们的要求却很高。他们首先要背下一整本不同发型的染烫剪技法，这个过程叫作"背菜谱"，然后还要考实际操作，在塑料模特头上试手。

年轻人记忆力好，"背菜谱"是可以突击的，但实际操作可不行，中间有很多技巧，一般都要老技师带。且不说时间来不及让她临时抱佛脚，光是江晓媛那倒霉的人缘儿，有没有人肯带她还两说。

海伦要比小K直白多了："我看你还是先把头发吹利索了再说吧。"

江晓媛一口气堵在胸口，直接顶了回去："你等着看。"

她撂下这句狠话，霸气侧漏地大步穿过门店，女王似的一路带风地回了自己的宿舍。

可惜，"女王"狭窄的寝宫不够气派，有点像冷宫。

此时室内还没有供暖，她住的屋子又是朝西，西厢房冬天冷夏天热，终年弥漫着一股潮乎乎的气息，比室外还冷。女王在冷宫里独处了二十分钟，心头的火终于被周遭气温浇灭了。

她一点一点地回过神来，终于后知后觉地启动了后悔程序。

江晓媛想，自己干吗激愤成那样，死活不肯接祁连的钱？她既然已经承了灯塔助理一回人情，再借一回他的余荫能怎么样？

江晓媛再一想起自己放出的厥词，恨不能捂脸，她眼下连一件秋冬衣服都买不起，还在那儿做什么钱包砸人脸的白日梦？

这死要面子的穷命！

还有她居然一时嘴快，当着海伦和小K的面说要参加考核，这不是扯淡吗？她要是能在这么短的时间内考上实习技师，母猪都能上树了。

女王的王冠就这样"啪嗒"一声掉在地上，摔成了一堆破铜烂铁。

江晓媛烂泥一样仰面躺在床上，面对着天花板沧桑的老脸发了会儿呆，烙饼似的翻了几个身，在自己根深蒂固的废物与比天大的面子中苦苦挣扎了良久。最后，东风艰难地压倒了西风——她的面子赢了。

说出去的话泼出去的水，江晓媛无论如何也收不回来，只好自己豁出去了：要么背水一战，要么等着让人打脸。

"怎么说我也是有潜力考状元的人。"江晓媛兀自嘀咕了一句。

随后她把脸塞进了枕头里，难过地想："怎么办？状元，我给你丢人了。"

灯塔助理把毕生的梦想送给她，可江晓媛却还是找不到自己的路在何方。故事里总是爱讲草根们奋斗的过程，那些主人公刚开始都是一无是处的草根，最后都变成了不可思议的人生赢家，让观众看得好爽，好像只要自己下定决心，就也能丑小鸭变天鹅一样。

但其实细想起来，一个人活得有追求、有目标，难道本身不是一件十分难得的事吗？至少江晓媛是没有这个目标的。

世界上那么多人都是庸庸碌碌地过一辈子——随着年龄的增长，选个分数性价比高的学校，找个门当户对的人结婚，买个家庭条件承受得起的房和车，做一份收入差不多的工作，像别人一样按部就班，白天混日子，下班看电视，偶尔读些心灵鸡汤愉悦一下身心，就这么日复一日、年复一年。这其中有多少人明确地知道自己真正想要什么呢？

更不用提能不能坚持下来了。

江晓媛也很想像灯塔助理一样，过一个有主题的人生，想想都觉得热血沸腾。

可惜，现阶段她的人生主题就只有一个——穷。

她的心比天高，居高临下地俯瞰人间，无处着落，身却在尘世中，憋憋屈屈地被人来回鄙视，胸口间憋着一口一飞冲天的气，只是找不到冲天的发射点。

江晓媛在这样的憋屈中蜷缩着睡着了，还做了个梦，梦见她跑去看时装新品发布会，把看着喜欢的一口气都买了下来，黄粱中好好解了一回郁闷。结果醒来一看，她还是连件过冬的衣服也买不起。

第二天上班，无论江晓媛多么希望头天晚上和海伦她们置气的事没有发生过，事实还是冷冰冰地横陈在了她面前。她推门进店，发现自己说出去的话不但成了泼出去的水，还在地上蜿蜒成了坑——不过短短一宿，小K她们已经让她的大言不惭传遍了整个美发店，人人看她的目光都充满同情和奚落。

江晓媛头天晚上再衰三竭的斗志只好被迫出头，哭哭啼啼地迎难而上，拯救她岌岌可危的自尊。

这天，江晓嫒一整天没有休息，只要稍微空闲下来，她就会屁颠儿屁颠儿地跟在陈方舟身后，如饥似渴地盯着他那双出神入化的手。陈方舟一开始没留神，被她碍手碍脚地挡了几次路，才诧异地问："你不好好干活儿，跟着我干什么？这个月绩效不要啦？"

江晓嫒正在心里反复回味他给人剪刘海的那几个动作，两只手在下面暗暗地跟着比画，心不在焉地应了一声："不够一壶醋钱，不要就不要了，就当我先投资自己。"

客人都被她逗笑了，陈方舟从镜子里端详了一下江晓嫒的脸，摇摇头，随她去了。他总觉得这姑娘有点妄想症，老站在大款的角色上看待世界，一天到晚就会穷嘚瑟，和他中二时期非常异曲同工——陈老板当时也是，分明是个乡非少年，总惦记着要拯救世界，才被人一忽悠就跟着跑了，成就了一段终身无法洗净的黑历史。

世界如此高贵冷艳，用得着谁拯救？

陈老板："你就不着调吧。"

江晓嫒："陈总，下个月考评我能参加吗？"

"能，"陈方舟一口答应，"重在参与。"

江晓嫒："那我要万一考过了，给我涨多少工资？"

陈方舟眼皮也不抬："一个月十万。"

江晓嫒："陈总，我很严肃的。"

陈方舟糟心地看了她一眼："我也很严肃——求求你了，一边玩去吧，别给我捣乱了。"

江晓嫒气哼哼地走了，过了一会儿又回来，拿了个小本，一边在旁边围观陈方舟剪头发，一边记笔记一样记下她所看见的每个动作和要领，还颇有解构主义地在下面配了图。

半天过去，江晓嫒只洗了两颗脑袋，记下了七八种发型。陈老板总算闲了片刻，喝水的时候将她的本子抽出来一看，惊了：他先是发现她的字很不错，当然称不上书法，但是和店里那些歪歪扭扭的孩儿体比起来，实在是太像样了；然后陈方舟发现她的画也不错，江晓嫒虽然毕业于烟灰缸系，但也是学过素描的，水平一般，但唬一唬外行人还是蛮可以的。

反正在没怎么见过世面的陈老板眼里，这本随手笔记简直称得上是一件艺术品了。

陈方舟："你真打算参加考评？"

江晓嫒："比针尖还真。"

陈方舟："为这事连工作量都减了？"

江晓嫒："嗯！"

陈方舟打量着她身上画风不对的夏装："绩效工资少了，到时候你更没钱买衣服了，怎么办？冻着？"

江晓嫒死鸭子嘴硬，摆手说："这都不算事。"

陈方舟沉默了下来，江晓嫒还以为他会被自己的精神感动，正扬扬得意地准备听表扬。谁知他回手就把本子塞回到了她怀里，语重心长地说："小妹，泰山不是堆的，火车不是推的，我啊，劝你踏实点，别好高骛远了。"

江晓嫒七窍生烟地目送着陈老板的背影，心说："我还非要考过不可了！"

就这样，江晓嫒开始了她疯狂的临时抱佛脚，晚上店里关门后，江晓嫒连口饭也来不及吃，就急匆匆地抱起一个塑料模特，拿回去研究。早晨店里上班晚，她也不再睡懒觉，天不亮就爬起来，抱着那一堆旧得卷了毛的发型设计杂志背诵默记，背得头昏脑涨，还是记不住。

江晓嫒只好重拾她的素描功底，在店里找了好多废纸，挨个儿画下来贴在屋里。除此以外，她时而还会根据自己二十多年的资深臭美史，细细地标注几笔什么样的脸型适合什么样的发型之类。

至于实际操作——塑料模特不是羊毛，剪了还会长，她偷偷摸摸地拿回去一个揣摩已经很不对了，不可能再上剪子祸害，江晓嫒只好回忆着陈方舟的样子，笨拙地用空剪子在空气里"咔嚓"。

她画模特、画人物、画陈方舟的手、画上下翻飞的剪刀……没有人手把手教她，陈老板一天到晚忙得要死，其他人都不大和她打交道，江晓嫒只能拼命地记录着各式各样的画面，晚上带回去温习。

这无疑要花大量的时间，江晓嫒以前能从晚上十二点睡到第二天中午十二点，现在却要将睡眠时间硬生生地挤到六个小时之内，精神头足得吓人。她饭不好好吃，觉不好好睡，身上还穿着反季节的衣服，随着天气渐冷，连店里的空调都无法拯救她了。江晓嫒什么时候吃过这种苦头？只坚持了三天，她脸上就挂上了厚重的黑眼圈，嘴上起了干皮，整个人脱水一般瘦了一圈。

第四天，江晓嫒早晨睁眼的时候感觉浑身不对劲儿，打了个下巴差点儿脱臼的喷嚏才发现——感冒了。

/ 第四章 /

Chapter 4

废 柴 的 奋 起

一

清晨，邮局刚刚开门，服务的办事人员只来了一个，正懒洋洋地在服务台后面玩手机，一个老人颤颤巍巍地上前问："同志，我想汇款，应该怎……"

女办事员不耐烦地皱起眉，眼皮也不抬地打断他："那边填单子。"

老人茫然地四下找了找，又小心翼翼地问："填……填哪个单子？怎么填啊？"

女办事员闻言，吊得高高的柳叶眉险些飞出额头，横刀立马地喷薄出一个倒八字："那不是贴着示例吗？自己不会看！瞎啊？"

她话音刚落，一条长臂就伸了过来，越过老人的肩膀敲了敲服务台，手腕上露出狰狞的凶兽刺青一角。办事员目光在那刺青上停顿了一下，吓了一跳，一抬眼，正对上一双冷冷的目光，年轻男人把眼镜摘下来随意地用衣角擦着，目光轻飘飘地落在办事员的胸牌上开了口："你会说人话吗？"

这男的模样俊秀，五官周正，然而他的双眼皮长得比别人横平竖直，像两条刀刃，摘下眼镜以后沉甸甸地压在眼睛上，压得那失去遮挡的眼神显得异常锋利，有点吓人，好像电视里那种随时掏枪杀人的衣冠禽兽。

办事员立马尿了，一声没敢吭，一气呵成地将汇款单和示例表格抽出来，双手递给汇款的老人："您照着这个填……后面的先生您也办理汇款吗？实时汇吗？"

刺青男正是祁连，他扣上眼镜，没再纠缠，把单子和现金一起递了过去："不用。"

那天祁连和江晓嫒分开以后，回去琢磨了一阵子，忽然感觉这个现任穷鬼不像他想象的那么好打发，一个大小姐，趾高气扬惯了，让她心安理得地受人恩惠，对方可能确实接受不了。对祁连来说，要是江晓嫒肯自己在逆境中奋斗，自己在这个世界站稳脚跟，那当然再好也没有了——可他还是觉得不太可能，一时的志气谁都有，问题这志气过了，她能坚持多久？

用脚指头想也知道，江晓嫒要是意志坚定，那病毒也不会选中她。

自尊心超强还吃不了苦，要是放任她照这么下去，她还是非得走前人的老路不可。祁连发愁了两三天，偶然想起她在医院免了别人债务的事，心里灵光一闪，决定换个角度曲线救国。

祁连料得很准，江晓嫒的志气确实在一病之后就销声匿迹了。

以前，生病是江晓嫒长脾气的机会，只要体温超过三十八度，她在家里就仿佛立了什么不世之功，一定要千倍百倍地作，作得别人一分钟都不能忽视她，要一个加强连的人围着她嘘寒问暖才行，否则她就要绞尽脑汁地寻衅大发雷霆。

这天早晨，两个世界巨大的落差终于在她失去健康后凸显了出来，江晓嫒凄凄切切地窝在被子里，没人问候，没人哄她，没人端着熬得稀烂的粥求她喝一口，没人给她拿药，就连想喝点水，她都要自己爬起来倒。

她的枕边是塑料模特那没有五官的头颅，脚底下是一摊发型讲解与图片，屋里弥漫着不透风的潮气。一侧的闹铃第四次响起来，歇斯底里地号叫，提醒她该起床去抱佛脚了。江晓嫒一巴掌将闹钟嚣张的气焰拍了下去，忍无可忍，于是抱着被子号啕大哭了一场。

哭到一半，她还是强撑着爬起来了——并不是她坚强，而是鼻子已经拥堵得水泄不通，再不找卫生纸擤一擤，就抹到被子上了。

她哭哭啼啼、踉踉跄跄地擤了一通鼻涕，擤得脑子里嗡嗡作响，头重脚轻地坐在一大堆千奇百怪的发型中，将自己放空了五秒钟，继而对理发师这个行业产生了前所未有的憎恶。

江晓嫒还不知道自己人生的主题是什么，先知道了该主题不能是什么——她绝对不想当个理发师，烦透洗剪吹这活儿了。她怀抱着这样一腔委屈，无处发泄，于是动手将自己画的那些素描一张一张撕了。

等她彻底哭累了，撕累了，江晓嫒才想起来给陈方舟打电话请假。不料一打开手机，她先看见了两条未读信息。

一条来自手机运营商，提醒她话费余额不足十五元，一条来自祁连。

祁连："我今天给你和她的奶奶打了五千块钱，你多少应该联系她一次，钱的事要是过意不去，可以以后还给我，半年之内我不收利息。"

后面体贴地附上了这个身份原主人家里的联系方式。

江晓嫒："……"

祁连真的想让她留在这个世界上吗？他不会是明光那边的奸细，巴不得逼她早点去死吧？

在莫名其妙的外债和盆干碗净的电话费打岔下，江晓嫒总算没心情哭下去了，她默默地拖着因为发烧而有些没力气的身体把自己洗涮干净，灌了一大桶水，在屋里转了三圈，心里想："那又不是我奶奶，和我有半毛钱关系？"

可是她一边这么想着，一边鬼使神差地把手伸向了手机，拨通了祁连给她的电话号码。

江晓嫒没见过自己的亲奶奶，在她的时空里，她爸幼年丧母，是个没娘的苦孩子，他小时候没受过太多家庭的温暖，这才在有了自己的小孩后变本加厉地娇惯，以至于活活养出了一只熊孩子。

如果另一个时空中的她与自己一模一样，那么……另一个时空中的亲人，也是她自己本来已经失去的亲人吗？

电话一通，江晓嫒先有点后悔，这该跟人家说什么？

但她还没来得及挂断，对方已经接起来了，里面一个大嗓门儿的女人冲着她喊："喂，喂，找谁？"

江晓嫒被问住了："那个，我……"

谁知她只说了三个字，对方就跟开了天眼一样，一嗓子打断她："是小嫒吧！哎呀！你说说你啊，去多久了，也不打个电话回来，你是要坑死你奶奶啊？"

江晓嫒本来就有点耳鸣的耳朵被震得嗡嗡作响，既不知道对方的身份，也不敢胡说，只好带着浓重的鼻音，嗫嚅着："这边遇到点事……"

女人敲锣打鼓似的问："是找工作不容易吧？我说什么来着？早说让你等一阵子，等过年你二哥回来，让他带你出去，非不听……唉，我去给你叫你奶奶，等着啊。"

江晓嫒应了一声，默默地听着电话那边的人逐渐走远，扯开嗓门儿叫着什么人，沉默地想："状元家里怎么连个电话也没有？"

第四章　废柴的奋起

不知过了多久，电话那头传来一阵窸窸窣窣的声音，有嘈杂的脚步声，有别人小声说话的声音，最后是一个老太太中气不足的声音，老人似乎一时找不到对着哪里说话，声音时近时远，怯怯的，小心翼翼的。

江晓嫒不由自主地屏住呼吸，她以为自己会开不了口，谁知在回过神来以前，一声"奶奶"就已经顺口溜出去了。

老太太只听了一嗓子，就敏感地问："你着凉了是不是？我怎么听着你说话声音不对呀。找不着工作就回来，回家，没事的，我还有力气呢，能帮你！"

江晓嫒抽了口气，差点儿把方才未竟的号哭大业续上。

她握紧拳头，咬牙切齿地忍住了眼泪，她的血脉相连却素昧平生的奶奶，成了这个时空中、这个世界上，唯一一个将她的委屈全盘接受下来的人。

毫无芥蒂的。

一通电话打完，江晓嫒收了一箩筐的琐碎的叮嘱，她擦干净眼泪，想起自己五千多的债务，知道自己无路可退了。

无路可退的江晓嫒没有再躺回床上，转身出了门，买了一盒"白加黑"，又花了几十块钱，从超市大卖场里买了一件要多难看有多难看的黑羽绒服，披在她不伦不类的夏装外面，打造出了另类诡异的过冬造型。

她将尚未遭到毒手的素描挨个儿收拢起来，拿起剪子梳子那套东西，披上战袍，扛起长枪，前往店里。

"我以后决不干这个，"美发会所门口，战士江晓嫒把鼻涕擦干净，心里想，"我这辈子最讨厌的职业就是理发师。"

第二讨厌的是网管。

由于感冒会传染，江晓嫒这一天被陈方舟勒令不能接触顾客，将她打发到后台负责一些登记整理工作，这天正值工作日，白天店里客人不多。陈方舟送走了一个客人之后，想起了江晓嫒，感觉她一个小姑娘身在异地他乡，还病病歪歪的，有点可怜，就在爆米花机上打了一罐爆米花，带过去给她。

拐进后台，陈方舟看见江晓嫒正趴在桌子上，可能是感冒眼睛难受，她的脸离桌面有点近，像是要一个猛子扎进去。她一只手拿着一块卫生纸，另一只手在纸面上画着什么，连陈方舟走近都没发觉。

存在感不高的陈老板端着一盒泛着劣质奶味的爆米花，伸着脖子围观了片刻，只见她正在一张废弃的打印纸后面画一系列的连环画——她凭空想象了一颗脑袋，还加了五官，然后一步一步地把理发师的每一个步骤画了下来，最后给画中人整理出了一个全新的发型。

陈方舟觉得眼熟，仔细一想，发现这过程是他昨天动手剪的一个头发，江晓媛居然把每一个步骤都记了下来！

他若有所思地看了全情投入的江晓媛一眼，悄无声息地把爆米花放下，转身走了。

江晓媛靠着五千的外债和奶奶的一个电话撑过了病病歪歪的岁月，挨过了开头那几天，她开始有点习惯了，早起晚睡也变得没那么艰难了，不过还是很憎恨洗剪吹这个工作。

她一边憎恨抵触，一边拼命用功，在这样的矛盾心情下，把"菜谱"背了个七七八八。然后她终于忍不住动手，把藏在房间里的那颗塑料模特的头发给剪了。

江晓媛发现了一个悲惨的事实——真正上手与照着图鉴背书完全是两码事，她的脑子根本指挥不了手。

江晓媛小时候爱娃娃，什么大众的芭比、可以拆卸配件的BJD、动画片手办、木偶片大偶……甚至作为艺术品收藏的陶瓷娃娃，她全都收藏过，她会动手给娃娃打理头发，甚至会缝两件简单的娃娃衣服——之前，江晓媛一直把理发师的实际操作当成摆弄娃娃，直到这时，她才发现没那么容易。

第一，人头太大，发量太多。

第二，也是最关键的——真人都长得太丑了。

忽闪着大眼睛的娃娃套个阴阳头都好看，可真实的人类刘海修得稍微歪一点短一点，都能丑哭一条街，要知道"自然的错落有致"和"狗啃的里出外进"之间，也只有微妙的一线之隔。

江晓媛新手上阵，手抖眼拙，她完成了自己的大作后一屁股坐在床上，与塑料模特面面相觑，仿佛听到了对方无声的控诉——倘若塑料模特也有四肢五官，此时想必已经叫嚷着大巴掌呼上来了。

"完了，"江晓媛惶恐地想，"还有不到十天，不可能学会的。"

她感觉到了前所未有的挫败。

考实习技师其实是个小事，但对此时的江晓媛来说，却有点像买房子。她首先要投入首付——也就是勇气和决心，勇气比较容易，被人一刺激就自动鼓起来了，决心比较难，是祁连的外债、奶奶的电话，还有店里那群小三八挤对下的共

第四章 废柴的奋起

同结果。

而即便这两样都凑齐了,她还要度过漫长的按揭还贷期。

没开始学的时候,江晓媛对理发师要学什么一点概念也没有,以为自己只要有毅力,必定能攻无不克,等她渐渐开始了解一些,也就是一只脚踏进水里的时候,才绝望地发现这水深得游不过去。

退,江晓媛已经退不回去了;进,她奄奄一息地卡在水中央,放眼望去,四下都是一望无际的汪洋,她根本看不见岸,也没有好心人替她指点迷津,她有心甩开膀子奋力划水,却不知该游往何方。

这天晚上,江晓媛第一次失眠了,她打心眼儿里憎恨并鄙夷着理发师的工作,因此当发现这工作她学不会的时候,就终于不得不正视自己一无是处的事实。一直以来支撑她自矜与自傲的俨然是一对空中楼阁,漏洞百出,经不得一点推敲,一敲就塌。这种感觉太痛苦了,比异地他乡独自生病的滋味还难受,因为像江晓媛这样意志不怎么坚定的庸人,她的自信是随着外物的起伏而波动的。持久的顺境,别人的阿谀奉承,都会把她的自信像吹泡泡一样吹大——纵然她潜意识里知道里面是空心的——直到那泡泡碰到针,"啪唧"一下碎了。

膨胀的自信心碎裂的那一刻,真可谓是让人百感交集,像是把一杯掺了油盐酱醋葱花芥末清凉油的老白干一口闷了,酸苦疼辣就别提了。

第二天,江晓媛拖着她健全的身体与残破的精神,苟延残喘地滚到了店里。

她认为自己已经心如死灰,便没有再死皮赖脸地跟在陈方舟身后偷师,也没有带她的素描本。半死不活地给几个客人洗了头,她就百无聊赖地抱起了被冷落许久的旅游杂志,看了半天提不起精神,半个多小时没有翻过一页。

就在她这样大刀阔斧地虚度光阴时,陈方舟走了过来,陈老板不客气地伸手扒拉了她一下:"哎,你别在这儿偷懒了。"

江晓媛茫然地看了他一眼。

陈方舟好像完全没有注意到她萎靡的状态,开口问:"你会吹头发吗?"

江晓媛:"吹头发谁不会?"

陈方舟伸手捏住江晓媛的肩膀,将她从座位上拎了起来:"大言不惭,你会个屁——闲着也是闲着,你过来看我怎么吹!"

江晓媛毫无兴致,低头含胸地跟在陈方舟身后,正好一个客人洗完头出来,陈方舟用眼神警告了江晓媛一眼,让她端正态度,然后屏退正要接过吹风机的技师，亲自给客人吹起了头发。

陈方舟一声不吭，也不给她讲解，就只兀自干着自己的活儿。江晓媛一开始漫不经心，片刻后，她惊讶地发现，陈方舟给人吹头发的顺序、手法、冷热风切换等一系列动作无不考究，给客人吹头发也不能是直接吹干了事，吹出来的头发有型有款。对普通技师来说，一般谁剪的头，谁就顺手给吹了，但是混到高级技师的大神们是不干这事的，他们日理万机，这种没有技术含量的事，一般会推给实习技师。

江晓媛从一开始就只跟着陈方舟，从未将这些基础技术放在眼里过，直到这时，她才发现原来不是自己不行，是她看错了目标，企图一步登天了。

陈方舟笑容可掬地送走了顾客，回头叫狗似的把江晓媛呼唤到跟前："看明白了吗？"

江晓媛本能地点点头，陈老板眼睛一瞪，她又连忙摇摇头。陈方舟就把一把扫帚塞进她手里："今天你来值日，没有客人就去扫地倒水，有什么不明白的，打烊前一起问我。"

江晓媛锈住的脑子百年难得一遇地机灵了起来，听出陈方舟这是让她去四处偷师的意思，忙屁颠儿屁颠儿地拿起扫把，高高兴兴地去值日了。

对于店里其他人来说，这位不爱搭理人的江公主好像突然转了性，平时她只干自己分内的事，从来不和同事聊天，更不跟顾客搭讪，这天她却好像让跳蚤大仙附了身，总共洗了两三个头，其他时间都在上蹿下跳，忙得满场跑——她一会儿给客人倒水，一会儿给人家拿杂志，一会儿弄一桶爆米花分装好了四处送。

扫地更是积极，地面被她扫得比脸还干净。

每天江晓媛下班比谁跑得都快，这天她却主动留下来收拾罩衣，一直磨蹭到别人都走光了，她才跑到陈方舟面前。

陈方舟再次问："你会吹头发吗？"

江晓媛连忙虚心地摇头。

陈方舟摇头晃脑地说："连头发都不会吹，你总跟着我干什么？知道我和你的差别是什么吗？"

江晓媛有求于他，识时务者为俊杰，赶紧拍马屁："云泥之别，天渊之别。"

陈方舟："不用那么文绉绉，通俗一点。"

江晓媛："菜鸟和大师？"

第四章　废柴的奋起

陈方舟叹了口气，用看朽木的眼神看了她一眼，语重心长地说："我和你的差别，就是我是房主，你只能住店里的仓库，连房客都当不起，这中间隔着两个阶级呢，懂吗？"

江晓媛："……"

陈方舟："过来，我给你说说。"

他拉过一个塑料模特，就着没来得及拔插销的吹风机："首先，你得知道吹风机为什么要分冷热风，热风吹干，冷风是干什么用的知道吗……行吧，你还多少有点常识，对，冷风一般是定型用的……"

陈方舟的授课并没有花很长时间，江晓媛自从发现不是自己不行之后，整个人打了鸡血一样，在店里四处看了一整天，颇有心得，学起来事半功倍。她激动地发现，原来自己还有点小聪明的，于是艰难地把碎了一地的自信心又一点一点黏了回来。

"回去可以在自己头上试，也可以拿着这个模特，"陈方舟说到这里，突然转过身，神神道道地伸出一根手指，差点儿戳在江晓媛下颌上，"不过有一条，偷偷练完以后，你得把它原封不动地送回来，不许给我动剪子破坏，听见了吗？"

江晓媛以为自己糟蹋塑料模特的事被他发现了，顿时有点心虚。

她还没来得及虚到底，就听见陈方舟煞有介事地压低了声音："我告诉你说，这几个头其实是一个梅花阵，镇着店里的气数呢，你请回去以后，一定要每天晨昏定省，不能对人头大神不敬，祖师爷可在后面看着你呢，当心他老人家不给你这碗饭吃。"

江晓媛："……"

祖师爷顶着这张没有五官的大白脸，还真是辛苦了。

江晓媛恭恭敬敬地捧着塑料模特，对陈老板这个脑残下了委婉的逐客令："陈总，你先走吧，我来关灯锁门。"

陈方舟应了一声，一边往自己腿上绑棉护膝，一边随口对江晓媛说："你字写得这么好，也有点文化，一辈子在这里干这个挺可惜的，想过以后干什么吗？"

江晓媛抚摸着"祖师爷"狗头的手顿了一下："想过，想不出来。"

陈方舟没有嘲笑她，十分有同感地点了点头："正常，我像你这么大的时候也想不出来，先做好事，再慢慢来吧——哦，对了，你在哪儿学的画画，画得真不错。"

这一句话让江晓媛想起了自己小时候，小学一年级有一段时间，老师特别愿意让小孩挨个儿站起来说自己的梦想，小孩不懂，站起来说什么的都有，轮到她的时候，江晓嫒说自己想当个艺术家。

她其实不明白什么叫"艺术家"，只是偶然在她妈看的杂志上看见过一个特别漂亮的女人，小女孩都爱漂亮，于是她跑去追问她妈这个人是谁，从大人那儿得到的答案是"艺术家"，从此，在她幼小的脑子里，"艺术家"就等于"大美人"。

她这一番阴差阳错的职业愿景被她父母知道了，于是没过多长时间，家里就专门请了老师来教她美术。她学过一年的儿童画，还考过级，后来又学素描、上色……江晓嫒的绘画功底就是那时候打下的，可惜后来她发现，拿起画笔的自己也没有立竿见影地变成大美人，追求艺术的心就淡了，转而去追求吃喝玩乐了。

直到多年后，她即将出国留学选专业，曾经那点小小的爱好才细微地刷了一回存在感，最终导致她去读了个坑爹的艺术专业。

现在想起来，这些都好像上辈子的事了。

江晓嫒："我小时候想当个艺术家来着。"

陈方舟听了，甚为感慨地点了点头："都一样，我小时候也差不多。"

江晓嫒十分诧异："什么？陈总，你小时候也想当艺术家吗？"

陈方舟："那倒不是，我小时候想当个救世主。"

江晓嫒："……"

店长的中二病不能好了。

陈方舟毫无羞耻心地将自己傻缺的一面坦白出来，没事人儿似的站了起来，活动了一下筋骨，戴上手套，对江晓嫒说："万事开头难，尤其她们都不愿意带你——我教你个招，你要是不知道从哪儿下手，就当自己什么都不会，从最基础的学起。"

江晓嫒："我本来就什么都不会，连吹头发都还没……"

"我说最基础的，"陈方舟打断她，"最基础的不是那些手法，是让你看别人吹头发的时候，吹风机的挡位是怎么调的，风口和人头之间留多长距离，手是怎么动的——你把这些都看明白了，再去看别人吹的是卷发还是纹理。学东西都这样，你快不了的时候，只有慢下来。"

江晓嫒："可是我怕赶不上考核……"

"怕就能让你赶上啦？"陈方舟头也不回地推门出去，"真逗——你学多少是多少吧，难不成还打算篡了朕的店长之位吗？真是反了你了。"

第四章　废柴的奋起

三

江晓媛骑虎难下，走投无路，只好接受了陈方舟的意见——能学多少是多少了。

渐渐地，江晓媛发现果然是浓缩出精华，陈方舟说话居然有点水平。她以前从来不去观察别的同事都在干什么，此时用起心来，有点目不暇接了。江晓媛好像变成了一块海绵，不断颠覆着自己固有的认知，每天整理大量的笔记，没事就去找"没脸的祖师爷"切磋技艺，把一天二十四小时过得紧巴巴的。忙碌让她短暂地忘记了内忧与外债，她憋着这口气，一晃就晃到了考核的日子。

那天江晓媛紧张地混迹在待考核人员中，心口都快被自己震碎了。

她太努力了，有生以来从未这样努力过，以至于自己都有点害怕——万一她这样努力还是不行呢？那岂不是证明了她失去了父母的庇荫就注定一事无成吗？要真面对那么一个真相，她后半生还活什么劲儿？

考技师实习生和考实习技师的洗头工都排在一起，问答部分基本要求是一样的，实际操作略有不同。陈方舟准备了两个箱子以供抽签，抽到什么考什么，江晓媛前面排的是小K，小K脸白得像新糊的墙皮，双腿直哆嗦。

江晓媛不屑地想："就这点出息。"

然后她发现自己也在哆嗦。

陈方舟平时在店里十分随和，但是这天显得格外冷酷无情，他坐在一张转椅上，面无表情，一个问题一个问题地抛出来，几乎不给人思考的余地，小K在众目睽睽下难免紧张，嘴里磕绊一下，陈店长就残酷地看她一眼，低头在考核本上记下两笔。

江晓媛一边随着陈老板的问题在心里默默回答，一边打量着小K那张快哭的脸——既认为她活该，又觉得有点戚戚然。

实际操作的时候更可怕，胖妞小K刚做了一半，陈方舟的脸已经黑成抹布了，还不等她调整好心理状态，陈老板就发了话："行了，换下一个吧，你下次再考。"

小K尴尬得手足无措，艰难地看了一眼海伦，海伦给了她一个"别丢人了，快滚下来"的眼神。小K不知怎么的就坚强地鼓足了勇气，向掌握着生杀大权的陈老板提出了弱弱的反抗："我都干了两年实习技师了……"

陈方舟一掀眼皮："你也知道啊，两年实习技师就学成这样你还有脸说？你说说你能干点什么，也不长点心——新来的都比你强，江晓嫒过来！"

骤然被点名的江晓嫒后脖颈子先是一僵，随即，她感觉到两道来自小K的愤恨视线钢针一样地扎进了她的前胸后背，江晓嫒就突然不紧张了，敌人的恶意给了她无与伦比的力量感，她好像被什么加持了一样，旁若无人地越众而出。

陈方舟："过来抽签——其他人都闭嘴！"

窃窃私语声平息下去了，江晓嫒抽了问题签，在离小K三步远的地方站定，心里没有忙碌地温习着自己要背的东西。她背书不行，从小就看了后面忘前面，但一向对图画情有独钟。她小时候连一本童话故事也能看睡着，但如果是动画片，她不但能全情投入地看完，一个礼拜以后都还能向别人复述。

托那些撕了又重新画的素描的福，虽然学习过程中浪费了她大量的时间，但是图画基础上的每一个备注她都记得清清楚楚，再加上她有点人来疯，从身到心都很想给小K点颜色看看，问答环节显得格外对答如流。

陈方舟把问题本扣过来放在一边，抬头看了小K一眼："听见了吗？"

倘若有模子能拍一下小K的脸，成品已经能直接拿去当鬼脸面具了，江晓嫒装作漫不经心地扫了她一眼，顿时通体舒畅。

可她还没享用完胜利的果实，小K就突然开口说："不可能，她肯定作弊了。"

这个好讨人厌的小胖妞真的就只是个小女孩，可能也就是十八九岁、二十出头的年纪，涉世未深，没事就知道看综艺节目跟着傻笑，人情世故是一丁点儿也不懂，她心里激愤，想到什么脱口就说了，根本没考虑到这话直接指责的是他们老板。

江晓嫒突然觉得自己以前跟这种小女孩置气，也是挺幼稚的。

海伦眼看小K要不像话，忙上前一步拉住她："你差不多行了！"

小K完全没看懂她的脸色，脸红脖子粗地指着江晓嫒火上浇油："姐，你拉我干什么？她肯定作弊了，你看她那样子，一天到晚谁也不搭理，活儿也不好好干，每天就会跟在老板后面拍马屁，有本事我给她抽一张，你再考她。"

陈方舟这匹被拍了屁股的矮脚马看过来，海伦简直抬不起头来。陈方舟的剪子在手里转了一圈，"啪"一声拍在手心里："行，那你替她再抽一张。"

海伦急坏了，一把拽住小K："你别闹了，好看吗？"

小K怒气冲冲地甩开她的手，端起抽签的箱子，倒拔垂杨柳似的扛起来用力晃了晃，从里面抓出了一张问题签，赌着气递给陈方舟："就这个！"

陈方舟看也不看她，翻开考题本。

第四章　废柴的奋起

江晓媛乐得再表现一次，她万众瞩目过，却从未被"这人怎么什么都会，够厉害"的目光瞩目过，虽然觉得自己确实幼稚，但每说一个问题，她就扫一眼小K，心里的得意快要冲出地平线了。

十个问题答完，陈方舟合上问题本，将二郎腿上下调换了一下位置，抬头问小K："这回作弊了吗？"

小K快要把嘴唇咬破了，海伦忍无可忍地掐住她的胳膊，把她拖到了一边，陈方舟对江晓媛一扬下巴，深栗色的发梢在小礼帽下面一闪。江晓媛连忙收敛了自己的得意，知道自己实际操作不行。

结果陈方舟说："去给莉莉吹个4号卷发。"

江晓媛瞪大了眼睛。

卷发是江晓媛最早学会的造型，被陈方舟点中的卷发正好是她最喜欢的一个，有一天趁着店里歇业，她还动手给自己吹过一个，算是将她连日来没有条件臭美的心慰藉了一番——她只剩下这种方式能臭美了，只有这是免费的。

陈老板这是要给她放水。

陈方舟："看什么看，不会啊？"

江晓媛："会！"

她从未觉得这小矮子这么帅过。

被点中当模特的莉莉不情不愿地出列，散开头发跟江晓媛去了洗头台，壮士断腕似的将自己的宝贝头发豁了出去。莉莉往椅子上一坐，气哼哼地说："过两天我就把头发剪了，省得一考核你们就祸害我的脑袋。"

江晓媛被她顶得心里火大，一声不吭地接过吹风机。莉莉像条任人宰割的鱼，半死不活地把自己的头交到江晓媛手里，全程不肯抬头看镜子，一直在生无可恋地玩手机，直到江晓媛把梳子丢在梳妆台前，发出一声轻响。

江晓媛像个隐世高手，事了拂衣去似的一甩手："好了。"

莉莉兴致不高地抬头一看，震惊了。

江晓媛做出来的造型和标准的4号卷发有点细微的差别，讲究又自然——当然，这可是她在自己头上试过的，拿自己下手之前，她险些把"没脸祖师爷"折腾成秃毛鸡，怎么肯有一点不考究？

严格来说，这些日子日夜努力，江晓媛真正精通的造型只有这一个，其他都是照本宣科、稀松平常。

脱轨

只见那发卷错落有致,花似的随意搭在主人的背后肩头,脸上该遮的地方都被遮住了,只露出一个尖尖的小下巴……完美地诠释了什么叫作发型改变命运。

陈方舟看了一眼,没有给出评价,只是说:"和图鉴上不一样。"

江晓媛:"我做了点改动,图鉴上那个容易显得脸大。"

这是她要的一个小花招,一成不变地照本宣科虽然更加安全稳妥,但不够让人印象深刻。

陈老板悄悄给她放了水,江晓媛一开始是窃喜的,可给莉莉洗头洗了一半时,她心里才回过味来,意识到陈方舟并没有真正地想考她。

不知道是不是受了这个时空里状元的影响,这些日子江晓媛感觉自己的脑子好像灵活了些,她很快想明白了陈方舟的用意——陈老板根本不相信她能在短短不到一个月的时间内真正达到实习技师的水平,哪怕实习技师也只是给别人打打下手,但比起洗头工,接触顾客的机会毕竟要大得多。

陈店长虽然时而中二不着调,但对待顾客的态度非常谨慎负责,他压根儿不想给江晓媛这个实习技师的胸牌。他肯定也通过一些途径知道了江晓媛和小K她们置气的事,不让江晓媛通过考核,又要袒护她不丢面子,只好这样——先在瞒过别人的情况下隐秘地给她降低难度,让人看了心服口服,再铁口断一句"工作时间太短,不具备实习技师资格",不给她通过。

这样一来,别人不会觉得江晓媛水平不行,只会替她觉得店长不公平,既保全了江晓媛的面子,又不至于破坏店里的高标准严要求……说不定还能借着大家伙一时的同情,让江晓媛这独得要命的熊孩子早点融入同事中间。

陈老板很有些不显山不露水的手腕,江晓媛想清楚以后也并不是不领情,但还是有种自己的努力被无视的憋屈感,她真的想搏一搏。

江晓媛忐忑地看着陈方舟,不知道他对自己这个改良有什么看法,然而陈老板脸上是一片谜样的平静淡定,没有发表任何见解,只是挥挥手,叫了下一个。

江晓媛心事重重地退到一边,比没考到她之前更紧张了。

莉莉却不知什么时候磨蹭了过来,语气甜蜜地主动和江晓媛搭了话:"你以前是不是在别的地方干过呀?造型做得真好。"

江晓媛勉强一笑:"没有,就是瞎摆弄,我看陈总不一定让我过。"

小K她们那一小撮人经常散播"江晓媛看不起人、不好说话"的谣言,莉莉道听途说,对她的印象一直也不怎么样,直到这会儿真说上话,她才发现江晓媛其

第四章 废柴的奋起

实挺平易近人的。这个莉莉姑娘心也有点大，眨眼的工夫，她已经忘了自己方才那不给面子的"壮士断发"宣言，凑到江晓媛面前说："那以后歇业逛街之前，我能找你给我吹头发吗？"

江晓媛看了莉莉一眼，心说："你不是要剪短吗？"

可最后她还是把这句呛人的话咽回去了——江晓媛毕竟不是个棒槌，要不是为了争面子，她也是希望能被别人接纳的。她点了个头，又感觉自己态度生硬，显得不友好，于是生硬地补充了一句："你发质挺好的。"

后续考核对江晓媛来说漫长而煎熬，等全体都考完，已经是晚上将近十一点了，莉莉连着打了三个哈欠，参加考核的众人站成一排，个个又累又紧张，挂着如丧考妣的神情，等着听陈老板的宣判。

陈方舟："胡小雪，升技师，明天换胸牌；约翰，升实习技师，哦，你还是这个月绩效冠军，下个月得注意保持；小K，没过，你接着实习吧，一天到晚少弄那么多用不着的；江晓媛……"

江晓媛开始莫名口干。

陈方舟抬头看了她一眼："你这个月绩效垫底，不合格，扣全部绩效奖金。"

江晓媛的心拔凉拔凉地沉了下去。

陈方舟继续说："考核倒是过了，升实习技师，明天换胸牌——我警告你，下个月要还这么干，绩效奖金接茬儿没有，升不升都一样。"

江晓媛只听到了一半，随着众人哗然声四起，她整个人都仿佛飘了起来，后续奖不奖金的她都左耳听右耳冒了。陈方舟随手抽了一张问题签，团起来砸在她脑门上："发什么呆，听见我说话了吗？"

江晓媛："嗷！"

就这样，江晓媛成了店里见习期最短的洗头工，也成功地与以莉莉为中心的小团体破了冰，她才发现，和这些同事原来也并不是完全无话可说，聊聊减肥，聊聊衣服，实在没的说，还能一起在背地里调侃一下陈老板。

江晓媛会画画的事也如愿以偿地得到了众人的大惊小怪，她一时心血来潮，给每个人都画了一幅不像本人的肖像画——反正谁也不介意画得像不像，美就行了。

江晓媛换了一张"实习技师"的胸牌，对此她十分心虚，生怕别人看出她的名不副实，好在实习技师基本是在打下手，不必独当一面，她一时半会儿还应付得来，江晓媛一边装作胸有成竹，一边继续在私下里恶补。

当然，乐极生悲的事也有，由于她绩效奖金全无，当月只拿到了一点可怜兮兮的基本工资，这与她那"巨额"外债比起来实在是杯水车薪，江晓媛咬碎满口牙，抽出了四分之三，当作首期还款打给了祁连。她依然没钱买衣服，可能注定要在夏装外穿着那件丧心病狂的黑羽绒服过冬了。江晓媛宝贵的青春光阴，泡在泥潭一样的潦倒里，不知道哪年哪月才能爬出来。

然而不管怎么说，江晓媛开始习惯了美发店的生活，也尝到了"习惯"的好处——这俩字太神奇了，它们能平息世界上大多数的痛苦。

江晓媛自从到了这个世界，无时无刻不处于兵荒马乱中间，这段日子总算安稳了下来。

不过很可惜，江晓媛的岁月静好只持续了几个礼拜。

那天正赶上每周一天的歇业日，外面下了大雪，冷得要命，江晓媛住的屋子暖气不好，于是偷偷跑到店里来蹭空调——不好意思白蹭，她得装出用功自习的样子，一边吹暖风，一边有一搭没一搭地拿着一沓纸条练习上卷。

正练到一半，忽然有人叫门，江晓媛出去一看，吓一跳，只见外面来了个男青年堵在门口，长得特别得人高马大，身高足足有一米九多，人往那儿一站，宝塔一般，遮住了半条马路的阳光。

江晓媛没敢放他进来，小心翼翼地探出个头："请问你有什么事？"

那男青年蜷缩着肩膀，迁就着她的身高，努力想让两个人的视线齐平，姿势显得卑躬屈膝的，在风雪中哆嗦着问："姐姐，你们今天是没上班吗？"

江晓媛警惕地看着他："我们今天歇业，你找谁？"

男青年："那……你们这儿有造型师吗？"

江晓媛谨慎地回答："没有。"

谁知此言一出，那身高接近两米的大汉目光左右游移了片刻，竟然站在门口呜呜地哭了。

江晓媛正打算关门的手停在半空。

十分钟之后，江晓媛把脸洗干净，裹紧了她那臭虫壳似的羽绒服，跟着哭哭啼啼的壮汉前往马路对面的婚纱影楼。

那影楼可能是快倒闭了，想出了好多损招开源节流，玩儿命折腾自己的员工——最缺德的就是要求摄影师自负盈亏，他们得自己找客户，自己签约，月底结算，如果当月客户太少，摄影师还要倒扣钱，作为本月的设备"折旧费"。

第四章　废柴的奋起

不过这寒冬腊月的,谁会没事露个大肩膀拍婚纱照?

淡季民生多艰,这摄影师汉子刚入职,好不容易签下了他第一对客人,约好了今天,结果影楼那位日理万机的化妆师一大早打电话,说不来就不来了。惨淡经营的影楼里只有一个化妆师,众星捧月一般,牛得不行,谁都得罪不起。

可是客人今天要来,总不能让人家妆容自理吧?摄影师实在没办法,只好病急乱投医地跑到对门美发会所找人——他也真是个倒霉催的,美发店也歇业,只好鼻涕一把泪一把地抓来了一只江晓媛凑数。

"就这么给客人凑合?"江晓媛半张脸都窝在羽绒服里,含含糊糊地问,"你们影楼经营这么不正规,是快关张了吧,你怎么在这鬼地方上班?"

摄影师用庞大的身躯嗫嚅着卷了卷手指,轻声细语地说:"我技术不行,别家都不要,好不容易才找到的工作。"

江晓媛:"那还不如去饭馆端盘子呢。"

摄影师一边"嘤嘤嘤"地抹眼泪,一边可怜巴巴地说:"都一样的。"

江晓媛想了想,无言以对,只能承认他说得有道理——这些千里迢迢离家在外的年轻人都是一样的,没有学历,没有技术,涌进各式各样的服务行业里,洗头工、服务员……做的事情不同,地位处境都类似,顾客是万岁爷,老板是大总管,剩下他们一群虾米小鱼,处在食物链的底端,终日被人吆五喝六。

影楼里除了这倒霉的摄影师外,还有个哈欠连天的收银员,摄影师期期艾艾地跟收银员打了招呼,客客气气地请江晓媛坐下,又殷勤地给她倒了杯水,踩着小碎步蹭过来:"我暂时没钱给你,行吗?"

江晓媛心说:"我还看不出你没钱吗?"

她之所以答应,一方面是看这汉子可怜,一方面也是手痒。江晓媛是热爱彩妆的,她从上中学的时候开始,就爱往自己脸上糊墙,花四五个小时化一个妆,然后拍几张照片嘚瑟一下洗洗睡。

有人说花上一万个小时,就能成为一个领域里的天才,江晓媛花在脸上的时间早已经超过了这个阈值,要放在古代,她想必已经是一方易容大师了。可惜手艺没有用武之地,大师自从来到这个时空,就一直素颜——她不愿意往自己脸上涂劣质化妆品,好的又买不起,只好宁缺毋滥地光着脸。

今天总算是又有机会重出江湖了。

江晓媛一口气把热水喝完,哆哆嗦嗦地说:"我没有化妆品,别告诉我你们这儿连工具都没有。"

摄影师忙说:"有,有,我去给你拿。"

江晓媛:"等等,你们空调在哪儿呢?能开大一点吗?太冷了。"

摄影师窘迫地看着她:"没有客人,老板不让开。"

江晓媛:"……"

果然是快倒闭了。

江晓媛发现物是以类聚的,当她穿金戴银的时候,她感觉整个中国都已经提前进入了超级发达国家行列,出门一看,奢侈品店里全是同胞。而当她哆哆嗦嗦地四处蹭空调的时候,她又发现满世界都是穷鬼——不是一般的穷鬼,是穷得叮当响的那种穷鬼。

在寒冷中等了大约半个小时,一辆车才缓缓地停在了门口,江晓媛激动地一跃而起:"来了,来了!快开空调!"

大个儿摄影师本来正在调试镜头,闻言手一哆嗦,险些把镜头摔了,店里一阵手忙脚乱,江晓媛一个健步抢到空调底下,占据有利地形,笑容可掬地摆好了迎客的姿势,看着一男一女两个客人推门进来。

女人小声数落着男人:"你干吗非得这季节拍啊?冻都冻死了,还非得订这种破地方,我们是拍婚纱照,不是驾照上的一寸照片!"

男人:"哎呀,这里便宜嘛……"

女人愤怒地说:"霍柏宇你没搞错吧!我一辈子能结几次婚?能拍几次婚纱照?你就用'便宜'两个字打发我?"

男人十分尴尬,嘀咕:"都到了,人家看着呢,你快别说了。"

女人要面子,闻言扫了店里准备接待他们的两三只小猫,寒着脸闭口不言了。

江晓媛却已经愣住了,她看见那穿着入时的年轻女人摘下墨镜,露出了一张化成灰她都认得的脸——冯瑞雪!

这里的冯瑞雪和另一个时空的冯店长别无二致,讲究、精致,哪怕知道拍照要重新做造型,还是化了工工整整的妆,她脖子上戴着应季的新款名牌围巾,手里拎着小巧的手提拎包,露出手腕上一枚闪闪发光的镶钻表。

冯瑞雪抿起轻薄的嘴唇,小小的下颌绷出一道不高兴的痕迹,一声不响地找了个沙发坐在一角,谁也不搭理。

她并不认识江晓媛,这个世界的冯瑞雪生命中从未出现过一个叫江晓媛的败

第四章 废柴的奋起

家子，而她却居然还是阴差阳错地和霍柏宇走到了一起，两个人一起走进来的时候，就像一只不得不折节屈就的仙鹤领着一只五颜六色的白脸野鸡。

机灵的收银员伸出一根手指，狠狠地一戳愣在那里的呆熊摄影师，摄影师这才如梦方醒，一跃而起，搓着手上前招呼："我给您倒杯水，您可以先看看我们的作品，挑几个主题，然后造型师好配合着主题给二位做造型……"

他说着，伸手一指江晓媛，成功地将素不相识的前男友与撬了她墙脚的前闺蜜的目光都引到了江晓媛身上。

江晓媛面无表情，内心百感交集。

冯瑞雪的目光隐晦地在江晓媛那外冬内夏的装束上扫视了一圈："她就是造型师？"

摄影师心虚地应了一声。

江晓媛素白的脸毫无说服力，冯瑞雪看了，心里想必是更不满意了，沉默了片刻，冯瑞雪闷闷不乐地说了一句："看着有点小，行不行啊？"

"她就是看着小，保养得当，"摄影师紧张得后背冒汗，开始胡说八道，"其实人都三十多了。"

江晓媛："……"

真想糊他一熊脸。

江晓媛在见到冯瑞雪的那一刻，就恨不能从门缝里跑出去，可是脚却仿佛生了根一样戳在原地，这件事荒谬得令人啼笑皆非。

冯瑞雪曾经是怎么对待她的？那真是当祖宗伺候。江晓媛去她店里，她都要亲自迎接出门，平时哄江晓媛比男朋友哄得还厉害，江晓媛说一，冯瑞雪绝不会说二。无论什么时候，江晓媛和冯瑞雪聊天都很愉快，其实后来想起来，两个真正平等的朋友，就算感情再好，能一直不拌嘴、不吵架吗？就算其中一个情商高，能解决大部分的矛盾，她就没有心情低落、不想搭理人的时候吗？

怎么可能其中一方总是单方面地迁就另外一方？所以冯瑞雪和她相处一定很累，她一直要曲意逢迎。

现在倒好，风水轮流转了。江晓媛站着，冯瑞雪坐着，江晓媛带着僵硬的微笑，而冯瑞雪正一脸不信任地当面问她"行不行"。

霍柏宇讨好地把样片放在自己的膝盖上，翻两页就要问一句："这个怎么样？哎，你看，这个不错吧？"

脱轨

冯瑞雪兀自低头玩手机，不理他。

摄影师面红耳赤地站在旁边，那如坐针毡的模样还真对得起这家摇摇欲坠的婚纱摄影馆。

霍柏宇哄了几次，也不耐烦了，最后两个人各自占据沙发的一角，谁也不搭理谁，好像他们二位不是来拍婚纱照的，是来办离婚证的。

空调的暖风吹化了江晓媛僵直的四肢，她空白的大脑慢慢地缓过劲儿来，低头整理起影楼的化妆工具来。不知道另一个时空中的冯瑞雪最后会不会和霍柏宇走到一起，她迟早也会看出这花瓶小白脸的真面目吧？到时候她会后悔吗？她会对自己的车祸念念不忘吗？

江晓媛以为自己只发了一小会儿的呆，可是被摄影师叫了三遍才回过神来，这才发现原来霍柏宇已经选好了主题，两个人马上要去换装了。

收银员姑娘身兼前台、助手、服装师等多个职位，连忙殷勤地跑过来，要带冯瑞雪去女宾更衣室。冯瑞雪刚开始木着脸不动，霍柏宇觍着脸凑到她面前，咬着耳朵说："别的地方拍一组照片动辄好几千，他们家才几百块钱，不就是一组照片吗，什么地方拍的不一样，说不定他们家看着破，技术还不错呢，有必要弄那么豪华的吗，照出来都是一个样……"

江晓媛冷眼旁观，真替冯瑞雪感到遗憾。

冯瑞雪猛地甩开他，看也不看霍柏宇一眼，跟着讪笑的收银员进了女宾更衣室。

摄影师连忙把被选中的样片往江晓媛怀里一塞，飞快地小声说："这个造型，你仔细看下，拜托拜托，千万拜托。"

他像个沿街卖艺讨蜂蜜的大狗熊，惨兮兮地对着江晓媛摇尾乞怜一番，然后急急忙忙地转向霍柏宇，领着他去了男宾更衣室。偌大的一个大厅里，只剩下江晓媛一个人独享柜机空调，她却依然感觉很冷，看着照片上的纯白婚纱冷，回望回不去的前世今生也是冷。

野鸡照相馆里的服装实在是很恶心，反正冯瑞雪出来的时候眉头是拧死的，光裸的肩膀上冻出了一颗一颗的鸡皮疙瘩，以江晓媛对她的了解，她的忍耐大约已经到了极限了。

收银员好心建议："要不然您先把自己的围巾披上吧？我去给您拿。"

"别碰！"冯瑞雪脱口说，她大概不打算再忍耐下去了，脸上的厌恶不加遮掩地暴露出来，"你们这儿的衣服脏死了！"

第四章　废柴的奋起

收银员的脸涨成了一颗西红柿。

冯瑞雪不想再给任何人面子了,火药味十足地说:"我自己带了化妆品,不用你们的东西。"

她说完,拿出自己那个小小的手袋,从里面取出个化妆包,斜了江晓媛一眼,不客气地问:"你会用吗?"

以江晓媛的性格,听了这句挑衅,非得暴跳如雷不可,可是她没有。因为当她走近冯瑞雪的时候,江晓媛注意到了方才没看清楚的一些东西——冯瑞雪那看似高大上的名牌化妆包,实际上是某个化妆品专柜的赠品,随便买根眉笔都送的。还有她那看起来值钱得吓人的镶钻表,机芯什么的江晓媛不懂,但她一眼看出来表盘上十二个钟点刻度上镶的彩宝顺序是不对的,正版的表是顺时针方向以从正红开始,以彩虹的色彩过渡排列的,冯小姐这块排得里出外进,表盘正上方商标还比正版多了一个微微翘起来的尾巴,像一个藏藏掖掖的嘲讽。

冯瑞雪这一身闪闪发光的名牌,原来除了相对便宜的围巾以外,没一样是真的。

发现了这个秘密的一瞬间,江晓媛对她的怨愤忽然就烟消云散了,只是随意清点了一下冯瑞雪包里的化妆品,平静地说:"好的。"

说着,江晓媛又拿起了冯瑞雪的唇膏,打开看了看:"颜色有点亮,我看您嘴唇比较薄,比较适合踏实一点的亚光唇膏,店里有一支,不介意的话我用棉签给您上色。"

冯瑞雪瞪了她一会儿,见江晓媛毫无反应,只好气愤地作罢。

江晓媛一摸到化妆品就如鱼得水,她完全将冯瑞雪当成一个大号的人偶娃娃,目光始终集中在她脸上某一个部位,根本不和冯瑞雪对视。另一个时空中的冯瑞雪当时问过她"为什么需要那么多的优越感才能活下去",现在,这个时空中的冯瑞雪用高高在上的态度与一身的假名牌给了她答案——

因为心里知道自己并不突出,心里明白自己是个怎样的货色,所以贪得无厌地从方方面面寻觅着无止无休的优越感,给自己和他人造成一种"我和你们不是同一种人"的假象,以掩盖对自己庸常与无能的恐惧。

"真是太可悲了。"江晓媛怜悯地端起冯瑞雪的脸,用棉签细细地从她双唇缝隙里将浓墨重彩的唇膏往外拖曳蔓延,像是一丝不苟地描绘着一朵烈火中盛开的花,她想,"咱们两个傻×。"

江晓媛拿出了自己十二分的本领,给冯瑞雪做了个无懈可击的妆容,同时将她的头发放下来，轻车熟路地拉过定型水，展示了她在美发店里进修出的新本领。脑袋顶快要碰到房梁的摄影师在一边看着，热泪盈眶地直感谢上苍，感觉自己算是撞大运了——哪怕他是个外行糙汉子，也看得出江晓媛比他们店里那位老佛爷化妆师水平高多了，她好像熟悉自己的脸一样熟悉这位客人的脸，能最大限度地去粗取精，反衬得那身蚊帐一样的破婚纱越发上不了档次起来。

冯瑞雪也没想到这光着脸不修边幅的化妆师这么出神入化，她盯着镜子呆愣了很久，转脸问江晓媛："你从哪儿学的化妆？"

江晓媛一边擦手一边头也不抬地回答："野路子。"

冯瑞雪细细地打量她片刻，忽然迟疑地问："我是不是……在什么地方见过你？总觉得有点眼熟。"

这话一说完，她自己也感觉到不对劲儿，连忙补了一句："不，我没别的意思。"

江晓媛笑了笑，没吭声，三下五除二搞定了霍柏宇的面妆，看着那蹩脚的摄影师殷勤地把他俩请到摄影间。

江晓媛坐在空调和阳光下，随手翻着一看就很假很廉价的样片，等着做下一组造型，同时想起了自己已经遗忘的青春期时光。

留学前选学校和专业，她爸问她将来想学点什么，她毫不犹豫地脱口说："学艺术。"

可惜最终学无所成，她只成了个热爱穿衣化妆的纨绔。如今浮华尽去，她在漫长的沉淀后回顾起自己掠影似的一段生命，却已经不可能再追忆了。她还欠祁连四千多块钱，在一家美发店里耐着性子做着她无比厌烦的工作，偶尔被拉到对面影楼里当外援，就算是生活的调剂了。

等她攒够买冬装的钱，想必也该开春了。

艺术是什么东西，跟她有半毛钱关系？

三

整个休息日，江晓媛都泡在了婚纱影楼里，给那对怨偶打造了四个造型，还跟喜欢多嘴多舌的影楼收银员建立了八卦的感情。一直到傍晚，摄影师才点头哈腰地把冯瑞雪他们俩送走，一脸兴奋地小跑回来，摩拳擦掌地准备修片。

收银员忙向他招手，压低声音问："那俩顾客联系方式要了吗？"

"要了啊，"摄影师干劲儿十足地说，"万一我活儿干得快，提前把片修好了，能联系他们提前来取呢。"

"不是这个意思，"收银员神神秘秘地说，"你可得把联系方式保存好了，等他们俩将来离婚找新的，算是你回头客。"

摄影师："……"

收银员垂下眼不看他的傻样，低头吹着自己新涂的指甲油："我接待过这么多客户了，早就有经验了，他们俩一看就过不长，过几天等那女的忍不下去了，准得离，你看着吧——哎，造型师姐姐，你看我这指甲油颜色跟手配吗？"

江晓媛一语双关地表扬说："太配了，你可真有眼光。"

收银员美得屁颠儿屁颠儿地把自己的爪子颠来倒去地反复看："姐姐，以后你要是没事，就过来给我们化妆得了，你比我们那老佛爷手艺好多了，下次等老板在的时候跟他说一声，让他按单子给你算钱！"

江晓媛有点意动，她很厌烦给别人上卷洗头抹药水的那些枯燥琐碎的事，但是不讨厌给人打理造型，何况她是真的穷，十分需要一份外快。而就在她刚要答应的时候，摄影师"敦敦敦"地跑过来，把磁卡插进电脑里，兴奋地说："你们来看看我刚才拍的原片，这是还没修呢，修完更漂亮！"

江晓媛和收银员闻言一起探头围观他的大作，两分钟以后，江晓媛笑容古怪地开口谢绝了收银员的邀请，裹紧她的臭虫羽绒服，告辞离去了——能请这么一位把婚纱照拍成遗像的摄影师，这家婚纱影楼恐怕真的是气数已尽、命不久矣。

江晓媛走得有些疲惫，也有些平静，这段日子过去，她已经开始渐渐遗忘灯塔和两个交错时空的事，挥金如土的富家女、悲壮决绝的灯塔助理，随着时间流逝，仿佛都成了一场她自己想象出来的梦。

梦做过就算，江晓媛知道，自己开始融入这个世界。有时候她会有种错觉，好像她生来就是个村里姑娘，出于迫不得已的原因，放弃了学业，中途外出打工补贴家用，每天惦记的不再是今年时装周上谁又抄了谁、谁挖了新设计师，等等，而是做点什么能多赚几百块钱……前些天，莉莉他们议论的参加美发进修的事，她甚至也开始往心里去了。

江晓媛一边往手心里呵着热气，一边飞快地穿过人行道，跑到对面的美发店,哆哆嗦嗦地打开门,就在她进门的一瞬间,店里一个供客人消遣用的电视突然打开了。

江晓嫒吓了一跳,站在门口没敢往里走。

是同事回来了,还是遭贼了?

她将手塞进兜里,攥住手机,用力敲了敲门:"谁在里面?"

没有人回答,此时天色已晚,余晖散尽,路灯三三两两地结伴亮了起来,店里因为没人,一盏亮灯也没有,只有那诡异的电视屏幕发出一层幽幽的荧光,弄得江晓嫒起了一身鸡皮疙瘩。她正犹豫着是不是给陈老板打个电话的时候,突然,电视上的画面吸引了她的目光。

只见屏幕上有一个七八岁的小女孩,一身小洋装,打扮得像个洋娃娃,满脸不高兴地赖在车里不肯出来。妈妈模样的年轻女人半蹲在一边,正试图和她讲道理:"老师是教你东西的,你要尊敬老师呀,不可以让老师等你,知道不知道?"

小女孩一脸愤怒地冲着她嚷嚷:"我今天要去游乐场,都跟我们班同学说好了,我答应要请他们吃冰激凌的!"

女孩妈:"是学习重要还是去游乐场吃冰激凌重要?"

小女孩理直气壮:"当然是吃冰激凌重要!"

女孩妈见跟这熊孩子讲道理讲不通,就一伸手把她硬拉了出来:"是你自己闹着说要学画画的。"

小女孩放声大哭:"我跟同学说好了!"

"你还跟我说好了呢!"女孩妈不由分说,拉扯着那小崽子走进了她未来老师的画室。

江晓嫒戳在手机上的手指僵住了——那小女孩是她自己。

傍晚的车流在她身后呼啸着来往,孤独的电视机像一部事无巨细的慢摇回放。

江晓嫒看见十三四岁的时候闹着要买相机,兴致勃勃地置备了装备,烧了不少钱,一门心思地参加俱乐部,找人学,俨然是要成为一代名家,新鲜了一年多,相机也被她丢下了。她开始爱起时装手绘,手绘还没学利索,她已经被真实世界的漂亮衣服吸引了注意力。再后来,单是衣服已经不能满足她时,她开始迷恋彩妆、珠宝……

而这些随着她进入成人世界,都渐渐地失去了本来的意味,它们成了她标榜身价、攀比炫耀的道具。时间长了,江晓嫒几乎已经忘记了当初自己为什么会喜

第四章 废柴的奋起

欢这些——她最初其实只是迷恋那些炫目的色彩，迷恋那些凝滞在时光中的美好事物而已。

她曾经只是想成为一个用自己的手留住美的人，并不是亲自长成一个肤浅的臭美精。

突然，江晓媛的手机响了，将她从短暂的心潮起伏中拽了出来。

一条短信豁然出现在她面前："后悔吗？想重新开始吗？不要相信那个机器人，我才是会帮你的人。我会送你回原来的世界。通道已经准备完毕，是否启程？"

对了，从她来到这个世界开始，五十天已经过去了。

江晓媛茫然地抬头，看见电视上画面还在继续——小女孩坐在画室里，温暖的阳光打亮了整间屋子，手边的小桌上放着一杯给她准备的果汁，鹤发童颜的优雅女士握着她的手，轻声细语地讲着光影的透视原理。

长大了一点的少女坐在电脑前，旁边资深的老摄影师耐心地告诉她不要执着于修片和设备，最应该关注的是如何抓住镜头下的一瞬间……

这都是她错过的光阴。

电视上层层叠叠的画面飞快闪过，最后，屏幕变成了一面镜子，清晰地浮现出江晓媛此时的模样——她落魄、潦倒、困在寒风里，鼻尖冻得通红，一脸如同认命的麻木。

一行字缓缓地浮现："通道已经准备完毕，是否启程？"

江晓媛鬼使神差地掏出了自己的手机，这么长时间以来，她自以为淡忘的期冀来势汹汹地击倒了她，那被一次又一次掐灭打死的侥幸之心再一次浮到了表面上——她想，如果这只是一场罗生门呢？

她怎么能知道究竟真相是怎么样的呢？

她怎么能确定灯塔助理和祁连不是在骗她呢？毕竟，这件事从头到尾只是他们的一面之词……然而江晓媛心里其实很明白，重要的不是真相怎样，而是她愿意相信什么。

生活在艰难困苦中的人都愿意相信，只要自己买彩票，就总会有一天能中奖。

一个"是"字，江晓媛已经打了出来，她冻僵的手指按在了发送键上——按下去，她有可能像无数前辈一样，灰飞烟灭在未知的时空里，但也有可能回到过去的生活，重新变成衣食无忧的富二代，重拾她曾经被自己弄丢了的艺术梦。

或者她会终身穷困潦倒地待在这座城市的一隅，等待风霜把皱纹刻在脸上。

脱轨

江晓媛的手剧烈地颤抖起来，她手上拿着的好像不是一部早该被淘汰的旧手机，而是她的一生。当她打出那个"是"字的时候，她心里偏向于哪个答案就已经昭然若揭。然而她还是没有勇气发出去，因为在犹疑间，她再次不合时宜地想起了灯塔助理，以及他托付给她的运动员梦。

江晓媛想："他会骗我吗？"

那种她真切地感受到的，不顾一切的追逐与毁灭，会是一场骗局吗？

如果那不是一场骗局，那么她按下发送键之后，失去的不只是自己的生命，还有灯塔助理孤注一掷的努力。

一想到这儿，江晓媛再次艰难地犹豫了。

她愿意用自己的生命去赌，但她不能把别人的愿望也一起押上去。

就在江晓媛举棋不定时，她身后突然响起一声汽车喇叭，她心里一慌，手机一下掉在了地上，屏幕顿时灭了，电池也摔了出去。江晓媛猝然回头，看见祁连匆匆从车上下来，她心里正惴惴，见了他更好比见了鬼。祁连一看她的表情，再看地上摔成两半的手机，哪儿还有不明白的？

他在距离江晓媛几步远的地方站定，双手插兜开口说："我算了算，差不多有五十天了，那病毒如果不死心，近期应该会有行动的，对吧？"

江晓媛心情大起大落，一时说不出话来。

祁连上前一步，捡起她的手机，把电池重新装了回去，却没有还给她，顺手塞进自己兜里。

"没吃饭呢吧？"他说，"走吧，今天我请你。"

江晓媛心乱如麻地跟着祁连走了。

祁连这个人，好像是凭空冒出来的，这人究竟是干什么的，家庭背景如何，到底是怎么和他们这些卡在两个时空夹缝中的人扯上关系的，江晓媛一概不清楚，这么长时间以来，她一直也没有问过。仔细想想，原来她心里一直很矛盾，理智上她当然偏向灯塔助理许靖阳，感情上她却又希望明光没有骗她，这种分歧让她保持着游离于这个世界的希望。因此她努力保持着对祁连的陌生感，这样才能把理智推远一点，在二者分庭抗礼之间给自己留下一亩三分地，安放她美好的怀疑。

江晓媛本不想在二者间做出选择，她不想一锤定音地选好自己的路，那会让她失去自己精神上的奶嘴——如果不是明光逼迫她做出选择。

第四章　废柴的奋起

祁连开车带她去了一家装修精良的餐厅,这里卡座很多,私密性很好,坐在一起说话不用担心被别人听见。要是放在平时,江晓媛一定不会错过这个可以大吃一顿的机会,可惜她现在没什么心情。

两个人随意地点了一点东西,祁连当着她的面重新启动了手机:"我能看看那条短信吗?"

江晓媛没精打采地冲他做了个"随意"的手势。明光突如其来的打扰把她从虚伪的麻木里拖了出来,当她走出自欺欺人,认真审视自己生活的时候,她发现自己同这个时空的交集依然少得可怜——亲人远在家乡,素未谋面,十天半月才会打一次电话,多半也是简单问候,没话好说。至于其他人,除去店里抬头不见低头见的同事,她就只认识一个祁连、一个章家人。

章家人欠她钱,躲她还来不及,必然不会主动联系她。她欠祁连的钱,除了还钱也从不打扰。

融入一个陌生的时空原来没有那么简单,无论她再怎么自我催眠自己本来就属于这里。

祁连把明光的留言完整地看完,沉思了片刻,把手机还给她:"怎么回事,你在美发店里看见了什么?方便和我说说吗?"

江晓媛低头看着餐厅玻璃杯里的柠檬水,其实是不想说的,在陌生人面前吐露太多自我剖白,想想都觉得羞耻。然而不知为什么,口舌却背叛了她的意志,没等她反应过来,已经一五一十地和盘托出。

祁连没有打断她,一声不吭地从头到尾听完。

其实之前,祁连并没有过于担心这边的事,从他的视角看来,江晓媛既然已经知道明光是个什么东西,自然不会想回去找死,只是这天,天快黑的时候他突然莫名其妙地有点不放心,本着负责到底的心过来确认一下她是不是平安无事,没想到那病毒居然比他想象的还要不依不饶。

如果灯塔里的病毒那么容易对付,这些年怎么会有那么多人被他坑了?许靖阳告诉过他,不同的时间与空间之间是不交叠的——譬如江晓媛,她在这边过了五十天,或许原本的时空中只有千分之一秒,祁连无从判断那病毒已经借用不同人的身份活了多少年。

反正足够他变成一个老妖精了。

祁连觉得江晓媛和自己完全是两种互相无法沟通的人,作为一个旁观者,他其实很难设身处地地对她抱有多么深刻的理解,只好发挥自己的三寸不烂之舌,试着扯淡道:"知道吗?我觉得你真的还挺有运气的。"

江晓媛疑惑不解地看着他。

祁连放下筷子一抹嘴:"你想一想,要不是你到了这边,才想清楚自己真正喜欢什么,说不定那个病毒会把你弄成一个色盲,要不然干脆瞎了,那怎么办?没有钱不是问题,可以赚,可是没有眼睛……以咱们这个世界的医疗水平,是治不好的,那你岂不是更走投无路?"

江晓媛想了想其他人的下场,有点不寒而栗。

祁连瞄了她一眼,语气里透出几分漫不经心:"其实如果你真打算学画或者学摄影,我是供得起的。我觉得你有点钻牛角尖儿——你如果只是想找回以前的生活,不见得非要回到你过去的时空。"

江晓媛:"……"

方才有一瞬间,她居然还以为眼前这个男人是在认真安慰她,说了半天还是拐回到这个论调上,她心里又隐约有点冒火:"我说了……"

祁连抬手打断她:"可能你以前家庭条件比较好,自尊心强,不愿意受人恩惠,但是——我这么说可能有点冒犯,毕竟咱俩也不熟,你别生气。"

江晓媛沉默片刻,心气逐渐冷了下去,面无表情地说:"没事,我今天没力气生气。"

祁连:"但是——你就算回到你自己的时空里,难不成还靠父母靠家庭吗?"

眼前的男人长着一张通常意义上十分英俊的脸,气质冷漠,他语气再和缓、再有礼貌,江晓媛也能从中听出那么一点无可奈何的高高在上,那弦外之音是——你怎么这么麻烦呢?怎么这么拧呢?我给你钱,你老老实实地别作妖,让我轻轻松松地把你打发了不好吗?何必给我找麻烦自己也难受呢?

多么彬彬有礼的傲慢!

江晓媛被祁连这一句话说得一口气堵在胸口,然而无从反驳——因为从某个角度而言,他说得对。

如果她本人是什么顶天立地的成功人士,在什么地方都能呼风唤雨,突然遇到这种时空转换的离奇经历,或许也会心塞,但塞儿天习惯了也就知道没什么了不起的,顶多就是一朝回到解放前嘛,大不了重新来一次,反正一回生二回熟,总不至于就绝望地在小理发店里孤苦终老。

第四章 废柴的奋起

可她什么都不是。

江晓嫒一口气泄了下来，感觉整个人像烂泥一样糊在了餐厅柔软的沙发椅上，沉默了片刻，她艰难地承认了："嗯，是那么回事。"

就是那么回事，她无谓的自尊心是这样的双重标准，只不过那边是她亲爸亲妈，她用起他们的钱来不加感恩，更心安理得而已。

祁连还以为她会恼羞成怒，没料到她居然坦然承认，愣了愣，他说："我承诺的帮助长期有效，你好好考虑。"

江晓嫒："你为什么这么帮我……们？"

祁连抬起头对上她的目光，江晓嫒的目光浅显而直白，可能是眼睛太大的缘故，眼神里什么都藏不住，仿佛但凡有一点喜怒哀乐都会掉出来，是个外表华美腹中空的花瓶。他用男人的眼光欣赏了一下，又用"队友"的眼光鄙视了一下，然后选择了最不迂回的方式回答："因为许靖阳的腿是我撞断的。"

江晓嫒："……"

两人之间隔着精巧的饭桌，一起陷入了沉默，好几个漫长的呼吸过去，江晓嫒才从震惊里回过神来："……啊？"

祁连似乎不太想提这件事，交叉的十指变换了几次方向，平铺直叙地说："十年前的事了，我那天遇到点事，负气开车回家，那条路平时没人走，又是晚上，我车开得很快……正好经过一条没有红绿灯的人行道，等我看见有人的时候，刹车已经来不及了。"

江晓嫒小心翼翼地问："你喝酒了？"

祁连摇摇头。

江晓嫒抿抿嘴："那……不会吸毒了吧？"

祁连看了她一眼，淡淡地说："我腿上被人砍了一刀，麻了，刹车一时没踩下去。"

不知道是不是江晓嫒的表情有点惊恐，祁连跟着又带着戏谑解释了一句："你不用怕，我现在已经不咬人了。"

江晓嫒吞了口口水，艰难地找回了自己的声音："然后呢？"

祁连眼睛里的笑意缓缓褪去，目光缓缓地落在水杯上，好像在追忆着什么，好一会儿，他才接着说："我看见撞了人，赶紧下车，发现人还有气，当时没敢动他，赶紧叫人来把他送到了医院……后来想起来，我在原地守着他的时候，确实有

脱 轨

几秒有点恍惚，后来才知道，另一个时空里的许靖阳就是那时候被换过来的。"

江晓媛本能地把自己代入到当时的情境中，无意识地将手里的玻璃杯连转了三圈。

祁连见她半响没有回应，就问："还有其他问题吗？"

江晓媛回过神来，脱口说："那他在这个世界一睁眼，不但发现自己的腿没有了，还忍受了好长时间的痛苦吗？"

祁连没料到她会想到这个，愣了一下，慢了半拍，才点点头。

江晓媛："我听人说，刚截肢的时候，人会有种幻觉，好像被截去的地方还长在身上——是真的吗？"

祁连没吭声，眉头缓缓地皱了起来。

"哦，"江晓媛意识到自己有点跑题，连忙找回重点，"后来呢？"

祁连："人既然是我撞的，当然要补偿，我一开始打算赔他钱，不过后来发现他家不缺钱，只好有空就去看看，做些力所能及的事。他倒是没有怪过我——可能是把我的账一起记在灯塔里那病毒头上了吧？后来我们俩倒是阴差阳错地熟悉起来……我那段时间生活比较混乱，他影响了我很多。"

江晓媛基本已经确定祁连——至少以前的祁连不是什么良民，她没好当面打听，只好旁敲侧击地问："影响了你什么？"

祁连似笑非笑地看了她一眼，好像看穿了她兜圈子的那一点小伎俩，不过很好心地没有拆穿："那个马斯洛不是说过吗，人有很多种层次的需求，最低的是生存，你得吃饱穿暖，不然就会很难受，吃饱穿暖了，还会要求自己安全、有归属感、要受别人尊重，等全部都满足了，还要自我实现。"

这都是陈词滥调了，电视上、小报上整天引用，江晓媛不陌生，愣了一下以后，她点点头。

祁连："我们都衣食无忧……"

江晓媛忍不住打断他："是你衣食无忧，债主。"

祁连笑了一下："许靖阳告诉我，等你满足了自己低层次的需求，依然随便混，不肯往更高的层次走，还自以为是地宠着自己，其实是反人性的，像故意不让自己吃饱穿暖一样。像你们女孩有时候节食减肥那样，不吃饭的时候很难受吧？又虚又暴躁，看见墙皮都想啃一啃。"

江晓媛第一次听见这种论调，用力眨了眨眼，又说："五十天到期以后，他

第四章　废柴的奋起

在这个世界逗留了三个多月。"

"嗯。"祁连点点头,"他失踪前跟我说过他的事,我没信,以为他是因为接受不了现实产生了幻觉,本来已经私下里约好了心理医生,谁知道他人就失踪了,临走之前还留了一大笔钱,点名转赠给我。"

江晓媛瞠目结舌——车祸受害人把财产赠予肇事者的事情还真是古今少见。

"他的意思是让我代管,如果将来有像他一样的人出现,就托我代为照顾。唔,后来的事你都知道了,我找了他很久,始终没有一点线索,直到收到一条来自空号的短信,让我去看那个垃圾分拣员。"

祁连拿起桌上的茶壶,给江晓媛续了半杯水:"所以你不用有什么负担,也不必领我的情,这都是许靖阳安排的。他也不全然是为了你,是为了弄死那病毒,在这方面,我们都是一条船上的……嗯,你明白的。"

有人当面提供了优越条件,要保证她一辈子衣食无忧,她从此只有权利没有义务,对她唯一的要求就是好好活着不要作死——这种好事江晓媛真是做梦也梦不到,大概真的还不如彩票中奖的概率大。

话说回来,谁不想不劳而获?谁愿意每天累得猴孙子一样,就为奔那点生活费?

祁连甚至为了让她面子上能下得来,硬生生地把这笔扶贫基金歪曲成了她应得的东西,还要人家怎么样呢?倘若他们是为了骗她害她,那付出的代价未免也太大了。

江晓媛定了定神,几次三番想顺水推舟,可是喉咙里却仿佛被什么堵住了一样,死活说不出口——她有点讶异,因为自己也没料到自己的脸皮居然这么薄。

最后,江晓媛还是避开了祁连的目光,退缩了一步:"谢谢,我得回去考虑一下。"

说完她就后悔了,这还有什么好考虑的?可是说出去的话泼出去的水,说了要考虑,她也不好意思显得太过"思维敏捷",江晓媛还是一边拼命地唾弃自己,一边死死地撑住了不动声色的面子。

看得出祁连是有点不耐烦的,然而他还是说一不二地贯彻了自己"不咬人"的风度,痛快地没再提。两个人相顾无言地吃完了一顿饭,一前一后地离开餐厅,彼此冷淡又礼貌。

途中,江晓媛经过餐厅的电视、商场促销的广告屏,乃至于电线杆子上治疗不孕不育的小广告时,都能看见上面出现那么一句"通道已经准备完毕,是否启程"，简直是无孔不入、四面楚歌。

江晓媛陷入了和当时的灯塔助理一样的困境，周围好像有一双眼睛，始终盯着她的一言一行，随时等着抓住她最脆弱的地方，诱使她按下那个"是"。横亘在她面前的世界就像一个大蜘蛛网，而离奇的是，别人——甚至祁连都会对那些此起彼伏的小字视而不见，遭受这种折磨的只有她一个人。

然而她没有声张，因为当她试着向祁连倾诉的时候，敏感地发现对方除了不耐烦和轻蔑的怜悯外，给不了她任何东西。

半路上，祁连停了一会儿车，嘱咐了一声让她在车里等着，就连钥匙也没拔，径直下了车，看起来一点也不怕她会把车偷偷开走。过了一会儿，他溜达回来，把几个购物袋丢给江晓媛："我看你缺几件过冬衣服，随便买的，不知道你喜欢什么，凑合穿吧。"

江晓媛心里不是滋味，然而到了这种地步，她于情于理都没什么必要拒绝债主这种小小的举手之劳，江晓媛没说什么，冷漠又礼貌地道了谢接过来，然后……被闪瞎了眼。

只见祁连给她买了一只画满了小桃心和小兔子的暖宝宝，一条桃红色、两翼挂着蕾丝边的长裤，一件凯蒂猫的毛衣，还有一件A字形粉红色短款大衣——此物兼有掐腰荷叶边和小香风的秃领子，胸前还有一朵丧心病狂的蝴蝶结，招摇又风骚地占据了大衣的半壁江山。

江晓媛："……"

掏钱买这些狗屎的人到底是怎么想的？

她忽然觉得自己这身穿起来可以客串屎壳郎的羽绒服也不难看，因此忍不住抬头看了祁连一眼。祁连的车开得很稳，眼神专注得仿佛路上会随时有人钻进他的车底下，一丝不苟的样子像在做外科手术。然而江晓媛已经有点不能直视这张正直温雅的脸了。

这天晚上，江晓媛回到自己的小屋，屋里太冷，她只能钻进被子里抱着暖宝宝取暖——"小心心和小兔子"尽管其貌不扬，却很实用，总算没让她浑身冰冷地过这一宿大雪之夜。她整整纠结了半宿，每每恨不能立刻爬起来，跑去找祁连表达她百分之百不作死求包养的决心，然而总是起床起到一半，又举棋不定了。她一边哆嗦，一边不明白自己为什么说不出口，一直想到睡着，也没有想出个所以然来。

第四章　废柴的奋起

然后她在有所思的情况下做了一个梦，梦见自己落到了一个大小沼泽星罗棋布的地方，有一种长得和美发店里的塑料模特很像的怪物一直追她，没有五官的脸上车辘辘一样地滚着"是否启程"几个字，她在沼泽丛中狂奔。那些沼泽池刚开始很小，一步就能跳过去，随后越跑越大、越跑越宽，江晓媛也越来越力不从心……

"我要是能飞就好了。"在毫无逻辑的梦里，江晓媛异想天开。

然后她突然双脚离地，整个人在无比惊慌与激动中腾空而起，并且非常省事地连双翅膀也没长，在空中漫步起来。她越飞越高，那些没脸的怪物在巨大的沼泽旁边站成一排，原地一蹦一跳地仿佛在欢送她，江晓媛看着它们，却没有感觉到任何灵长动物肉身上天的愉悦，她没留意风轻云淡、天高地迥，心里反而弥漫着一股说不出的危机感，好像不知什么时候就会掉下去一样。

江晓媛这个不祥的想法刚刚升起，突然脚下一空，剧烈的失重感传来——

江晓媛狠狠地抽搐了一下，满头冷汗地在晨光熹微中醒了过来。

暖宝宝只剩下一点贴着皮肤的余温，也不知道是谁在温暖谁，江晓媛鼻头都是凉的，她爬起来，跟那一直没来得及还回去的没脸祖师爷照了个面，心塞地把它头冲下按在了桌子上，擦了一把莫名涌出来的眼泪。那一瞬间，她忽然知道了头天晚上阻止她开口的那股力量是什么——她从内心深处知道自己是没有翅膀的，上了天，迟早会掉下来。

严格来说她已经掉下来一次了，尽管还没有来得及总结经验教训，潜意识里却已经开始有了畏惧。

在半梦半醒这么一个十分微妙的时刻，江晓媛透过没脸祖师爷，直面自己一直以来的恐惧——没有什么是永恒不变的，没有什么是可以长久保障的，没有什么是她的依仗，她心里充满了惶恐不安，像一只在随波逐流的叶片上苟且偷生的蚂蚁。

江晓媛双手撑在床边，深深地呼出一口气，把自己洗涮干净，捏着鼻子穿起了那件凯蒂猫的毛衣和桃红长裤，最终没勇气把大蝴蝶结也裹在身上出去现世，只好用力抖了抖她的老伙计黑羽绒服，往美发店的方向走去。

冷风灌入她的脖子，江晓媛的大脑可能是刚刚开启了潜意识领域的缘故，此时前所未有地清醒，她给自己规划了一条清晰的道路——反正只要明光活着一天，就会想出无休无止的诱惑勾引她回复那条致命的短信，哪怕祁连是世界首富，也不一定满足得了她无穷的幻想，何况他帮忙是讲义气念旧情，不帮忙也是

脱　轨

理所当然。她意识到这是个死循环。

不能再这样下去了,她得靠自己活出个人样来。

江晓媛上午工作卖力极了,陈老板冷眼旁观,感觉出了不对劲儿,休息的时候特意跑过来问候:"你打鸡血了?"

江晓媛诚恳地说:"老板,我要在最短时间之内攒一笔钱。"

陈方舟点头:"是吗?真巧,我也想。"

江晓媛:"你说我去进修一下造型设计怎么样?"

"不怎么样。"陈方舟在数九寒天中把一盆冷水泼在了她脸上,"自行车还不会骑呢,就要开火箭,你要干什么,上天啊?地球装不下你了吧?"

江晓媛一脸丧气:"你得给我鼓励啊,陈老板,年轻人有梦想要鼓励的。"

"去去去,"陈方舟伸手把她扒拉到一边,"都做梦去了谁干活儿?哥认真地跟你说,你起码得有准高级技师的水平,出去进修才能学点真东西,不然就是白花钱,再说出国进修一次好几万呢,就你那点工资,猴年马月也攒不齐。"

江晓媛连忙拦住他的去路:"哎——陛下别走,臣正是因为这件事有本上奏!"

陈方舟:"有屁快放。"

江晓媛赔着笑:"店长,我跟你商量个事,你看咱们店里拓展点业务靠谱吗?"

陈方舟闻言,惊恐地将双手抱在胸前:"你要干什么?电视里天天扫黄打非,咱们这小本经营,顶风作案的事可不能干。"

江晓媛:"……"

她真没看出豆大的陈店长竟有一颗这样伟岸的猥琐心灵。

陈方舟扒拉了一下头上的卷毛:"你到底有什么事?直说吧,一会儿还有个翻了我牌子的客人等着呢。"

江晓媛飞快地说:"美容美发不分家,当然,美容什么的还得进设备,不合算,那你看我们能不能兼职做造型设计啊?你看,经常有那种正要出席重要场合,但是没时间回家洗头的客人来洗头发顺便吹个造型,你说咱们能不能连化妆服务一起包了?"

陈方舟斜着眼打量她:"你包啊?"

江晓媛就是这个意思,连忙狂点头。

陈方舟嗤笑起来。

江晓媛眨了眨眼:"万岁爷,您给个见解?"

第四章 废柴的奋起

"我能理解你想赚点外快的心，"陈方舟语重心长地说，"但孩子啊，在不违法乱纪的情况下，一般只有两种事能赚钱，一种是别人都不会干的，一种是别人都不愿意干的，你上大街上打听打听，有几个女的不会化妆？人家用你啊？"

说完，陈老板转身就走。

江晓媛连忙迈开长腿追上他："不不不，陈老板，你听我说。"

陈方舟颠起小碎步，将胯扭成了一个陀螺，黑旋风一样裹挟而出，同时双手捂住耳朵，捏着嗓子说："我不听我不听我不听！"

途中同事纷纷探头围观，江晓媛无言以对，只好百般无奈地举起双手，徒劳地解释："不……别误会，我没对他始乱终弃。"

尽管陈方舟泼了她冷水，但江晓媛没有放弃，陈老板有两个地方说得不对——并不是所有人都能化一手好妆的，再者说，会不代表有时间，有时间也有能力，也不代表她能准确地抓住自己的优缺点，最大限度地发挥造型的作用。江晓媛眼下美容美发双修，觉得横向发展一下是很有商机的。

于是当天晚上下班，她利用自己身材"高大"之便，硬是把柔弱瘦小的陈老板从电驴子上给拽下来了，强行挟持到了对面鬼屋一样的婚纱摄影，打算用具体例子给他看看自己的作品。

江晓媛："你来看一眼，一看你就知道我和那些所谓'会化妆'的水平差距。"

她费了九牛二虎之力，拖着陈老板找到了那位熊脸兔心的摄影师，十分自信地说："给他看看我上次的造型作品，原片！"

摄影师配合了她的要求。

江晓媛用巴掌拍着那几张原片，对陈方舟说："店长，男的你先忽略，就看这位女士的妆容，你觉得怎么样？"

陈方舟盯着照片上冯瑞雪面无表情的脸，吸了吸鼻子："啧，这么年轻，可怜——他们俩啥时候烧的？"

江晓媛："……"

天可怜见的，这天陈老板一句话不但摔碎了江晓媛异想天开的玻璃心，还活活把摄影师说哭了。

然而尽管又被拒绝了一次，江晓媛还是没打算放弃，她有生以来第一次觉得自己这么坚强执着，九死不悔地冲着自己的目标奋斗，而且不择手段。第二天，她找了莉莉当她的模特，平时和莉莉关系好的几个小姑娘纷纷贡献出了自己的私有物，大家一起凑齐了一套廉价化妆用具，晚上店里要关门之前，江晓媛偷偷藏起了陈方舟的车钥匙，逼着他坐在一边看她如何化腐朽为神奇。

平心而论，莉莉长得乏善可陈，脸大，眼皮一单一双，皮肤也不怎么样，唯一的好处就是爱臭美，肯配合。

陈方舟无所谓地往旁边桌子上一坐——反正他孤家寡人一个，回家也是自己煮速冻饺子，没什么意思，倒不介意晚下班。他抖着脚丫子说："江晓媛，我发现你越来越不把店长的权威放在眼里了，这还就是个实习技师，等将来你升了技师，是不是还打算逼宫造反啊？"

江晓媛没顾上理他。

她有心震撼陈方舟这乡巴佬一次，将全部的精力都放在了莉莉的脸上——哪里需要突出，哪里需要修饰，用什么色系，配合什么样的头发……种种排列组合在她脑子里走马灯一样地闪过。

江晓媛有生以来第一次这样严肃认真地对待自己的"作品"，模特莉莉一开始还想和她说笑几句，可是对上她专注的目光，莉莉莫名其妙地说不出来了，江晓媛眼神里那种执拗的郑重，让莉莉几乎要对自己的头肃然起敬了。

陈方舟先开始漫不经心地歪在一边，和一帮年轻女孩磕牙侃大山。渐渐地，几个人都不说话了，陈方舟忍不住坐正了些，若有所思地将目光在莉莉脸上停留片刻，最后落在了江晓媛那双手上。

江晓媛做的是个普通的日常妆面，乍一看并没有什么特别炫酷的技术含量，只是操作程序与手法跟学校里教出来的那种化妆师有差别，显得特别天马行空。再深层次的技术问题，陈方舟这半个外行也说不清了，然而他有种感觉，江晓媛给莉莉做的妆容，与其说是在遮盖五官缺陷，不如说她是在表达——或者诠释。

她好像和模特原本死气沉沉的平淡五官悄悄沟通了一番，在整张脸上设定了一个精确又模糊的统一主题，然后别出心裁地诠释出每一个阴影、沟回。平凡的眼睛、鼻子、嘴唇，都好像成了蒙尘的艺术品，被江晓媛轻轻地捧在手里，一点一点拂去灰尘，不厌其烦地端详研究，修修补补，最后神来之笔地点亮其中蕴含的、本源的光彩。

妆感不厚，江晓媛也没有浓墨重彩地糊墙，然而每一点装饰都恰到好处，从没有注意过莉莉长什么样的陈老板突然就觉得她鲜活了起来，甚至产生了某种此人本来就是个美女的错觉。他不得不承认，江晓媛是有两把刷子的。

折腾完脸，江晓媛干脆把莉莉的发型也一并打理了，全套做完，这位客串的造型设计师看起来还意犹未尽，好像不能让莉莉顺便换个装是莫大的遗憾。

　　"今天太晚了，"江晓媛直起腰，故作随意地把用过的棉签丢在桌子上，"没法弄全套，不然衣服配饰都要换一换——陈老板，你看怎么样？"

　　陈方舟沉吟着没吭声。

　　莉莉自己都已经快哭了，她自从生下来就知道"美女"两个字跟自己八竿子也打不着，除了想卖东西给她的地摊老板，没人会这么称呼她。她从来没有这样漂亮过，此时热泪已经盈眶，但是生怕把眼妆冲了，愣是将眼睛瞪成了一双灯泡，把眼泪瞪了回去。

　　莉莉："老板，你把我每个月的绩效奖金扣了给晓媛吧，让她每天花二十分钟给我化个妆就行，我以后宁可当穷鬼，也坚决不做丑八怪了。"

　　陈方舟嗤笑道："就您老人家一个月那仨瓜俩枣钱，还要请专门的造型师——你歇会儿吧。"

　　江晓媛听出这话言外之意中对自己的肯定，眼睛一瞬间亮了起来，她忍了又忍，让自己看起来不那么急切，望向陈方舟。

　　然而陈方舟顿了顿，淡淡地开口说："不行。"

　　这话一出口，不光是江晓媛，连围观群众都觉得不公平，这些叽叽喳喳的小姑娘内斗是一把好手，一致对外的时候也绝不含糊，七嘴八舌地向陈老板发起了群体攻击。

　　"为什么不行？"

　　"这都不行，还有什么行？"

　　"就单独开一项业务能怎么样吗？又不占你什么设备，花点钱买一套化妆品而已，也不用太好的。"

　　"陈总，你怎么这样，有钱都不赚！"

　　陈方舟险些让她们喷一脸，只好无奈地摆摆手："我的姑奶奶们，行行好吧，看见这是什么没有？"

　　他敲了敲自己的胸牌："这俩字念'店长'，我是店长，不是老板，我也是一个给人打工的，老板说让我去哪儿上班我就得去哪儿上班，老板说让我干什么我就得干什么，业务范围也好，定价也好，我说了都不算，得上面统一决策。买一套化妆品当然不难，问题你得宣传吧？你得加入定价体系吧？你得有相应绩效考评、服务人员水平标准吧？这里面哪一样是我能决定的？"

他态度诚恳，有理有据，几个姑娘都没了声音。

陈方舟叹了口气，接着说："咱们店靠近市中心，人流量大，老板让我负责这个店，已经让很多人不满意了，我再越俎代庖地捅点娄子，和谁交代得过去？"

说着，他从桌子上跳了下来，伸手拍拍江晓媛的肩膀："你啊，有点歪才，这样吧……现在陈哥说话不算数，等哥将来攒够了启动资金，自己出去单干，造型设计的职位专门给你留着，好不好？"

江晓媛心里的失望快从嗓子眼儿里溢出来了，一时没吭声——陈方舟那三十年的房贷还不知道要还到猴年马月去，今生今世恐怕是没有单干的条件了。

"走走走，都早点回去睡觉，明天还得上班呢。"陈方舟一挥手，把一群下班后聚众不回家的员工都遣散了。

剩下的莉莉小心翼翼地伸手拽了拽江晓媛的衣角："哎，没事吧？"

江晓媛摇摇头，沉默地帮别人把化妆品收拾好，准备回自己的小狗窝。

"其实也没什么，"她想，"不行就不行呗，等过一年半载，我把头发造型的手艺学通了，可以找一个专门做造型的地方工作。"

影楼、杂志、服装公司……去哪里不行？

她反正也没想过一直待在美发店里，总归会离开这里的。只不过出师不利，被陈老板拒绝的那一刻，江晓媛心里还是说不出地难受。她那么用力地把自己扒拉了半天，总算从自己身上找到了一点亮点，这野路子的手艺几乎就是她仅有的才华，却还是不被人承认。

这么多年，她还是第一次知道"怀才不遇"的滋味。

莉莉在原地犹豫了一会儿，三步并作两步地追了上来："晓媛！"

江晓媛勉强挤出一个比较平静的表情，停下来等她。

莉莉这姑娘没什么心眼儿，随着这段时间跟江晓媛关系变好，还有点崇拜"见多识广"的江晓媛，她搜肠刮肚地站在原地思考了一会儿，努力地想出了一句安慰："咱们这儿毕竟是美发店，你有这个手艺，将来可以去做专业的地方当个化妆师，我听人说，做到高级化妆师以后超级有钱的。"

江晓媛提起精神，打算洗耳恭听这个"超级有钱"是一个什么概念。

莉莉手舞足蹈地说："一个月能拿一万多呢！"

江晓媛："……"

第四章　废柴的奋起

她的目光落在自己的"作品"——那张天真无邪的脸上，一时间无言以对，莉莉的安慰如此诚挚，却把江晓媛说得更心塞了——陈老板的拒绝告诉她，她仅有的才华并不能打动别人，而莉莉的补刀告诉她，这份"才华"即便被发扬光大，可能还是没什么前途。

　　对于其他行业来说，可能只是个毕业生起薪的收入水平，居然已经是这个行业的顶尖了。面对这样渺茫的前途，江晓媛门还没入，已经又有点绝望了。她曾经幻想过自己一出手立刻惊艳四座，然后走上一条人人膜拜、呼风唤雨的道路，等真的实施起来，才发现别说是呼风唤雨，仅仅"活出点人样来"这六个字，就已经那么难了。

　　这念头刚一冒出来，江晓媛裤兜里的手机就震了，她拿出来一看，果然又是一条来自空号的短信"是否启程"——这病毒还挺会见缝插针。

　　江晓媛忍不住抛弃了她的教养，骂道："娘的。"

　　然后她愤怒地把手机电池拆了下来。

　　自从江晓媛说"回去考虑"之后，就没有再联系过祁连。

　　祁连一个出钱的，没道理整天追在别人屁股后面强行付钱，也就一直等着没有主动联系她，谁知这一等就等了十多天，江晓媛非但依然一声没吭，还在美发店发工资日的第二天，默不作声地往他账户上打了一千块钱，作为五千块欠款的第二期还款。

　　这里面表达的意思很明确——江晓媛这是拒绝了他提供的一切。

　　这回，祁连是真的意外了，他本以为江公主的城堡是沙子做的，一推就倒，谁知里面居然还有一层铁皮。

　　他每次见到江晓媛，她都有本事把自己搞得很狼狈，像一只刚刚开始流浪的家猫，还没发展出自己的生存能力，依然保持着不合时宜的高傲。祁连本来觉得自己了解这种涉世未深的高傲。它像是没有磨炼过的刀刃，看起来可能很锋利，实际内在逻辑混乱，一掰就会断。像江晓媛这样的公主病青年，刚开始都觉得自己的自尊心比天大，但这多半不是因为她多么铁骨铮铮，而是她还不知道保持这份自尊需要吃多大的苦，无知者无畏而已。

　　祁连买给江晓媛的那套衣服虽然品位有点吓人，但也从侧面表达了他对江晓媛的看法。

　　事实上，那天傍晚如果不是他一时不放心，恰好赶去看了一眼，说不定她已经意志不坚定地回了短信，如了那病毒的意。这么软弱的一只家猫，到底是怎么想的？

祁连突然有些好奇起来。

收到还款的当天，他就直接开车去了陈老板的美发店，一进门，祁连正好看见江晓媛在给一个烫头发的客人上卷——她可能还是没习惯烫发药水的气味，有点过敏，眼圈被熏得红红的，像只兔子，但是依然做得一丝不苟。

祁连驻足观察了片刻，没有贸然上前打扰，倒是前台发现了他。

值班的前台接待员问："先生您预约过吗？"

祁连目光没动，随口说："找下方舟，让他顺便给我修个头发。"

陈方舟一听说祁连来，直接撂下其他客人，亲自给他洗了头，把他带到了一个比较清静的角落里，摘下他的眼镜放在一边，祁连湿淋淋的头发下露出他那副有些锋利的五官。

陈方舟端详着他的脸："帅哥，来个韩式纹理烫怎么样？"

祁连："滚蛋。"

陈方舟："那陈奕迅头？哦！对了，今年又开始流行复古的改良式大背头，男神标配，你发际线长得不错，撸上去肯定显得特别小清新，怎么样，试试？"

"小清新"充满杀气地看了他一眼："照原样剪短，敢乱碰我的头，剁了你的爪子。"

陈方舟："……"

他把手往裤兜里一插："剪短啊？八十块，我给你叫个实习技师来，二十分钟之后搞定——你家'亲妹妹'刚开始上手剪头发，就适合拿你这种没难度的练手。"

祁连坐着没动："你再多废话一个字——"

陈方舟尿得比光速还快："……好的，我给你照原样剪短。"

店长像个受气的小媳妇，委委屈屈地上前，在祁连的脑袋上抓了几把，漫不经心地捻起发梢观察了片刻，露出一个铲屎的表情，勉为其难地开始动手修。

祁连垂目坐了片刻，忽然没头没脑地开口问："她在这儿怎么样？"

"谁？"陈方舟先是一愣，随即反应过来，若无其事地耸了个肩，"还行，可能有点郁闷吧。"

祁连抬起眼："郁闷什么？"

陈方舟没有立刻回答，十指上下翻飞，无影手似的利索地修掉了祁连半边

第四章　废柴的奋起

头发的发梢，行云流水，甚至带着某种神秘的韵律，简直能归入艺术范畴了。一口气修完半边，他才挪了挪脚步，有几分漫不经心地说："刚开始来的时候不适应，又是学东西又是熟悉人，没时间多想，现在多少稳定下来了，心里不是滋味了呗——你想啊，祁少爷，她一个年纪轻轻的小姑娘，还不知道后半辈子有多长，一眼就看见了自己前途的终点，她心里什么滋味？"

祁连皱了皱眉。

陈方舟接着说："其实人都一样，朝不保夕的人郁闷，像我们这种暂时有事做，相对比较稳当的人呢，其实也郁闷。我们每天看着周围的人，感觉自己一辈子就这样了，心里肯定又着急又不甘心，当然会难受啦，过了那段时期就好了——你这妹妹像属于郁闷完还瞎想的，前两天她还撺掇我在店里专门开拓一个打理造型妆面的业务，啧！"

祁连一挑眉："她怎么想起做这个了？"

陈方舟："她手上确实有点门道，不过有门道在我面前使没用，在店里增加业务这事我说了又不算。"

祁连沉默了一会儿，片刻后，他突兀地开口说："你给她加吧，没关系。"

陈方舟呆滞："……啊？"

"我说你想办法给她加上这个业务吧，"祁连淡定地说，"回头我想办法给你们老板说。"

陈方舟："你……你怎么说？"

"就说我妈到你们店里来，正好有事，顺便让你们这儿的小女孩给她化了个妆，回去觉得不错，下次还来，还顺便要多介绍几个客人。"祁连面不改色地即兴编了一段，"你们老板是奸商，今天听完，明天他就得抓心挠肝地惦记着开新业务收钱……哦，对了，要真那样，你别跟别人说是我说的。"

陈方舟把剪子磨得"咯吱"作响，好半晌，他咬牙切齿地说："我最讨厌你们这些有钱人了。"

三天后，就在江晓媛以为此路不通、正痛苦地重新思考自己未来的出路时，总店下来一个通知，让各个分店以即将到来的圣诞节为契机，充分做好前期宣传工作，派专人回总店培训，展开后续妆容造型打理业务，过年前要开试点。

接到培训通知的时候，江晓媛简直不敢相信，自己这是要时来运转的节奏吗？

四

江晓媛指着自己："我？店长，你是说培训让我去？"

陈方舟白了她一眼："不然还我去啊？我一个堂堂店长，日理万机的……"

江晓媛全然没心情听他后面那句王婆卖瓜，她整个人仿佛被五百万大奖劈在了原地，"咕嘟咕嘟"地冒了好一会儿泡，才费力地把自己的脑子从沸腾状态里拎出来，一口气浸在了凉水里，这才勉强恢复了正常思考能力。

江晓媛："等一下，让我一个实习技师去，其他人没意见吗？"

陈方舟大感欣慰，这"公主殿下"总算是知道考虑其他人的意见了，哪怕考虑得不对，至少也能算是个良好的开端。

"放心吧，"陈方舟说，"除了你这种二缺，这种培训第一期没人愿意去的，说是拓展业务，将来干不干得成还得看呢，万一黄了，现在去了也是白耽误一个月的绩效工资。"

江晓媛话没听完，已经高兴晕了，她七扭八歪地在店里溜达出一串诡谲的轨迹，最后以撞上了一台加热器告终，实在有点找不着北了。把陈老板心疼得龇牙咧嘴的，抱着他的宝贝加热器长吁短叹，恨不能以身代之："不就一个没人愿意去的培训吗，你至于吗？至于吗！把你卖了都赔不起我家小宝贝儿！"

江晓媛顾不上和加热器争风吃醋，她一边揾着撞疼的地方，一边激动地冲陈方舟说："你不懂，万事开头难，现在我就算是开了个顺利的好头，将来总有一天，我会站在中国——啊不，世界时尚造型设计领域的最前沿，你信不信？"

陈方舟吊着眼看了她一会儿，给出了自己的看法："呸。"

呸完，他又发愁地压了压帽檐，感觉这个姑娘的妄想症好像越发严重了。

总部请了个化妆学校的专业老师来，对各店派来的学员开展了一个短期培训。以前在江晓媛眼里，化妆师学校就是个技校，既没有审美又没有品位，她万万想不到自己有一天会作为学员，跟着一帮喜欢用三层假睫毛把眼睛贴得荆棘丛生的学员们坐在教室里从零开始。

江晓媛是个野路子大师，她人傻钱多，在无数次"买药吃药"的时尚领域摸索得比任何人都远，乍一看能惊艳四座，但短时间惊艳完，她其实并不知道该如

第四章　废柴的奋起

121

何在长期里继续提高——毕竟，她没有理论基础，如今也已经没有看上什么买什么、胡乱尝试的财力了。

化妆课老师从基础理论开始，头天没教他们操作，给了一堆枯燥的理论要求记住，什么"粉底霜是由什么构成的"，什么叫"三庭五眼""三点一线"。老师化妆水平不知怎样，反正讲课爱搭不理的，跟念经一样，参加培训的学员大部分是来学习如何剪切嫁接假睫毛的，始料未及地被这堆理论狂轰滥炸一番，纷纷给砸得眼冒金星，开课不到半个小时，已经睡倒了一个加强连。

江晓媛成了唯一一个竖着进去也竖着出来的学员，显得十分鹤立鸡群。

不但如此，第二天，她还是唯一一个把《化妆知识小册子》全篇背下来的人。

培训到了第三天，老师还在磨磨蹭蹭地教各种非常基础的手法和是个人都会的日常妆，已经开始有人偷偷逃课了，培训班管理很松，老师拿钱办事，看见人跑了也是睁只眼闭只眼，越发助长了这种行为。

一个礼拜过去，坚持来上课的人已经不足刚开始的一半了。曾经永远战斗在逃课第一线的江晓媛却每天早来晚走，还回家自习，成了混迹在一大群学渣中的学霸。有时候她自己也想——要是把这件事说给几年前的自己听，自己会相信吗？

从出生开始就没有被收录进她的字典的"刻苦"二字，终于姗姗来迟地加入了江晓媛生活的旋律，把这一手光怪陆离的小调往未知的方向牵引了过去。

对于离开学校很多年的人来说，在教室里坐着不动听老师讲课是一件非常痛苦的事，但是当她有了精神支柱的时候，一切痛苦与困难都不在话下了。江晓媛的学习劲头吓人，到最后，连照本宣科的化妆指导老师都注意到了她。

指导老师姓蒋，自称"Sam"，是个男的——干这一行的男人数量上没有姑娘多，但都十分长情，因为他们入行时就一定是出于特别真的真爱，才肯冒着被人戳脊梁骨说娘娘腔的风险全情投入其中。

蒋老师这一天授课完毕收拾工具的时候，抬头一看，发现只剩江晓媛一个人默默地坐在角落里，正在补她一天的笔记。他忽然有点好奇，于是背着手，悄悄地走到她跟前，探头看了一眼。

江晓媛的笔记极其详尽，有字有图，老师上课讲到的东西用黑笔记下，她自己总结的或是其他一些感想就用蓝色笔批注，旁边配有手绘的人物脸谱图，虽然只是随意勾画、寥寥几笔，却将来龙去脉画得头头是道，很像那么一回事。

蒋老师突然开口说："你这个好，拿出去能直接送到出版社出化妆教程书。"

江晓嫒太认真了，完全没注意身后有人，当时吓了一跳。

蒋老师端详了她片刻，侧身坐在一边的桌子上，随意聊起来："我看你学得挺认真，将来是有心干这一行吗？"

江晓嫒忙点头。

"那你可要想好了，"蒋老师有些漫不经心地捏起兰花指，轻轻扫了扫自己额前的头帘，"这一行没有门槛，谁都可以学，谁都会一点，不好混的。我看你字写得挺好，不如攒点钱，过两年接着念个夜大，或者学点什么别的技术不好吗？"

江晓嫒努力逼着自己忽视蒋Sam那让人难以理解的人妖造型，笑着说："老师，要是那样，我早跟他们一起出去逛街玩了。"

要是那样，她说不定已经回了明光的短信，说不定已经舰着脸接受了祁连的救助，说不定依然是个混吃等死的米虫，说不定此时已经在欧洲某个野鸡大学里花天酒地了。

蒋老师看着她的目光，心里忽然若有触动，不知想起了什么，好一会儿，他蓦地伸出尖尖的手指，点了江晓嫒一下："你过来，给我化个妆。"

江晓嫒先是一愣，随后指着蒋老师那她早就看不下去的发型，脱口问："发型用给您重新打理一下吗？"

"你职业病啊？"蒋Sam看了她一眼，"行吧，随便。"

江晓嫒嬉皮笑脸地接管了蒋老师的化妆包，借用了总部的吹风机和定型水，心里没怎么慌张，只当是心血来潮的练手，她早就看蒋老师那张日式奶油小生似的头面不顺眼了，正待摩拳擦掌。

"化个什么样的都行吗？"江晓嫒问，"我可以自由发挥吗？"

蒋老师"嗯"了一声，老佛爷似的往椅子上一靠，不再指点了。

江晓嫒心里欢呼一声，三下五除二把蒋老师那张小白脸鼓捣干净了，换了深一号色系的底妆，先集中火力对准了姓蒋的脸上那两道"柳叶吊梢眉"，再将遮住门庭的厚刘海一举毁尸灭迹，彻底按着自己的审美给化妆老师来了个改头换面。

一个男的，又不是什么美少年小鲜肉，留哪门子头帘？显得一点也不高档。

等蒋老师睁眼看镜子的时候，脸上的肌肉群一五一十地集体抽搐了一下。

蒋老师毫无疑问是纤细俊秀，但绝对没什么阳刚气的花样男子，然而经过江晓嫒大刀阔斧地一改造，他整个人从奶油蛋糕弟猛地化身成了英俊小生。国内美容美发行业很多学了日韩那一套，有时候不免连审美观也一并跟了过去，似乎感

第四章 废柴的奋起

觉一个人没有头帘，没有染发，没有修细眉，就好像不是这个行业的人一样。

江晓媛把他前额的头发全推上去了，露出蒋老师原本宽阔而有些棱角的额头，画得半真半假的眉毛笔直地压在眼眶上，阴影代替了珠光宝气的眼影，眼线仿佛已经和眼睛融为一体，不仔细扒开眼皮完全看不出来，那五官深邃立体，并未过分渲染气色，两颊在细微的阴影下流露出一种自然而然的苍白。

蒋Sam先是被自己死灰复燃的阳刚之气吓了一跳，怎么都不能习惯，仿佛大姑娘被按下剃了板寸一样，然而再细看……好像也有那么点意思。

江晓媛："老师，怎么样？"

蒋Sam沉默了一会儿，语气不大好地问："这谁教你的？"

江晓媛："没人教，我自己发挥的，我觉得你这样比较好看。"

蒋Sam恶狠狠地对着镜子盯了良久，江晓媛怀疑他还是不满意的，只好把得意收了收，耸耸肩说："要实在不喜欢就洗了吧，我再按你之前的妆面给你换回来。"

然而蒋老师到最后也没有洗，他只是一言不发地收拾了东西，顶着一张冷酷的脸甩手走了，不知是不是受造型影响，他走得大步流星，整个人都跟着爷们儿了起来。

一个月以后，江晓媛结束了培训，回到陈老板的店里，在铺天盖地的圣诞宣传下，准备她全新的职业生涯。

由于陈老板只派了她一个人去培训，新业务自然也是由江晓媛负责，所以除了美发实习技师之外，店里特意给江晓媛赶制出了一枚"首席造型设计师"的胸牌，显得十分拉风——由于才开席，桌子短，她既是首席，又是末席；既是负责人，又是小跑腿。

可虽然事实是这样，这唯一的"首席"还是让江晓媛在店里的地位显得一下超然了起来，仿佛能和那些混了六七年才混到职称的高级技师平起平坐了。

"她一个才来店里半年的新人，凭什么？"本来就跟江晓媛有龃龉的海伦当众提出质疑，"陈老板，我不管她是你家亲戚还是什么，以后是不是每个爬不上去的关系户都能这样，想一些乱七八糟的新业务就能随便搞个首席当，公平呢？"

陈方舟放眼一看，发现除了平时跟江晓媛关系不错的莉莉他们那几个，其他人都没吭声，特别是几个高级技师和另一位技术总监。

显然，海伦这个出头鸟说到他们心坎儿里去了。

陈方舟双臂抱在胸前："培训的时候我问没问过，你们有人说要去了吗？早干什么去了？"

海伦语气很冲："培训之前你也没说胸牌给加'首席'啊！这儿有总监、有高技，再不济还有这么多正经八百的技师呢，轮得到一个剪头都剪不好的实习生吗？"

陈方舟："那你说怎么办？"

"反正不能就这么算了。"海伦愤愤地扫了江晓媛一眼。

她话音未落，唯恐天下不乱的小K就突然开口说："反正现在要推行新业务，别的店都推，咱们不推也不可能，那就这样，让谁当首席，谁就负责呗。"

江晓媛眼角一跳，一抬头，正好对上小K的视线。

小K恶意地向她笑了一下："首席也不能白当吧？万一这业务推不起来，咱们前期宣传、印价目表、买化妆品的钱不都打水漂了？这不也都是成本吗？我看这个事应该这样，万一这项业务黄了，谁负责，谁就自己掏钱填窟窿，以后谁当首席都这样，这不就公平了吗？"

总店对试推行的新业务有盈利要求，试推行两个月之内，相关业务营业额如果不能达到一个标准，该业务就会在这个店被取消。一般来他们这种店里化妆的，舞台妆之类比较复杂的可能性不大，大多都是跑来化日常妆，试推行阶段，一个日常妆只要一百左右，江晓媛算了一下，要达到总店要求的营业额，每天至少要接待两到三个顾客才行。

小K不依不饶："再者说，你们让人家当首席造型师，再同时做发型实习技师就不合适了吧，多掉价呀。那我看她拿实习技师的绩效奖金也就不合适了——江首席，你说对吧？"

买化妆品，印各种海报宣传，等等，前期投入保守估计大概在七八千，江晓媛要是没有绩效工资，基本工资只有不到一千，还背着祁连那么个债主，让她自己负担，岂不是驴年也还不清？

她实在太过分了，连方才一直沉默不语的其他高级技师都有点看不下去，另一位总监低声打了句圆场："这就不合适了，没有员工自己掏钱的道理。"

海伦一口顶了回去："我看挺合适，谁让她要当首席呢？当了首席就得立军令状。"

陈方舟："放……"

他的"屁"字还卡在嘴里，江晓媛已经脱口说："行！"

陈方舟一把捂住脸——这江晓媛，缺心眼儿，真是好一个记吃不记打。

第四章　废柴的奋起

她好像把第一次跟小K他们赌气的事给抛诸脑后了,那次她在陈老板的帮助下才踩了一脚大运,勉强保住了面子,却也丢了里子——陈方舟就不明白了,一个月的绩效奖金难道不足以给她长点教训?

她怎么那么视金钱如粪土呢!

莉莉本想拉住江晓媛,没拉住,整个人都不好了,连她也开始怀疑江晓媛的脑子里有一箱爆竹,沾火就炸,一炸就忘了自己姓什么。

要是莉莉肯多读一点闲书,就会明白她这个新朋友就是通常意义上讲的"情商低"。

情商低的人不见得就木讷不会说话,有些人低得比较隐晦,乍一看也是十分外向活泼的样子,但他们必有一条共同之处:这些人的人生主题随时能跑偏,永远不知道自己的重点是啥,无论他们多么专心地学东西、多么专心地赚钱,只要外界稍微推波助澜地绊她一下,她立刻就能情绪爆炸,掉转航向,顺风撕咬过去。

本来让江晓媛负责一项新业务,是多好的事?这样她一方面拿着美发技师的工资,闲暇时还能干双工,拿双份钱,哪怕两个月以后业务没能推广起来,这笔外快也先到手了。而她本来的目标不就是利用手艺名正言顺地赚点外快吗?现在倒好,她两个月拿不到绩效不说,闹不好过后还要自己倒贴。

莉莉跟着好一番着急上火,可惜她完全是皇上不急太监急——赚外快的初衷别人替江晓媛记着没用,她老人家自己已经忘了。

小K得意扬扬地对着海伦使了个眼色——江晓媛就是鱼类中最容易钓的,给个钩就往上钻。

下班以后,莉莉三步并作两步地追上江晓媛,一把拉住她,火烧火燎地说:"万一真推广不出去你怎么办啊?你想什么呢?让人酸两句又不会死,你随便一听,自己拿好实惠不行吗?你……唉,愁死我了!"

其实江晓媛被冷风一吹,已经清醒了,说不后悔是不可能的,可惜让她拉下脸来翻供不认账,她也绝对做不出来,只好打肿脸充胖子地一摆手:"没问题,你放心。"

"我放心?"莉莉快给她这宽广的心胸跪下了,"亲姐,你知道每年总店想起一出是一出地推出多少新业务吗?三年五年也不见得有一个推得出去!"

江晓媛嘴硬:"你怎么还没干就打退堂鼓?等明天我给你写一个营销计划。"

莉莉:"……"

脱 轨

126

第二天，妆面造型服务正式上线，对江晓媛来说，两个月的倒计时开始了。

虽然放出了厥词，但是营销计划什么的，她是半个字也没写出来的——要真那么容易，世界上早就富商满街跑了，哪儿来的穷人？

新业务推广第一天，没有客人来。

江晓媛还算淡定，因为这天是工作日，店里客人本来就不多，只不过到了傍晚，她还是忍不住把"造型妆面设计"的大广告牌往店门口推了推——位置不当不正，挡路刚刚好，把一位急匆匆的客人绊了个趔趄，因此她无所事事了一天，只收获了陈老板一通骂。

第二天、第三天，还是没人来。

江晓媛这个"首席"当得如同壁花，就差没有无所事事地拿着扫把扫地了，她有种一夜之间回到刚进店还没有成为正式洗头小妹前的学徒日子的感觉。

第四天，周末了，妆面造型业务依然无人问津，江晓媛终于急了，她忍不住主动到客人面前当起了推销员。

接待客人的时候顺便推销美发套餐和会员卡，也是美发店里员工的工作任务之一，推销出的会员卡都可以拿提成，海伦就是靠着一条三寸不烂之舌才成为高级技师第一人的，江晓媛却从来没有这么干过——因为她磨不开面子。

她总觉得推销给别人什么东西，就是对别人有所求，不用别人给她什么态度，她自己先觉得低人一等，而且江晓媛完全不知道该怎么处理被人拒绝的情景。世界上最难的莫过于求人，比求人更难的，是求完被人说滚蛋。

然而此时为了不背上那莫名其妙的债务，江晓媛豁出去拼了。

这天下午，她看准了一位正在蒸头发的中年妇女，鼓足了勇气，走上前去跟人搭话："姐姐，今天来的时候没化妆？"

中年人抬头透过镜子看了她一眼，江晓媛连忙讪讪地冲她笑了一下，在对方有点冷漠防备的目光下艰难地保持住了微笑，两颊瞬间就僵硬了起来。然而对方只赏了她一眼，就重新低下头玩手机去了，江晓媛在无比的尴尬中艰难地开口说："我们这儿现在有造型设计妆容打理业务，刚刚推出的，三折优惠，您要体验一下吗？"

这回人家把她当成了耳边风，连眼神都没赏一个。

江晓媛尴尬地站在那儿，不知道自己是不是应该再自言自语一句"您不喜欢啊，那打扰了"之类的话，能显得她的独角戏有头有尾一点。

转身走开的时候，江晓媛心想，以后她如果碰上路边推销或者发传单的，一

第四章 废柴的奋起

_127

定不再皱着眉没看见一样地走过去了。这太难过了，要能忍住这种当面的无视和拒绝太难了。

江晓媛承认自己没有一点销售人员的天分，只尝试了一次，就捂着破碎的玻璃心想放弃了。

周末店里忙得团团转，只有江晓媛一个人无所事事地站在一边，捧着一杯水发呆，品尝着自己一时嘴快的恶果。

不知低落了多久，她忽然看见海伦热情洋溢地领着一个客人来到收银台，声音甜蜜地对前台值班的说："给这个美女办一张五折卡，按活动价算——亲爱的，你加一下我的微信吧，下次来之前直接告诉我，我给你留着时间好不好？"

一看就知道，这是海伦又办下了一张卡。一张五折卡能提成两百，她一上午就进账了这么多，更不用说客人都懒，加了她的微信以后就不大会再找别人，基本就成了她的长期客户了。

莉莉不知什么时候来到她身边，一边擦手一边说："看谁呢？海伦啊？"

江晓媛"嗯"了一声。

莉莉："别看了，她每个月光提成奖就能拿四五千，再加上基本工资，弄好了比对面大楼上班的白领赚钱都多，每次出去逛街喜欢什么买什么，特别财大气粗。"

江晓媛瞥了莉莉一眼，她从心眼里挺喜欢这个单纯直白的姑娘，只是不知道为什么，只要莉莉一开口，江晓媛就好心塞。

莉莉对自己哪壶不开提哪壶的特质一无所知，兀自长吁短叹一声："你发现没有，这年头，越不是东西的人越有钱，好人都穷，哼！"

江晓媛沉默了一会儿，突然诈尸似的一跃而起，莉莉一愣："你干吗去？"

江晓媛："我推销去。"

海伦像一剂超级502胶，将江晓媛破裂的玻璃心严丝合缝地黏在了一起，她在强大的敌人面前英勇地满血复活了。

这一次，江晓媛没有贸然行动，她在店里乱转，找了个没人注意的角落藏起来，观察业务冠军海伦是怎么糊弄客人的。

海伦说话的声音甜得发腻，江晓媛很快发现，交到她手里的客人的诉求不管多么简单，她都会装模作样地和对方沟通一番，做出贴心服务的姿态。当然，即使是有必要沟通，有些客人依然惜字如金，一般这种就是真的不爱搭理人，海伦会在这个阶段住嘴，不再聒噪讨人嫌——剩下大部分客人是可以说上话的，一旦三言两语间有来有往，她就会把话题像线团一样倒下去，一直要摸清楚客人来理发店的需求，之后推荐产品也好，推销会员卡也好，就可以轻松自在地对症下药了。

年轻一点的顾客就要利用她的同情心，年纪大一点的顾客就要利用她的虚荣心，到哪座庙烧哪炷香。江晓嫒注意到，海伦从嘴到手就没有闲下来过，嘴唇似乎都已经干燥得爆皮了，可见走到如今这一步，也是不容易。

江晓嫒跟敌人偷了半天的师，傍晚的时候将刚刚学来的技巧用在了客人身上——店里客流量太大，每个技师要负责好几个头，偶尔有照顾不到的，江晓嫒就主动上前搭把手，到客人面前问问温度高不高、要不要喝水，等等，然后绞尽脑汁地开始学着海伦那套跟客人拉关系。

然而这并不像想象中的那么顺利，江晓嫒发现，两个陌生人之间的对话很容易就冷场或者跑偏。她初入此道，并不擅长编排和引导话题，说得磕磕绊绊，才知道这一行是听来容易做来难。江晓嫒筋疲力尽、殚精竭虑了一天，浪费了一个宝贵的周末，依然没有实现零的突破。

快要关店门的时候，江晓嫒知道这天是不会有人来了，她疲惫不堪地坐在墙角里，毫无头绪地构思着她的营销计划。终于，有一个客人注意到了他们店里的宣传海报。

"你们还管化妆？"那位客人随口问。

江晓嫒一激灵，连忙接话说："对啊，您有兴趣尝试一下吗？现在这项业务正在试运行，体验者享受三……"

"都这个点儿了，化个妆回家好洗掉吗？"客人笑了起来，"我说小姑娘，你们店里推行化妆业务的季节不太对啊，这寒冬腊月的，口罩围巾往脸上一糊，男女老少都分不出来——你们要干，好歹也等到明年春天啊。"

江晓嫒默然无语。

当天晚上下班的时候，陈辅导员留下江晓嫒做了一次简单谈话。

陈方舟："我看明天你该干什么干什么吧，要是觉得胸牌烧手，就把以前那个实习的换回来，别四处闲逛了，看着你转我头晕。"

江晓嫒油盐不进地没吭声，是一副不见棺材不落泪的烈士形象。

美发店每天十点半开门，工作人员一般提前一个小时到位，做开门准备，陈老板可能会更早一点，有时候跟普通上班族钟点差不多。第二天，陈方舟一边消化着他早饭的三个大包子，一边驱使着小电驴穿越寒风，抵达美发店，刚到门口，就看到了让他目瞪口呆的一幕。

只见灰扑扑的道路旁边，有几个大美人儿正穿着奇形怪状的服装走秀！

陈方舟用力揉了揉眼，感觉自己可能走错地方了，等他仔细一看，才发现那几个大美女颇为眼熟……好像是他们店里的人！

陈方舟快疯了，哆哆嗦嗦地钻进人群，准确地抓到了始作俑者江晓媛："祖宗，你又闹什么鬼呢？"

江晓媛裹着黑羽绒服，还把帽子戴上了，整个人像一只黑不溜秋的使徒子，只露出一个红彤彤的鼻尖。奇形怪状的衣服是她找对面影楼借的，婚纱影楼的老板正好又不在，店里剩下一个欠她人情的摄影师和一个多功能收银员看家，江晓媛成功地用一个别开生面的花式指甲搞定了收银员，从影楼借出几套服装，发动了莉莉和她那一群的小姐妹来当模特。

对面的大熊摄影师屁颠儿屁颠儿地赶来凑热闹，心甘情愿地当了场控摄影——为了这场"秀"，她也实在是把自己的人脉发挥到极致了。

此时正是上班族出门的高峰期，不少不太赶时间的路人纷纷停下来围观。停下来的人只要扫一个二维码，把宣传海报转发到自己朋友圈，就能到江晓媛那里领取一个免费的妆容修改——这也方便，好比有的人光着脸来，她就给人家稍微打个底，弹一点散粉，有的人眉毛画得像蜡笔小新，就给擦一擦重新勾两笔……成本只是少量的棉签和一次性海绵。

陈方舟背着手，溜达到忙得不可开交的江晓媛旁边，十分不可思议地想："这小丫头片子真能折腾啊。"

江晓媛百忙之中塞给他一句："没事的老板，到了开店时间我们就收摊，不影响生意，你放心！"

陈老板没吭声，皱着眉抬头看了大熊摄影师一眼，摄影师蹬鼻子上脸地抓拍了他一瞬间的表情。

"咔嚓"一声，一张显得有点愤世嫉俗的遗像新鲜出炉。

祁连从陈方舟那儿听说了江晓媛最近不顺利，早晨本想顺路来看看。结果诧异地发现美发店门口没地方停车了，他把车停在马路对面。驻足围观了片刻，和陈方舟一样，先是茫然，随后有些惊讶。

三分钟以后，祁连琢磨了一会儿，摸出手机打了个电话，对那头的同事说："同志们，我今天半路上看见个不错的素材，快过来看看。"

脱 轨

五

快要到美发店的开门时间了，活动被迫收摊结束，江晓媛感觉自己快给冻挺了，她正要操着僵成一团的手指收拾东西，突然听见有个熟悉的声音说："等等，先别收，拍一张。"

江晓媛抬头一看，只见祁连带着一个陌生的摄影师站在不远的地方，"咔嚓"一声，她寒风里快要冻出鼻涕的样子就永远定格了。祁连拍拍摄影师的肩膀："兄弟，辛苦，你先走吧，我过去聊几句，中午回单位请客吃饭。"

此人做冤大头请客吃饭的事大约是常有的，摄影师也没和他客气，嘻嘻哈哈几句，跳上一辆车跑了。江晓媛震惊得险些忘记缩起脖子："你……你不会真是记者吧？"

"记者采编的活儿我都干，"祁连搓了搓手，"进去吧，太冷了。"

一听就是个乱七八糟的小报，说不定里面排的都是征婚小广告……江晓媛裹紧了羽绒服，默默地把"自己能上一回头版头条"的白日野望给拍灭了。走秀的模特们冻得跟孙子一样，呼啦啦一窝蜂地狂奔回去换衣服，祁连慢吞吞地走过来，和对面影楼那位遗像专业户一起，帮江晓媛把桌子抬了进去。

进门后祁连鸠占鹊巢地占据了前台一把转椅，还像模像样地拿出一个《××日报》的素材本，打开清了清嗓子，正经八百地问江晓媛："你这个叫……"

江晓媛："街边秀。"

祁连："哦，你怎么会想起办这个的？"

江晓媛："等等，这是采访吗？"

她以前被人拉住街拍过，但还没有人这样一本正经地采访过她，不由得心如鹿撞，有些激动，感觉自己的人生好像开启了一个全新的领域。

祁连托了托眼镜，冲她展开一个文质彬彬的微笑："嗯，社会民生版块，没事的，不收你广告费。"

江晓媛想："切……"

她心里那只鹿半死不活地趴了回去，死活不肯撞了。社会民生版块，鬼会看啊？除了娱乐版和财经新闻，其他都是垫桌角的。

第四章　废柴的奋起

不过有总比没有强，她也不便太过得便宜卖乖。

江晓媛给债主倒了一杯热水，趴在收银台上答记者问："这不是我们店要开发造型设计的新业务吗，这个事我在管，我打算趁机多赚点外快，想出来一点营销手段。"

祁连歪着头，这个人不论干什么，都顶着一张"随便混混"的漫不经心模样，他在本上"唰唰"地记着，江晓媛踮起脚探头一看，只见他写的是："随着都市人的生活情趣与审美要求提高，时尚美丽产业开始落户我市，街边造型设计走秀无疑是一次大胆的尝试，我们或可以期待一个全新的行业就此拉开帷幕……"

江晓媛的市侩与记者的文艺之间的鸿沟，真是劈叉也迈不过去，她叹为观止地想："天哪，我这债主可真能编哪。"

不知道什么时候凑过来的陈方舟也探出个头："天哪，大哥，你们每天写这么不要脸的文稿，还能吃得下饭吗？"

祁连给他吃了一肘子，然后面带微笑地抬起头问江晓媛："那你是怎么想起做免费妆容修改这个点子的呢？为什么不是做整体的造型呢？"

"这都什么狗屁问题，"江晓媛心想，"整体造型得做到猴年马月去，人家不上班啦？"

不过话到嘴边，她顿了顿，又学着祁连的腔调吞回来包装了一下，一脸端庄地说："因为我觉得每个人都有自己的风格，我们要做的不是把自己的审美强加于顾客头上，而是在保留他们风格的前提下尽可能地打造完美。"

她的"成长"速度太迅猛，祁连那上下翻飞的笔尖都卡壳了一下，一时间竟然没赶上记。

陈方舟在旁边看得啧啧赞叹："这么快就把这套学来了，我算知道什么叫'学好三年，学坏三天'了。"

然后多嘴多舌的陈老板被厚颜无耻的祁记者打跑了。

等到周围一帮人都看完了热闹，各自去干活儿了，祁连才把他那冠冕堂皇的笔记本收起来："我一直忘了问，你以前是学什么的？"

这还是他头一次主动询问起江晓媛的过往，江晓媛心里明镜似的，他并不是"忘了问"，而是"不关心"，人家一直只当她是个麻烦，谁会在意"麻烦"的喜怒哀乐。

江晓媛神色微微淡了下来，耸了耸肩："陶——不过学了才知道不大喜欢，我比较喜欢水彩。"

祁连的指尖在笔记本上默默地敲着："我以为你会重操旧业，会选择你们那种……"

他顿了顿，似乎不知该从何说起，笑了一下，显得十分诚恳："我也不懂，我是指那种比较高级的艺术，就是可以开画展的那种。"

江晓媛的上身撑在高高的前台上，双脚在地面上轻轻地晃了晃："我办过啊，我爸赞助的，印了好多门票，门票是请专人设计的，比我的画还艺术——不过我知道那些票都是他送出去的，大家也都是看在他的面子上来的。最后大部分的作品都是我们家亲朋好友买走的，全是自己跟自己玩，没劲。"

祁连有意想引导话题，追问："什么主题？"

江晓媛却不想多提："说了你也不懂，一个家族，第一代人艰苦创业；第二代人回家守成；第三代江山稳固了，败家子们才有条件浸淫文学艺术——我以前是败家子，现在变成个艰苦创业的，就算追求艺术，当然也只能追求能赚钱的艺术了。"

江晓媛不知道她这眼高于顶的债主怎么突然有兴趣研究她了，不过她无暇多想，她在外面冻了半天，刚进室内暖和下来，鼻涕也跟着活泛起来，她只好胡乱地从前台旁边的小柜子里摸出一打香味刺鼻的面巾纸，捂住了波涛汹涌的鼻子。

此时，什么形象与格调、品位与优雅，都被她一并喂了狗。

如果江晓媛单单是落难、穷，她尚且能端着架子，保持住自己固有的漂亮，但此时，她还有一个遥远的目标要追求，狂奔都来不及，其他种种显然已经顾不上了。

祁连在一边意味不明地打量着她，忽然问："有没有想过不成功怎么办？"

"接着干呗。"江晓媛瓮声瓮气破罐破摔地用只有他们两个人能明白的话说，"反正都落到这步田地，回是回不去了，大概也没法儿更惨一点了吧——对了，债主，我得跟你商量个事，你上次给我奶奶打的钱，我还得慢一点才能还你，这俩月要干这个，绩效奖金没有啦，让我缓到过年，给你利息。"

祁连深深地看了她一眼，这句话没有记下来。

他坐了不久就离开了。不知道是不是江晓媛的营销手段起了作用，傍晚的时候，她终于第一次开了张。

一个年轻姑娘来到了店里，说是要去相亲，来整理个造型。这让江晓媛激动得险些找不着北——和她第一次接待美发顾客的感觉完全不一样，给头发抹药水的破事她讨厌死了，做那些事完全是为了糊口身不由己，但这一次，她却是为自己开张的。

江晓媛使出浑身解数，全情投入，恨不能将客人身上每一个细胞都拉出来改造一番，耗了一个多小时，陈方舟都快看不下去了，很想过来提醒她一声——这个妆才一百块钱，比随便修个发梢贵不了多少，根本不值当这么挖空心思。

顾客受到这样认真地对待，当然满意而归，江晓媛本想效仿海伦，让对方也加自己的微信，以后好发展成长期客户，掏出手机才想起来，她那破遥控器压根儿没有"微信"这功能，只好垂头丧气地把电话号码留给了对方——虽然她知道客人不会存的。

客人愿意在微信里加几个莫名其妙的服务人员，就好像在淘宝买东西加几件到购物车一样顺手，却肯定不愿意把他们的电话号码记在通信录里。因为存了这个人的电话，就好像真实生活上和他有了某种更紧密的联系似的，相比起其他社交工具，电话号码通信录始终是更"高贵"一些的东西。

好在眼下店里只有江晓媛一个造型师，属于垄断经营，她这单生意别人抢不了。

过了一两天，当地某日报上的社会民生版面果然刊登了江晓媛街边走秀的新鲜事。那版报纸在店里传阅了个遍，小K的白眼都快能糊住墙了。江晓媛热泪盈眶地发现报纸免费宣传果然是有效果的，从那天开始，隔三岔五总会有几个顾客跑来光顾生意，江晓媛从壁花的状态里挣脱了出来。

但可惜，这些还不够。

之前江晓媛算过，要满足总部的营业目标，一天至少得有两到三个单子，江晓媛眼下的情况是两到三天不一定有一个单子。其实仔细想想也是，需要登台演出或是拍照的，人家自己会有化妆师，眼下寒冬腊月天的，普通人谁没事花一百块钱找人化妆？

为了把这项新业务推行起来，江晓媛简直是拼了——街头秀她后来又办了两次，每次一个不同的主题，后来对面影楼老板不让借衣服了，江晓媛和她的模特们只好结束了在街边瑟瑟发抖的活动。

很快，江晓媛又想出了新对策：每次美发店歇业，她都顶着对面影楼化妆师的冷脸跑过去给人家义务劳动。来个免费干活儿的，老板肯定没话说，就是那边的化妆师鼻子不是鼻子眼不是眼，每每要对她冷嘲热讽一番，江晓媛也都忍了。

不过后来她发现这样也不行，因为影楼即将倒闭，生意还不如美发店好。

于是江晓嫒又自掏腰包，自行设计并打印了一打传单，亲自到人流量最大的路口发，冻得第二天发烧三十八度五，回访的人却寥寥无几——原来大部分人接她的传单就是因为看她可怜，接过去根本没看，转手就将她的心血与牙缝里挤出来的成本一同塞进了路边的垃圾箱。

就这样，江晓嫒上蹿下跳地折腾了一个多月，终于不得不承认，这个市场远远没有她想象的那么大。

随着春节一天天临近，美发店里的客人一天比一天多——坊间都说正月剪头不吉利，每年年底都是美发店的大忙季，江晓嫒也没闲着。莉莉他们几个为了她好，经常会把忙不过来的烫染发活计交给她，大家都看出来了，总部推出的这项新业务是个完蛋货，根本不可能发展得起来，为了让江晓嫒不至于太惨，她们想趁着客流量大的时候让她多拿几个单子，省得她一年到头两手空空。

数九寒天里，江晓嫒愣是急得上了火，智齿发炎，连带着嗓子一起肿了，一个月的时间瘦了十斤，走路都开始发飘，人也显得更加沉默寡言。

可是急也没用，上火也没用，这个市场就是这么冷酷无情。

腊月初八这天，正好店里歇业，陈方舟却出人意料地来到了店里，推门一看，果然见江晓嫒又在店里蹭空调，同时手里拿着一本二手的妆面造型书看。

"吃饭了吗？"陈方舟问，"我过来给你送一碗腊八粥。"

无事献殷勤，非奸即盗，江晓嫒有点警惕地看着他。

陈方舟："什么眼神？"

江晓嫒："总觉得你黄鼠狼给鸡拜年没安好心……陈总，有事能直说吗？"

"倒霉孩子，会不会说人话？"陈方舟搓了搓手，他先是看了江晓嫒，随后话音一顿，又看了她一眼，这才迟疑地开了口，"那我可说了，你别哭。"

江晓嫒在腊八粥的香气里绷紧了心里的弦。

陈方舟轻咳一声，四下里看了看，像是不知该从何说起的样子，接着，他打开了店里的电脑，在"嘎吱嘎吱"的机械声里，艰难地登上了一分钟1KB的破网，用了足足十分钟，登陆了一个塞满了广告的邮箱，扒拉出一封邮件打开给江晓嫒看。

"这是最近各店推广化妆造型业务的情况统计表。"陈方舟说，"呃……唉，算了，你有文化，肯定看得懂，过来自己看吧。"

江晓嫒默默地走过去，手心都是冷汗。

第四章　废柴的奋起

"你看，这个推广效果是很不佳的。"陈方舟说，"当然，不是单说你——各店都不佳，咱们店由于你的努力，算是成绩最好的了，今天老板还打电话表扬了我一通，让我给你涨点工资。"

江晓媛的心沉了下去，安慰的话一个标点符号也听不进去。

邮件里的数据单惨不忍睹，好几家分店基本上是"秃瓢"——也就是说自打业务推广以后，一单生意也没有，这样一看，他们这家店一个月二十张单子的成绩简直是鹤立鸡群了，不管结果成与不成，都可以在与诸队友的对比之下载入史册。

"咱们家宣传期两个月的规矩，你大概也知道。"陈方舟抬起头看着她，他人长得小模小样，小头鸡脸，只有眼睛不小，睁大的时候像只小型犬，看起来有点可怜巴巴的，"规定就是到这个月十号，也就是下礼拜，不行……恐怕就要下线了。"

江晓媛喉咙像是被什么堵住了，出气都困难。

江晓媛双手插在兜里，沉默了大概有一个心潮涨落的周期，然后静静地开了口："所以以后都不成了，对吧？"

陈方舟搓了搓手："这个事情做不成不怪你，非人为的因素很多，你的努力大家都看在眼里，我这么说，你能接受吗？"

江晓媛不能，死都不能。

曾经，世界上的一切对她来说都是唾手可得的，哪怕她知道自己是个绣花枕头，也一直坚信，只要有一天她肯奋起努力，就没有做不成的事。怎么忽然之间，她哪怕想要取得一点点的成绩，都变得这样艰难呢？

她知道，这次的失败其实可以不必往心里去，毕竟她是有真技术的，二十多个单子的客人没有说不满意的，每个人走的时候都声称下次还会来找她——虽然他们都没回来。

他们说她比专业的化妆师技术还好，那么她大可以真的跳槽去做专业化妆师，从底层做起，慢慢攒客户资源，攒个三五年，考个高级化妆师，不也很好吗？

可是江晓媛心里的愿望不止如此。

当她仔细打听过高级化妆师的薪酬和就业前景后，心里就萌生了这个想法——她不想止步于技术，她想有一天能经营自己的美丽产业，像那些一边在电视上参加节目，一边推广自己名下品牌的那些"老师"一样。

江晓媛不想一辈子素着脸给别人打工，尽管那对于别人来说，也不失为一个不错的职业选择，但那不能满足她，在她看来，也不算活出个人样来。可是现在，别人给她提供了平台，她都做不好，遑论以后另起炉灶了。江晓嫒忽然发现，自己可能真的就只有技术还勉强拿得出手。

她有一瞬间开始怀疑，是不是她太好高骛远了呢？

也许她根本没有成为成功人士的素质，也许她只是心大，本质上和陈老板他们这些人一样，一生到头，也就能拼出一处安身立命的寒酸小屋而已。

要是这个世界能像玄幻小说那样，有一种可以测试出人根骨的法器就好了，每个人都上去测一测，就知道自己将来是干什么的、属于哪个阶层，这样每个人都能安分守己，不会做超出自己能力的白日梦——那样岂不是少了好多无谓的摸索和焦虑？

陈方舟看着她灰败颓废的神色，叹了口气。想当年，他也曾经壮志凌云，感觉自己有一天会走上一条无比风光的康庄大道，可是世事无常，现如今他只走上了一条一望无际的房奴之路，贷款的负累把他脑袋日复一日地按在奔波劳碌与柴米油盐中，他不敢喘息，唯恐呛死——就这，还有好多人羡慕得不行。

陈方舟："虽说你的首席可能快当不成了，不过我今天还是给你带来了一笔单子，要不要做？"

江晓嫒心想："都黄了，做你个头。"

可她的舌头却叛变了主人，干巴巴地吐出一个字："要！"

陈方舟："我今天要去相亲，跟人约了中午，你赶紧地，给我拾掇拾掇。"

江晓嫒这才发现这个大龄男青年人五人六地穿了一身西装，越发地将他的五短身材暴露在外，整个人看起来短得只剩下一小截，屁股底下就是脚丫子。

陈方舟不自在地动了动肩膀："我总觉得这么穿有点像卖保险的，你说呢？"

江晓嫒："……不像的。"

陈方舟羞涩地笑了一下："唉，虽然我是你老板，你也不用这么奉承我。"

江晓嫒闻言，立刻将"像个马戏团的"这句真心话咽回去了——经过提醒她才想起来，陈方舟是她老板。

她艰难地收拾起一地狼藉的恶劣心情，决定为她热爱的事业站好最后一班岗，接了陈方舟这个光荣而艰巨的任务："你带钱了吗？"

十分钟以后，两个人一起锁门上街，江晓嫒本想奔附近的商场去，刚露出一点苗头，就被陈老板拽了回来，最后他们俩坐了六站公交，来到了一个人满为患的服装批发市场。

第四章 废柴的奋起

江晓媛震惊地看着好多人扛着大包小包进进出出，感觉自己被打开了新世界的大门。

陈方舟："好多网上卖东西的人都是从这儿进货的，零售也卖，稍微贵一点，里面乱，你注意点，别让人掏了你的兜。"

江晓媛默默地将自己的衣兜拉了出来，陈方舟只看了一眼就闭嘴了——她可真是兜比脸还干净，一毛钱也没有，随便掏。

刚一进去，江晓媛险些看花了眼，只见这批发市场里面到处都是货架，到处都是小摊，根本没地方试衣服，只能凭感觉买，质量也参差不齐，所有人都在讨价还价。过道全被货架占满了，窄得要命，人满为患，挤作一团，四下飘浮着摊主们南来北往的各色早饭味。

货架上的衣服有些是山寨的名牌，乍一看挺像那么回事，有些则完全是狗屁——江晓媛愣愣地看着一条半身裙，心想："苍天啦，挂了半年没洗的蚊帐也拿出来卖了！"

谁知她只多看了这么一眼，热情洋溢的老板娘就跑来说："小姑娘喜欢这个呀，上身很仙的，五十块不还价哦。"

江晓媛"呵呵"一声，回头张望不知被人挤到哪里的陈老板。

老板娘察言观色，忙道："唉，算了，看你漂亮，我让一点，三十好不好？"

陈方舟还没钻过来，江晓媛目光无焦距地扫来扫去。

老板娘："诚心要二十块钱也可以的。"

陈方舟实在过不来了，跳着脚远远地冲江晓媛挥手，江晓媛只好转身向他挤过去。

老板娘在她身后抻着脖子叫唤："十块钱你拿走！十块！"

江晓媛走得更快了。

四十分钟后，两人艰难地挤了出来，感觉人都被挤瘦了五斤，江晓媛负责选，陈方舟负责砍价，最后给陈老板重新置办了一身衣服，外加一双内增高鞋，他找了个商场的公共卫生间把衣服换好，被江晓媛直接拽到了香水专柜。

陈方舟："干什么，我不买！"

江晓媛："我知道，蹭一点样品。"

陈方舟忐忑不安地跟着她走进衣香鬓影的专柜，头都不敢抬，感觉自己是来做贼的，他拿眼一瞥，发现店里的导购把客人看得牢牢的，只肯把香水喷在小纸条上，让他们闻一闻，根本没有蹭香的机会。

他连忙一拉江晓嫒："走吧，你看……"

江晓嫒："闭嘴，别添乱。"

陈方舟就只见兜里一毛钱都没有的江晓嫒自带某种大小姐气场，泰然自若地跟导购交流起来——不对，是导购单方面被她碾压。那江晓嫒也不知道是胡诌还是真事，现场即兴发表了一串高大上的香评，成功地将导购镇住了。

完事她还大摇大摆地抱怨："还有你们店里怎么只摆新品？经典都不要了……啧，咖啡豆也不新鲜了。"

导购以为遇上了行家，战战兢兢地说："有……有的吧，要么我去给您问问。"

就在导购飞奔着跑回去的时候，江晓嫒眼疾手快地挑出一瓶样品，迅疾无比地往陈方舟身上喷了三下。

成功！

这次逛街的经历堪称一场惊心动魄的战斗，可谓是斗智又斗勇，劳心又费力。

归根到底，还是穷得。

两个穷光蛋大功告成，叽里咕噜地滚回店里，蹭店里的水电工具，又给陈方舟免费打扮了一番。江晓嫒觉得自己的脚都快磨烂了，一边给陈方舟吹头发，一边忍不住讥讽了一句："陈总，你都穷成狗了，居然还惦记着娶老婆，胸怀大志嘛。"

陈方舟一本正经地说："要惦记的，这是大事，我现在最大的任务就是要娶个老婆，生个娃。"

江晓嫒："你自己就是个穷鬼，娶的老婆也只能是穷鬼，你们俩穷鬼养得起娃吗？就算你死乞白赖地把他养大了，等你好不容易把债还完，你家娃也差不多大学毕业了，你还得接着背一屁股债再给他买房置地。"

陈方舟："那穷人就应该一起去断子绝孙吗？"

江晓嫒活动了一下生疼的脚腕，没吭声，她就是那么想的。

陈方舟靠在椅子背上，半合着眼："你还小……唉，不对，其实也不小了，怎么就不明白呢——我跟你说，人越穷，越是想要个孩子，比方说我，我就很想生个娃，将来我可以看着我的小孩从小在城里长大、读书、大学毕业，一毕业我就给他置业，让他过得一点负担也没有。"

这是怎么样的一种充满奉献精神的神经病啊？

陈方舟不理会她，兀自说："只有看着我的下一代比我好，我才能感觉到我

第四章　废柴的奋起

这一辈子也在努力，也有成就。要是没有这么一个参照物，我根本看不见自己劳劳碌碌的价值在哪里，我将来看着我的小孩从小衣食无忧，长大飞黄腾达，就能跟自己说'这都是他老子给他挣来的'，就像是我自己也飞黄腾达了。"

江晓媛拎着吹风机的手一顿，她抬起头看向镜子里的陈方舟，却发现陈方舟的脸不见了，镜子里不知什么时候又开始播放另一个世界的事，她看见某个平行空间中，霍柏宇死皮赖脸地缠着她想挽回，她头也不回地跳上一辆跑车，扬了那小白脸一脸尘灰，隔天就托人把霍柏宇的"工作室"买了下来，把他那些名叫"艺术品"的大肚子小人儿一个一个从屋里丢出来，摔得一地破陶瓦片，一群保洁钟点工排着队等着，扫完还可以拿额外的红包。

就在这时，陈方舟突然出声："哎哎，烫死人了，吹风机挪一挪啊，你发什么呆呢？"

江晓媛回过神来，眼前就只有一面光洁的镜子，幻象都悄无声息地不见了。

而她在和一个理发店店长聊他可怕的一生轨迹。

陈方舟见她脸色难看，以为还是为了造型业务没推广起来的事，就说："前两个月扣发了你的绩效奖金，其实不应该，你做了那么多工作，大老板都知道了。年底我会偷偷给你发到红包里的，至于什么前期后期费用，当然是老板自己掏腰包，跟你没关系，你听我的，不要再惦记这事。事与愿违的情况多了，以后你也会习惯的。"

江晓媛深深地低着头，盯着自己人造革的鞋尖。这双鞋子磨脚磨得要死，鞋底还一受热就开胶，是她找修鞋的要了胶水，自己重新粘上的。

她就这样度过了一个衣衫褴褛、鼻涕好像总也擦不干净的冬天。

"你就别跟海伦她们怄气啦，"陈方舟一脸忧愁，话说得老气横秋，"多大的人了，我都替你们害臊，我这店长当得跟幼儿园保父似的——钱呢，是揣在自己腰包里的，日子是自己跟自己过的，你跟别人怄气怄赢了，是能多吃块肉，还是能多穿件衣？我看你人长得也怪机灵的，脑子里少根弦是不是？"

江晓媛在他头发上抓了一点定型水，手重得跟赌气一样，抓掉了陈方舟好几根头发。

有的时候做一件事，刚开始是为了赚钱，但是后期如果努力太过，结果反而显得比报酬更重要了。她忽然开口打断了陈方舟的絮叨："陈总，你刚开始做洗头工的时候是怎么想的？"

脱　轨

陈方舟被她问得一愣，忽然就哑口无言了。

良久，他交叉了自己的十指，抵在单薄的胸口上，顺着江晓媛的力道微微仰起了头，目光有点茫然。

"我想以后这么大一家连锁店都会是我的，"陈方舟说，"我还要注册一家公司，创一个美容美发品牌，旗下有美容美发店，有高级会所，还有自己的厂子，能生产自己的沙龙产品，高级的限量推广给VIP客户，普通的在超市开架卖……"

他的白日梦如此细节详尽，乃至说到最后，自己都不好意思了起来："唉，这都是扯淡的。"

江晓媛把先天不良的陈方舟打理出了一副人模狗样，让他赶在午饭之前，去赴相亲饭局。

临行，江晓媛把他送出门："单子不开了，这回算免费给你做，喜糖别忘了给我双份。"

陈方舟："滚吧，这点便宜也占。"

"连这点便宜都不让占的小气鬼，还想娶老婆？"江晓媛火冒三丈地想，"呸！"

陈方舟没敢骑他的小电驴——风大会把造型吹坏。他哆哆嗦嗦地往地铁站走去，刚走过一个拐角，一辆车就神出鬼没地挡在了他面前。

陈方舟先是吓了一跳，定睛一看，熟人。他扬了扬眉毛，一抬手搭上了车顶，对着车里的人说："怎么又是你？你这段时间到底怎么回事，怎么没事老往我这儿跑？看上我啦？"

祁连一时没接上话，被这小矮子的无耻震慑住了。

"哦，对了，"陈方舟不客气地拉开车门，"你来得正好，我要去见你未来侄子的妈，车借我开一下。"

祁连骂了一句，还是从副驾驶上拽起自己的外套下了车，真的很够意思地把车让给了他。

"怎么样？"祁连摸出一根烟，递给陈方舟一根。

陈方舟本想接，想起自己身上喷了香水，活生生地忍住了："什么怎么样——你躲我远点，别弄我一身味。"

祁连瞪了他一眼："好多女的不是讨厌男人喷香水吗，谁给你出的馊主意？"

陈方舟："一个女的——你要是说上次你出的那个妆容造型的幺蛾子，我告诉你，黄了。"

第四章　废柴的奋起

祁连微微挑了挑眉。

"看什么，黄了就是黄了，"陈方舟说，"你策划得再好，没人买账，也没用。跟你明说了吧，我早就觉得不靠谱……"

祁连："别在这儿打马后炮，你早觉得不靠谱早不说，现在……嗯，江晓媛呢？有点受打击吧？"

陈方舟站直了些，上下打量祁连一番："我一直就觉得不对劲儿，你关心她也关心得太勤快了吧？"

祁连给了他一个"说人话"的眼神。

陈方舟："你要真有那份心，不如借她点钱，让她把书读完，该干吗干吗去，让人家在我那儿混着算怎么回事？剃头匠命苦你不知道吗？"

祁连沉默了一会儿，含糊地说："……她那个人想法有点特殊。"

陈方舟深以为然。

祁连两根手指夹着烟，两次凑到嘴边，又两次放下，沉吟片刻后，他说："我在马场那边还有点闲钱，你说要是提出来做点化妆品生意怎么样？"

陈方舟目瞪口呆："你你你……少爷，八字都没有一撇，你就先投入这么多了？真有你的！"

祁连也不解释，随便他去误会，他其实自己也不知道为什么会忽然冒出这个想法，可能是想起了江晓媛趴在美发店柜台上，一边擦鼻涕一边跟他说话的样子，那么冷淡而不修边幅，却奇异得有种说不出的、强硬的力量感。

他一直觉得她是个花瓶，谁知花瓶里有个铁芯。

祁连受许靖阳之托，无数次接过夭折的人生，像是孤独地守着一大片枯槁的荒原，不料突然在角落里看见了一棵小小的嫩芽。

他把烟叼在嘴里，冲陈方舟摆摆手，兀自下车走了。

"你去吧，我再考虑考虑。"他说。

六

江晓媛并不知道一条街之隔的地方发生了一段围绕着自己展开的对话，她用店里的破微波炉把陈老板带给她的腊八粥热着吃了。陈方舟这一走，偌大的美发店一下子就空旷了下来，病毒明光好像也跟着来了劲，从微波炉微微反光的门，到大大小小的镜子，到处刷存在感。

江晓媛感觉自己就像一个行走的遥控器，她走到哪儿，电视就开到哪儿——还不让换台。

她叼着塑料勺子，把粥里可怜可爱的甜枣先捞出来吃了，又将傻大憨粗的芸豆们扒拉到一边，淡定地坐在电视机前，像看电视剧一样欣赏着自己在另一个世界的生活。

这玩意儿，看第一遍的时候心里震动，第二遍心里难受，第三遍就麻木了。江晓媛现如今已经看了三十来遍，岂止是"麻木"，精神状态正逼近"偏瘫"。

播到了剧终，屏幕上依然跳出了一条信息，要她反馈："是否启程？"

江晓媛面无表情地吐出一个枣核："否，快滚吧，这边挺好的。"

电视猝不及防地"啪"一下黑了下去，浮华三千都在她面前烟消云散了。

这边好个屁——

江晓媛面无表情地回味了一下甜枣的味道，豪迈地把一整碗腊八粥一口闷了。

病毒那车轱辘一样的勾引过犹不及，开始在她身上起了反作用，不但没有击中她脆弱的玻璃心，反而点燃了她所剩不多的血性。其实每个人身上都是有血性的，同时每个人都是渴望自我实现的，天生的自然规律，只是在有些人身上被扭曲了。

江晓媛本来被自己的失败弄得有点心灰意冷，但目睹了陈方舟的一生后，她发现自己无论如何也不能接受这样的人生，只好在"灰烬里重生"，咬着牙继续走下去。

傍晚，江晓媛第一次用店里的化妆品往自己脸上招呼了一遍，她给自己化了个春暖花开的桃花妆，穿上祁连给她买的那件夸张的粉色大衣，修改了传单内容，把宣传重点从日常妆改成"舞台妆"，末尾标注学生打九折。

然后她就这样春暖花开地在凛冽的寒风中杀出一条血路，上了街。

听说卖火柴的小女孩就是这么冻死的，不过卖妆容的大女孩还活着，因为她心里还有一碗不肯冷却的岩浆。

第二天，江晓媛来店里的时候，发现门口造型设计业务宣传牌上被人挂上了一个倒计时提示，显示活动时间还有五天结束，乍一看像是在催促顾客抓紧时间享受折扣，实际江晓媛知道，这是海伦她们用来嘲笑她的。

第四章　废柴的奋起

可是经此一役，江晓媛的脸皮是日复一日地厚了，心肠也是日复一日地硬了。看了这面倒计时牌，她奇迹般地波澜不惊，丝毫没把海伦她们的挑衅放在眼里。

江晓媛自然而然地经过宣传牌，跟饮水间的陈方舟打招呼："陈总，昨天相亲怎么样？"

陈方舟顺手给她倒了一杯不知谁拿来的奶茶，看起来心情颇愉快："挺好。"

江晓媛就知道有戏："哇！那个人怎……"

陈方舟连忙回头打断她的大惊小怪，对她做了一个"别声张"的手势，小声说："是个护士，样子一般，但是性格看起来不错，挺朴素的，像个过日子的，最好的是她个头也不高，我们俩站一块谁也不会嫌弃谁……哎，你说我昨天那么折腾，还喷香水，会不会让人看了觉得我不踏实啊？"

他说这话的时候，脸上带着说不出的期冀，却不是红男绿女鸳鸯蝴蝶的期冀。

好像"过日子"三个字可以将生活中所有的激情与苦难都一笔勾销，包括未来、包括希望、包括爱情。

江晓媛意识到这一点，脸上的笑容黯淡了一会儿，忽然有点心酸起来。

这时，前台接起一个电话，对江晓媛说："造型师，电话！"

江晓媛急忙应了一声，顾不上替别人伤春悲秋，转身投入她的战斗去了。

头天晚上江晓媛没有白挨冻，舞台妆宣传起了作用，快到年关，各种表演和晚会也多。当天，一天之内店里连接到了两通电话，都是附近的白领，说是年会演出用，打听能不能团购预约。江晓媛打起精神，用上了这段日子从海伦那儿偷师出来的种种推销手段，舌灿生花地勾搭了人家来店里看看。

不过遗憾的是，两笔单子都不大，都做下来也不到十个人，而且时间恐怕都要等推广期过去以后了。

那黄花菜都凉了。

江晓媛一边给一个客人洗头发，一边一心二用地思考——想个什么办法能让他们先给预付款呢？

而当天晚上快打烊的时候，祁连这个原本的稀客居然又来了。

他自己也觉得自己三天两头地跑到一家美容美发店里十分不可理喻，但还是忍不住想来看看。他好像个百无聊赖地拿着遥控器翻台的人，可有可无地翻到一个冗长平淡的电视剧，本想当成打瞌睡的背景音，不料剧情中途峰回路转，他居然被吸引住了。

不过人的头发不是杂草，祁连刚剪的头，不可能再动刀，前台却都已经认识他了，主动来招呼："祁先生今天还找陈老板吗？今天要做什么？"

祁连："呃，我……"

他一时卡壳，心里盘算着，要是洗个头就找店长，会不会有点太那个了？

他还没编出来，那边陈方舟已经多嘴多舌地开了口："他不剪，是来做造型的！"

前台没想到还有半夜三更来做造型的神经病，看向祁连的眼神充满了惊奇。

陈方舟又叫："造型师——"

祁连很想扑上去把陈方舟的臭嘴缝上，他自忖来意天真无邪，被姓陈的这皮条客似的两嗓子叫唤得都开始觉得尴尬了。

江晓媛对"造型师"三个字十分敏感，一叫就回了头："嗯？"

她一转头就看见了祁债主，有些诧异，把手头清理刷子的活儿暂时放在一边："你怎么又来了？"

"啊？嗯……"祁连若无其事地一低头，胡编乱造的真本领落上了舌尖，顺口说，"来洗个头，晚上有饭局。"

江晓媛淡淡地移开目光，心想："啧，我自作多情了。"

表面上，她还是痛快地说："行，我来给你洗。"

祁连默默地跟着她往里走，目光无意中与陈方舟对了一下，顿时不好了，感觉整个美发店的空气都被此人污染得齷齪了起来。

还没等进门，门口突然进来了一个小姑娘，十六七岁的模样，身上背着个小小的布包，像个上学走错教室的孩子。她一进来就皱了皱鼻子，不知所措地东张西望了片刻。

前台问："同学，你剪头发吗？"

"不剪，"小姑娘说，"嗯……你们有造型师吗？我找造型师。"

奇了怪了，今天都是来找造型师的。江晓媛好像忽然从闲置物品变成抢手货了。

前台抽出柜台后面的呼叫器："晓媛老师，晓媛老师来一下前台，有客人找。"

店里为了显得专业高端，前台召唤人的时候，不管是高级技师还是打下手的实习生，一律叫"老师"。

祁连一听，连忙如释重负地说："你忙你忙，我就洗个头，谁都一样。"

江晓媛只好把他丢给正好闲着的莉莉。

门口的小姑娘看见江晓媛，当着她的面拿出自己的手机拨了个号码：

第四章 废柴的奋起

145

"喂……嗯，我在了，找到了……好，你来跟她说。"

她说完，把手机递给江晓媛："给。"

江晓媛有日子没摸过智能机了，乍一拿过来还挺有点不习惯："喂？"

那边充满特色的懒散声音开了口："哦，是我，蒋Sam，你记得吧？"

江晓媛当然记得，蒋老师说话的腔调非常特别，总带着一股"哀家赏你"的感觉，弄得谁在他面前都像个小太监。她开始有点纳闷儿，等对方说了几句话以后，江晓媛整个人就像是被幸运女神一杠子拍在了原地。

蒋Sam说："这个艺术团穷得掉渣，连个化妆师也养不起，托人找我接私活儿，low爆了，我才懒得理他们，再说我家里有个老女人闹着要再婚，天天打电话逼我回去，也没时间，你帮我个忙，应付人情就行，不用搞太复杂。"

蒋太后这不是找她帮忙，是救她的小命啊！

太后又发话道："这种活儿一般按人头收费，一个人三百，他们托人找我的，也不好再涨价，这样吧，这个活儿呢你先做着，你们店里要是收费高，差额回去我自己出钱补给你。对了，你们舞台妆多少钱？"

江晓媛说："……一百八。"

蒋太后："你卖白菜的啊？"

江晓媛热泪盈眶："哪怕卖白菜也不能卖白粉啊！"

"那行吧，"蒋Sam顿了顿，"那算便宜他们了——那什么，一日为师终身为父，这次你帮我个忙，下回有好处想着你。"

就这样，江晓媛多了一个便宜的终身爹——当然，依照目前的情况，别说是认爹，让她认蒋太后当姥姥都行。

联系好了客户，第二天陈方舟特意把钥匙留给了江晓媛，她上了三道闹铃，凌晨三点半已经准备妥当，准备开门迎客。

艺术团一帮十来岁的小姑娘四点多的时候来到了店里，都很安静——困得，前面的在化妆，后面的就在打瞌睡，一个个纤细得跟麻秆一样，在寒冬的早晨好像一堆被摧残的小秧苗。

江晓媛为了让她们休息得踏实一点，把多余的灯都关上了，只留下操作台上一点灯光，像是一个留给自己的小小舞台，在破晓前的黑暗里柔弱地熠熠生辉。

艺术团人不少，但江晓媛手脚麻利，她是天生做这一行的人，做起来全情投入，既不累也不困，游刃有余中还能找到不少乐趣。领队老师等在一边，随手翻到一张江晓媛发剩下的传单，忽然说："她是领舞，能给她化一个你这上面说的桃花妆吗？"

江晓媛瞥了一眼女孩棉衣里面露出来的舞衣，一口答应，三下五除二在少女额头眼周勾勒出彩绘一样的花。她想也不想，信手拈来，好像已经千锤百炼过，把本来昏昏欲睡的女孩都看精神了。

女孩嘴甜："姐姐，你比我们上次请的化妆师厉害多了。"

江晓媛这些日子做惯了营销，脱口就是一句奉承："哪里，你长得漂亮。"

镜子里也非常应景，如果此时江晓媛抬起头看镜子一眼，就会看见镜面里的人不是昏昏欲睡的小演员，而是她自己。

镜子里的江晓媛手指捋着新烫的发型，对旁边的美发师说："你手艺真不错，下次还找你。"

美发师笑得见牙不见眼："主要是您长得漂亮。"

风水轮流转。

明光不知是命不久矣还是怎样，骚扰她的频率越发得高，江晓媛早晨起来洗脸照镜子都不肯消停，弄得她只好一边轻车熟路地无视那些画面，一边勉强找个边角胡乱照一照。

这一笔大单子起到了力挽狂澜的作用，增加的数字比她将近两个月的奋斗都可观。终于，无情时光如水，稀里哗啦地就流到了宣传期截止日，陈方舟一大早就拉着财务，把所有的造型业务签单都清点了一遍。

单子有零有整——然而差一点。

只差一点。

陈方舟抬头看了江晓媛一眼，见江晓媛紧张得脸色发白，他心里忽然莫名地软了。有些人，自己已经无能再孤注一掷地去做什么了，但看到别人这样夜以继日，总是不由得感动，于是这个一毛不拔的铁公鸡仿佛吃错了药，从兜里摸出一百块钱塞进收银台里："我上礼拜去相亲，你给我做的造型，当时没打单子，现在补上。"

财务麻利地接过钱补上单据，最后核对了一遍统计结果，忍不住出了声："店长，不对的，这个舞台妆当时是按照学生团购价格，给他们打了折，我们不按单子数量，按营业额算，可能还是不够。"

江晓媛刚放下来的心又给吊了上去——这是她当时为了推广舞台妆，擅自在

第四章　废柴的奋起

147

宣传单上印的学生团购打折，真是恨不能剁了自己的手。

陈方舟："还差多少？"

财务说："一百六十三块五。"

陈方舟："哪个造型业务在一百六以上？"

财务："活动期间日常妆一百，舞台妆一百八，定制两百六。"

陈方舟二话不说，掏出电话拨了个号："你今天有空过来一趟，给你化个妆。"

祁连正在忙一份文稿，中途被陈方舟的电话打断，听了这个无理要求，他语气很不好地说："你有病吧？"

说完他径直挂断了电话，奋笔疾书。可是过了一会儿，祁连按在键盘上的手忽然一顿，他像是回过了神来，原地思考片刻，"啪"一下把笔记本合起来，站起来走了。

半个小时以后，祁连到了陈老板的美发店。

"来了来了！他今天要化个舞台妆。"陈方舟指着祁连，对一边的财务说，"开个单子，等会儿让他结账。"

七

祁连当然不可能让他们把自己祸害得一脸花，最后他在店里找到了他妈以前办过的一张会员卡，里面刚好剩了点没用完的尾款，正好够预付一笔预约业务，算是给江晓媛顶了一张单子。

江晓媛对他的感觉很复杂，他们两人分享了一个有关于这个时空的秘密，因此从根本上说，祁连和其他人是不一样的。除此以外，她感激也是有的，毕竟此人不止一次帮过她，然而每每又不太想面对他，因为他态度中那点微妙的东西总是能刺痛她敏感脆弱的自尊。

这件事兜兜转转，最后居然是由祁连了结的，这让江晓媛在十分过意不去的同时，又有种说不出的挫败感——好像之前种种搜肠刮肚的努力都是一场可笑的徒劳。

她脸色顿时不太好看，勉强压着自己的情绪低声说："这多不好意思……"

祁连："没事，反正你们店常年要流氓，用不完的钱也不让往外取。"

就这样，江晓媛有惊无险、憋憋屈屈地过了关。

回想起来，从考核实习技师到推广造型业务，她每次都仰仗着各种好运气，每次都有人帮忙……任务完成得像打擦边球一样，总是堪堪及格。

虽然看海伦她们气成一对葫芦还是很爽的，但……江晓媛忍不住瞥了祁连一眼，祁连来去匆匆，特意跑来一趟，解决了她的麻烦，拎起外衣转身又走了。

有那么一瞬间，江晓媛觉得在陈老板的美发店里很没意思。既想堂堂正正地挺直腰杆做人，又觍着脸躲在别人的庇护下，感觉有点像当婊子还要立牌坊，有点名不正言不顺地无耻。

因为陈方舟他们店是所有分店中唯一一家完成任务的，与同侪相比，可谓业绩斐然，陈方舟特意被大老板叫走了解了一下情况，很是长了一回脸，身为店长和功臣，他跟江晓媛一人得到了一封年终红包。

可惜，由于市场反应不良，一枝独秀也不好看，总部最终还是决定，取消造型设计业务。

这封不算太丰厚的红包，再加上江晓媛数十笔单子的提成，还有首席造型师那等同于高级技师的基本工资，江晓媛到了这个世界之后，手里第一次有了一笔钱，还清祁连的债务后，她感动地发现自己居然还剩下将近两千块钱，可以过年了。

店里从正月初二开始放假，假期长达一个月，是江晓媛来这个世界后最长的一个假期。初一那天提前下班，陈方舟这个家庭煮饭公下厨煮了一大锅饺子，给江晓媛和店里其他几个最后留守的年轻人一人留了一碗。

江晓媛仿佛已经看到他未来一辈子围着锅台转的命运了。

陈方舟问她："怎么样，你打算回老家？"

江晓媛："再说。"

陈方舟："大老板说了，年后让我给你提技师，不过你自己心里得有数，你离技师的水平还差不少呢，这一个月别把技术都就饭吃了。"

江晓媛一口咬下去，饺子皮薄馅大，肉汁四溢，香得很。

她说："知道了，妈。"

当天，江晓媛仔细上网查了路程和车次，买好了回程车票，怀着无比忐忑的心情，打算去这个世界原来的江晓媛家里看看——以后就要变成她的家了。

江晓媛花了半天时间，在城市那些变得萧条的商场与超市中买了一些开始打折降价的年货，最后，她在大年初三的清晨，和一群大包小包的返乡民工一起坐

第四章　废柴的奋起

在一辆四面漏风的大巴车里，摇摇晃晃地各回各家。满鼻子充斥的都是汽油味和嘈杂的人臭味。

大巴在市区附近还挺正常，开了三个多小时，经过了一个偏远的县城，在那儿换了个司机接班，同时也迎来了好一帮奇葩的乘客。有要求把活鸡鸭一起带上车的，有针对票价讨价还价的，还有走一段就要求司机在路边停车的。

车上没有售票员，那司机一人独自舌战群雄，从接班开始，一直在跟别人吵架，嗓门儿比车载噪音还大。

乘客："你停一下，就停一下能怎么样嘛！"

司机："今天你要随地停车，明天你就能随地大小便，你说怎么样嘛。"

乘客："那我还要走一段，你得退我五块车钱。"

司机："哦，你出去吃饭，吃完不消化拉出来，是不是也要盛好端回去让饭店退你钱？"

江晓媛被汽油味熏得头疼，同时听见有人唯恐天下不乱地小声欢呼："要打起来了，要打起来了。"

然后果然打起来了。

交涉的司机和乘客很快战斗升级，从充满诙谐的互相讥讽上升到亲娘二舅的互相谩骂，江晓媛用力捏着鼻梁，在这样热闹的背景音里严肃地思考起了自己未来的人生。

思考了一半，她的手机响了。

电话里传出蒋太后的声音："小妞，过年好！是我。"

江晓媛有心把"小妞"俩字糊在他脸上，但是一时摸不清蒋某人的路数，没敢。

"我是在你们上次上课登记的名单上翻到你电话的，"蒋Sam他老人家用领导视察的口气说，"我看了你给那个小丫头脸上画的面部彩绘，画得还不错，这个你也学过？"

江晓媛："……不是跟你学的吗？"

"少扯淡了，我教你们那些都是糊弄人的，"蒋Sam毫不愧疚地说，"就你们店里那帮学员，一个个手比脚还笨，还想吃这碗饭？做梦吧。"

江晓媛："……"

太后好像忘了她也是学员之一。

脱 轨

150

"我上回不是跟你说过以后有好事想着你吗？"蒋太后说，"现在有好事了，你干不干？"

江晓媛不抱希望地说："……啥？"

蒋Sam："我以前那助理笨得不行，让我给踹了，你来吗？一个月给你开三千，有活儿给你算提成，将来等你翅膀硬了还能单飞。"

"三千？"江晓媛一时有些震惊，"蒋……蒋老师，你那么有钱啊？"

"又不是我给你发工资。"蒋Sam说，"我不是挂靠了一个学校吗？每个学期给他们上几节课，学校掏钱给我雇助教——你来吧，在破理发店里给人脑袋上糊大锅炉有什么意思？混不出来的。"

江晓媛一时有些呆愣，她并不特别了解行情，但是此时忽然意识到，蒋Sam可能不是她认为的那种普通职业化妆师。一个学校为了留住他，巴结到给他请助理的地步，是什么概念？

这时，前面和司机战斗正酣的乘客尖叫着吼出一大串富有创意的脏话，打断了江晓媛的思绪，司机怒不可遏地把车停在路边，咆哮着："不拉你了，滚下去！"

这一嗓子在突然寂静下来的车厢里显得格外刺耳，准确地透过江晓媛漏风的遥控器手机传到了蒋老师的耳朵里。

高大上的蒋老师顿了一下："什么动静？"

江晓媛略尴尬："呃……"

蒋老师很快反应过来："哦，你在看打架哪？好了，那没事了，我就跟你说一下，你好好考虑，过一阵子再回复我也行。"

江晓媛忙说："谢谢蒋老师。"

蒋Sam："不用谢，你接着看吧，看的时候记得躲远点，别让他们殃及池鱼——嘿，有一次我就是，站得太近，打架那人一激动把我新买的擀面杖抽走了，还没拆包装，就让派出所的人当凶器没收了……你说这得罪谁了？"

江晓媛："……"

原来蒋太后除了热爱剃柳叶眉之外，还热爱围观别人打架……这种活法儿还真是高雅。还什么学校替他请助理，其实是吹牛的吧？

司机突然停车，刚才好几拨儿同他起过冲突的纷纷东山再起，七嘴八舌地群起而攻之，终于，司机怒了，他干净利落地拔下车钥匙，飘然下车走了："老子不干了，想坐车自己推！"

第四章　废柴的奋起

151

三分钟以后，江晓媛跟着一干无辜的乘客，排成一排，站在了西北风呼啸的山路上。

　　她抬头看了一眼渺茫的前路，感觉还不如没收她的擀面杖呢。

　　江晓媛好像跟这条路犯克，这辈子没有坐车走这条路的命，原地徘徊了片刻，她只好尝试着给她上次联系过的邻居家里打了个电话。艰难地沟通了各自的位置后，双方发现江晓媛这次降落的地点离他们家不远了，是不幸中的万幸，邻居的婶娘十分热心地差遣家里老公来接。

　　江晓媛搓手跺脚，忍饥挨饿，已经彻底没有心情思考自己光明或是晦暗的未来了，她在原地足足等了一个多小时，忽然看见远处来了一辆烟尘潇潇的三轮车，心里顿时涌上了一丝不祥的预感。

　　开三轮车的大叔脸上带着不自然的微笑——肌肉冻僵了，一时回不去，他远远地涨着一张紫红如铜的脸，在寒风中大着舌头喊叫："晓媛啊！晓媛！孙二伯来啦！"

　　那不祥的预感成了真，她怎么会认为自家芳邻所谓的"开车来接"指的是四轮车呢？

　　江晓媛把羽绒服的帽子扎紧了，所有能扣上的扣子全部扣上，一直别到了鼻尖下面，双手全都缩到袖子里，全副武装地上了三轮车后面的露天大车斗，迎风泪流地准备开始一段跑车般拉风的旅程。

　　其他滞留的乘客见状，纷纷一脸惨不忍睹的表情，可是此地前不着村后不着店，已经大半天不过车了，总不能走回去，一些人也只好胡乱将惨不忍睹的表情收拾起来，一拥而上。

　　"师傅，那个小姑娘，也带我一程吧？"

　　"带我一程带我一程，我付车费，到你们家附近，找个有人有车的地方就把我放下来就行，我再去找别的车。"

　　"麻烦麻烦，大过年的出门在外，都不容易。"

　　"师傅……"

　　江晓媛艰难地把被领子遮住的口鼻释放出来："好啦别吵！"

　　孙二伯笑呵呵的："都来，都上来。"

　　猪队友一句话出口，众人立刻一片七嘴八舌地道谢，争先恐后地要往三轮车后面有限的车棚子里爬，眼看要造成踩踏事件。

江晓媛只好急中生智地暴喝一声："慢着，不白坐！十五块一位！"

此言一出，周遭顿时一片静谧。

大概是前一阵子疯狂营销的后遗症，江晓媛那一刻好像被一只巨大的钱串子附了身，自己都被自己震惊了。不过她很快回过神来，口齿异常伶俐地说："十五块一位，要走的上车，上满就走。"

孙二伯震惊地看着她。

江晓媛无视他，双手揣在袖子里，摆出一副八风不动的地主婆模样。终于，一个中年人率先掏出钱递给她："带我一个。"

有了带头的，之后立刻又有几个人效仿，小小的三轮车很快被占去了半壁江山。

江晓媛："二伯，没坐满咱们也走了，太冷了。"

孙二伯脑浆被冻得不太流动了，闻言愣愣地应了一声，一脚踩下离合，电动三轮车发出一声不堪重负的号叫。

在花钱上永远都有拖延症的人们眼看他们要走，立刻激动了。当场有几个之前迟疑着不肯付钱的跳上三轮车，最后他们不但拉了个满员，还超载了一位——那位多出来的女青年只好半蜷缩着坐在了她丈夫的腿上。

江晓媛重新把脸缩回领子里，露出一双弯起来的眼睛。

头重脚轻的电动三轮乘着暮色，穿越寒冷的风与经年的尘埃，"突突突"地前往不远处鸡鸣狗吠的、闭塞的乡村。

江晓媛的归来引起了街坊四邻的轰动，大家纷纷跑出来围观，见她比离去的时候看起来还朴素，就纷纷放了心，夸赞起她来。在这些留守老年人眼里，女孩家穿衣打扮，好像总是和一些品行不端的事联系在一起。同时，他们也羡慕城里姑娘的美丽，同样的打扮，自己的姑娘这样做，就是腐败堕落；城里的姑娘这样，就是洋气时髦，似乎他们是将自己的形象也移动到亲朋好友的后代身上——为了习惯忍受贫苦，便只好将贫苦当成美德。

仿佛好的人，天生就是不配享受的。

这些人情世故江晓媛本来是一窍不通的，然而身在这个世界不过半年，她却已经见惯了三教九流，无师自通了起来。

孙二伯的车一共搭回来九个人，除去江晓媛，八个人每人交了十五块车费，总共一百二十元整，江晓媛乐得做人情，收上来一挥手，全都给了孙二伯。

孙二伯忙推："这不行，不能都给我，是你替二伯收的钱，你想的主意。"

第四章　废柴的奋起

江晓媛："还是您去接的我，没您我还回不来呢，再说您跟二婶还一直照顾我奶奶，我这就是借花献佛，自己都觉得没诚意呢。"

孙二伯出去接个人，始料未及地还赚了一笔外快，百思不得其解，只好逢人便夸："这姑娘将来是做大买卖的料，有大将风度。"

有大将风度的江晓媛心里其实很没底，她根本不知道原主的家在哪儿，只是通过电话推断，应该和孙二伯一家是邻居，就一直跟着二伯到了孙家门口。然后江晓媛发现自己不用找了，在离她二十米远的地方，一个瘦小的老太太正拄着拐杖望着她。

这个老太太，江晓媛是见过的，她年幼时从父亲的旧相册里翻到过她的黑白照片——照片里当然要年轻很多，未到中年。

她嘴角略微下垂，头发一丝不苟，双颊凹陷，看上去不太慈祥，像是有些不苟言笑，眉目间年轻时候的影子依稀，只是一把白发在渐次黑下来的空中显得分外扎眼。

像是时空倒转了，死者复活了。

老太太见了江晓媛，态度并不热络，只是颤颤巍巍地走过来，自然而然地牵住江晓媛的手，像是牵起一个在外面玩得忘乎所以不肯回家的小孩子。

"走，"她淡淡地说，"咱们回家了。"

什么是平行时空呢？

微观地看，或许就是同一个人身上会发生的无数可能性吧？人的一生中，也许每一次一念之差，都会造就两个背道而驰的平行空间。

每一个时空中的那个人，都是她自己——这一点江晓媛在踏入原主人房间的时候，深切地感觉到了。

所有的杯子都放在左手边，把手也冲左，但笔和工具在右边——这是因为江晓媛小时候有点左撇子倾向，后来拿笔拿筷子的惯用手被矫成了右手，有些细枝末节的小地方却依然喜欢用左手。

还有桌上的笔筒里插满了笔，一多半是不能用的，笔尖冲上闲置着，这也是她的怪癖之一，笔用完了不扔，哪怕不能换芯。

以及床铺总是靠近一角，永远不放在正中心。

江晓媛试探着坐在旧木头桌子旁边，她忽然心里一动，弯下腰拉开最下面的抽屉，果不其然，在抽屉里发现了一个铁盒子。

脱 轨

一切都是她的习惯，江晓媛根本不需要向谁打听，她本能地就知道这屋里有什么。

　　江晓媛把铁盒子端出来，知道这里面放的肯定是她在这个时空的珍藏。

　　在原来的时空，她也有这样一个盒子，比这个锈迹斑斑的蛋卷盒子高档很多，那里面有一沓学画的考级证，有她第一根用完的眉笔笔头，有她小时候从父母那儿收到的生日礼物——长到十来岁以后就没有了，过了十岁，他们就不再费心买玩具哄她开心了，只省事地给她个红包，让她喜欢什么自己去买。

　　过了十岁，她也确实很少有机会和父母交流了。

　　江晓媛深吸了一口气，打开这个世界的盒子，像是揭开了一段她没有来得及经历的过往。

　　盒子锈得不行，很费了她一番力气才抠开，里面装得满当当、沉甸甸的：高中录取通知书，特意打印出来的中考成绩单纸条，一本翻得卷边的盗版英文小说《玻璃城堡》，一盒掉了壳的旧磁带，已经坏了的随身听……

　　还有一张泛黄的老照片。

　　照片的背景不知是哪个不出名的景点，一家人都聚在一块人造的巨石前合影，背景有点搞笑，人的打扮也有点搞笑，看向镜头的表情是一水儿的痛苦严肃，仿佛不是来旅游的，是来汇报思想工作的。里面有头发还大半黑着的奶奶，有她这个世界的父母，她看着他们，那么陌生，那么年轻而憔悴。

　　她不由得产生了某种疑惑——是这两个人吗？她本来的父母是长这样的吗？眉目轮廓是熟悉的，可是气质、神情却又天差地别，同样的人，难道穿名牌打理好造型，就是个贵妇人；穿着碎花旧棉布衫，憔悴而充满戾气地望向镜头，就是个再普通不过的农妇吗？

　　这个问题如果要是深究就太复杂了，不是江晓媛的智商能负荷得了的。她把照片压在最下面，深吸一口气，双手合十，指尖抵在自己的额头上。

　　灯塔助理告诉过她，当她被从撞树的车里甩出来的时候，她原本的时空就分成了两种可能：一种是她死了，一种是她被救活了，这两种情况分别继续发展，发展出后续更多的可能性，形成如同大树枝杈一样复杂的、无数个平行时空。

　　她的生活就像一条平铺直叙的直行道，突然一分为二，成了分岔路。原本那条路在分岔的一瞬间，就戛然而止了。

　　停了，也就是不存在了。

第四章　废柴的奋起

以后每个分出来的平行时空里都会有一个她存在,活着或者已经死了,作为一个既定的结果,供她的父母亲人与朋友们面对。他们或悲痛或庆幸,然后继续在不能回头的时间上狂奔而去,从头到尾不知道还有一个被遗漏的她。

此时已经夜深人静,老人家躺下得早,已经在隔壁睡着了。江晓媛在一盏昏黄的台灯下,突然之间就不由得悲从中来。

她从酷暑到严寒,整整大半年疲于奔命下压抑的悲伤堪堪回过味来,找到了流泻的途径,一股脑地奔涌出来——江晓媛这个人消失得这样无影无踪,或许只有时空法则记得她,预备着她一旦回到灯塔,就将她绞杀得灰飞烟灭。

她少年时性格乖戾任性,少有朋友,父母二人整日奔波,几乎没时间管她,她寂寞地自己陪着自己长大,身边只有一茬儿一茬儿比日本首相换得还快的保姆。江晓媛也曾经有过无数怨言,也曾幻想自己有一个温暖而热闹的家……而现在,不温暖的也回不去了。

江晓媛想起她爸,他们俩十天半月不见得能见一次。她爸每次一见她,必然要皱紧眉头,对她横挑鼻子竖挑眼一番。大概很多父亲对后代的要求总是以自己为参照物,按照他的标准,江晓媛实在太拿不出手了。

要是他现在看见她经受了这么大一番变动,还磕磕绊绊地生存了下来,会不会很惊讶呢?

可惜她再也没机会回去讲给他听了。

江晓媛一直哭了半宿,哭到最后头疼了起来,总算是把半年多压抑的情绪哭尽了。

她这才进入中场休息,把铁盒子收好,轻车熟路地在下面找到了一个硬纸板粘的夹层,从中翻出了一本原主人的日记。江晓媛哭哭啼啼地擦干净鼻涕眼泪,准备好好拜读状元那光辉的生平。

状元刚开始写日记的时候年纪还小,经常会长篇大论一些鸡毛蒜皮,后来大概是懒了,行文开始变得三言两语,只挑重要的事提两行。

状元的风格基本如下:

"×月×日,晴:今天在楼道里听见四班那红眼镜酸溜溜地说要超过我,呸,做梦。"

"×月×日,阴:今天物理老师抄错数了,还说我做得不对,这种智商也就配在这种不入流的学校混一混了。"

脱轨

"×月×日，小雪：今天有个弱智给我写情书，话都说不利索，真急人，怎么没先找他家狗练练人话口语呢？"

……诸如此类，不一而足。

江晓媛看得十分凌乱，对状元就是她本人的这事有了点真实感——这熟悉的简单粗暴风格。到了最后几页，状元渐渐地连日期也不写了，只是偶尔留下只言片语，更像是心烦意乱时的信手涂鸦。

江晓媛看见她写道："奶奶摔了，我爸在就好了。"

后面换了一种笔，似乎不是同一天的记录，状元隔着几天，对之前的自己隔空喊话："你爸早变死鬼了，别做梦了，自己上吧。"

后面"上学"还是"退学"的字样纠结了一大片。

然后江晓媛找到了她最后一篇日记，铅笔写的，字迹已经被蹭得有点模糊了。这是她留在这个世界上最后的言语，一共两行。

第一行写着："没钱，不念了。"

第二行写着："我总有一天会出人头地的。"

而后戛然而止。

之后状元在乡间打工也好，打理贫瘠的土地也好，大概是忙得不可开交了，漫长的纪念里，她再没有写过一句话，她的整个少女时代都压在这个运动会奖品的本子里，藏在了悄无声息的夹层下。

江晓媛从头到尾看完，看到了凌晨四点，她才重重地吐出一口气，把窗帘挑开一条缝，望着窗户黑洞洞的背景下光怪陆离的冰花，只觉得"出人头地"四个字压得她喘不过气来。

第二天上午，江晓媛正顶着一双沉重的黑眼圈帮奶奶搅和肉馅的时候，祁连打了电话来。

江晓媛一边做着机械劳动，一边爱搭不理地对他说："查岗啊？我活着呢，没有要死的意思，你放心吧。"

祁连在那边沉默了片刻："我不是这个意思。"

江晓媛："嗯？"

祁连："就是刚发现你把钱打回我账户了……其实你不用那么急，等年后回来，手头宽裕了慢慢还也一样。"

"哦，原来是这件事。"江晓媛想。

第四章　废柴的奋起

她还以为他账户上会有余额变动的短信提示，打了钱以后就忘了跟他说一声。

"正好有，就还了。"江晓媛冷淡且敷衍地说，"等我以后发达了，一定忘不了你。"

祁连哑口无言了片刻。

其实，刚开始，他根本不相信江晓媛能活下来，后来发现她是最后的机会了，不管怎么样一定要成功，只好把她当成沙漠里的嫩芽，诚惶诚恐地随时照看着，谁知道也才不过是一眨眼的工夫，她的翅膀居然已经这么硬了。

硬到她说"发达了忘不了他"的时候，祁连居然没觉得好笑。

江晓媛顿了顿，想起理发店的工作毕竟是祁连介绍的，蒋老板的邀请不跟他提一句也不太礼貌，于是犹豫了一下，开口说："我一个朋友前些天打电话让我年后去他那里做事……"

祁连有些意外："做什么？"

江晓媛："化妆师。"

祁连："化妆师？主要哪方面的？"

江晓媛被他问得愣住了。她其实并不了解职业化妆师是干什么的，美发店也没有条件让她充分地搜集信息，到现在只是有个模模糊糊的概念，一时真有点说不清楚。

祁连又问："你那个朋友干什么的？"

江晓媛："……老师。"

她暗自抹了一把汗，发现自己连蒋Sam真名实姓是什么都不知道。

那一边，祁连在电话里叹了口气："你有方向和志向是挺好的，但是最好还是稳妥一点，不要太着急。化妆师方面我也不认识太多人，等过一阵子给你打听打听，有合适的地方再去吧。"

江晓媛："……"

她只是出于礼貌地告知，并没有想要征求祁连的意见，也没有让人帮忙找工作的意思。

祁连那边仿佛意识到了自己言语的傲慢，又换上了更和缓的口气说："再有真换了地方，你住在哪儿也是个问题，对吧？还是慢慢来吧。"

这是她要面对的大问题，江晓媛无从反驳。

就这样，她在老家住了小半个月，每天都在暗自琢磨这件事，但没能琢磨出个所以然来。

其实书也好，前辈也好，大家都只会告诫你多吃蔬菜水果、多努力多思考，没说吃哪种蔬菜水果，也没说努力思考向哪个方向。老家当然没有电脑和网络供她消遣，电视江晓媛不爱看，于是她渐渐地耐下心来，把状元的藏书挨个儿翻了出来。

江晓媛想："既然我们是一个人，我怎么可能看不下去她的书呢？"

说来也奇怪，她这么一想，看书就困的毛病居然奇迹般地自愈了。

原主人的藏书很多，大部分来自县城新华书店——扉页上有书店的章，状元都用旧挂历给它们包了书皮，看得一丝不苟，书页间别说笔记，连折叠都没有。大概受县城的书店规模限制，她买的基本没有时下流行的畅销书，有一些是经典名著，还有一些莫名其妙的心灵鸡汤。

江晓媛看完了比她一辈子的阅读量还要多的书，然而对她时下的纠结没啥帮助，因为看的是书，不是说明书。

转眼就过了十五，年味随着春风飘散，江晓媛也要走了。

她留下一千块钱，心事重重地和奶奶告别。奶奶依然是宠辱不惊的模样，听见她要走，也只是应了一声。

"去吧，"她说，"我不懂外面的事，但是你总要出去的。"

江晓媛出发的时候，奶奶送她到车站，看着她上车，老人的脚步不由自主地往前迈了一小步，随即像是意识到自己的腿再也追不上任何人了，她又缩回了脚。

奶奶："明年还回来的吧？"

江晓媛："嗯，回来！"

奶奶："记得回来啊，也回来不了几次了。"

江晓媛眼睛眨巴了两下，又想哭了。

她孑然一身地回城，揣着原主人那张"我一定要出人头地"的纸条。

回程，江晓媛长了记性，坐车绕路去了邻县，到那儿去坐火车——火车司机总不至于因为跟乘客吵架而罢工。火车车程一个多小时，一个小时以后，江晓媛就要面对一个选择：是继续留在陈老板的美发店里，还是跟着蒋Sam走。

江晓媛用日记本剩下的几页纸分门别类地列出了离开与留下的各自优缺点。

收入吗，都差不多，她现在在店里已经混成技师了，每个月连基本工资和提成，比蒋太后要开给她的价格少不了多少。她还有点舍不得陈老板，出门打工碰见一个厚道的老板实在太不容易了，何况他还那么照顾她。

第四章　废柴的奋起

还有最现实的问题,她身上的钱基本都给奶奶留下了,自己就剩了一点零花,要是真辞职,肯定得重新找房子住,她付得起房租吗?

至于蒋Sam那边是怎么个情况,江晓媛完全是两眼一抹黑。

学校是什么学校?职业化妆师都干些什么?平时工作量大不大,会遇到什么问题?怎么想怎么不靠谱。江晓媛用笔尖在本上停顿了一下,重重地在"美发店"三个字上画了个圈,连祁连也是这么劝她的。

江晓媛心里的天平一边倒向了美发店,但不知为什么,这么一倒,她总觉得怅然若失。

这时,火车缓缓地驶入一个小站,车厢里开始报站,先是中文,随后是英文,英文最后说到地名的时候用的音译,就是跑调的汉语拼音。旁边的一个中年人每次听到,都要兴奋地考他十七八岁的儿子一次:"知道说的什么意思吗?"

然后他会专门把那跑调的地名学一遍。

英文报站每说一次,他就要跟着说一次,像个聒噪学舌的鹦鹉。

儿子终于不耐烦了,喝止他:"快别丢人了,好像你能听得懂似的,小学都没毕业!"

父亲被揭穿了,尊严扫地,只好讪讪地望向窗外。

江晓媛心里涌上某种难以名状的悲伤,替那位大哥悲伤,也替自己悲伤。她的目光弥漫在窗外未开化的河冰之上,觉得人的尊严也像那些河冰一样,有时候坚如磐石,有时候只是浮在水面,一捅就破。

"我不能留了,"江晓媛忽然想,"如果蒋太后不靠谱,我就自己去这个行当里摸索闯荡,实在不行,就从影楼化妆师做起。"

这是第一次,在没有人激她、没有人逼她的情况下,江晓媛决定不再留在轻松舒适的地方。

否则,等到春暖花开,冰就要化了。

脱 轨

/ 第五章 /

Chapter 5

征　程

二

　　江晓嫒要辞职的决定，成为美发店里新年的第一发炸弹，从店长到实习技师，全体被她震惊了——要说起来，美容美发行业的人员流动确实很快，可哪有在刚升技师、马上要涨工资的时候，身无分文地辞职跑去干一份不知深浅的工作的？

　　美容美发行业已经很不靠谱了，她还打算换个更不靠谱的干，这跳槽往下跳的，她还是空前绝后独一份儿。

　　陈方舟的反应和祁连一样实际："不干了？那你住哪儿去？"

　　江晓嫒坦然道："还没想好。"

　　陈方舟："这也能没想好？我的姑奶奶！你知道咱们这缺德地方租间房子多少钱吗？"

　　江晓嫒全无概念。

　　陈方舟："你也就在偏一点的地方跟人合租，我跟你说，你就算单租一个次卧，房租也得小一千，每月水电燃气物业你要花吧？也几百。假设你天天走路上班，没有交通费，但是你起码得吃饭吧？好，算你们女孩吃得少，一天十五块也要的吧？一个月就四百五，万一你想偶尔改善一下，算下来差不多要六七百。"

　　江晓嫒："……"

　　她第一次发现钱这么不经花。

　　"这就小两千了，"陈方舟心算比算盘还快，"那你能保证自己一年到头不生病不买药吃吗？能保证没有应急的事和额外开销吗？你牙膏肥皂的日用品要不要买？就算平时不用化妆品，那冬天大宝总要抹一瓶吧？换季的新衣服要不要穿？我的姑奶奶，一个月给你三千，你自己算算每月月底你还能剩几个子儿？再说那边有没有五险一金，你问清楚了吗？要是没有，不说别的，年底的社保钱你都攒不齐。"

江晓媛毫无概念，她连"五险一金"包括什么都说不明白，愣愣地问："社保钱也要交？上哪儿交啊？交多少？"

她天生就不是过日子的人，哪怕穷困潦倒到朝不保夕的地步，也不会像陈老板这样，三言两语就把日常生计说得这么一清二楚，江晓媛被陈方舟震住了，满腔的缘由都在密密麻麻的数字中被驳得毫无立锥之地。

"你啊，还是赶紧给我一边凉快去吧，什么都不知道……唉。"陈方舟叹了口气，总算知道为什么祁连托他照顾江晓媛了，她可真不走心，别的不走也就算了，跟她自己利益切身相关的也不走，想起一出是一出。

陈方舟语重心长地劝道："咱们这里，技师的基本工资是一千五，但是只要你这个月不是特别游手好闲，都能拿到提成的，提成有时候比你工资还高。在店里你吃住都不用花钱，一个月稍微节省一点就能攒下一两千……这么好的条件你要扔，你是脑子有病还是数学不好？"

说着说着，他好像都有点急了。

江晓媛无言以对。但有的时候，理想和现实是冲突的，没办法。

她默默地打量陈方舟片刻，这才看出来陈老板的脸色不怎么好，印堂发黑，胡子也没有刮干净，剩下青黑的一层，眼睛里还有血丝，脸上带着显而易见的烦躁。

江晓媛小心翼翼地问："陈总，你没事吧？"

陈方舟有气无力地摆摆手，缓和下语气，指使江晓媛说："去给我冲一杯奶茶。"

江晓媛转身替他冲了一杯十分不健康的速溶奶茶，店里的员工有做开店准备的，有清扫卫生、调试设备、清点存货的……都忙着，江晓媛准备辞职，稍微偷了点懒，没有参加劳动，窝在饮水间跟陈老板聊天。

江晓媛："你失业总不至于，难道是失恋？"

陈方舟听了，用喝闷酒的姿势灌了一口速溶奶茶，被开水烫得嗷嗷直叫。

居然还真是失恋。

其实在江晓媛看来，陈方舟压根儿就没有恋也根本谈不上失。他充其量不过

脱 轨

162

是出去和一个适龄女人谈了一笔合同,接洽了几轮后,友好的谈判没有能达到一致意见而已。

江晓媛:"因为什么?"

陈方舟沉默了一会儿,低声说:"还是工作,她感觉我这个工作干不了一辈子,不踏实。"

江晓媛伸出手,拍了拍陈方舟的后背表示安慰。

人们一方面认为,一辈子趴在一个地方、干一种工作、二十岁和五十岁过着同一种日子的人没出息、没上进心,一方面却又认为那些流动性大、长久不了的工作不靠谱,而一天到晚跳槽的人也不靠谱。

要怎么才能又有上进心,又踏实稳定呢?社会对人的要求还真是复杂难解。

大概唯有"有钱"二字才能破解。

陈老板即将继续他漫长而无望的相亲之路,相亲并不好玩,每经历一次,都能看见那只代表自己形象与品质的股票又跌了个停板,陈方舟在一片"绿云惨淡"的沼泽里对江晓媛说的一字一句都发自肺腑。

陈方舟:"所以我这个过来人告诉你,做人要踏实、要稳当,不要一天到晚异想天开!我愿意你辞职,问题你要找个靠谱的地方啊姑娘!这么没成算,小心你将来连个对象都找不着。"

江晓媛想了想:"这一点我倒是不担心。"

陈方舟洗耳恭听:"怎么?"

江晓媛说:"我这么青春貌美的一个大姑娘,就算没工作也不发愁找对象啊。"

陈方舟萧瑟地闭了嘴,要被这大姑娘的臭不要脸惊呆了。

江晓媛正色道:"陈总,你说得对,但是我的情况不能用这个考量。"

陈方舟一脑门倒霉地看着她。

"留在店里,我的收入能多一点,生活能容易一点,日子能安稳一点,然后呢?"江晓媛说,"然后——我可能就成了你。"

陈方舟:"……"

江晓媛:"可我不想这样,陈总,我想有一天在一款驰名国际的香水盒子上印上我的独家签名,我不想再练习推头发剪刘海了。你说让我留在店里,可是多留在店里一天,我就多浪费一天的时间,距离我的目标就更远一点,陈老板,人一辈子能有几天啊?"

第五章 征程

陈方舟无法理解江晓媛，就像江晓媛也无法理解他。"时间"对于陈方舟来说，是没有意义的，因为无从度量，无从升值，没有用。两个人都意识到了交流的障碍，忽然一同闭了嘴。

好一会儿，江晓媛才斩钉截铁地说："反正我不会后悔的。"

网上不是有句话挺流行的吗？"自己选的路，跪着也要走下去。"

陈方舟的目光落在杯面上，就在江晓媛以为他生气不吭声了的时候，他忽然平静地说："你知道我是怎么跟祁连混熟的吗？"

江晓媛："……小学同学？"

陈方舟："他小时候父母有一阵子出国，没时间管他，把他送到了老家亲戚家，他在我们那学校里总共待了不到俩月，期中都没考试就走了，再说我们俩根本不是一个班的，互相都没说过话。"

江晓媛不知他怎么提起了这个，莫名其妙地看着他。

"我十来岁的时候，看了好多乱七八糟的闲书，脑子很热，总感觉自己可能是个厉害人物，不应该屈居学校这个小小的弹丸之地，还整天考不及格要写检查。"陈方舟自嘲地一笑，"所以我就跑了，跑到个沿海城市，干了几个月小工……当时不够岁数嘛，正经地方没人敢要我，要我的都是那种招童工的，你懂的，不是什么好地方。"

江晓媛点点头，认为陈方舟可能是被青春期的畸形生活经历耽误了，后来也没能长起个子。

"我就想啊，我怎么能一直在黑工厂当童工呢？"陈方舟的声音半卡在嗓子里，轻飘飘的，不着力，像是一片筋疲力尽的羽毛，含着说不出的沙哑与毛躁质感，他轻轻地说，"我不是办大事的人吗？"

江晓媛小心翼翼地问："然后呢？"

陈方舟："然后我认识了一堆乱七八糟的人，被他们忽悠到了这里，进了一个传销窝点——陈'诺亚'什么的艺名都是那时候起的……你别听祁连瞎掰，我没拜过坐莲花台的耶稣大士。"

陈方舟晃了晃杯子，把剩下的奶茶一口闷进去了："那时候还没开始严打，传销组织比现在猖獗多了，进去就出不来，跟黑社会似的，还打死过人。我好不容易给家里人传了信，家里四处托人找，又想起祁连他妈原来是同乡，托到了她那里，她当时不在国内，老祁很够意思，他自己把我捞出来的。"

脱 轨

江晓嫒听得一愣一愣的:"怎么捞的?"

陈方舟静静地看了她一眼。

江晓嫒蓦地想起祁记者被人砍了一刀踩不下刹车的事,连忙点头:"哦,我大概明白了。"

"那之后我就改名叫陈方舟了。不是因为这个名好听、洋气,是留着提醒自己——有多大肚子吃多大碗饭,'有多大屁股穿多大裤衩',踏踏实实地做人做事最重要了——好了,我把黑历史都倒给你了,你自己好好掂量掂量吧。"

江晓嫒感觉他说得很有道理,回去掂量了一宿,第二天正式辞了职。

她三下五除二地交接了工作,把自己这半年走狗屎运积累的一两个客户转给了莉莉,然后在陈方舟"你鬼迷心窍"的呐喊中,干净利落地收拾了自己的行李。

江晓嫒将自己从二手书店买回来的那堆破烂捆了捆,接茬儿卖给了二手书店,然后将"没脸祖师爷"恭恭敬敬地送回店里,她自己的行李只有一点衣服,一个暖宝宝,少量快用完的日用品,兜里一堆叮当响的零钱,一个长得像空调遥控器的手机……连被褥也没有,床单被套和枕套是她自己买来的,被子本身是从店里借的。

这一点东西,卷一卷,一个学生双肩包全装下了,江晓嫒自己背也轻轻松松,根本不用劳驾搬家公司。

想当年她上大学,足足扛了五个最大号的箱子,好几个人陪着她飞过去帮她拿行李。她当时怎么会那么麻烦呢?怎么会需要带那么多东西呢?

江晓嫒百思不得其解,只好将其划到自己的黑历史里。

她背着自己的家当,"拖家带口"一般地找到蒋Sam,在蒋太后的目瞪口呆下,将双手一摊,宣布:"老师,我以后跟着您混了,可是您得先给我找个住处,我没钱住宾馆。"

蒋Sam那天给她打电话,其实纯粹是跟人喝酒喝多了,否则高冷的蒋太后万万不会暴露他因为围观打架损失一条擀面杖的黑历史,他晕晕乎乎地看见艺术团那个活儿介绍给他的朋友传回来的照片,被领舞脸上灵气盎然的彩绘吸引了,一时冲动邀请了她,其实酒醒以后就后悔了,一直暗暗地希望江晓嫒能靠谱一点,拒绝他。

谁知江晓嫒居然这么痛快就接受了!

有道是请神容易送神难,蒋Sam隐约从她身上品尝到了一点破釜沉舟的意味,

第五章　征程

感觉自己得承担这个酒后的后果，于是说："那我找个中介来，你自己看看要租什么样的房子吧。"

江晓媛惦记着陈方舟给她算过的账，斩钉截铁地拒绝了这个建议："租不起。"

蒋Sam："……"

江晓媛深吸一口气，耍起了无赖："蒋老师，可是因为您一句话，我就辞职出来跟着您干了，现在正准备露宿街头，您不能不管我。"

蒋Sam一时风中凌乱，悔得肠子都青了。

"对了，"江晓媛说，"蒋老师，我还没问你真名叫什么呢？"

蒋Sam真名叫蒋博，几分钟以后，太后顶着一张小白脸，在原地思索了片刻，对江晓媛说："先跟我走吧。"

太后娘娘带着他背包握伞的新晋小太监，驱车移驾"钻石造型培训学校"，径直闯进了校长办公室，他拎着江晓媛的肩，将她往校长面前一推，十分嚣张地降下了懿旨：

"介绍一下，这是我新招的助理，"蒋博说，"现在她没地方住，你看看暂时给她安排个女生宿舍，救个急吧。"

江晓媛赶紧露出乖巧的笑容，校长的眼镜缓缓地滑下了鼻梁。

就这样，江晓媛以助教的尴尬身份，住进了六人间的女生宿舍，心里的感觉十分微妙，觉得自己像一只混进了耗子窝的黄鼠狼——专门来当奸细的。

"身上有钱吗？"蒋博问。

江晓媛："有。"

她把所有的兜翻了一遍，翻出了四百零三块五毛……钢镚掉地下了，她连忙捡了回来。蒋博一脸惨不忍睹，抽出钱包，给了她两千块钱当预支的工资，捂着脸在女生宿舍楼下与她道了别，一扭八道弯地准备蹁跹离去。

江晓媛忙叫道："蒋老师等等！"

蒋博哆哆嗦嗦地问："还有什么事？"

江晓媛："我以后要是没事，能去蹭别的老师的课听吗？"

蒋博听了这句话，脸上别提多精彩纷呈了，整个人气得五彩斑斓的："我的助理，需要去蹭别人的课？你再说一遍！"

江晓媛意识到自己踩了雷，连忙屁也不敢放一个，诚惶诚恐地甩着帕子恭送了太后娘娘，转身钻进了她未来的家。

宿管阿姨带着江晓媛上楼，边走边说："蒋老师真大方啊，一下让你透支了一个多月的工资。"

江晓媛一开始随口应了一声，没反应过来，过了一会儿才回过味来，蒋不是告诉她每月三千多吗？怎么两千变成一个"多"月的工资了？

"我最近换工作，手头有点紧，蒋老师人好，"江晓媛贼兮兮地旁敲侧击了一句，"大姐，咱们学校这么好，一般工资也挺高的吧？"

宿管阿姨道貌岸然地说："工资薪酬是机密，不好随便在背后说的。"

江晓媛眼睛转了转："哦……"

宿管阿姨的道貌岸然只存续了五秒，五秒以后，她就果断放弃了节操，压低声音对江晓媛说："我听说像你们这样的助教学校不肯多请的，指标特别少，好多人想把自家亲戚塞进来都不行，招进来一个一个月才给开一千六。"

江晓媛："……"

宿管阿姨："别说出去！"

江晓媛连忙表达了自己的识相，并大加赞扬了对方的消息灵通，心里七上八下地爬上了三楼。

说是六人间，但其实没有住满，除江晓媛以外，里面只住了仨学生。江晓媛带着门卡和钥匙，正打算敲门，宿舍管理阿姨已经毫无隐私意识地抽出钥匙不请自入了，三个女生正好都在，统一抬起头望向门口。

一打照面，江晓媛就吓了一跳，还以为自己误入了盘丝洞。

只见有一位海藻面膜糊了一身，把自己整个儿糊成了一个绿巨人；有一位脸上化着黑漆漆的哥特风格妆，头发还没来得及梳，贞子似的垂得到处都是，嘴唇涂了一半，一回头，完美地阐释了何为"青面獠牙"。

还有一位坐在最里面，除了粉底打得有点白，其他看起来还算正常，谁知她一回头又把江晓媛吓了一跳，只见那姑娘脖子上挂着一道皮肉外翻的血口子，巴掌那么长，好像她被谁砍了一斧，还没来得及死，半个脖子岌岌可危地挂着一颗头颅。

宿管见惯了妖魔鬼怪，早已经淡定，吆喝了一嗓子："室长呢！"

被砍了一斧子的那位艰难地歪着脖子："我血还没干呢，阿姨有什么事您说。"

"这是咱们学校新来的员工，暂时住这儿，住不了太久的——是吧？江老师？"宿管回过头对江晓媛说，"这屋还剩三张床，你随便挑一张，有什么事随时到楼下来找我，我跟你蛮聊得来。"

江晓媛："……"

这个评价听起来真是有点受宠若惊。

宿管干净利落地把话交代完，将沉重的铺盖往江晓媛手里一塞，轻车熟路地从"绿巨人"桌上抓了一把瓜子，边吃边走了。江晓媛十分有压力地顶着"老师"两个字，挤出一个亲善的微笑，对未来的室友打了招呼："嗨，你们好……"

室长歪着被砍了一刀的脖子，摇摇晃晃地站起来，艰难地保持着平衡，凑到江晓媛面前，客客气气地说："老师好。"

江晓媛这才看出她脖子上那以假乱真的伤口是画的，画得惟妙惟肖。

室长注意到她的视线，解释说："哦，这是我们的寒假作业，回家自己选一个影视造型，今天晚上开学典礼统一打分，也算学分的，每年前三名的能拿到学校的推荐信，参加八月份的造型师大赛，这不是也都想多拿点分吗——对了，老师，你是教什么的？"

江晓媛心情复杂地看了那道足可以以假乱真的刀疤一眼，万万不敢再承认自己是"老师"，只好干笑一声："我不教什么，别客气，不用叫老师，我就是个专门负责给你们老师拎包开车的助教。"

江晓媛曾经对自己的技术颇为自信，认为自己虽然不是科班出身，在这条路上却已经走得比任何人都远——否则为什么蒋老师从一众学员中单单看上了她呢？

她一直觉得，自己差的是机遇和营销能力，不料被几个学生的习作打击得体无完肤。

江晓媛那比天高的心"啪唧"一下摔在了地上，意识到自己以前在蒋博面前的班门弄斧，恐怕都是让人家内行看笑话的。

太羞耻了……

江晓媛灰头土脸，一时不知该如何接受这个现实。

可惜蒋博根本不给她接受现实的时间，既然阴差阳错地雇来了这个小助理，那就可劲儿使唤呗——江晓媛连个缓冲都没有，就被调动得团团转起来。

这家彩妆学院办得非常专业，全省独一无二，绝不是什么野鸡院校，每年都有人被各大顶尖造型工作室看上签走的，蒋太后在这里讲课一点也不混，认真得很，每堂课都要提前准备PPT课件——眼下有了助理，这些准备工作自然就不劳他老人家亲自动手了，成了碎催助教江晓媛的第一项工作。

脱 轨

然而……

江晓媛她不会。

首先蒋老师写的教案对她来说就挺天书的，那教案写得像狗屎一样，毫无逻辑，信马由缰，想起什么写什么，夹杂着好多闻所未闻的简称和缩写。

江晓媛本想在新上司面前表现得游刃有余一点，可惜理想与现实之间的差距大如马里亚纳海沟，在课件看了三遍依然晕乎乎的情况下，她终于小心翼翼地跑去问了蒋博："蒋老师，您到底是教什么的？"

蒋太后正在敷面膜，恐怕是敷得不太痛快，闻言先把她劈头盖脸地臭骂一顿："你一个助教，连我教什么都不知道？你干什么吃的！我真是看走眼了，你比上一个还蠢！"

江晓媛自从被学生作品打击了一次之后，自尊心与自信心已经缠缠绵绵地一起沉了湖，一时半会儿无论如何也浮不上来，她深切地认清了自己完全是个小虾米小外行的事实，在蒋太后面前诚惶诚恐、毫无脾气，一声也没敢吭。等蒋博骂累了，她才勉强弄明白，原来蒋老师是学校请来的客座老师，对学院进行专业的高级化妆师资格考试辅导的。

"高级化妆师资格考试"又是什么玩意儿，江晓媛听得两眼发黑——不过她掂量了一下太后的脾气，没敢发问。

临走时，江晓媛磨磨蹭蹭地问出了她另一个疑问："蒋老师，我听人说，学校每个月开给助教的工资只有……"

蒋博一翻白眼："对啊，剩下的都是我私人补给你的，怎么了？多拿钱不高兴啊？"

他提起这个事就气不打一处来，其实蒋太后压根儿不知道助教多少钱，给江晓媛打电话的时候完全是顺性子胡诌的，迨完醒了酒才知道不对，但说出去的话已经好比泼出去的水，肯定是收不回来了，他只好自己掏腰包补全。虽说他不缺这点钱，可一想起来还是不爽。

"给你开这么多工资不是让你玩的，试用期一个月，"蒋太后说，"你最好做事麻利点，不然就滚蛋，我这里不留吃闲饭的！"

这么"多"工资……

江晓媛以前在办公室当吉祥物的时候好像比这个还多几百呢，啧，往事真是不能再提。

第五章　征程

她饱含热泪从太后老佛爷面前屁滚尿流地退下了。

江晓媛要替太后准备课件，但自己没有电脑，只好从蒋太后那借走了一个U盘，迷路了三次才找到学校机房，在开机时间只能打败世界百分之一的电脑上，艰难地百度起各种闻所未闻的名词，慢吞吞地收集着各种资料。

蒋太后每周只有一次课，江晓媛有一个礼拜的时间来做这个课件，听起来是很宽裕，可对她来说难度太大了——她专业知识不会也就算了，连微软的办公室软件也用不利索。中学学过的那些基本技能早已经就着饭吃了，到了大学里更是每次都找枪手，至今，江晓媛精通的PPT功能只有一项：播放。

她心情郁结地在机房泡了一下午，干燥与闷热的环境几乎要把她蒸成一只红皮黄瓤的大闸蟹，手头的PPT依然是一片空白模板——完全找不到头绪，不知道写什么内容，也不知道这些内容怎么排版。

四个小时后，还没等她从焦躁里挣扎出来，蒋老板一个电话又来了——责令她立刻收拾东西，第二天跟他去外地出差。

江晓媛："……"

这晴天霹雳，一个接一个的，真是一下炸不死她免费再来一下。

江晓媛微弱地问："那我们什么时候回来？我又没有电脑，得借用学校的机房做你的课件。"

蒋博："上课之前赶得回来——我的本机给你用，快点收拾你东西，别磨蹭。"

江晓媛放下电话，惊恐地大喘了几口气，不知该如何是好。

怎么办？在蒋太后眼皮底下一边百度专业名词，一边对着PPT操作流程生搬硬套吗？她会不会是第一个刚干了不到三天就被开除的助理？现在觍着脸滚回去抱陈方舟的大腿还来得及吗？

还有万一蒋太后一气之下把她丢在外地，那她岂不是连回程票都买不起？就算想抱陈方舟的大腿也鞭长莫及啊！

江晓媛简直疯了，重重地拍了一下机房的桌子，很快遭到机房值班老师侧目。她抱头鼠窜地钻进了厕所，回身锁上门，发出一声无法形容的惨叫。

怎么办？

苍天啊！

厕所隔间很快传来急促的敲门声，一个女生问："里面有人吗？没事吧？"

江晓媛痛苦地说："没事……"

外面的女生不知道想了些什么，紧张地说："里面就你一个人吗？要不要叫老师和保安来？"

江晓媛："……谢谢，我只是痛经。"

女生徘徊了一会儿，大概是听见里面消停了，这才一步三回头地走了："痛经叫那么惨，还以为被人捅了一刀呢。"

江晓媛把脸埋在手里，绝望地想："这日子可怎么过？"

她颓废如行尸走肉地离开机房，又心乱如麻地走回宿舍，兀自专心致志地失魂落魄。突然，江晓媛又诈尸一样地站起来跑了——了不得了，她把蒋老板的U盘忘在机房了！

等江晓媛上气不接下气地跑回机房时，才绝望地发现，机房已经关门了。

人要是倒霉，真是喝凉水都塞牙。江晓媛双手按住膝盖，喘成了一个破风箱，随后继续发足狂奔，先东奔西跑地联系到了机房管理员，得知人家已经下班走了，又一通好说歹说，让管理员答应等她一会儿。江晓媛沿着马路跑了一公里多，超过了无数面露惊异的路人，终于在地铁站追上了管理员，听了一耳朵抱怨数落，终于拿到了救命的钥匙，又马不停蹄地赶回去。

农历是开了春，其实比冬天还冷，西北风从她的脸上嗓子眼里小刀一样地刮过，刮着刮着，江晓媛就哭了。这个八百米跑七分钟的人，来回狂奔了三公里，像是把身体里每一丝潜力都榨干了，她面前逆吹的风好像一道又一道无法逾越的墙，满身壮烈地闯过一面，紧接着还有另一面。

你不是能吗？

你不是技术好吗？

你不是想开创国际品牌吗？

你不是想活出个人样来吗？

全世界那么多人都活得像狗一样，你无能又无力、无才又无德，凭什么大放厥词说要活出个人样来呢？

眼泪冲走了江晓媛脸上的大宝，干了以后被冷而干的风削得火辣辣地疼。

江晓媛一路泪奔着跑去了机房，总算把蒋太后的U盘捞了回来，然后她一屁股坐在地上，两条腿好像是不存在的。但蒋太后的电话如追命，连个伤春悲秋的时间都没给她留，江晓媛还没恢复直立行走能力，他老人家一个电话已经打了过来。

"你那边准备好了吗？"他慢悠悠地问，"准备好，差不多可以出发了，你

第五章　征程

先去我办公室把我的工具箱拿过来,然后自己坐地铁去机场吧,带好身份证,我就不再绕路接你一回了。"

江晓媛:"……哦。"

蒋博:"你这发出的是什么声音?怎么跟被人踩蹒过似的?"

江晓媛:"冷风呛的。"

"啧,你可真是个小姐的身子丫鬟的命,"蒋博说,"行了,不说了,快点,别磨蹭。"

挂了电话,江晓媛深吸一口气,预备大哭一场,可低头一看,时间来不及了,她只好先把大哭憋了回去,收拾起两条中看不中用的大长腿,跑去找蒋老师的办公室,姿势扭曲,像条饱食耗子药的野狗。

学校江晓媛还没跑熟,找蒋博的办公室就找了半天,坐地铁是无论如何也赶不上了,她只好一咬牙一跺脚,跳上了一辆出租车。

江晓媛前脚刚走,祁连后脚就到了她的学校,他把车停在门口,打量了学校一圈,摸出手机给江晓媛打了个电话:"我到你们学校了……嗯,陈方舟跟我说过了,你在哪儿呢?"

江晓媛顿了顿,拼命把心里风起云涌的委屈压下去。

"我不能再哭了,"她想,"再哭就停不下来了。"

而且她已经发现,哭不能解决任何事,除了让她丢人,就只能变本加厉地让她更加委屈,是个恶性循环。江晓媛把糊了一脸的长头发扒拉干净,用上了自己此时能说出来的最欢快的语气:"我正在去机场的路上,一会儿要跟老板出差。"

祁连找她的时候还在为她自作主张地不辞而别皱眉,这会儿听着她难得兴致颇高的语气,忽然就忍不住笑了:"怎么换个工作这么高兴?"

虽然只是打电话,谁也看不见谁的表情,江晓媛还是下意识地露出了一个笑脸:"是啊,好不容易才找到自己喜欢的工作,生活突然有目标了,当然很开心。"

说完,她好像骗过了自己一样,这么生硬地笑了几次,抑郁的心情真的就好一些了,好像也可以正常思考一些事了。

江晓媛客客气气地说:"对了,我说走就走……没给你添麻烦吧?"

她想,如果她是祁连,肯定不想让自己这个"麻烦"乱跑,她越是折腾,就越不一定会出什么状况,万一她出点什么事,很可能祁连他们拖死病毒的计划就又失败了。

脱 轨

她麻烦吗？当然是麻烦的。

但祁连顿了顿，却突然释怀了。

他发现病毒选中的好像都是这样的人——许靖阳，乃至之后一个又一个的炮灰，还有一开始表现得像个异类的江晓媛，本质上原来也是一样的。他们有强大的行动力与天真的异想天开，他们站在悬崖边上跳舞，如果爬不上去，就会掉下来摔死。

"没有，你有任何事需要帮忙都可以来找我，"祁连说，"任何事。"

二

江晓媛艰难地抽了一下鼻子，很想风度翩翩地客气两句，可惜搜肠刮肚，话也未能成型，最后没骨气地脱口说了一句："……你那儿有靠谱的PPT模板吗？我老板让我给他做课件。"

不过说归说，她没指望祁连有什么回应，只在挂了电话后自嘲地想道："得，又给人听了一个笑话——海归大学生连个PPT也不会做。"

但是这天傍晚，江晓媛在异地他乡的宾馆里一边吃泡面一边继续悬梁刺股地查资料时，忽然收到了一条来自祁连的短信。

祁连："你先申请个邮箱，把地址给我。"

收到祁连的邮件时，江晓媛惊呆了。

祁连给她传了一个巨大的文件夹，下载的时候险些挤爆宾馆的无线网，里面按照不同的逻辑结构与报告特点，分门别类地列了好几个文件夹，每个文件夹里都有一两套完整的模板，排版基本完成，江晓媛只需要复制粘贴下来，往里填字就行。

而仿佛是担心她不会变通，祁连把每一页的备注都填得很满，不但写清了该页用途，例如"概念陈述""对立统一"，等等，还注明了适合塞什么类型的内容，大概能塞多少字……他甚至考虑到了江晓媛在做课件过程中可能遇到的种种电白技术性问题，挨个儿用非常傻瓜的方式，一步一步地写了修改设置操作流程。

邮件的最后，祁连还给她写了一句话"办法总比问题多"，好像是长了天眼，知道她眼前的困境一样。

江晓媛坐在电脑前，手指无意中蜷了蜷，呆呆地看着面前的笔记本屏幕，窝心得连泡面都不消化了。一瞬间，她就原谅了祁连以前种种若有若无的傲慢与不合时宜的提议。她习惯了给别人锦上添花，如今被人雪中送炭，心里倒是有一股别样的滋味。

江晓媛看起来疯疯癫癫十分不靠谱，其实心里清清楚楚的，那些在最困难的时候拉她一把的人，她心里都记得——章大姐、陈老板、莉莉……很多很多的人。

而所有这些人中，祁连是帮她最多的。他一直不远不近地守着，不轻不重地牵着一根线在她身上，总是恰到好处地在她快要掉进泥坑里的时候把她拉出来……即便态度刺痛了她脆弱的自尊心，但那又怎样呢？

江晓媛心想，祁连本来就没有义务照顾她，也没有图她任何的回报，倘若人家的态度真的和她的自尊冲突，那肯定是她自己这点自尊心不对。

她带着这样一颗愧疚又难过的心，短信和祁连道了谢，重新跟她这有生以来第一份课件死磕起来。

不料刚磕了一半，蒋太后的传唤电话就来了，江晓媛只好放下手头的研究，飞奔过去。

蒋博漫不经心地对她说："我跟你交代一下明天的工作，总的来说明天没什么事，上午去我一朋友那儿，替他那帮学生随便讲点什么，理论就不掰扯了，我也懒得准备了，主要以演示为主，我准备讲讲老年妆，你在旁边对着模特演示，会吗？"

这个……所谓"老年妆"指的是"把年轻人化成老人"还是"给老年人化妆"？

蒋博和她对视了两秒，敏锐地看出了她眼睛里的迷茫，皱了皱眉："算了，还是我来吧。"

要是他劈头盖脸地骂人，江晓媛反而不太在意，但她有点怕蒋博这样一声不吭地皱眉。江晓媛已经看出来了，蒋博是个情绪有点外露的人，有点不高兴就会嚷嚷出来，嚷嚷完也就过眼云烟了。

可他要是开始皱眉头，那很可能就是往心里去了——真的对她不满意了。

江晓媛心里立刻被压了一块沉甸甸的大石头。

"下午还有个访谈，我去应付，你就不用跟着了。"蒋博面无表情地说，"晚上拎着我的工具去提花酒店找我，五点准时到，有个私活儿。"

这居然还叫"明天没什么事"。

江晓媛太绝望了。

然而这还没完，蒋博又说："对了，我周五上课要用的课件你做完了吗？拿来给我看看。"

江晓媛："……"

蒋博一翻眼皮："怎么？"

"还……还差一点，需要再美化一下，"江晓媛结结巴巴地说，"等彻底完成我拿给你。"

蒋太后的表情依然是不怎么满意的，脸上连个笑模样也没有，他沉默了两秒后，忽然十分正色地开口说："以后记住，交给你什么事，手脚要麻利一点，不要做什么都拖拖拉拉的，你本来基础就薄弱，做事再不积极，让我怎么留你？年轻人在外面做事不能这样的。"

他语气并不激烈，所以那话也就越发显得重。江晓媛委屈得不行，可她还能说什么呢？总不能告诉自己的衣食父母，她其实没有拖拉，只是真的不会吧？

蒋博叹了口气，心里别扭死了，因为江晓媛这个新助理用起来一点也不顺心。她看起来只是个有点歪才的外行，他简直是花钱给自己找麻烦，可是看她也怪可怜的，一时又拉不下脸来赶她走。

"算了，"蒋博别别扭扭地想，"试用期不就一个月吗？我就忍一个月好了，权当是日行一善。"

"行了，你先去吧。"他白着一张脸，也懒得向江晓媛发火了，神色又漠然又高冷地嘱咐了一句，"没事了，今天早点休息。"

……然而那神态就像在说"今天早点去死"。

江晓媛满心郁结，无从辩解，只好贴着墙溜走了。

她不知道蒋博这样的人为什么会答应跑到他们店里教她们这些低能货，现在回想起来，可能是上面大老板的私人关系吧？反正不管怎样，江晓媛严重高估了自己，也低估了蒋老师的水平和层次，眼下一条望尘莫及的鸿沟横亘于前，江晓媛不知道自己该怎么办才好。

她要是识趣，也许就应该自己主动找蒋博请辞，不要等到试用期满让人赶。那样大家都没脸，可她真的好不容易才下定决心走到这一步。如果退回去重新开始，她还能再一次鼓起勇气，推翻所有失败的记忆，重新来过吗？

退一步说，哪怕她鼓得起勇气，机会还会等她吗？

第五章 征程

这世上有太多的人聪明又肯努力，但是很可能一辈子也等不来一个合适的机会，只能无可奈何地沉沦下去；而另外的人等来了自己梦寐以求的机会，却可耻地面临着自己没准备好的窘境，成功可能真的是一件天时、地利、人和缺一不可的事。

这太难了。

蒋博让江晓媛去休息，但她是万万不敢休息的，她灰溜溜地回到自己的房间，无意中在门口的穿衣镜上看见了自己的影子，惊愕地发现自己眼角竟然有了干纹，脸色也不好看，一点血色也没有，她目光呆滞，眼睛里还有血丝，显得一点也不透亮，隐约有了传说中"黄脸婆"的雏形。

可见美貌这种东西真是太脆弱了，哪怕青春正好的年纪，不过几天睡不好觉，一张脸也会像没浇水的花一样，光速般枯萎下去。

江晓媛惊恐地跑进卫生间，打开冷水，用力在自己两颊上拍了拍，总算拍出了一点血色，然后她非常努力地对自己笑了一下……第一次没成功，比哭还难看。于是她闭上眼睛，放空思绪，迅速忽略了压在心口的那块大石头，深吸一口气，再次尝试着展开微笑。

"笑得真像个白痴。"江晓媛对着镜子苛刻地自我评价了一番，转身走了——无论像什么，反正她感觉好多了，可以再承受一轮来自生活的践踏了。

本来一窍不通的事，是不太可能一下子就惊艳四座的。"在实践中学习"固然可取，但是这个"学习"指的不是零基础，如果没有祁连那几乎服务到家的傻瓜式模板，江晓媛别说做出什么靠谱的东西，恐怕她一整宿都要浪费在从"哪里开始"这个迷茫的议题上。

祁连不但给了她模板，还帮她理清了逻辑顺序，江晓媛只需要在百度的帮助下弄清理顺蒋博的备课本上都讲了些啥，然后梳理好逻辑顺序填进去就可以了……当然，光是弄明白蒋老师那些不知所云的简写都是什么东西就已经很不容易了。

江晓媛第一次发现，她当年学习成绩不好，恐怕并不完全是因为贪玩臭美，和天赋智商也有点关系。这个突如其来的想法让她短暂地陷入了某种低落的情绪，不过五分钟不到，她又满血复活了——江晓媛想起来自己在这个时空是考过状元的人。

状元，那是闹着玩的吗？所以她的智商一定只是沉睡了，并不是不存在的。

想通了这一点，江晓媛又打了鸡血一样地投入了进去——她将自己"沉睡"

脱轨

的智商想象成了传说中的"任督二脉",将来一旦激活打通,立刻就能天下无敌、横扫千军,光是想象,她就好像吸食了一口精神鸦片,觉得自己充满了没有来由的无穷力量。

不知不觉中,江晓媛在原地一动不动地坐了四个多小时,除了中间被生理紧急事件逼得不得不去了一次厕所外,她几乎成了一尊不动如山的雕像。到了第二天凌晨快要接近一点半的时候,她完成了自己有生以来第一个完整的课件作品,乍一看居然还挺好的——虽然江晓媛自己心里清楚,这点表面的好也都是祁连的功劳。

江晓媛累残了,整个人瘫在椅子上,把大脑放得空空如也,暂时还没被睡意打倒。

然后她在自己宽敞空旷的大脑指使下,鬼使神差地拿起了手机,给祁连发了一条信息:"课件做完了,谢谢你了,回去一定请你吃饭。"

发完她才觉得自己有病,都这个钟点了,人家肯定早睡了。

江晓媛又把自己的作品从头到尾浏览了一遍,心里充满了无法言喻的成就感,最后修改了一些细枝末节的地方,把她所有不太明白的地方都记录了下来,准备去深入了解一下,再找些书来看——百度来的很多东西太流于表面了,而且有时候说法不太一样,看着不太靠谱。

做完这一切,她才疲惫得脸也没洗,衣服也没换,爬上床去睡了,预感第二天自己又会是个全新的黄脸婆。

忽然,她的手机响了一声,江晓媛吃了一惊,拿过来一看,祁连居然回了她。

"那就好,有事叫我,晚安。"

深更半夜,有人跟她说几句话,江晓媛莫名感动。然后发现这个人没有说什么"早点休息""不要那么累"之类的废话,她就更感动了。

她靠在枕边,晕晕乎乎地感动了一会儿,但还没来得及进入梦乡,忽然又诈尸一样地翻了起来。江晓媛重新打开蒋博的电脑,动手把自己的浏览记录消了——这是她唯一精通的电脑技能,还是中二时期为了看无脑综艺节目,和家教斗智斗勇的时候练出来的。

"不能让蒋太后看出来我什么都不会。"江晓媛这么有志气地想着。

这一次,她的头沾上枕头就睡着了,一宿无梦。

第二天,江晓媛早晨起来被自己可以直接客串生化危机的个人形象吓了一

第五章　征程

跳，幸好蒋博的工具箱在她手里，她手忙脚乱地借用了一点，给自己化了个春风十里的粉色系妆容，化完自己不太满意——眼神太疲惫了，一点也不搭配。

可惜已经没时间让她修改了，江晓媛只好勉强装出一副精神抖擞的模样，准备迎接新一天的战斗。

蒋太后倒是容光焕发，除了性别不对，哪儿都跟女王一样。他旁若无人地穿过宾馆大厅，走向门口来接他的车。小碎催江晓媛提着他的电脑和工具，像个举着哑铃的豆芽菜，摇摇晃晃地跟着他一路小跑。

一边跑，江晓媛一边说："老师我把您周五要用的课件做完了，您什么时候看看吗？"

"现在看什么看？"蒋太后白了她一眼，"给我保存在桌面上注明课程日期，等有空再说，没有眼力见儿。"

江晓媛："……哦。"

别人不会在意她做了半宿还是一宿，有时候一个人的努力，真的就只是一个人的，对别人来说什么都不是。

"也是，连个证人都没有。"江晓媛默默地想。

不过这几天接连不断的打击让她有点麻木了，江晓媛也没有想象中的那么伤心，她很快就把自己鲜血淋漓的玻璃心收拾好，端正好浮夸又疲惫的脸色，准备去蹭蒋博的课听。头天晚上上网查过以后，她总算明白了"老年妆"原来是特效妆的一种，属于基础入门性质，正好适合她学习，她绝对不能错过这个近距离观摩的机会。

不知道是不是每个行业的可爱之处，都是外行人眼里的假象。江晓媛在成为化妆师蒋老师名义上的助教、实际上的使唤丫鬟的第三天下午，就认清了这个行业五彩缤纷在外，枯燥乏味在内的本质。

同时，她在太后老佛爷去做访谈的间隙里，获得了一下午的喘息余地，获允在宾馆无所事事地自由活动。

江晓媛没活动。

电视不爱看，电脑是蒋老板的，她不敢瞎玩，以前钟爱的休闲方式没有一样是她现阶段消费得起的。于是她利用午间，跑到市中心的大型书城里淘了两本专业书并一个杂粮煎饼，捧回来边吃边虔诚地拜读。

说来也奇怪，哪怕再好玩、再有意思的东西，只要被专业书一呈现，都会变得索然无味起来，而且越专业越无聊——好像不无聊不抽象不佶屈聱牙，就不好意思自称"专业"了。最丧心病狂的是，连那本破教材里的模特都长着一张令人乏味的脸，丑得毫无特色，作者像是打定主意，非要剥夺读者的最后一点乐趣不可。

这一回，状元精神也颓废了，江晓媛吃完煎饼，带着氧气的血液欢快地投奔了消化器官，脑子见大势已去，干脆罢工停摆——她看了不到二十页，就睡死在了沙发上。要不是临近下午四点的时候被手机短信铃声惊醒，想必当天晚上江晓媛就可以因为"误了老板的活儿"滚蛋了。

江晓媛惊醒以后光速翻身爬起来，一个猛子把自己塞进了凉水里，神经病似的在屋里跑了三圈，把蒋老板要她带的东西来回清点了好几遍，这才拎起来一通狂奔。

再查路线已经来不及了，公共交通更不用指望，江晓媛只好再次咬牙切齿地打了车，沿途一直用仇恨的目光盯着司机的计价表，计价表每跳一下，她的双眼就喷溅出一团苦大仇深的火苗。

这是她几天之内第二次打车，头一次到机场就花了将近一百五，照这样下去，江晓媛怀疑自己非得去要饭。

她心里再一次默默地打起了退堂鼓。

当她声称自己做好了"吃苦"的准备时，其实没有想到这个苦竟然能苦到这种程度，也没有想到，她花了不到两天的时间，就觉得有点不爱彩妆了。

不爱它，还怎么肯为它吃苦呢？

江晓媛坐在出租车上，心乱如麻地瞥了一眼身边不断向后掠过的树木路牌，这才有空闲翻了翻她那条救命短信，不用猜也知道，不是运营商催话费，就是她"临时监护人祁连"的问候。

祁连："课件做好了吗？"

江晓媛想顺口回答一句"做好了"，可是三个字打出来，她又默默地删了，因为那一份没人感兴趣看的课件实在不配用一个"好"字。

江晓媛犹豫了一下，疲惫地回道："做完了。"

沙发上那一觉睡得她腰酸背疼，直到此时坐在车上，脖子后面仍然好像有根筋转着圈，酸麻酸麻的，江晓媛整个人似乎变成了一身锈迹斑斑的铠甲，每个关节都欠了点机油。

正在她艰难地调整坐姿时，祁连打来了电话，他的背景声音很嘈杂，似乎在某个公共场所。

第五章　征程

"今天陈方舟还跟我问起你了。"祁连说，"今天怎么样了？"

上一次，江晓嫒从全身的细胞中挤出了几句听起来挺高兴的话，这一次，她却连一丝装模作样的力气也挤不出来了。

江晓嫒半死不活地回答："就那样吧。"

祁连听出了她的低落，顿了顿，他话到嘴边，拐了个弯："人但凡是真想干点什么，开头总是很难的。"

江晓嫒以为电话那头流过来一碗鸡汤，于是顺口问："你是说以后就好了吗？"

祁连："那倒不是，以后你就倒霉惯了。"

江晓嫒："……"

他居然还是一位"知音"，精准地用一句话戳进了江晓嫒的胸口，把她的心肝肺都捅了个对穿。

江晓嫒的耳朵贴着旧式的手机听筒，里面传来"沙沙"的杂音，像一段白噪音，不知不觉地就让人思绪放空下来，第一次将她紧张的眼睛从计价器上挪动下来，落在车窗外暮色低垂、华灯初上的城市中。

她在这陌生的街道中间，像一团小小的飞絮转蓬，随风奔波，拼命想找块土壤安顿下来，然而放眼四方，仿佛只有根系无法抵达的钢筋水泥。

江晓嫒梦游似的问："你说我要是现在不想干了，回陈老板那儿洗头，他还要我吗？"

祁连沉默了好一会儿，久到江晓嫒回过神来，恨不能把说出去的话塞回肚子里。电话那边传来遥远细碎的交谈声与杯盘碰撞的叮当声。

江晓嫒忍不住在对方开口前干咳一声："我其实不是那个……"

"没关系的。"祁连静静地打断她，"许靖阳给你们留下的基金，这么多年我一分也没动，光是利息就够养活你了，就算你什么都不想干，也没有问题。"

以前听见这种话，江晓嫒准会第一时间愤怒起来，但此时不知怎么的，也许是她和祁连之间的关系因为一纸PPT缓和了，也许是她实在太累了，祁连这句话并没有刺激到她比一般人都汹涌澎湃的自尊心，那颗暴跳如雷的自尊心安安静静地蛰伏在她巴掌大的胸口里，江晓嫒有那么一瞬间趋利避害地想："我跟谁较什么劲呢？干脆顺竿爬算了。"

这时，祁连又说："做不下去就辞职回来，身上钱不够的话我给你订机票。"

江晓嫒一时没吭声，她又冷静了两秒钟，微笑的叛逆心升起来，变成一簇丝丝缕缕的小绳子，锁住了方才心灰意冷下的退缩。

如果她就这么回去了，然后呢？拿了这笔钱，就能高枕无忧吗？遇到意外怎么办？通货膨胀怎么办？或者如果有一天，有什么方法可以确定知道那病毒已经被耗死了，还会有人再管她吗？

她用舌尖抵住了上牙床，仔细地在自己当说与不当说的话里挑选一番，淡淡地发出了委婉拒绝的结束语："好的，谢谢，我知道了——我到地方了，再见。"

说完，她挂了电话，咬牙切齿地付了车钱，心里评价自己："你是不是傻？"

傻子似的扛起蒋太后的工具箱，一路小跑地冲进了酒店大门。一边跑，她一边想，既然她来到这个世界是一场阴谋，那么敌人就应该是她的敌人，艰难就应该是她的艰难，和别人没有一点关系，用不着谁的基金和遗产。

她将身上沿途的疲惫一扫而空，满身鸡血地出现在对她爱搭不理的老板蒋太后面前。

这天晚上是一个T台秀请了蒋博，江晓媛在蒋太后身边跟前跟后，看着他打仗一样地在一片混乱的后台里忙前忙后。

蒋博化完了一个模特，刚一起身，就觉得腰部"咔吧"响了一声。

"真是老了。"蒋博心里有点惆怅地想着，轻微地活动了一下，结果一回头就看见了在旁边当壁花的江晓媛。江晓媛一声不吭，他都几乎忽略了她的存在，只有目光非常专注，眨也不眨地落在他的手和模特的脸上。

蒋博揉着腰，突发奇想地问了一句："影视舞台上用的妆容和化妆品都跟普通化妆品不一样，今天这个场合可不像你上次给那帮小孩打理的水货，要专业得多，你看了半天，感觉自己能上手吗？"

江晓媛蓦地一愣，第一反应是"上手？怎么可能"，然而一对上蒋太后冷冷的审视目光，江晓媛又及时把那句话咽回去了——她要是再缩，弄不好蒋太后真会让她滚蛋。江晓媛打肿脸充胖子，故作镇定地说："那有什么不能的？"

蒋博把工具放在一边，示意下一个模特由她接手，自己在旁边抽空歇着。

江晓媛咽了口口水，面无表情地上前——蒋太后其实没有教过她任何东西，江晓媛只能一直靠眼睛观察，看他先做什么，再做什么，然后自己在心里揣度每一个处理的缘由……也不知道观察揣摩得对不对。她定了定神，尽量摒弃杂念，认真地端详起模特的脸，而就在这时，那模特不知道是怎么想的，忽然毫无来由地冲她一笑。

第五章 征程

模特身材高挑，长着一张高贵冷艳的面孔，笑起来却见牙不见眼，脸颊上几颗不太明显的雀斑纷纷露出俏皮的形迹，嘴里一对不太对称的小兔牙也跟着若隐若现，淳朴又天真。

这来自陌生人的微笑就像传说中的定海神针，江晓媛方才翻腾的心忽然就落回了肚子里。

一个人是有心学东西，还是在旁边不走心地围观，明眼人一下就能看出来，江晓媛在模仿蒋博的同时，还忍不住加上了一些自己的东西，她那些学得稀松二五眼的画技、摄影、陶塑、雕塑等，都争相在彩妆里不甘寂寞地流露出一点自己的影子，有些处理看起来外行，但是非常耐人寻味。

江晓媛做完一个模特的造型，忐忑地等着蒋博的评价，预感自己会被批得狗血喷头。

"眼部的色彩用得也太小气了，还有面部阴影，快隐形了，到时候灯光一打还能看见鬼啊？"蒋太后果然不负众望，面无表情地把她臭骂了一顿，"你其实不知道什么叫T台妆是吧？搞么多没用的花头干什么，踏实一点不行吗？主要是整体效果和色彩搭配，你当是在影楼给新娘子'整容'吗？丢西瓜捡芝麻，还有——"

江晓媛一口气吊在嗓子眼里。

蒋太后冷酷无情地说，"你动作也太慢了，老太太绣花似的，手脚这么不利索，一看就不是吃这碗饭的人。"

被盖棺定论的江晓媛无言以对。

蒋博："你愣着干什么？还不给她补一补！"

江晓媛满心郁结地按着蒋太后的意见做出补救，小声问："这回行了吗？"

她已经准备好自己被一巴掌挥开，然后请模特去洗脸的结果了。

蒋博看完，从鼻子里哼了一声："就这样吧，指望你也做不出什么好东西，下一个的色彩要配合好全身造型，还按着这个依样画葫芦，会吗？"

等等！这句话的潜台词好像是……

江晓媛难以置信地抬起头。

蒋老师的老腰总算是缓过来了，心里刚刚开始有点舒坦，一看江晓媛那呆头呆脑的傻样，又来火了，冲她咆哮说："看什么看！看我能看出花来吗？拿着工具滚去做事，别跟在我后面碍手碍脚！"

真的让她动手！

脱　轨

江晓媛被惊喜砸昏了头，下意识地赶紧立正挺腰，恭送骂骂咧咧的太后老佛爷。

蒋博转身走了，方才那位模特才小声问："天哪，蒋老师对你那么凶的？"

"嘘，"江晓媛几不可闻地说，"他大姨妈来了，别招他。"

这天之后，江晓媛就吸取了教训，她开始学会提前把蒋太后一周的行程打听得清清楚楚，每天白天忙完，晚上就回宾馆拼命地补课，学会乃至精通肯定是不可能的，但下次好歹老板说了个什么，她没有再瞠目结舌不知所云了。

为了这，江晓媛一周没有睡过一个完整的觉，起五更爬半夜，天天都和打仗一样。专业书和资料上那些丑模特快把她看吐了，搞不好哪天会活生生地培养出一个后天面盲症。这一周出差结束，江晓媛穿的裤子裤腰松了一个指节，走着走着就往下掉。

她只好自己在地摊上买了条最便宜的腰带先凑合系着，谁知这条腰带又惹了事——回程去机场的路上，她的腰带不小心露出了一个角，不幸被终身大姨妈的蒋太后看见了。

又不知道他老人家哪根脆弱的视觉神经被刺激了，蒋太后板着一张讨债脸，把江晓媛从头发丝到脚指甲喷了个遍，恨不能把她关在视网膜之外。

"干什么就要像干什么的样子，这是敬业，你懂不懂？"蒋太后咄咄逼人地说，"造型设计不包括头发不包括衣服吗？你把自己都搞成这副鬼样子，让客户怎么相信你？难道你要告诉别人你有'丑癖'，好看一点不能忍吗？"

可能是累得有点低血糖，江晓媛头晕得有点想吐，闻言有些漠然地把目光投向车窗外。他们坐的车正在路口等红灯，车窗正对着临街的一家店铺，那牌子很熟悉，江晓媛愣了一下，才认出这原来是一家提供网上预订后配送的甜品店，主营派和纸杯蛋糕，没想到也开了实体铺。她以前在家早饭图省事，经常买这个吃，后来该品牌产品更新得太慢，吃腻了，就再也不想看见他们家的任何东西了。

此时，江晓媛突然无比想念这家独特的乳酪糖霜、微苦的抹茶……甚至南瓜派里奇怪的肉桂和豆蔻。可它们却不再是她能消费得起的了。

江晓媛有生以来第一次被人挑剔穿衣打扮，一直压抑的脾气不甘心销声匿迹，终于出来作祟了，这让她在穷困潦倒的窘境下，大逆不道地一口打断蒋博："老板，我要是有钱可以花，那些小破国家的公主王妃见了我都得跪下，你信不信？"

倘若说出她以前是多少家大牌的高级会员，能吓死蒋博，她的品位，轮得到

第五章　征程

他一个半男不女、半红不紫的小破化妆师来挑剔吗?

简直太可笑了。

蒋太后:"……"

江晓嫒眼睛里忽然开始蓄起浅浅的一层眼泪,不过考虑到刚给她跪下的公主的感受,她硬是没让眼泪掉下来。

三

蒋博认识江晓嫒的时候,她已经彻底被这个时空的颠沛流离磨没了脾气,一天到晚将"逆来顺受"顶在脑门上。蒋太后毕生执迷于皮相,没有练出透过现象看本质的能耐,还以为她是个天生的面人……有点不靠谱的面人。

他从来不知道家养小绵羊还会咬人,一时居然没反应过来。

江晓嫒一不做二不休地露出了她收敛许久的张牙舞爪,干脆自暴自弃起来,端出当年跑去冯瑞雪店里兴师问罪时那种冷冷的矜贵,将修长的眉目微微偏向一边,并不去看蒋博,下巴和略显瘦削的脖颈连成一道微妙的弧线,侧脸苍白地落在几缕垂下的头发下,真的像个落难的公主,再狼狈,也还戴着王冠。

江晓嫒:"我有什么做得不好的地方,你可以说,我可以改;你要我干什么就提前通知一声,不会我也能学,只要不是让我上天,我都学得会——我肯定不会主动辞职的,虽然你一个月只给我仨瓜俩枣钱,还自觉是恩赐。"

她尖刻地掉转目光,刮了蒋博一眼:"会有你请不起我的那一天,你等着。"

江晓嫒以前说什么听什么,对任何人都言听计从的时候,蒋博是十分看不上她的,他最见不得窝窝囊囊、唯唯诺诺的人,看见就想过去踹一脚。此时他震惊之余,对江晓嫒竟然有些刮目相看。

"哎,"蒋太后诡异地想,"有点性格,还挺会装,对我胃口。"

蒋博缓和了神色,试着用讲道理的口吻对江晓嫒说:"注重穿着打扮又不一定要花钱,有些时候花心思其实更重要,好东西有好东西的穿法,便宜货也有便宜货的好处,你看——"

蒋博伸出手腕,对江晓嫒指了指自己的腕表,这奇葩居然恬不知耻地戴了一块女表。江晓嫒只看了一眼,就漠然地移开了目光:"假的,低档货,没钱随便买块便宜的时装表不行吗？最讨厌戴名牌的虚荣男人！"

　　蒋博才不相信这乡下穷丫头能一眼就看出什么真假来，只当她是说气话，得意扬扬地放下袖子："五十多一块，除了走不太准之外，外行人眼里和正品几乎没什么区别。老实跟你说，真的我其实也有一块，不过现在手机不离手，谁放着电子表不看去掰扯那三根指针？这玩意儿走得准不准对我来说没有任何区别，有时候我自己都忘了自己戴的是真是假——虚荣？什么是虚荣？我告诉你，虚荣就是生产力，是我们的衣食父母，你连自家祖师爷都要鄙视吗？"

　　江晓媛："……"

　　她先是认了一个光头无脸的祖师爷，现在又认了"虚荣"俩字当祖师爷。

　　世界上还有没有正常的祖师爷了？

　　蒋博又问："腰带多少钱？"

　　江晓媛："……六块。"

　　蒋博审视了她一番："咱们那儿有个商品批发市场，你知道吗？"

　　江晓媛不单知道，还跟着陈方舟去过一次。

　　蒋太后："里面卖的山寨爱马仕大方巾批发价五块钱一条，要什么样的有什么样的，唯一的缺点就是沾水掉色——不过不影响，谁没事也不老洗腰带，把那个系上不比你这……这麻袋片儿洋气？"

　　江晓媛的三观都碎了，再一看蒋博，感觉他浑身上下到处都像是假的："你鼻子里那根软骨不会也是山寨的吧？"

　　蒋博立刻炸了："你放屁！这种天然去雕饰的脸当然是天生的！"

　　江晓媛："呵呵，不要脸。"

　　蒋博忍无可忍地咆哮起来："我是你老板！"

　　江晓媛又冷笑一声，往车座后面一靠，双手一摊，脸上是泪痕未干的嘲讽。蒋博张嘴闭嘴三次，气得头顶直冒烟。

　　江晓媛漠然地想："他要是让我滚蛋，我就滚，十年以后必然滚回来，打肿他的脸。"

　　然而蒋博没让她滚蛋，他兀自生了一会儿闷气，忽然毫无征兆地从钱夹里点出五百块钱递给江晓媛。

　　蒋博："拿着吧，这次出差接私活儿的提成。"

　　江晓媛："……"

第五章　征程
185

蒋博："不是吧，就因为说了一句你腰带难看，连钱都不要了？"

江晓媛一把抢过来："还显得您怪大方的，也就够我报销这几天打车费的！"

蒋博无言以对，过了一会儿，他又想起了什么，蹭蹭鼻子，对江晓媛说："对了，把你做的课件拿来我看看。"

经此一役，江晓媛算是想通了，既然前方注定要披荆斩棘，她装乖给谁看？于是江晓媛从此暴露了本性，过上了每天和蒋太后战斗三百回合的日子。

这种战斗精神贯穿了她生活的每一个角落——如果蒋博又因为她专业不行，工作做得不好发脾气，江晓媛就一声不吭听着，听完回去争分夺秒地补回来，哪怕住在图书馆，死在自习室，不吃不睡，也要让他挑不出刺来。但如果蒋博胆敢没事找碴儿，诸如什么不准听别的老师的课等屁事喷她，那她就果断喷回去，带着加农炮丧心病狂地喷回去，跟姓蒋的在"尖酸刻薄"领域里好一番较量，最终以蒋太后败北告终。

从此，他没有正当理由，不敢惹江晓媛了。

蒋博自觉这老板当得十分窝囊，可是一个月试用期满后，他居然忘了把江晓媛轰走的事。

白天，如果蒋老板没有召唤她，江晓媛就奔波在学校里赶各种各样的课，只要时间不冲突，她就什么课都如饥似渴地跑去听，比一般学生的出勤率还高。到后来，"江助教"有了个新业务——替那帮逃课的熊孩子签到。

有一天，初级特效化妆基础课的老师点名的时候发现了这种现象，叫住刚替别人答完到的江晓媛："哎，那位同学。"

知道她真实身份的几个学生都笑了起来。

老师不明所以地扶了扶眼镜："你上礼拜不是还叫'林雪燕'吗，怎么今天又变成'霍玲'了？你们家是开派出所的吧，天天让你改名？"

江晓媛伸出两只爪子，将眼皮往左右一扒拉："老师您误会了，都是您特效化妆教得好，我今天为了小试牛刀，特意化妆成了林雪燕的模样，请您点评。"

老师没点评，把她轰出去了。

江晓媛一人分饰多角，忙得像个陀螺，祁连有一点说对了——时间长了，她确实也就习惯了。曾经江晓媛一天十多个小时不够睡，现在每天躺七个小时她都觉得躺得头疼，贱得不行。

而说到祁连……

脱　轨

祁连还是经常跑来找她，可能是为了过来看看她死了没有。

一开始，他会好心地邀请她一起吃饭，后来发现她忙得根本没时间坐下来好好吃两口东西，就不给她添麻烦了，不过他每次来都不空手，不是带点小零食，就是带几本她可能感兴趣的彩妆时尚杂志，反正都是不怎么贵重的小东西，让人接也不是，不接也不是。

江晓媛几次三番对他强调，这小半年以来，那病毒没有再骚扰过她，搞不好已经死翘翘了，但祁连好像听不懂她的暗示，还是来。

江晓媛拿他没有办法，祁连乍一看分明是个斯文书生，又总是不经意地带出一点不歪不正的"江湖气"，天生一双横扫的眼角，垂下眼看人的时候，眼神显得特别专注，江晓媛是个标准的异性恋，面对这么一个帅哥的时候，她不免会多想一点，不过马上又悬崖勒马收回来。

她自己就曾经是个没心没肺的人，霍柏宇等前男友团一概没往心里去过，因此也容易推己及人——她简要评估了一下自己的个人魅力，认为自己在祁连心里的地位不会高过当年霍柏宇在自己心里的地位，便不再自作多情了。

好在，她也没有那么多时间瞎想。

天开始彻底暖和的时候，江晓媛抽出了一天的时间，去了一趟章大姐家。这半年多以来，她不是在学校学习，就是跟着蒋老板四处乱窜，日常开销除了奉太后懿旨偶尔买几件高仿A货，就没有什么了，花得很少，手头相对富裕了些，于是买了一箱牛奶和营养品去了。

不过去了也没能久坐。

因为屁股还没沾上椅子，隔壁傻孩子的妈就来了，也不进屋，就在门口走来走去，扯着嗓门指桑骂槐，嘴里不干不净地暗示章大姐是讹上她家了。

章大姐家本来就是家徒四壁，她又失去了一半劳动能力，章甜还在读书，境况可想而知。

章大姐尴尬地捏着自己的衣角："真是不好意思，我们家还欠你的……"

窗外傻子妈适时地插进来："这个年头啊，可真不是什么好年头，有些人在外面碰瓷就算了，还要碰到街坊邻里这里，兔子都不吃窝边草啊！"

江晓媛刚要说话，被傻子妈一口气卡在嘴里，她环顾四周，皱了皱眉，虽然自己如今也还是穷，但已经不指望五百块钱吃饭了，于是穷大方的基因再次蠢蠢欲动地露出头来，摆摆手说："不用不用，我不是来要钱的，你用着——当初要

第五章　征程
187

不是你帮我一把，我早就不知道滚到哪个山崖下面了——以后有什么困难也记得告诉我一声。"

说完，江晓媛又有点后悔，唯恐章大姐真把自己的困难告诉她——她可没有祁连那么神通广大。但章秀芹听了，无欲无求，什么都没说，只是唯唯诺诺地冲她笑，反复感谢，念经似的。

傻子妈的声音又从门缝里尖锐地插了进来："自己有病，也不知道是犯得及时，还是专门等着我们呢，我和你们说，天底下就是有这么臭不要脸的人——说我家孩子把她吓出心脏病来，天上打雷怎么没把她吓成神经病呢？"

章甜猛地站起来，椅子腿在地上拉出长长的一串尖鸣。

章大姐一口喝住她："甜甜！你干什么去？"

章甜猛地扭过头来，愤怒地盯着自家晦暗黝黑的地板，一时间，江晓媛觉得全世界的屈辱都在那少女的脸上了。屋里三个人，没人说话，针尖掉在地上都会刺破空气，这仿佛是一场门外傻子他妈的独角戏。

江晓媛意识到自己的存在恐怕会加重章家母女的尴尬，于是站起来，轻声说："那我就先走了。"

"慢走，慢走。"章秀芹连忙说，用瘦得脱了形的手推了章甜一把，"送送你姐姐。"

章甜一声不吭地跟着江晓媛走了出去，一推开门，傻子妈和江晓媛正看了个对脸，满嘴污言秽语的女人愣了一下，仿佛是此时这个陌生的、有些时髦的江晓媛出乎了她的意料，她谨慎地审视了江晓媛一番，飞快地给了她一个评估，然后略微收拢自己的表情，望着后面跟着的章甜假笑了一下："家里来客人啦？"

章甜微微收着小小的下巴，满脸都是仇恨。江晓媛没说什么，小心翼翼地迈开腿，低着头走过遍布狗屎的穷家巷陌。

走了一段路，章甜忽然在她身后开了口："姐姐，我有时候想不明白，为什么不好的事总是落到我家呢？"

这个问题江晓媛没有办法回答——她自己再怎么难，也是属于成年人的艰难，但是章甜还不到十五岁，哪怕出门打工，都没人敢雇她。

江晓媛："申请过低保了吗？"

章甜："嗯，不然真要饿死了。"

江晓媛不知道该说什么好，只好学着其他那些无聊的大人一样，苍白无力地

脱 轨

A NOTBOOK

软

全世界那么多人都活得像狗一样

我 却 想 活 出 个 人 样 来

Subject:

Date:
Place:
Weather:

Subject:

Date:
Place:
Weather:

Subject:

Date:
Place:
Weather:

Subject:

Date:
Place:
Weather:

Subject:

Date:
Place:
Weather:

Subject:

Date:
Place:
Weather:

Subject:

Date:
Place:
Weather:

Subject:

Date:
Place:
Weather:

现阶段我的人生主题就只有一个——

一

穷

一

Subject:

Date:
Place:
Weather:

Subject:

Date:
Place:
Weather:

Subject:

Date:
Place:
Weather:

Subject:

Date:
Place:
Weather:

Subject:

Date:
Place:
Weather:

Subject:

Date:
Place:
Weather:

Subject:

Date:
Place:
Weather:

Subject:

Date:
Place:
Weather:

世 界 如 此 高 贵 冷 艳

用得着谁拯救?

Subject:

Date:
Place:
Weather:

Subject:

Date:
Place:
Weather:

Subject:

Date:
Place:
Weather:

Subject:

Date:
Place:
Weather:

Subject:

Date:
Place:
Weather:

Subject:

Date:
Place:
Weather:

Subject:

Date:
Place:
Weather:

Subject:

Date:
Place:
Weather:

"沉睡"的智商好比传说中的"任督二脉"

一旦激活打通,立刻就能天下无敌、横扫千军

Subject:

Date:
Place:
Weather:

Subject:

Date:
Place:
Weather:

Subject:

Date:
Place:
Weather:

Subject:

Date:
Place:
Weather:

Subject:

Date:
Place:
Weather:

Subject:

Date:
Place:
Weather:

Subject:

Date:
Place:
Weather:

Subject:

Date:
Place:
Weather:

自负这玩意儿像被吹得很大的泡泡

碰到针,"啪叽"一下就碎

Subject:

Date:
Place:
Weather:

Subject:

Date:
Place:
Weather:

Subject:

Date:
Place:
Weather:

Subject:

Date:
Place:
Weather:

Subject:

Date:
Place:
Weather:

Subject:

Date:
Place:
Weather:

Subject:

Date:
Place:
Weather:

Subject:

Date:
Place:
Weather:

如果想做成什么事

不管三七二十一,先抓住机会再说

Subject:

Date:
Place:
Weather:

Subject:

Date:
Place:
Weather:

Subject:

Date:
Place:
Weather:

Subject:

Date:
Place:
Weather:

Subject:

Date:
Place:
Weather:

Subject: Date:
                                      Place:
                                      Weather:

Subject:

Date:
Place:
Weather:

Subject:

Date:
Place:
Weather:

安慰说："你好好学习，将来有出息了，家里总会好的。"

"'将来会好'，这四个字没有用，"章甜漠然地说，"现在不好，就算将来好了，我也还会记得现在的日子，别的女孩提起十四五岁的时候，都是吃的喝的玩的，好看的男生，我呢？"

江晓媛居然被这孩子一句话堵得哑口无言。

"这个年纪，我只能过一次，"章甜平静而带着几分冷漠地说，"这也就算了，还有我妈呢？我没有了十四五，还有二十四五、三十四五，但是她行吗？你看她那个样子，指不定等不到'好'的时候就没了，那真是一辈子都不好了。"

小姑娘的几句话几乎戳到了江晓媛心里，一下子将她带回到寒冬的乡村里，那一路目送着她离开的老太太。

对了，她还能等多久呢？

这么一想，江晓媛身后就像是有个倒计时的时钟一样，紧迫地催促着她，她恨不能一夜成功，在这个城市里买一处属于自己的房子，可以把奶奶接出来，一股难以名状的焦虑狠狠地缠上了她的胸口，化入贫民区初绿的苔藓中，凝结着湿滑的不怀好意。

身后的傻子妈可能是见他们两人走远了，再次孬着胆子卷土重来，扬起嗓门："有些人就是要认命，天生的穷酸命，弄那么多邪魔外道，你也是个养汉的下贱胚……"

江晓媛忽然把包塞进章甜手里："给我拿一下。"

然后她风风火火地转身，大步来到傻子妈面前，在对方还没有反应过来的时候，仗着比一般女人高半头的身高，毫无预兆地一巴掌扇在了对方的脸上。

江晓媛冷冷地说："替你妈教你做人。"

说完，她迈开长腿，从章甜手里拎起手提包，头也不回地快步走了……以防傻子妈反应过来愤而反击——揪头发抓脸那一套"泼妇十八掌"她可应付不来。

临走，江晓媛还毫无心理障碍地冲章甜放了一个嚣张无比的嘴炮，她说："以后谁欺负你们，就打我电话，抽不死她。"

说着，她脚下生风，来去匆匆，简直就是古人描述的闹市剑客那样，"事了拂衣去，深藏功与名"。章甜目瞪口呆地目送着她的背影，等人已经没影了，才艰难地想起来——等等，什么叫"打她电话"？这坑爹货压根儿就没留过电话！

江晓媛越跑越快，心里又痛快又后怕——她自从十岁以后就没和别人动手打

第五章　征程

过架了，连高声争吵都很少，哪怕发脾气，她也要不动声色地占尽优势，一个连饮料瓶盖都不肯自己拧的人，怎么会和人当街动手呢？

江晓媛没想到，自己居然也有这么快意恩仇的一天……当然，她也没想到，有一天自己这种柔弱的"小公主"能扛着二十多斤的大工具箱健步如飞地跟着蒋太后满街流窜。

江晓媛一口气奔出小巷，不停摆的时光在永不停歇地催促着她，绿树浓荫投下满地婆娑。暑假就快到了，她又要顶着炎炎夏日跟着蒋博东奔西跑了，还听说秋天就要开始新一轮的化妆师职业资格考试报名，江晓媛很想报名试一试，直接跳过初、中级，考高级，毕竟她帮高级培训课准备了那么久的课件，她还要软磨硬泡蒋老师去给她弄一个在校生身份来……

江晓媛边跑边掐算着自己要做的事——那么多。

这让她虽然孤身一人，却一点也不孤独，都快被自己烦死了。

什么时候她才能功成名就？什么时候她才能轻轻松松地在这个城市里立足？

三年？五年？

那位在另一个时空中已经逝去多年的老奶奶，还能等到那一天吗？

江晓媛跳上一趟地铁，半路上就接到蒋博的传唤："干什么去了？到我办公室来一趟，给我批他们理论考试的卷子。"

蒋博说话很少这么生硬，他喜欢跟别人当面嚷嚷，电话里倒是不嚷，但喜欢慢条斯理地拖出懒洋洋的太后音，让人一听就想手化利爪，抓他一脸花。江晓媛心说："这家伙是吃枪药了吗？"

她心里骂骂咧咧地火速飞奔回蒋太后那一年待不了两天的办公室，一推门，先愣了一下——太后娘娘今天戴了帽子。

爱戴帽子的是陈方舟，因为能显得他高几公分，蒋博则喜欢在头发上下功夫，每天要打半斤发蜡，从不在脑袋上扣多余的东西。

江晓媛诧异地问："大热天你戴帽子，有病吧？"

蒋博一声不吭地抬头看了她一眼，眼神阴郁极了，好像被帽檐压出了一大片阴影。他少见地没有和她对喷，只是简单地一抬下巴，指着旁边一沓理论课考试的试卷说："标准答案在那边，有疑问就过来问。"

说完，蒋太后漠然地移开视线，不再搭理江晓媛，眼睛眨也不眨地盯在电脑屏幕上。他神色深沉凝重，正襟危坐地坐在电脑前的样子像是准备去炸白宫。江晓媛以为发生了什么大事,脑子里飞快地闪过一系列不靠谱的可能——

我国要跟小日本开战了?

国家即将取缔化妆师、造型师等邪魔外道行业?

还是进口化妆品的关税又降了?

江晓媛不敢再多嘴,战战兢兢地探头看了一眼……结果发现蒋博在严肃地玩空当接龙。

蒋博发现了她的探头探脑,不满意道:"看什么看,干活儿去!"

江晓媛大大地翻了个白眼,越发体会到了当一个资本家的重要性,她一边转着笔,一边异想天开:"等我发达了,我就雇十个八个剑眉星目的大帅哥当我的助理,给我干活儿、按摩、擦鞋、开关电脑,我就坐在沙发上玩空当接龙,还要开声音……"

她脑内十万小剧场还没有意淫完,忽然,闻惯了各种香味的鼻子捕捉到了一点不协调的气味。

好像……是药味?

江晓媛弯下腰,小心翼翼地从下往上一看,结果在蒋博帽子边缘处发现了一条绷带的痕迹。

"我说,"江晓媛问,"你头怎么了?"

蒋太后充耳不闻,眼皮也不抬一下。

江晓媛小心翼翼地建议:"夏天不可以这样捂着的,弄不好会感染。"

蒋博依然不吭声,江晓媛于是以下犯上地一伸手,直接把他的帽子摘了下来。

一个男人的精气神,有很大程度体现在头发上,蒋太后那头时髦的毛都被帽子压趴下了,整个人就像霜打的茄子,显得疲惫又萎靡,额角还包着一块惨白的纱布。

"天哪,你这是什么情况啊?"江晓媛小声问。

这肯定不是什么意外事故,蒋博行动如弱柳扶风,走路慢得要死,还摇曳生姿的,生怕踩死一只苍蝇。除了车祸,他是不大可能把自己撞成这副熊样的——当然,要真是车祸,也不可能只有这一处伤。

江晓媛:"谁弄的?小流氓?抢劫?报警吗?"

蒋博:"没谁,干你的活儿去吧,少管闲事。"

江晓媛从他的抗拒中碰了一鼻子灰,无可奈何地默默坐了回去,不好再追

第五章 征程

问。然而她隐约感觉好像有什么事要发生，屋里只听得见她动笔的"唰唰"声和蒋博噼里啪啦按鼠标的声音。

江晓媛用了两个多钟头，把所有的理论考试的试卷都批完了，伸了个懒腰，却发现蒋博正在看着她。

蒋太后："答案有没有疑问？"

江晓媛："有一个填空题的答案写错了，我给改过来了。"

蒋博："怎么没问我？"

江晓媛："你那些课件都是我做的，这点理论考试还用得着问你？"

蒋博听了，回手将帽子扣回到脑袋上，双手十指交叉垫在下巴上，垫了一会儿，他突然说："那你高化的理论肯定是能过了，这么长时间跟着我跑活儿打下手，实际操作突击一下问题也不大，对了，素描会吗？"

江晓媛连忙点头——这个太会了。

蒋博："那我一会儿在学校里找人说一声，下半年帮你把明年的高化报了吧，我觉得你应该差不多，不至于考不过。"

江晓媛瞠目结舌地想，这是刚有点困就有人给递枕头吗？她心里惦记着这件事，正不知如何向蒋博开口，蒋太后他居然要主动替她解决！江晓媛一时有点蒙圈，她倒霉惯了，总觉得没什么好事会落在她头上，颇没有真实感。

蒋太后略带疑问地看了她一眼："怎么，不行？考不下来？"

江晓媛："不不……没有，就是觉得你……你那个……"

蒋博："我哪个？"

江晓媛："……你黄鼠狼给鸡拜年……"

她一句话脱口而出，已经后悔了，预备着挨一通疾风骤雨的臭骂，谁知蒋博只是皱了皱眉。江晓媛连忙道歉，示意自己不是想吵架："蒋老师我错了。"

蒋博苦笑了一下："那倒不是……你考过了高化，就不用一直给人当跟班了，我一个朋友开了一间造型设计工作室，我可以推荐你去他那儿，一开始进去赚的可能不会太多，跟现在的助教工资差不多，不过你要是还能像现在一样不偷懒，三五年做熟了，待遇肯定不会差到哪儿去。"

江晓媛愣了愣，喃喃说："你不要我了？"

蒋太后半天没吭声，然后他忽然从抽屉里摸出了一盒烟，一声不吭地点了——他平时是不碰烟的，一来会熏黄手指，不美观；二来是抽多了身上有烟味，碰上讨厌烟味的女客户会让人反感。

江晓媛眉头飞快地一皱，蓦地一步上前，梗着脖子问："蒋老师，我又哪里不好了？"

蒋博头也不抬地说："学校里的东西你都已经学得差不多了，再跟着我当助教，也没什么好处了，再说学校里学的东西和实际始终不一样……"

江晓媛有点委屈："我跟着你干私活儿的时候不就是在实习吗？"

蒋博漠然地说："打下手和独当一面不一样。"

江晓媛觉得自己简直比窦娥还冤："摸摸您的良心啊老佛爷，您哪次忙不过来的时候不是丢给我一个样板让我看着办啊，您要是肯让我一直围着您打下手就好了！"

蒋博居然没反驳，原地反省了一会儿，他点了点头："也是，我这半年多使你使得是挺狠的。"

老佛爷难得的良心发现没能安慰江晓媛，她不由自主地换了换重心，不知道蒋博到底吃错了什么药，越发焦躁了。

蒋博喷云吐雾地抽了半支烟，动作极其不熟练，喷得到处都是，烟熏火燎的，于是还剩了半根就掐在了烟灰缸里，他微微推了推自己的帽子，终于说了实话："不是你的问题，是我，我觉得有点没意思，可能不打算干了。"

江晓媛眼前一亮："辞职自己开工作室？"

很多有固定客户的造型师出名后，人脉积攒到了一定程度，都会开自己的造型工作室，在江晓媛看来，蒋老师早就有这个资质了，她双手按在蒋博的办公桌上，迅速估算了一下自己的财务情况："我现在应该租得起房了，我跟你干！"

蒋博疲惫地看了她一眼："……辞职找个工作。"

江晓媛有点蒙，正要开口，蒋博却有些烦躁地打断她："别问了，就是说我不想干这一行了，退出了，金盆洗手了，懂了吧？"

江晓媛："……那你干什么去？"

"不知道。"蒋博缓缓吐出口气，"公司？企事业单位？随便找个地方吧，干干行政——我本来就是学企业管理的，开车也可以。"

江晓媛倒抽了一口气："你没事吧？"

蒋博面无表情地耸耸肩，脸上带出一点冷冷的自嘲，他一抬手把手腕上那块真假莫辨的名表褪下来，毫不在意地丢在桌子上："你把成绩批完，全都登记好了就上传到学校网站，试卷送教务处备案——做完你就下班吧，没事了，我先走了。"

"等等，"江晓嫒一把抓住门框，"你随便一个T台出场费上万，就算没开工作室也有一大批固定客户——你上礼拜不是还说要去美国进修影视特效，准备正式进军影视圈吗？又是访谈又是铺人路，准备了这么久……现在你告诉我你要找个地方当行政，你有病啊？"

蒋博一巴掌推开她的脑袋，大步走了出去："跟你有什么关系？管好你自己的事吧！"

突然一句话涌进江晓嫒喉咙里，她对着蒋博的背影说："以后谁还知道你是蒋Sam，你就等着从小蒋变成秃顶啤酒肚的老蒋吗？我看你那堆鸡零狗碎的东西以后也不用真假掺着戴了，反正没人在乎！"

蒋博的脚步忽然一顿，他身材瘦高，肩背瘦削，紧身裤里的两条长腿很细，天生有种超越性别的艺术气息……只有出声说话的时候才会显得娘。平时走在街上回头率很高，潮得超凡脱俗。

江晓嫒尖叫："你到底为什么啊？"

蒋博终究还是没出声，大步走了。

一个学生正好经过办公室门口，被江晓嫒一嗓子吓得没敢进来，战战兢兢地目送着蒋老师背影远去，这才探头看了江晓嫒一眼："有一封蒋老师的快件，我替他拿进来了……"

江晓嫒勉强平息了一下心情，脸色难看地道谢接了过来。然后她发现这居然是一封来自国外的邮件，寄件人十分细心，怕快递员找不到地方，特意在收件人一栏填了中文地址，江晓嫒犹豫了一下，锁好办公室的门，追了出去。

蒋博走得不快，江晓嫒在学校门口不远处追上了他。

江晓嫒："蒋老师，等等，有你的信！"

蒋博默不作声地接过来，站在街边当着江晓嫒的面拆开了，只见里面又有一个小信封，上面写着"邀请函"，封皮上花花绿绿的，仔细一看，是各种电影的特效妆，还附上了一封手写的信，江晓嫒飞快地瞥了一眼，看见结尾一行"真诚地期盼您的到来"。

她的心忽然一阵乱跳，忍不住脱口问："这个……不会就是那个特效进修班的邀请函吧？"

蒋博意外地看了她一眼："你英文不错？"

江晓媛很不要脸地说："……我是我们县的中考状元。"

蒋博捏着那张邀请函，既没有拆开也没有扔掉，脸上看不出有什么表情，江晓媛却不知为什么，从他脸上看到了一点痛苦，非常地深沉隐晦，像是平静的海面下不露端倪的冰山。

"蒋老师，"江晓媛抓住了那一瞬间的缝隙，低声说，"我也不知道你是有什么原因，反正你也不会告诉我……但是你能有这么厉害，肯定特别特别不容易，像我，考个高化还要硬着头皮准备那么久，我这种人都留在行业里，你就不能再考虑考虑吗？"

蒋博缓缓地看了她一眼。江晓媛自从在他面前露出本性后，已经很少这么轻声细语地说过话了。

"求求你了，"江晓媛说，"再想想吧，不然你以前的努力，以前一天到晚四处奔波的辛苦不都白费了吗？人怎么能这么不珍惜自己的心血呢？"

说着说着，江晓媛自己都跟着心酸了起来，别人只看得到一个人是不是功成名就，是不是有钱有权，除了自己，谁能知道里面藏着几管心血呢？

如果自己也不珍惜，那就真的太可怜了。

蒋博深深地看了她一眼，或许是终于败在了那张珍贵的邀请函下，过了一会儿，他终于点头退了一步："……我再想想。"

说完，他跟江晓媛挥手告别，落寞地打了辆出租走了。

江晓媛心事重重地在原地站了一会儿，随后转身过马路，准备回学校，继续她录成绩的工作。学校门口这条马路不太宽，没有红绿灯，只有个小小的人行道，她刚刚迈入人行道，不远处突然"嗡"一声，好像汽车大力加油的声音。

江晓媛还没反应过来，有人从后面抓住了她的后心，把她往后提了一下，一辆刷着亮粉色漆的轿车飞快地从她方才站的地方擦了过去。

这又是什么桥段？！

粉红色的轿车绝尘而去，江晓媛一颗心蹦到了嗓子眼儿，勉强定了定神，汗毛这才后知后觉地竖了起来——开车的大概没打算撞死她，但肯定是恶意要吓唬她。

她哆哆嗦嗦地一回头，发现把她拎回来的正是祁连。

祁连放开江晓媛，皱着眉地摘下眼镜擦了擦："我叫了你好几声，你没听见——刚才那是谁？认识吗？"

第五章　征程
_195

四

祁连:"怎么回事?最近得罪人了?"

江晓嫒努力回想了一下……得罪人是有的,比如章大姐家院里的傻子妈,但是她肯定从来没见过这辆车,它粉嫩得像个行走的大蝴蝶结,活泼得充满诡异,谁看了都会印象深刻。

"没有,"江晓嫒勉强压下恐惧,火气又升了起来,"谁知道哪儿来的神经病?"

她才刚刚度过了最艰难最忙碌的日子,总算有点头绪,看见了一点曙光,心情还没来得及灿烂一下,就遇上老板要辞职的破事,追出来送封信都能被路边的神经病喷一脸尾气,这世界简直没地方说理去。江晓嫒越想越生气,肝火快把胃烧穿孔了,一开口就顺着嗓子眼儿喷了出来:"你说那病毒一直挑这个时空往里塞人,是不是因为这个倒霉的时空特别有魔性?比如见不得人顺心?"

自从江晓嫒在这个时空的生活步入正轨,她已经无师自通地学会了不抱怨、不发牢骚,难得发火,祁连颇为新鲜地站在一边听,可惜没听两句就断了下文,江晓嫒平生最讨厌喋喋不休的祥林嫂,推己及人,她自己但凡遇上不顺心的事,也决不往嘴上挂两次。

祁连:"怎么不接着说了?"

"说完了,我还得去录成绩呢。"江晓嫒无奈又疲惫地摆摆手,"对了,你来找我?"

"嗯,"祁连把手伸进兜里,摸出一张淘宝风浓重的大红请柬,"方舟这周末结婚,他让我顺路带给你一张。"

江晓嫒不是爱热闹的几岁小孩了,闻听"婚礼"二字,首先想到的不是"恭喜",而是"破财",她露出一个肉疼的表情,捧着个烫手山芋一样捧过那张薄薄的请柬,捂着心肝问:"这……这一张罚单的罚款金额大概是多少?"

祁连:"……没关系,你看着给吧。"

江晓嫒拆开请柬,翻来覆去地看了几遍,也没能从新娘的名字里窥视出什么端倪来:"我辞职的时候他才刚刚谈崩了一个相亲对象,这才半年不到,他已经又相了一个，还发展到要结婚了？陈总这人生也太迅疾了！"

她感觉陈方舟不像找了个人结婚，而是去看了套房，大致考察了一下地理环境和配套功能，觉得差不多就直接定下了。这种速度，要是赶上个面盲症，恐怕连另一半的脸都还没认好。

但他们的户口就快被捆绑在一块了。

人一辈子，生老病死、婚姻与事业，乍一看都像是无比重要的大事，如今这些大事之一像一个可量化、有固定规格的机械过程，仔细一想就让人觉得恐惧——因为看着别人就这样毫无意见地接受了，会想自己为什么不能接受呢？

尤其后来发现人家这样也蛮好，大家都老老实实地生活，也没有天涯八卦那么多狗屁倒灶的烂事，舒适又富有。反而是不肯接受这种安宁生活的自己成了异类，或许还将一直高不成低不就下去——心里充满了无法与外人说的彷徨……

我是对自己的定位出了问题吗？

我把自己看得太重要了吗？

我其实只是种群中一只无足轻重的小工蚁吗？

我的战斗与挣扎，在别人看来只是堂·吉诃德对着风车挥舞虚假的骑士之剑吗？

我是在自欺欺人吗？

诸如此类，不一而足。

考完试的校园里空荡荡的，有点走音的广播在放小提琴协奏曲《梁祝》，里面有一场古往今来的苦情，里里外外都是凄凄切切，江晓媛苦笑了一下，把请柬收好。

前一阵子，她刚刚跟蒋博跑了个话剧的活儿，话剧剧本是根据一个神话故事改编的，当中涉及舞台造型设计，蒋博又文艺又事儿妈，非要做出所谓"灵魂"，江晓媛不知道造型的灵魂是什么邪物，但又不想老板问起来一问三不知，只好连夜把古今中外的才子佳人悲剧好好恶补了一顿，由于梗概都大同小异，有些文字对她来说又佶屈聱牙，她看得好生痛苦，经常记串了词。

此时，听着走调的《梁祝》，她莫名想起那些串行在一起的故事，心里忽然觉得有点荒诞。

故事里的爱情与婚姻，都是那么轰轰烈烈、拼死拼活，而到了现实中，居然被描述得这么波澜不惊、速战速决，化入一张轻飘飘的请柬，就这么结了局。

江晓媛忽然开腔说："从封建……奴隶时代开始，人就在为自由恋爱抗争，有上吊的、有跳河的，还有干脆人也不当化成蝴蝶的——其实现在一想真没必要，那帮蠢死的古人抗争了半天，抗争出了自由恋爱的权利，结果到现在大家还不一样是盲婚哑嫁？有一点区别，以前是父母给指定个人凑合，现在是自己硬着头皮亲自出去找个人凑合，我看还不如以前呢，起码那时候省事。"

祁连顿了一下，斟词酌句地说："人和人的追求不一样，你看着老陈心酸，他估计看你也挺心酸，上次还跟我说过，你们年轻人三天两头换工作，什么时候能稳定下来？"

这话戳中了江晓媛的伤心事，她终于无暇替古人不平了。

"说得也对，我老板可能要不干了，"江晓媛努力在祁连面前营造着游刃有余和满不在乎，尽可能保持平稳的语气说，"过一阵子我可能真的要换个地方工作了。"

老板如房东，任性得要命，有点风吹草动就让别人卷铺盖滚蛋，果然是靠山山倒、靠树树摇，自己赶紧让翅膀硬起来才是关键。江晓媛脸上保持着一片心有天地宽的淡定，心里其实已经骂起了娘，她有志气地想："早晚有一天，我也要加入这个万恶的组织，要卷别人一百个铺盖，才能对得起现在的颠沛流离！"

祁连一愣："你要换地方？也好啊，其实我……"

江晓媛刚听了几个字就一眼斜了过去："你要是想扶贫就不用说话了。"

祁连被堵了个正着，噎了片刻，他以一种奇异的目光打量起江晓媛——她现在越来越像一个时尚界人士，她本来就不缺乏品位，只缺一点"如何省钱地有品位"的小小技巧，在蒋太后的指点下，现在已经炉火纯青，她甚至能在买回便宜衣服后，自己动手裁缝修补，把一件版型不好的地摊货改造得十分上档次。江晓媛开始展露出她在另一个时空——她原本的时空里应有的模样，锋芒毕露，像一把镶满了宝石的小刀。

祁连其实早听懂了她多次"病毒已经不再来，你也不要再来碍眼"的暗示，但依然厚颜无耻地假装听不明白。

没有腿的人，会重新跑起来吗？

他追寻了很久，始终没能找到这个答案，直到遇见她。

祁连惊觉自己不知从什么时候开始，对江晓媛的态度已经从"最好赶紧摆脱她"转移到了"有点时间就想看看她在干什么"。

他有点不自在地扶了一下自己的眼镜，扔出了自己的托词："误会，其实我今天

脱 轨

过来找你是受老陈之托，他想托你给新娘化个妆，结婚开销太大，能省点是点。"

江晓媛："……"

认识陈方舟这种男人真是她一辈子的污点。

第二天，蒋博以一副更憔悴、更落魄的样子出现在了学校里，开门见山地对江晓媛说："成绩录完了吗？收尾的工作都干好了吗？"

蒋博见不得别人做事拖拉，谁有一点耽误事，都能招他大发雷霆，江晓媛习惯了，一般只要他交代，她都是第一时间完成，哪怕熬夜也绝对不拖到第二天。见她点头，一脸喜怒莫辨的蒋太后继续说："把以前的教案存档，做工作交接用——走，跟我去办离职。"

无论蒋博选择单干，还是去做秃顶的司机老蒋，只要他一走，江晓媛都没有再在学校里待下去的理由。

"我已经跟人说好了，到时候帮你报名，"蒋博边走边说，"今年九月份前后他会联系你，到时候问你要一些身份信息什么的，直接给他就可以了。"

蒋博走得飞快，两脚几乎生了风，好像下一刻就会飞起来。然后他在江晓媛志忑不安中漫不经心地问："你说你是什么状元？英语特别行吗？"

江晓媛犹豫着没敢吹牛——她的英文其实十分稀松，在国外上学的时候基本也就点菜最利索，剩下多数时间都是和说汉语的混在一起，和外国同学的交流模式根本就是"你来比画我来猜"，当年也就听力还勉强凑合，后来回国，又被抛到这个世界，加起来也有两三年没听过外语了，恐怕现在连听力也够呛。

蒋博："专业一点的英语怎么样？你要是会的话，我就省得请翻译了。"

江晓媛："……"

下一刻，她终于回过味来，被巨大的惊喜砸晕了头，整个人都凌乱了："你你你你你打算带我去？"

蒋博一手插进裤兜，不耐烦地回头看了她一眼："就说你会不会吧？"

江晓媛不假思索："会得不能再会！"

经过了这么长时间风霜雨雪的历练，江晓媛得出了一个结论——如果她想做成什么事，当机会来的时候，无论自己心里多没底，也要硬着头皮上，无论自己多外行，也要装出"我很靠谱"的样子，不管三七二十一，先抓住机会再说。至于差了多少，私下里要怎么撕心裂肺地恶补，那就是之后的事了。

有些事如果不试一试，她还真不知道自己居然能做到。

这种"人前显贵背后受罪"的经历虽然可怕，但是每经历一次，江晓嫒心里都会有一种自己战无不胜的感觉。其实想通了也是，有什么好怕的？反正不可能比做个浑浑噩噩的打工妹，过几年回老家随便找个脸都没看熟的汉子嫁了更可怕。

蒋博虽然没有回头，话音里却带出一点笑意："好，我就喜欢你这种什么都敢大言不惭的劲儿。"

江晓嫒跟在他身后的脚步也快要跟着飞起来了，她一迭声地问："那然后呢？你要自己开工作室吗？我跟你说蒋太……太……咳！"

一激动差点儿把老板外号喊出来，江晓嫒赶紧咬住自己的舌头，生硬地改口："太……太太爷，你缺股东吗？投资人我都给你准备好了！缺发型师吗？我可以帮你把我的前老板挖来！模特不要紧，我可以亲自上场，我又能当跑腿又能当打杂，又能当销售又能当外联，我我我十项全能什么都……"

她吹得太投入，一不小心被楼道尽头的门槛绊了一下，八公分的高跟鞋险些崩断了鞋跟，江晓嫒"哎哟"一声，人飞了出去。

蒋博扶也不扶，插着兜站在一边，凉凉地看了她一眼："你什么都能？曾孙女，你还能上天吗？"

江晓嫒艰难地从地上爬了起来，脸上的傻笑还没有收敛，然而就在这时，她突然透过窗户看见楼下停着一辆粉红色的车。蒋博的办公室在二楼，看东西和在地面差不多，江晓嫒一眼就认出那车是昨天从她面前呼啸而过的那一辆。

一个六十来岁的妇人站在车前，她样子很时髦，穿着一身凹凸有致的长裙，头发挽在脑后，花白却不显得突兀，脸上化了妆，带着注射过肉毒杆菌的后遗症，面部十分僵硬，法令纹一深一浅地横在两侧，像两把钢刀，把她整张脸一分为二。

那女人微微抬着头，目光锋利地落在江晓嫒身上，里面好像裹着说不出的恶意。

江晓嫒愣了一下，完全不记得自己见过这样的人。蒋博顺着她的目光看过去，车前的女人见了他，脸色立刻一变，好像换面具一样露出了一个堪称慈祥的笑容，而相应地，蒋博脸上方才神采飞扬的笑容却瞬间阴郁了下去。

他突然一言不发地抓住江晓嫒的肩膀，把她从地上拖了起来。

"看着点路。"蒋博冷冷地说，"想什么呢？"

江晓嫒迟疑地跟着他往楼上走去，小心翼翼地问："蒋老师，那个人你认识吗？"

蒋博没理睬，飞快地转身上了三四层楼梯，就在江晓嫒以为他不想回答的时候，他忽然说："认识，我妈。"

江晓媛一脚没踩稳，差点儿从楼梯上滚下去。她脑子里一时乱七八糟地跑过去好多个狗血的故事，堪堪扶着扶手站稳了，干笑一声："那你怎么招呼也不打，就让阿姨在楼下等着？"

"我没请她来。"蒋博头也不回地说，"你问那么多干什么？"

江晓媛："啊……呃，我总觉得她看我的眼神不太友好，我是不是有什么地方得罪过你妈妈？"

蒋太后终于回过头来看了她一眼："你见过她？"

见过车算吗？江晓媛想了想，犹犹豫豫地摇摇头。

"没见过就好，"蒋博说，"以后躲她远点。"

他说完，整个人的气压都低了下去，江晓媛没敢再追问，只好默默地跟了上去。

两人花了近一个礼拜的时间才彻底交接完工作，过去的"蒋老师"、如今的"蒋老板"严肃对江晓媛提出了未来的要求："签证办下来后我们马上就走，江晓媛，我知道你吹牛不打草稿，但是你给我记着，出了国，英语不行也得行，不会的赶紧想办法给我补上。另外，开个工作室没有你想象的那么容易，在没有招到别人之前，你必须把自己当牲口使，注册、跑工商跑税务跑银行、整理作品名册、联系客户、宣传之类的事都要做……你自己明年春天的高化也不能落下，必须要过，我的工作室不能有一个没有职业资格的助理，懂吗？"

江晓媛掰着手指头算了算自己未来要做的事，倒抽了一口凉气。

蒋太后微微扬起下巴，睥睨凡尘地清了清嗓子："你有什么问题？"

江晓媛沉默了一会儿，诚恳地说："老板，你让我一人分饰多角，这不合适，得加钱啊。"

蒋太后明确地通知她："别做梦了，到时候我们租个双层工作室，楼下接客楼上借你住，房租算便宜你了，不单独收，不过每月要从现有工资里扣一千……"

还他妈要扣！

江晓媛听不下去了，扭头就走，再也不想见到蒋扒皮。

"站住！"蒋博叫住她，"我还没说完你的福利呢！虽然你一分钱不出，但念在你没有功劳也有苦劳的分儿上，工作室给你百分之十的股份，到时候你算小半个老板，你是去别人那儿给别人打工，还是跟着我给你自己干？自己要想清楚。"

第五章　征程

江晓媛愤怒地想："狗屁的老板，这分明是在给我画大饼，是空手套白狼！万一黄了呢？"

姓蒋的做人不厚道，画张大饼还画得这么理直气壮，好像给她占了多大便宜一样！

贱人！

天下老板皆贱人！

可是江晓媛的脚步却还是不由自主地停下了，她只犹豫了半分钟，就回头冲贱人妥协了，进入讨价还价环节："我要百分之三十的股份！"

"百分之百都给你好不好？"蒋博冷嘲热讽地顶了回去，"百分之十五，不能再多了——连个职业资格都没有，真以为我非你不可啊？"

"行行好吧蒋老太爷，"江晓媛伸出两根手指头，"两千——麻烦您老人家上大街上打听打听，一个月两千块钱雇个人，你问人家肯不肯这么给你当牛做马？除了我谁能给你这么使唤？就算有人愿意给你这么使唤，他受得了你这种变态脾气吗？考得出职业资格吗？有我这么强悍的学习能力和勤奋精神吗？有我这么青春貌美能拿出去当活招牌吗？"

蒋博听到最后面色铁青，可能是快给恶心吐了。

江晓媛："百分之二十！"

"行行行，"蒋太后捂着胸口大败而归，"二十就二十，麻烦你快从我面前消失吧，苍天啊，我第一次碰见这么不要脸的女的。"

江晓媛虽然穷得叮当响，但头上竟然多了个老板身份——当然啦，路边摊煎饼的也是"老板"，她未来恐怕还不如摊煎饼的收入稳定——不过这都不妨碍江晓媛自己小小地膨胀一下。她咬咬牙，拿出了一千多给新鲜出炉的"江老板"换了个国产智能机，买回来以后没来得及新鲜够，第一时间给自己下载了一个有专业词汇筛选功能的APP，随时随地拿出来背几个，上厕所、等车时间一概不敢耽误。

江晓媛说好了周末要去给陈方舟做新娘跟妆，半夜就迷迷糊糊地爬起来了，自己都没来得及化妆，祁连接她的车已经到了楼下。她一边把整理好的工具箱扔进后座，一边打哈欠，像一根随时能歪倒在地的豆苗。

祁连车里东西很全，副驾驶上还有一条毯子，他看了江晓媛一眼，轻声说："你把靠背放下去，先睡一会儿，等到了我叫你。"

江晓媛耷拉着眼皮应了一声，先是本能地靠在车椅背上闭目养神了片刻，然而祁连的车还没开出一条街，她又意识到了什么，诈尸一样地爬了起来，先是面无表情地拿出镜子整理了头发，敬业地给自己化了个日常妆，然后摸出新手机插上耳机，争分夺秒地背起单词来。

此时天还黑着，车辆正在行驶，车厢里不便开灯，江晓媛的脸映在手机的荧光下，即使打了腮红，依然显得有些苍白而柔弱。她头天晚上整理教案整理到了后半夜，凌晨又被祁连喊起来，整个人脑筋都是麻木的，可是"醒了就不睡回笼觉"是她给自己定的规矩——江晓媛深知自己懒散起来是多么有惯性，因此她必须得用一根皮筋严丝合缝地把自己固定在一定范围里，对自己实行一刀切政策，从根源上掐死一切钻空子的行为。

祁连看了她一眼，心里莫名生出了一点对陈方舟的不满，忍不住低声说："哎……"

江晓媛为了防止自己睡着，耳机声音开得很大，没听见。

祁连只好小心翼翼地伸出一只手，摸电门似的轻轻地在她肩膀上推了一下。

江晓媛一激灵："啊？怎么了？"

祁连在人烟稀少的路口从容地刹车停下来，等那四十多秒的红灯，当年的事给他留下了后遗症，至今他开车也很稳很慢，堪称交通法规模范学员，哪怕路口既没有人和车，也没有摄像头，他也会规规矩矩地停下来。他目光看着路，对江晓媛说："你到时候不用给他红包，听到没有？"

江晓媛茫然地问："为什么？"

"不为什么，他请你来跟妆，不给你红包已经很抠门儿了，怎么还好意思要你的礼钱？"祁连说，"多大脸，不给他。"

江晓媛仔细一想，好像也是这个道理，可是陈方舟爱贪小便宜的尿性实在太深入人心，江晓媛被他坑习惯了，也没觉得有什么不对。

一路到了新娘家，新娘子还没有梳妆，祁连作为男方宾客不便上去，只把江晓媛送到楼下，指了指她那钢铁侠一样的工具箱，说："我替你背上去吧。"

江晓媛："不用啦！"

她不知从哪里摸出一根"电话线"，张开五根细长的手指，随手拢了两下，就把尾部微微卷起的长发拢成了松松垮垮的一束，露出一张干净皎洁的脸，眉清目秀得像个老电影里走出来的女孩子。

祁连默默地坐在驾驶座，忽然觉得有些惊奇，那些女孩的手那么细，像是世界上最精致的梳子，随便抓一抓拢一拢，都能把自己摆弄出一个看起来漫不经心却又好看极了的模样，指尖简直像是带了魔法……让人在她衣服上传来的隔夜香水的味道中不敢大声呼吸——当他意识到这一点的时候，突然觉得自己因为没法呼吸而产生了一点微妙的头晕目眩。

还没等他出完神，江晓媛已经绑好了碍事的长发，跳下了车，一把扛起扔在后座的工具箱，扛得像千锤百炼过一样，轻快地三两步跑进了楼道里。

直到她人影已经看不见，祁连依然觉得车里残留着那种淡而靡丽的香味，似乎是栀子花的味道，浓烈或者热情都已经退却，剩下纯粹内敛的甜，吸进去的时候是停留在鼻腔中间的，不深入也不缱绻，若隐若现地卷入清晨微微含着潮气的空气中。

仿佛无处不在。

祁连像是有生以来第一次闻到花香一样，莫名局促。

不管怎么说，婚礼是集两家之力办起来的，请的婚庆公司也很靠谱，整个过程俗不可耐又欢腾喜庆，充满着团圆美满的人间烟火气。

新娘刚出来的时候，陈方舟都蒙了一下，差点儿不认识了——江晓媛今非昔比，在蒋博的魔鬼训练下，手艺进步得一日千里，光下的白衣新娘漂亮得几乎有些炫目，一走进来就夺去了全场的目光。新娘恐怕从未受过这样的瞩目，不由得微微低下头，在自己恐怕一生只有一次的主角待遇面前赧然而忐忑。

陈方舟忽然热泪盈眶，百感交集，他对未来不知是期待还是畏惧，总之往日已经不可追了，他忙碌而无所事事的前半生就这样过去了。他连忙低头，揉了一把眼睛，江晓媛凑上来，从后面用力拍了一把新郎的肩膀，险些把这位略微袖珍的新郎拍出去。

"怎么样？"江晓媛问，"陈老板，好久不见，有什么感受？"

陈方舟："……有点后悔。"

江晓媛微微变色，压低了声音："啊？"

陈方舟闷闷地说："今天早晨挑的内增高鞋底再厚三公分就好了。"

江晓媛："……"

虽然江晓媛半夜三更爬起来免费给人家当化妆师，听起来已经很吃亏，大可以等着收钱，但她还是掏出了准备好的红包，塞给陈方舟："恭喜啊，真没料到你也能娶到老婆。"

陈方舟瞥了她一眼:"熊孩子怎么那么会说话呢?"

随后他微微顿了一下,目光在江晓嫒身上多停留了一会儿,说:"变样了,你有点不一样了。"

江晓嫒故作轻松愉快地回答:"当然不一样了,我也准备自己当老板了,将来你在店里干不下去了,欢迎到我这里来打工啊,前老板。"

陈方舟闻言,不忍心扫她的兴,夸张地露出了一个诚惶诚恐的表情,点头哈腰地对她作了个揖:"哎哟,小的有眼不识泰山,到时候还请江老板多多提携!"

这场庸俗的婚礼开场时,陈方舟在众人的起哄声中上了台,他一辈子大概都没有这样高大过。祁连在后面帮了一点忙,新郎开始讲话的时候才默默地坐回江晓嫒身边。他待人并不算热络,但是三教九流的宾客好像谁都认识他,祁连挨个儿点头致意,从人群中穿梭而过的样子,就像是古代传说中的武林盟主。

江晓嫒忽然对祁连以前的生活有点好奇,转头小声问祁连:"一个时空,指的是这个世界所有的地方吧?那肯定有中国人也有外国人,什么地方都有吧?"

祁连点点头,在服务员来倒酒的时候伸手遮住了江晓嫒的杯子:"谢谢,她不用。"

"我经常到处跑。"祁连给江晓嫒倒了一杯蓝莓汁,"只要接到信息,我基本就要第一时间赶过去。那些自杀的人,病毒是没法得到他们的身份的,通常很快就会再送一个人过来,中间间隔可能就只有几天,失踪的人……按你们的话说,就是身份被夺走的人,病毒得到身份之后,会生活几年乃至几十年,但是不同时空中时间流速是不一样的,反映到我这边,就是有几个月的空当——最长的一次,我整整半年没有接到任何信息。"

他停顿了一下,看了江晓嫒一眼,忽然觉得可能是冥冥中安排好的,江晓嫒刚好出现在他家所在的城市,而这一次他跟着回来,似乎也可以长久地安稳一些。

江晓嫒:"你满世界跑的时候做什么?"

"自由摄影师,自由撰稿人,托朋友打理一些投资。"祁连说,"反正要找个借口,不能太游手好闲。"

他的生活被一个接一个的异界来客割裂得支离破碎、颠沛流离,还是每一次都失望而归,有时候也会怀疑自己这个坚持是不是有病,什么车祸中被调包的少年,时空乱流中的病毒与被替换了身份的倒霉鬼……都是存在的吗?有没有可能只是他的妄想?

第五章 征程

只是这些话就不方便对江晓媛说了。

祁连把桌上的喜糖盒子打开，巧克力挑出来放在江晓媛的盘子里，心里默默地想："你是第一个让我看到希望的人。"

五

闹哄哄的一场婚礼兴师动众地筹备了很久，过程却走得十分简单高效，大部分亲友宾客只花了不到一个小时的时间吃了两口饭，留下红包就算凑过热闹了。热闹散场，江晓媛拎起她的化妆品箱子，边走边思考回去以后干点什么——她跟一次新娘早妆累得东倒西歪，回去恐怕是做不了什么太有技术含量的事了，不如趁着这种迷迷糊糊的劲儿回去画两张素描，找找手感。

新婚夫妻把宾客挨个儿送到门口，陈方舟的新娘拉住江晓媛，有点不好意思地小声说："我有好几个同学同事刚才跟我打听化妆师是谁，她们都是近期结婚的，想请你去。"

江晓媛心说她最近又要办证准备出国，又要筹备工作室，还要补习英语、要准备第二年春天的考试，鬼才有时间接这种起五更爬半夜的人情活儿，再说新娘造型千篇一律得很，对现阶段的她来说没有什么锻炼价值，化八百个也不能充当她的作品。

江晓媛："嫂子是这样，我过一段时间要跟老板出国培训……"

大家都是成年人，话不用挑太明，新娘很识趣，忙说："也对，你这么厉害，将来肯定要在这方面有大发展的，还是先学习比较重要……不怕你笑话，我跟她们说你化一个早妆三百，全天全套八百不打折，到时候万一有人问起来，你别穿帮哈。"

什么？！

江晓媛充满困倦的眼神"唰"一下就被点燃了，什么高贵冷艳不接新娘妆的心气都被人民币一举歼灭了，顿时将节操抛到了九霄云外。她当机立断以光速改口："那个……不过时间就像那个什么，挤一挤总是有的，我出去之前也还有好多事要办，起码两三个月之内是走不了的，有事你让她们随时打我电话，嫂子的朋友就是我的朋友，顾不上哪里也不可能顾不上你这边的！"

陈方舟的眼神大约已经不能叫作"鄙视"了，非要形容，很可能得叫"唾弃"。

从办婚礼的酒店出来，江晓媛感觉扛着大箱子都身轻如燕的，腰不酸背不疼腿也不抽筋了。

"我出场费已经值这个价了吗？"她飘飘然地想，"干脆我直接去开个婚恋公司得了，不看姓蒋的娘娘腔脸色了，钱来得哗哗的！"

就在她浮想联翩的时候，姓蒋的娘娘腔给她打了电话："哪儿呢？干不干了？吃个饭吃到这个钟点？你死外面啦？滚过来跟我去看房子，快点！"

江晓媛："唉。"

她的白日美梦"啪"一声碎成了渣渣，只好灰头土脸地收拾好自己，沿街寻找公交车站，这时，祁连的车非常及时地停在旁边："去哪儿？我送你。"

江晓媛正愁地段不熟，找不到靠谱的交通工具，连忙高高兴兴地爬上去蹭车："去伯爵公寓，老佛爷又在催命。"

祁连开了一段后，突然伸手调了调后视镜，问："有个人一直跟着你，知道是谁吗？"

江晓媛纳闷儿地扒着车座回头一看，后面几辆车看起来没什么异状，她仔细揉了揉眼睛，片刻后，忽然在车流里发现了一小片扎眼的亮粉色。

"好像是那天那辆车，"祁连说，"知道是什么人吗？"

江晓媛一边摸出手机，一边皱着眉说："我老板说是他妈……"

蒋博他妈江晓媛总共见过一次，江晓媛想不通自己到底哪儿得罪她老人家了，先是开车吓唬她，现在又跟踪……自己长得不说倾国倾城，也不能让人一见生厌吧？

江晓媛直接打电话给蒋博后，刚刚被蒋博喷了一顿，她总算找到机会喷回去："老板，什么情况啊？你妈没事开着她那辆俏皮小花仙一大早跑来跟踪我，奴婢都被吓哭了好吗？"

蒋博的声音一下就紧绷了起来："你确定是我妈？你不是说没见过她吗？"

江晓媛想了想，把她送信那次路遇马路杀手的事说了。

说完，江晓媛又捧着大脸补充了一句："不过她要是打算开张三千万支票摔我一脸，然后跟我说'拿上钱离开我儿子'，我就原谅你们母子了。"

蒋博没接她的玩笑，沉默了片刻，他低声说："我妈年纪大了，有点神经质，她不愿意让我再干这行，可能那天看见你给我送信，误会什么了吧？"

第五章 征程

_207

江晓媛："等等，她误会成什么？姐姐，你得把话说清楚。"

蒋博："滚——这么着，今天找个人先陪你回去，一会儿你就别过来了，自己小心点。等我看好了工作室再把地址发给你……不好意思，我家里的事连累你了，我会摆平的。"

这是蒋太后第一次跟她说"不好意思"，江晓媛一时有些震惊。

不过还没震惊完，蒋太后又补充了一句，"还有，谁给你的错觉让你认为自己能值三千万了？"

江晓媛："……"

祁连："怎么样，去哪儿？"

江晓媛犹豫了一会儿："要么……还是先回学校吧。"

祁连没应声，过了一会儿，他忽然平平静静地问："要不要去我那儿看看我以前拍过的照片？"

江晓媛："啊……"

她半夜起床，脑子有点木，还没反应过来，祁连的方向盘已经掉头打过去了，敢情他开口问就是客气，根本不是在商量。

江晓媛："……好吧。"

她忧郁地在旁边思考了一下，倘若蒋太后胆敢这样不由分说地掉头拐弯，接下来一番撕咬斗争肯定是免不了的，不过这件事放在祁连身上似乎就没什么违和感。

为什么呢？

祁连平时不在家里住，自己在市中心买了个精装修的单身公寓，没怎么收拾过，屋里陈设是原封不动的开发商风格。他的作品很杂，大多是风景，也有一部分花卉和建筑的特写，江晓媛也是学过摄影的人，艺术大多相通，祁连的作品倒是没怎么打动她，土豪的设备让她有点爱不释手。

"这些有时候卖给出版社。"祁连说，"做些书封，一般星空、天空、森林大海什么的比较好卖，还有些言情小说喜欢用那种花花草草的图，杂志报纸有时候也从外面买图。"

江晓媛随口问："你从来不拍人吗？"

祁连："……也拍。"

说着，他从一个橱柜里翻出了一本厚厚的旧相册，里面的照片全部都是洗出来保存的，江晓媛随手翻到第一张，当场就被震撼了。

那是一张放大的照片，一个须发斑白的老人坐在一张小区长椅上，他惊慌地弓着肩，一双骨节凸出的大手上皱纹横生，每一条皱纹里似乎都夹杂着来源不明的污垢，掌中捏着一片皱巴巴的卫生纸，上面哆哆嗦嗦地陈列着半个江晓媛看不懂的公式。

按下快门的一瞬间，他茫然地望向了镜头，因油腻而坍得一塌糊涂的头发凝固在风里，眼神也凝固在时空的夹缝里。

照片题目：教授。

看得出照片的后期处理不多，背景是一处很有生活气息的小区，楼上不知谁家洗衣服掉下来一条小学生的红领巾，飘荡在半空，看起来像是悬在那老人头上的，在灰蒙蒙的石砖与天空下亮得扎眼。

他一生传道授业解惑，到现在又有谁能来解他的惑呢？

蒋博有时候会把"灵魂"挂在嘴边，逼江晓媛看很多和造型有关的背景材料，江晓媛一直觉得那是他心情不好没事找事的方法之一。可此时看到这张照片，她忽然隐约触摸到了一个未知的领域。

一个想法忽然从她心里刮了过去——所有的东西都是有灵魂的。

当她这样想的时候，一些蒋太后曾经用过、但她一直不十分理解的处理手法就忽然都有了一点头绪。谁都知道什么样的五官是美的，譬如两眼距离过远，就要调近，长得没精神，就要用眼线画出精神来，鼻梁不挺的打鼻影，大饼脸靠阴影……这些都是技术层面上的东西，也是江晓媛以前一直精益求精一再追求的。

但直到这一刻，她回想起当时在美发中心培训时给蒋博化的那个妆有多不靠谱。看起来，她几乎把蒋博改头换面了，完全把那张油头粉面换成了自己钟爱的美男子类型，但细想起来，那其实是个经不起推敲的静态造型。

蒋博本人性格冷漠又暴躁，气质很奇异，乍看起来并没有什么外露的女性化倾向，但依然让人觉得阴柔。仔细分析，大概是因为他那阴郁的神经质气息。一个个性太强的人，怎么可能因为一个妆面就变成一个安静的美男子呢？

被蒋太后念叨得不耐烦的时候，江晓媛曾经跟他呛过声，让他给"灵魂"下个定义。

蒋博当时想了一会儿，还真的给了她一个答案，只是听起来显得有点虚无缥缈——他说："所谓灵魂，就是第一眼抓住你的东西。"

江晓媛的思绪飞快地从她多日用功的积累中扫过。

第五章 征程

为什么高鼻梁是美的？如果人天生就不长鼻梁，谁还会认为高鼻梁漂亮吗？为什么说唇红齿白是美的？假如人的血本来就不是红色的，没有进入工业化社会，还要靠利齿捕猎为生，主流审美会不会变成喜爱"青面獠牙"？

审美的极致是能让人神魂颠倒，让人神魂颠倒的东西，绝对不是"阴影与腮红如何过渡自然""亚洲人唇形与欧洲人唇形区别与常见处理方式"这种技术性的细枝末节。

融会贯通的灵感来得这么厚积薄发，让人真的有种"打通了任督二脉"的错觉。

江晓媛的目光重新落在那张照片上，她发现，镜头不是聚焦在主人公脸上的，而是他的手。

他的皮肉是那么逆来顺受，风霜雨雪的冲刷浓缩在经年的皱纹里，使得那褶皱如同皲裂的大地一样，透露出渐渐干枯沉寂下去的生命，而他指缝间字迹颤抖的积分符号翘起的尾部却被笔尖挂出了一道凌厉的裂口，力透纸背。

像是悄无声息又震耳欲聋的一声嘶吼。

江晓媛不由得放轻了声音："这是你说的那位正在变成痴呆的老教授吗？"

祁连："你们中的大多数人我都留了照片，不然以后真的没有人知道这些人存在过了。"

江晓媛默默地往后翻去，在第二页看见了一个站在钢琴前面的女人。

女人的身材笨拙而臃肿，背部的赘肉被内衣勾勒出窝囊的轮廓，肩膀好像永远也挺不直。她正低头站在一架同样落魄的钢琴前，用一根手指按下一个琴键。她侧着脸，微微合着眼睛，像是侧耳倾听的模样，油腻腻的中长发垂下来，影影绰绰地遮住她脸上愉悦又痛苦的表情。

"她是一个世界著名的古典音乐钢琴家，"祁连简短地介绍说，"在这边聋了，是猪肉铺哑巴老板的老婆。"

翻到第三页，祁连："舞蹈学院的奖学金获得者，这边小儿麻痹，两条腿不一样长，你仔细看，她的五官也不对称的。"

又打开下一张，祁连："呃……这个人跟你有点像，家境优渥，本人在牛津读书，是个风度翩翩的小少爷，来了以后发现自己是赌鬼的儿子，赌鬼老爸被当着他的面剁下一只手，他当场吓尿了裤子，我找到他的时候，他不顾一切地把这个世界可怕的家抛下了，偷偷跑了出来，我顺从当事人的想法，把他带走了，给他找了房子，帮他安顿下来……"

江晓媛："后来呢？"

祁连耸耸肩："他发现自己是个连小学也没毕业的社会闲散人员，接受不了，自杀了。"

江晓媛："……"

"等等，"江晓媛说，"不是有七八十岁的退休人员考上大学的报道吗？意思是社会人士也能参加统一高考吧？他这么一个超级学霸，随便考一考不就能上名牌，干吗在意原主人小学毕没毕业？"

祁连耸耸肩："他在原本的时空里十九岁，在这个时空中已经三十四岁了。"

江晓媛："……所以呢？"

"在十来岁的大男孩看来，三十多岁的人生已经相当于结束了，"祁连说，"他觉得自己这辈子完了，就好像一局游戏，开局失利，他不认为自己能翻盘了。完美主义，明白吗？成绩单上有个B都不能忍。"

江晓媛沉默了一会儿，心情复杂地说："看来还是我这种能凑合又怕死的学渣比较安全。"

祁连微笑了一下："我能留一张你的照片吗？"

江晓媛："什……"

她一抬头，祁连已经"咔嚓"一声按下了快门。

下午的阳光懒洋洋地从客厅的飘窗里斜飞进来，年轻的女孩及腰的长发松散地绑成一束，从一侧的肩上垂下来，无袖连衣裙外露出的锁骨与手臂白皙得不可思议，她脸上本来不明显的散粉在光下好像钻石一样闪着光，面部轮廓融化在光里，微微有一点模糊，精雕细琢的眉像一件古典又雅致的艺术品，被镜头聚焦的眼睛却闪着光，像包着火种的黑曜石——能清楚地看见她未来那条通往远方的路。

祁连忍不住叹了口气，感觉自己这张收官之作绝了。

江晓媛的脸"唰"一下红了，摄影拍照片是件非常寻常的小事，然而被一个异性……还是个颇为英俊的异性抓拍，便意味深长了。

玩过相机的人都知道，要想抓拍一张好的照片，需要长久而专注地注视着自己的目标，一想到这个，江晓媛就觉得自己周遭充满了携带着体温的目光。

"洗出来我给你装个镜框送过去。"祁连说，"再洗一张放在这本相册里。"

江晓媛慌忙移开视线，没话找话地随口回应："相册好像满了。"

祁连："还有一页，够用了。"

第五章　征程

_211

江晓媛："……"

她忽然闭了嘴，意识到祁连话音里的潜台词——不会有下一个像她一样的倒霉蛋了。

江晓媛："你觉得那个病毒……"

祁连："它不是已经半年多悄无声息了吗？"

江晓媛心里忽然不知道是什么滋味，原来祁连心里早就有数，早就知道那病毒八成已经不行了，那么他们之间陌生时空中类似监护的关系大概也结束了。方才让她不自在的温度缓缓褪了下去，江晓媛心里空了一下。共同的敌人没有了，她和祁连就没有瓜葛了——祁连没有那个义务，她自己也没么大脸——这个人帮了她很多，看遍了她有生以来的窘境，忽然间桥归桥路归路……

理智上觉得这一天总要来，心里却依然莫名有点难受。

江晓媛一瞬间有点惶恐，她怀疑自己是不是有一点喜欢祁连。否则也就不会一再提醒自己不要自作多情。

这念头一闪而过，江晓媛先是有些惶惑，随即又用她这些日子以来培养出的强大理智将其一举扫清。

有点喜欢又能怎么样呢？她对他只有表面一层的了解，完全不知道深浅。

她从未谈过一场平等的恋爱，混在一起的都是霍柏宇那样的货色，玩闹的心情多一些。她甚至不知道怎样和别人相处。

冯瑞雪说得对，如果不让她高高在上、占尽优势，江晓媛就不知道该怎么办了，她那讨人嫌的趾高气扬下，某种说不清道不明的自卑像一把根深蒂固的野草，无时无刻不缭绕在她身边。回想起来，她一个白富美，如果说她"自卑"，未免太让人难以理解。

世界上大概也只有自己知道自己"金玉其表，败絮其中"的真相吧？

江晓媛在祁连面前不肯流露出一丝半毫的在意，借着低头翻相册的动作掩饰了一下，若无其事地问："你以后终于再也不用被我们连累得东奔西跑了，打算做点什么？"

"看吧，"祁连说，"有几笔钱一直是朋友替我打理，有些投资还不错，有些是因为市场最近不太景气，我准备把钱提出来，做点其他的。"

江晓媛可有可无地点点头，她目光往落满了阳光的地面上瞥了一眼，停顿了一会儿，然后说："嗯，也好，我过一阵子大概也要跟老板出趟国……"

祁连忽然打断她："我怎么觉得这话听起来，你像是要和我撇清关系？"

江晓嫒："……"

祁连："要是那病毒从此销声匿迹了，以后你走在大街上就假装不认识我了？没有它，我就不能时常去找你吃个饭吗？"

江晓嫒勉强说："……当然不是。"

她心口微微提起了一寸，微妙地半起半落地悬在空中，心想："只是你还来找我干什么呢？"

两人之间微妙地相对无言起来。

祁连微微跷起二郎腿，手指在膝头轻轻敲打了片刻："我有个想法，我觉得你们那边前景很可观，如果将来工作室做成了，我要是能入一点股，可能也挺赚的，有让我投钱的机会你尽快告诉我，反正你也不会给我亏了，对吧？"

江晓嫒那吊起一寸的心"啪唧"一下落了地，摔得漫不经心——因为提起来的高度有限，摔一下也不见得疼，只是这样四仰八叉地趴在地上，稍微有一点索然无味。

她勉强打起精神："什么规模的投资？"

要是十几二十万的话，大概改天可以把蒋博一起约出来谈一谈。

祁连："西郊那片有个马场，我是大股东，本来还可以，这两年奢侈运动消费有点疲软，市场三五年可能没什么起色，我想暂时撤出来了——你觉得够不够？"

江晓嫒膝盖一软，差点儿给他跪下，也顾不上收拾自己肝脑涂地的心肠了，用充满仇恨的目光瞪着祁连，心想："有钱人怎么不被烧死呢？"

她一时忍不住问："那你在小报当记者是出于怎样的报复社会的想法？"

祁连："我很早就开始到处跑，有一次出国，跟我们家找的理由是出去念新闻——当然不可能去，因为没过几个月就又追着下一个人跑别的地方去了，现在回来了，总要装装样子，装得差不多了，过两天就辞职。"

江晓嫒："……"

等追着她的那辆神经病小粉车走了，江晓嫒心情异常复杂地告别了祁连，独自一个人打车回住处，收拾好心情，她阻止了自己在多余的地方浪费神思，只好百无聊赖地给蒋博发了一条问候短信："房子看得怎么样了？"

蒋博没理她，他正坐在房地产中介的接待间里，心烦意乱地接一通电话。

"我没有，"蒋博飞快地在租房合约上签了名，扔下笔，用力掐了掐自己的眉心，"我都已经按你的意思从学校里辞职了，你还要怎么样……我总不能说走就走吧？要把离职手续办好的，直接消失，人家会报警的……什么姑娘？那小姑娘是我以前的助教，嗯，学校雇的，那天只是追出来给我送银行卡账单，你不要去打扰人家。"

对方不知说了什么。

蒋博叹了口气："做这一行的哪儿来那么多男人？你不要无理取闹……"

他这句话好像是捅了马蜂窝，透过电话，对面的中介办事员都听得见那头歇斯底里的咆哮，办事员噤若寒蝉地等在一边，一声也不敢吭。

蒋博静静地等着对方吼完，脸上的神色与其说是不耐烦，不如说是憎恶，然而语气却还是轻柔的。

"以后我在外面吃顿饭，难道你都要把服务生的祖宗八辈查清楚？"蒋博轻轻地说，"你让我辞职换工作，好，我已经辞了，你还想怎么样？让我去死吗？"

对方似乎哭了起来。

"好了，我在外面办点事，马上就回去，晚上……晚上回去，别哭了。"再鬼斧神工的妆容大概也遮不住他一脸的疲惫，蒋博说到这里，叹了口气，低声说，"好的妈妈，我爱你，再见。"

挂断电话，他用力往柔软的皮椅子上一靠，好像这一通三言两语的电话把他打得筋疲力尽。

中介办事员冲他笑了一下："我妈也一样，天天找我麻烦，不是嫌弃我就是逼我去相亲，您看，我一天到晚除了加班，就剩回家跟我妈吵架了。"

蒋博略带冷淡地弯了弯嘴角，算是回应，他不想多谈，从包里摸出江晓媛当时刚成为他助教的时候给他留下的一张身份证复印件："钥匙我暂时不取，今天晚上或者明天，你等这个人拿着身份证来领，给她就行了。"

说完，他扶了扶头上那遮着伤口的帽子，玉树临风似的站起来走了。

中介办事员被蒋老师的腔调震得一愣一愣，脸红心跳地送他到门口。她大概永远也不知道，有一个一天到晚犯更年期吵架的老妈，是蒋博这辈子最大的梦想之一。

可惜，没戏了。

蒋博叫妈的那个人不是他的亲妈，是他的养母——姑且算是"养母"吧，毕竟外人看起来是这样的。

他被领养的时候已经过了十三周岁,只差一点儿就要超过被收养人条件限制了。有些发育稍早的孩子,在这个年纪看起来几乎像个大人了,该长的心眼儿都长了,该知道的事不该知道的事也都差不多知道了,一般没有人愿意收养。

可是谁能拒绝一个漂亮富裕、看起来又那么温柔的女性呢?

何况她给出的理由很充分——大一点、有自理能力的孩子更省心,她愿意和孩子做平等的朋友。

当然,做哪种"朋友"就不一定了。

她收养了蒋博之后的第二年,就跟丈夫离婚了,她三十七岁以后的人生一直都在"离婚""再婚""离婚""再婚"中曲线前进,每次她找到第N春,去祸害别人的时候,蒋博就能得到短暂的喘息,而一旦新的婚姻破裂,他的噩梦就又来了。

刨除掉让人恶心的不正当关系,蒋博觉得养母对于他来说,就像一片藏着恐怖暗流的海域。好的时候她对他是真的很好,温柔体贴,感情充沛,好像什么事都会为别人想好,好像她生命里只全心全意地放着你一个人,如果"爱"能实质化,她的爱就能把别人活埋了。

可是转眼她可能就会毫无来由地大发雷霆,对方又成了她不共戴天的仇人。她每一任丈夫都是被刚开始那个好的她吸引,没有人不爱她,她最擅长让别人离不开她,然后一把撕下画皮,变回反复无常的女妖。

如果早些年她是充满妖气,那么随着年龄的增长,她开始变得恐怖起来。

这个女人什么都要控制,并不知什么时候养出了一副自成一体的恐怖逻辑,比如走在路上被人不小心撞了一下,一般人多半无所谓地过去,较真儿一点的最多是心里有点不高兴,瞪对方一眼,骂一句,但她不是。这件事在她心里,很快会形成一个常人无法理解的想法——"为什么那边那么宽的路不走,你要来这边撞我?我旁边就是大马路,没站稳就会趔趄过去,说不定就会被车撞,说不定就会死,因此你这个人肯定是故意要害死我。"

基于这种想法,她会一瞬间爆发出别人无法理解的愤怒和仇恨。

可怕的是,日常生活中小小的摩擦和口角那么多,谁也不知道她会把哪些事歪曲成"你要害死我"的结论。

傍晚的天并不冷,甚至是闷热的,但蒋博还是竖起了他上衣的领子,斜阳把他的影子拖得又细又长,他双手放在裤兜里,忽然停下了脚步,原地审视着自己孱弱的影子。多年之后,他变成了别人眼里孤高又才华横溢的蒋老师。只有他自

第五章 征程

己心里清楚，那个懦弱又充满恐惧的小男孩还住在他心里，他还是不知道该如何反抗，还是没有足够的勇气。

蒋博站在路边给江晓媛发了一条短信："伯爵公寓B座10层1002号，到他们对面的中介取钥匙，带身份证，你可以随时搬进去住，工作室地点落定以后，你就去工商局办营业执照，尽快做完前期工作。"

一条短信发完，江晓媛的电话飞快地打了回来。

江晓媛在电话里哀号："什么啊蒋老师？蒋老板！你没告诉过我还要办执照啊！执照又是什么鬼？我连工商局大门往哪边开都不知道……再说我应该去哪个工商局？区还是市还是省，带钱吗？带多少？"

蒋博："我哪儿知道？你多跑几趟问问，跑错地方也没事，他们肯定会告诉你应该去哪儿。"

江晓媛疯了："太不靠谱了，我一个艺术工作者，对这些事完全没概念啊！"

蒋博淡淡地说："哦，你不行是吧？"

根据蒋博的经验，这句话就像一句咒语，对付江晓媛百试百灵。

果然，电话那边沉默了一会儿，江晓媛说："好吧，我明天去问问。"

"还有，"蒋博双臂抱在胸前，他脸上的笑容逐渐淡下去，宽边帽檐下露出一个浅浅的自嘲，"最近不要往我这个手机上打电话发短信，我明天用新号码联系你，记得了？"

江晓媛敏感地问："出什么事了？有人威胁你？"

蒋博平静地说："我妈到现在都不同意我做这行，我打算暂时瞒着她，她有时会翻我手机。"

江晓媛"哦"了一声，过了一会儿，她诚恳地说："不同意，你就再好好跟家里人说一说，一次说不通就多说几次，都是好意，肯定可以互相交流的。"

蒋博："少废话，我用你教？跪安吧。"

江晓媛被他狗咬吕洞宾的行为气得要命，愤然挂断了电话。

"家里人。"蒋博低声重复了一遍江晓媛的说法，随后冷笑了一下。

"我没有'家里人'，我一无所有。"他想，"再分给我一些勇气吧，小姑娘。"

然后他仔仔细细地把短信与通话记录全部删除了。

而这个时候，江晓媛对她名义上的"合伙人"，实际上的太后老佛爷所面临的困境还一无所知，她痛并快乐地忙碌着，拿到钥匙以后就开始着手工作室的装修。

江晓媛怀揣一颗汹涌澎湃的心，一窍不通地跟着无事忙，一大早就带着工人们在屋里量来量去，煞有介事地跟人讨论各种材料……不过很快露馅了。

"玄关那里要给我留一块牌子。"江晓媛踩着高跟鞋，挥舞着卷尺来回比画，"大概这么大，挂工作室名牌，师傅您知道去哪儿定做那种牌子吧？对对，正规一点的……工作室叫什么？呃……这不知道啊，回头我要问我们老板。"

她刚掏出手机，想起蒋博的叮嘱，只好又烦躁地放回去，抓了一把头发，她说："唉，先不管了，反正您把地方给我留下来就行了。"

工程队队长操着一口不知道哪里的口音问："姑娘，你这个屋要当办公室用，这个水电改不改？"

"啊？"江晓媛茫然地站在玄关处，"'改水电'是什么意思？改成什么？核动力的吗？"

工程队队长慈祥地看着这个狗屁不懂的二百五，加深了对人类物种多样性的了解。

过了一会儿，队长又耐心地问："那你这个名牌要用什么材料？"

江晓媛："……难道不都是塑料的吗？"

队长委婉地表达了"麻烦您哪儿凉快哪儿待着去，尽快换个有常识的来"。江晓媛的自信心遭到了惨重的打击，只好信誓旦旦地保证："师傅，我过两天肯定就懂了，真的，不骗你，给我一点时间就行。"

江晓媛上午在工作室惨遭鄙视，下午又专程跑到了工商局丢人现眼。

由于她事先在网上查的路线有误，刚开始死活没找到地方，考虑到自己正在筚路蓝缕的艰苦创业阶段，江晓媛愣是没舍得打车，手机还没有办套餐，流量自然不够用，她就沿街找有开放式无线网的咖啡厅，进去以后装作看菜单的样子，蹭着人家的网用手机重新定位。

等好不容易找到了工商局，到了以后又在工作人员面前一问三不知。最后，她沐浴着工作人员围观脑残的目光，被晕晕乎乎地砸了一通科普，拿回了一堆看不懂的表格，一个头变成两个大地往回走。

傍晚归途中她还不幸赶上了晚高峰，地铁里能把人活活挤成遗像，江晓媛如今已经深谙公共交通上的生存之道，驾轻就熟地调整好姿势，很快找到了一个能容身的小角落，藏了起来，利用这个间隙，她把这一天剩下的单词任务了结了，又把耳机调到了最大的音量，压过了地铁隆隆着呼啸而过的咆哮声，闹中取静地

第五章　征程

听完了一段完整的标准速VOA。

　　学校比较有人情味，此时正是暑假，还没有急着赶她走，江晓媛能暂时住在宿舍里，等工作室准备好，她再搬到那边去。江晓媛在学校门口买了份凉皮，一路小跑奔回寝室，一边吃一边打开了一本从学校借来的特效造型理论，学习生活两不耽误地看了起来。

　　无论是时间还是成本，她都尽可能地寻找到了最物美价廉的消耗方式。

　　学校的机房都已经锁了，江晓媛吃了一顿战斗饭以后，就去了网吧，履行她对施工队队长的承诺——她在网上搜集起办公室装修的种种注意事项，查每一种材料有什么区别，价格大概在什么水平，等等。办完这一堆事，江晓媛在QQ声此起彼伏、游戏叮叮咣咣的背景音里悄然退场，她既没有时间也没有钱可以沉迷于网络。

　　有钱有闲，多么让人羡慕嫉妒恨的生活，如今江晓媛两样都没有，却难得觉得生活充满了乐趣。再让人魂牵梦萦的名香也遮盖不住生活本身的乏味，黄金与珠宝都填不起一段充盈的日子。

　　江晓媛结束了一天的工作，回到寝室时，已经是晚上十点半之后了。她终于等到了蒋博用一个陌生号码发来的短信。

　　蒋博跟她简单地交代了一下，声称自己以后就用这个临时号码和她联系，交代她有事发短信，不要随便打电话。江晓媛盯着那条短信看了十秒钟，心里第一次觉得有点奇怪——蒋博这种鬼鬼祟祟，不像个怕被老妈发现以后啰唆的叛逆不孝子，反而让她想起了身陷灯塔的许靖阳。

　　她于是发了一条短信试探了一下："用不用我替你保管证件？"

　　蒋博："好。"

　　第二天，江晓媛真的收到了蒋博的同城快递，黑漆漆的一个文件夹，里面包括了各种材料和证件，还有一张附了密码的银行卡，蒋博留言，说这是供她办各种手续、装修工作室的时候用的，让她留好发票。

　　江晓媛心惊胆战地发现自己的疑神疑鬼好像成了真——太不对劲儿了，蒋博虽然什么都没说，但江晓媛有种他把自己的身家性命都托付过来的错觉，她突然觉得很恐怖，战战兢兢地给蒋博的新号码发短信问："要不要我帮你报警？"

　　这一次，蒋博让她坐立不安地等了将近二十四小时，才简单地回了一句："不用，其他事你看着办，这个工作室我一定要成功，这段时间我可能出不来，就托付给你了。"

江晓媛莫名其妙地从中读出了几分不祥的意味,她小心翼翼地问:"老板,你这么相信我,万一我办不好呢?"

蒋博没有回答。

江晓媛本来有好多事想问他——譬如,工作室的装修大概是什么风格,起个什么名字,之后各种手续怎么跑,到底是怎么个章程……此时只好全咽回去了。

江晓媛一边担心他,一边简直恨不能一个人劈成两半——工作室也是她自己的事,不用别人嘱托,她也会很上心,但是出于某种对危险的直觉,江晓媛总觉得蒋博的字里行间有种让人不安的孤注一掷,好像这个工作室做不起来,他就要去死一样。

只在工作室取名的这件事上,蒋博给出了自己的意见,他想叫"自由年华"工作室,结果江晓媛跑去工商局问的时候,发现名字已经被别人注册掉了,最后只好改成"芳菲年华"。

就在江晓媛刚刚独自一人把这些工作理出一些头绪的时候,她突然收到了一条短信。

是蒋博的新号,蒋博给了她一个地址,没有说具体要求,只是让她带着全部的工具,周末替他过去一趟。

江晓媛心里先打了个突,回短信问:"什么主题?为什么要带全部工具?"

那边回答:"高端客户,过来你就知道了。"

江晓媛担心得连凉皮都吃不下去了。

一般情况下,只有一些特别没眼力的朋友,通过私人关系找蒋博做的活——比如那次给艺校的小崽子化舞台妆之类,蒋博才会漫不经心地托给别人,其他的,别说是高端客户,就是普通客户,蒋老师也不会让江晓媛在没有他把关的情况下独立动手的。

他在某种程度上是有这种偏执的,对自己的牌子经营得无比珍惜。他怎么会连主题都不提前说,就让实习生江晓媛单独上阵呢?

太不对劲儿了。

江晓媛简单地回了个"好",没敢多说,唯恐说错什么,她感觉如果不是蒋博在隐晦地表达什么,就是有人冒用了他的手机——给她发短信的根本就不是蒋博本人。思来想去,江晓媛自己没什么好办法,也再没有其他人可以求助,最后烦了一天，硬着头皮联系了祁连。

"你等我一会儿，"祁连听她乱七八糟地叙述完以后飞快地说，"我正好也有些事想告诉你，马上就到。"

江晓媛放下电话的时候，心情在担惊受怕中忽然就跌落了下去，她茫然地想："我什么时候才能变得像他一样可靠呢？"

有些人就是有这种特质，好像世界上的事没有他们不能的、没有他们解决不了的，江晓媛忽然无比希望自己也能成为这样的人。

祁连说话非常算数，三十分钟之后真的到了，还夹着一个牛皮纸的文件袋。

还没坐下，他先难得地正色说："蒋博这个人的背景比较复杂，你确定一定要跟他搅在一起吗？可以的话，我还是建议你离他远一点。"

江晓媛始料未及："啊？"

祁连把牛皮纸袋打开在她面前，示意她慢慢看，几张照片先跳了出来，江晓媛一翻开就倒抽了一口冷气——这是何方妖孽！

照片上的人还是个少年，脸上带着无法用人类语言描述的烟熏妆，把五官都遮住了，几乎可以去参加世界非主流锦标赛。背景是一个黑咕隆咚的地方，可能是某个不大正当的娱乐场所，黑洞洞的沙发像一张张开的大嘴，要把上面的人都吞下去。

有一张照片是一个衣着暴露的夜店女从后面抱着那少年，喂他酒喝，还有几张是少年往镜头上喷云吐雾的模样。他的表情迷醉，看起来让人胆战心惊，总觉得他抽的可能不是普通的烟。

江晓媛："……这是蒋博？"

祁连："嗯，我稍微查了查他，他少年时代在学校里劣迹斑斑，高中被学校劝退，转学去了私立学校，也没读完，后来因为大量服用安眠药进过一次医院，后来休学两年，在精神病医院度过。疑似有吸毒史……这一点还没证实。"

江晓媛："这个我不信，他肯定不吸毒，连烟都戒了。"

祁连的眉间轻轻地挑起来，这让他身上那种斯文气稀薄了一些，看起来有一点危险气息。

祁连："你怎么知道？"

"我就是知道——蒋博有洁癖，"江晓媛说，"还有，吃一次安眠药就被送到精神病医院是怎么回事？"

祁连："这是他监护人的决定。"

江晓媛一愣。

"这是我要跟你说的第二件事，"祁连正色下来，把文件袋整个打开，从里面翻出另一张照片来，"这个人你见过，就是那天开粉色轿车跟踪你的人。"

照片上的女人比那天江晓媛见过的年轻不少，容貌姣好，装扮艳丽，只是神色里有种让人特别毛骨悚然的东西。

江晓媛："这是蒋博他妈？"

"范筱筱，"祁连说，"早年是靠开私矿发家的，蒋博的养母。"

江晓媛愕然："啊？"

"范筱筱三十六岁的时候领养了十三岁的蒋博，不到一年离婚，自己带着个十四岁的半大小伙子过，"祁连看了江晓媛一眼，"有些事我不方便说太清楚，你明白吗？"

江晓媛先是迷茫不解，随后她敏锐地从祁连的表情里读出了什么，眼睛蓦地睁大了。

"这位范女士不喜欢蒋博与任何异性走得太近，逼他辞职据说也是因为这行接触的都是女人，"祁连把声音放得轻缓了些，好像怕吓着江晓媛一样，"你现在明白她为什么平白无故地跟踪你了？"

江晓媛的手指无意地捻着纸页边角，连日以来独自筹备工作室、准备出国的疲惫秋后算账似的向她反扑过来，蒋博的形象在她印象里模糊了又清晰，她想起他帽檐下被汗水浸湿也不肯暴露在光天化日下的伤口与阴郁的眼神，想起那匆匆行走在楼道间，仿佛快要飞起来的背影。

"我个人还是建议你考虑一下其他的方向，"祁连说，"以你现在的能力，挂靠在任何一家工作室下都会很受欢迎，你先学几年工作室运营的经验，积攒一些人脉，将来不也少走弯路吗？"

江晓媛沉默不语。

祁连对着她的表情端详了片刻，预感自己的苦口婆心恐怕要白瞎。他知道自己听起来有些冷漠，但他又不认识什么蒋博，偶尔擦肩而过，印象里那就是个一副债主表情、满身脂粉味的傲慢弱鸡，祁连亲眼看着江晓媛努力了这么久，并为之动容，一点也不想看着她的心血付诸东流。

那天江晓媛对蒋博说的话有失偏颇，有时候流出的心血并不只有事主一个人

第五章　征程

知道。

祁连把声音放轻柔了些:"哪怕你老板自己人很好,或许真的是浪子回头,还有他那神经病养母呢?沾上她,你麻不麻烦?"

江晓媛:"当年你直接往许靖阳银行卡里打点钱也不是出不起,沾上我们这些没完没了的黑户满世界堵窟窿,你麻烦吗?"

祁连一时无言以对。

江晓媛头也不抬地说:"那时候还没开始严打,好多传销的特别猖狂,警察都不怕,你去捞陈总的时候,不怕自己惹麻烦吗?"

祁连:"……这种黑历史也有脸倒给别人听,陈方舟可真心大。"

"一个人死没死成,在精神病院一住两年,现在能混成这副人模狗样多不容易,"江晓媛低声说,"蒋老板都快成我人生偶像了。"

祁连:"……"

"早知道倒黑历史也能博取同情心和崇拜之情,我也可以。"祁连心想。

过了一会儿,他又回过神来,纳闷儿地扪心自问:"我干吗要学着干这种倒霉事?"

六

"是这里吗?"祁连问。

"好像过了。"江晓媛低头看了一眼导航,又说,"算了,你车不好进——你就在路口停下吧,我自己走进去。"

祁连依言把车停在路口,两人面前陈列着一片灰头土脸的别墅区。

很多人有了钱以后,都喜欢在郊区置办一栋小别墅,跟一帮不靠谱的土豪当邻居,世间土豪千奇百怪,大雅大俗的都有,在所谓"别墅区"里住一段时间就会发现,什么"托斯卡纳"小镇、"普罗旺斯"风情都是扯淡,等业主们一入住,小区的主流审美马上就走调——邻居家的大红对联一贴,窗花排一排,二楼小碎花的窗帘旁边放个古朴稚拙的咸菜缸,楼下小院里黄瓜与西红柿分门别类欣欣向荣……以上种种与室内欧式风格装修中西合璧,俨然是自成一派的城乡结合部混搭风。

蒋博给她的地址就在这中式田园与欧式建筑相结合的"世界公园"里。

江晓媛一抬手抓起她的工具箱，推开车门要下去。

祁连："等等，真的不用我跟你去？"

江晓媛有心冷一冷自己莫名其妙的小情愫，客气地说："太麻烦啦，你还是先回去吧，等一会儿我自己打车走就行。"

祁连叹了口气："我跟你说了那么多，你就一点都不害怕吗？"

江晓媛在烈日下手搭凉棚，把面前颇具生活气息的别墅群指给他看："这边都住着人，隔壁一伸脖子都看得见别家咸菜缸里是萝卜还是黄瓜，她就算真想把我怎么样，也不会选在这里的——另外你跟蒋博也不认识，万一他那个……那个女的说出什么不好听的，你一个陌生人在那里，他下不来台。"

祁连看着她没吭声。

江晓媛："怎么？"

祁连摇摇头，他只是忽然想起初次见到江晓媛时的光景，她穷困潦倒成那个熊样，连自己吃住都不知道去哪里解决，饿得在麦当劳门口晕过去，居然还穷大方地借了仅剩的几百块钱给别人。

"我一开始以为你脾气不好，"祁连前不着村后不着店地说，"其实你还挺会考虑别人的感受的。"

江晓媛猝不及防，没料到别人会当面直白地夸她，当时哽了一下："那倒……也没有。"

她在美发店工作的时候树敌成群，到了学校又成天跟蒋老师吵得天翻地覆，江晓媛有时自我反省，感觉自己的脾气恐怕生来就像块千疮百孔的烂抹布，一捅就破。

"就是来这边这么长时间，做了那么多事，吃了那么多苦，突然觉得谁都是人生父母养的，都有喜怒哀乐——去年冬天我在路边发传单，看见别人都冷冰冰地从我旁边走过去……有些人可能还觉得我挡路挺讨厌的，心里有点难过，可是也能理解，其实我自己以前也是这样的，只是没体会过发传单人的心情，不明白。"

她富贵的时候只会宠自己，落魄了才学会把别人当人看。

江晓媛一口气说完，感觉自己好像一激动说多了，像是对着祁连说教一样，顿时有点羞耻，一口热气从她的脖颈一直蔓延到耳根，她当场没敢看祁连的表情，恨不能将方才的一番长篇大论原原本本地捡起来吞回去，飞快地扛起自己的

第五章　征程

223

工具箱，头也不回地跑了。

直到江晓嫒对着短信上的门牌号找到了地方，她胸口噎着的一口气才顺过来。她探头往半地下的车库里看了一眼，看见了那辆熟悉的粉色小轿车，就知道自己找对了地方——那条短信八成是蒋博那变态养母冒名发的。

江晓嫒摸出工具箱里的小镜子，仔细整理了一下自己的仪容，确认形象良好，适合战斗，这才伸手敲门。

里面传来了一个有些生硬的女声："谁啊？"

江晓嫒抬头看了摄像头一眼，对着门口的对讲机说："蒋老师让我替他来为一位高级客户提供造型服务。"

里面说："等着。"

那语气听起来就好像打发个要饭的，江晓嫒不动声色，脸上的笑容一点也没有崩。

片刻后，门开了，一个保姆打扮的老太太露出脸来，这老太太开门的动作很特别，开一半还留一半，似乎是透过门缝小心谨慎地打量门口的江晓嫒，眼神里充满了冰冷的防备，继而露出一个僵尸似的笑容："来了？进来吧。"

江晓嫒从工具箱的侧袋里取出一双鞋套套好，走了进去，在客厅的沙发上看见了端坐在那里的女人。

"这变态叫什么来着？"江晓嫒面带微笑，心里刻薄地想，"范小小还是范大大来着？"

范女士对她露出了一个毒蛇一样的笑容，他们家从主人到保姆的笑容有异曲同工之妙，非要形容，就是"似乎是怕人，又似乎想害人"，她的眼神里有某种高深莫测的鬼祟，被这种目光打量，让人简直如芒在背。

平时在街上遇到这样的人，江晓嫒一定是有多远躲多远，然而此时她在这大宅子光可鉴物的地板上站定的时候，心里奇异地充满了某种笃定。

江晓嫒想，世界上的人无论做好事还是做坏事，大体分为两种：一种是遇到事的时候站出来想办法、承担风险与责任的人；另一种则是服从第一种人，为第一种人提供力所能及的帮助，或是干脆什么用也没有，全心全意依赖前者的人。

江晓嫒一直充当第二种人，她在理发店的时候听陈老板的，现在又全然受蒋老板指挥。她习惯于在不知所措的时候先询问别人的意见，再观察别人是怎么做的，刚开始，她学习陈方舟，从陈老板身上学到了他特有的油滑与处世之道，学了个似懂非懂；后来又开始模仿蒋博，学着他时髦漂亮、趾高气扬，蒋老师教她再廉价也要有范儿，她就将他的话奉为圭臬，一丝不苟地执行到如今。好像这样就不至于出错被嗤笑，显得她更能适应环境。

而终有一天，江晓媛发现，如果她总是盯着别人，总是追随着别人的脚步，就像是列队方阵齐步走那样，永远不可能超过别人所在的平面。终有一天，她发现她用来对齐、校准自己人生航路的人，也只是个凡胎肉体，甚至背负更多，比她想象的还要无能为力。

她失去了指导，只好自己挺直腰杆，自力更生地做起了第一种人。

江晓媛拢了拢耳边的碎发，得体又不谄媚地跟范女士打了招呼："您好，请问您就是这次的客户吗？"

"坐，"范女士和颜悦色地指着她对面的小沙发，"小姑娘坐那里。"

江晓媛感觉到对方的目光在自己身上上下打量，但是随她去，优雅地在小沙发上坐了下来，从工具箱最上层摸出一个牛皮本："能说说您的要求吗？"

范女士没有回答她的话，意味不明地注视了江晓媛一眼，她问："你和蒋博，是什么关系？"

江晓媛不动声色地回答："我以前是蒋老师的助教。"

范女士不依不饶："以前是助教，那现在呢？"

江晓媛狡猾地把话绕开："现阶段还没找到新工作，只好通过老师接一些私活儿，要说的话，算前助教。"

范女士伸手掩住嘴唇，叽叽咕咕地笑起来："小姑娘挺有意思，'前助教'像什么话？"

"确实，"江晓媛回答，"微博认证恐怕是通不过，没办法，我就是个有身份证、没身份的货色——您对造型有什么要求？"

范女士深深地看了她一眼，从怀里摸出一张支票。江晓媛莫名地有点激动，腰部在旁人注意不到的地方悄悄地挺直了一下，怀着诡异的期待等着传说中"拿着钱，离开我儿子"的戏码。

然而范女士没有按剧本写的来——

"我晚间和朋友有个聚会，"范女士保持着端正的坐姿，龙飞凤舞一通，把支票撕下来递给江晓媛，"想请你化个日常妆，你看可以吗？"

江晓媛定睛一看，悄悄挺直的腰又不动声色地塌陷了下去——支票本上写了一千元整。

谁付一千块钱还要事事儿地拿个支票本？谁没事化个三分钟的日常妆花一千？

现在江晓媛相信了，这位范女士确乎有病。

范女士："怎么，少了？"

江晓媛诚恳地说："不少，能给现金就更好了。"

范女士回头看了一眼二楼，江晓媛顺着她的目光望去，只见挑高的客厅能见二楼的卧室，一间屋门紧闭，闭得欲盖弥彰。江晓媛心里暗叹了口气，十分不能理解——蒋博再怎么说，也是个接近一米八的大老爷们儿……虽然大部分时间不怎么"爷"，但仅从生理条件来看，按理他也是能扛着桶装水上五楼的，怎么会被范女士这样的老太太关在"长着莴苣的阁楼"上？

范女士："先给我做个指甲吧，美甲会吗？"

江晓媛翻出指甲工具，一声不吭地拉过她那双养尊处优的手，聚精会神地工作起来，预感她要上重头戏。

果然，没过一会儿，范女士图穷匕见——

"咱们说实话吧，"范女士坐得笔直，目光居高临下地落到江晓媛的头脸上，洒下一片圣光普照的慈悲，配上那独特的眼神，她整个人像一尊邪教组织原创的菩萨，"我知道你现在在替蒋博那孩子工作，我是他妈妈，今天其实是我把你约过来的。"

江晓媛觉得自己这时要是再故作惊讶就显得太假了，她也懒得逢场作戏，闻言不动声色地给范女士做着基本护理。

范女士："我听说你们在筹备一个什么工作室？有这件事吗？"

江晓媛："您这不是都知道了吗？"

范女士听了，闻者伤心见者流泪地叹了口气，叹得一波三折，见江晓媛反应平平，又加重语气，重新叹了一遍。她的形体与语言无不表现出良好的话剧天赋，举手投足无不仿佛在念台词，念得江晓媛起了一身鸡皮疙瘩，只好抬头配合："您怎么了？"

范女士目光灼灼地盯着她："孩子，我理解你们年轻人想要做出一番事业的心，我也希望我儿子能和正常人一样融入社会，有正常的生活，有自己的爱好和事业，但是……唉，我实在不忍心看你付出那么多辛苦努力白费。"

她空着的那只手张开又握住自己的膝盖，苍老的筋骨漂浮在骨肉之上，好像练过九阴白骨爪。

"他是不正常的，"范女士带着七分危言耸听，两分装模作样的痛苦，与一分压抑不住的笑容，将这句话说了出来，"他小时候因为精神失常，让我不得不把他送进了精神病医院，别人都觉得我狠心，可我怎么会狠心呢？我没有办法，只是想治好他……可是这种病，你知道的，是不可能完全治好的，即便人出来了，也还会复发，医生说他有轻微的暴力倾向，不能受一点刺激。小姑娘，你性格一定很好，以前很多和他合作过的人都说他难以沟通，固执又神经质，你肯陪他这么久，我这个做母亲的，真的非常感激你。"

江晓媛惊奇地看着眼前的女人，想不出她怎么能将这样一番话声情并茂地说出口。

"但我实在不忍心看着你的满心希望付诸东流，这是他的诊断书，"范女士从一边的柜子上取下一份文件，"他虽然看起来正常，但是在外面时间久了是不行的，他不能断药，也不能离开我身边……小姑娘，真对不起，现在才对你坦白，你之前付出的经济损失，开张单子，我补给你好不好？他真的不行的。"

江晓媛看着她，客厅里一时安静极了，能听见两个女人清浅的呼吸声。

二楼那扇紧闭的门里传来一声瓷器碎裂的动静，范女士唇角微微一动，但是忍住了。

良久，江晓媛不动声色地开口问："您要贴钻吗？"

范女士："你觉得呢，贴钻好看吗？"

"当然不好看，"江晓媛毫不客气地说，"就您这欠保养的鸡爪子手，再要是贴上钻，准得跟一爪子刨到沙子地里似的。"

范女士嘴角抽搐了一下，然而到底又忍住了，表现得非常大度，她一边任由江晓媛折腾自己的手，一边游刃有余地靠在沙发靠背上说："看起来你是不相信我说的话。"

江晓媛皮笑肉不笑："您说什么就是什么呗。"

说话间，江晓媛已经完成了指甲的基础护理，上好了打底，她也懒得对这双枯瘦的手大费周章，想必再捯饬也是一对泡椒凤爪，于是刷子一甩，几下搞了个极简风，利索地收拾好工具，一掀眼皮："你让他自己出来跟我说他有病，我就相信。"

第五章　征程

范女士听了，意识到江晓媛是个有主心骨的，有点棘手，并且全然站在蒋博那边。她立刻调整策略，耐心十足地坐在沙发上等着指甲干透，不再对江晓媛提蒋博，而是端详着自己的手说："你做事情很利索，品位也不错。"

江晓媛微笑了一下，油盐不进地回答："跟蒋老师学的。"

范女士没接话茬儿，似乎根本没听见，兀自问江晓媛："你听说过'声色美学工作室'吗？"

江晓媛当然听说过，那是业内一个非常著名的造型品牌，旗下有完整的产业链，从服装到化妆品应有尽有，老板虽然是个幕后工作者，但不甘寂寞，一天到晚上综艺节目抛头露面，红得发紫，据说跟很多一线明星都有长期合作。

范女士和颜悦色地说："他们家老板是新加坡的，总部也在那边，不过看好大陆市场，最近在内地也成立了一个总部，现在正在招人，我有个朋友正好在里面做主管工作，你要是愿意的话，我可以推荐你过去，具体职位要看你的资历，如果你职业资格够，可以直接就职实习造型师，不然恐怕要做一段时间助理。"

范女士说到这里，瞥了一眼江晓媛的工具箱，诚恳地说："你一直在学校工作，考个职业资格应该还是近水楼台的，你觉得呢？"

声色工作室在亚洲造型美妆产业中的地位，好比微软之于软件，谷歌之于IT，高盛之于金融……是家喻户晓的领导品牌，它家出去的每一个造型师都不愁销路，简直是一块金字招牌。真的能进"声色"，还用得着每天想方设法地穿山寨？还用得着每天焦虑着什么时候赚够钱才能把奶奶接来？

对于江晓媛这种刚入行的小鱼小虾来说，她仰望"声色"，就像路边摊煎饼的仰望对门的米其林三星。

尽管打定了主意跟披着人皮的变态斗争到底，江晓媛的心肝还是不由自主地哆嗦了一下。

她连忙稳住了动荡的内心世界，心想："无事献殷勤，非奸即盗。"

范女士一点也不介意江晓媛防备的态度，微笑着说："来，给我做一个妆容吧，我看看怎么样。"

她像个提携后辈的考官，言谈举止令人非常舒服。

即便是成年人，有时候也要从别人对自己的态度反馈上来审视自己，范女士毫无过度的友好态度让江晓媛心里不由得打起了鼓，有道是"一个巴掌拍不响"，对方宽容温厚的态度让江晓媛几乎难以维系自己的冷嘲热讽。

方才两个人之间言语的交锋似乎都是江晓媛一个人的错觉。她一瞬间产生了怀疑，自己进门的时候对范女士所有的恶劣印象，是否都建立在预先的偏见上呢？

祁连调查来的东西一定对吗？

这位范女士一个女人，中年离婚，单身带着个半大不小的男孩子，还不是亲生的，本人如果又有钱又花心，会招一些别人的风言风语其实也很正常吧？有时候造谣多了传得有鼻子有眼，好像真的似的，祁连会不会听得有失偏颇？

这事不能想，越想越觉得有可能。

江晓媛想到这儿，冷脸有点撑不住，只好默不作声地动手替范女士收拾常规妆容，还顺手把她的头发也定了个型。完事后范女士认真仔细地打量着镜子里的自己，表情非常郑重，郑重得江晓媛都有点紧张起来，怀疑自己的作品是不是不够尽心。

"不错，"范女士说，"你和别的造型师不一样，色彩感好，学过美术？"

江晓媛："……嗯。"

她心情有点复杂，这一点功底连蒋老师都没看出来，范女士居然一眼察觉了端倪。

范女士转过头来，亲切地看着江晓媛："说说看，你都学过什么？"

"版画、油画、水彩……还有陶艺，"江晓媛说，"都学了一点。"

范女士叹了口气："学艺术的人来做这一行，真是既大材小用又得天独厚，小姑娘千万要珍惜自己的天分，好好地走下去。"

这话近乎语重心长，灌在耳朵里，江晓媛对她的百般防备狼狈地又退了一城，快要溃不成军了。

"但是你得记住，"范女士继续语重心长，"做造型师，才华很重要，但最重要的不是才华，是人脉。你要知道，你在这个地方开一家名不见经传的小小工作室是没有前途的，客户在哪里？谁会给你推广？这个工作室将来如果被局限在本地，就算做死了，过不了一年半载，你就得挖空心思地跟当地的婚纱影楼竞争新娘妆容——我见过很多你们这样的年轻人创业，刚开始雄心万丈，后来不了了之，成的没几个，基本都黄了，没那么容易的。"

江晓媛："……"

这话说到她心里去了。

江晓媛是在路边发过传单的人，白手起家有多难，再没有比她更了解的了。

这个城市里，每一天都有无数个工作室无数个小店注册，三五个月之后基本都销声匿迹，难以为继。一个大平台大公司要是想做一个项目，那太容易了，决策好就行，但私人小公司却太难了，十有八九都要被大浪淘沙地淘下去。要说起来，开工作室还不见得有路边摊煎饼的收入有保障。

一直以来，江晓媛都不敢太想这些事，想得多了容易动摇，伤害行动力，没想到被范女士一五一十地摊在了面前。

范女士说："你想想看是不是这么个道理？我比你多吃几十年的饭，见得多了，创业这种事，都是从上到下简单，从下往上十有八九要失败——你知道什么叫从上往下吗？"

江晓媛没吭声。

"就是你一开始先依托于一个大的知名平台，好好学几年，在这个大平台上把这一行的水蹚熟了，积攒好人脉，再出来单干，这才是正确的路子，你们那样硬来是不行的，"范女士耐心地问，"你想想，是不是这么个道理？"

江晓媛无可辩驳，无言以对。

范女士从镜子里打量着江晓媛的脸，觉得这个女孩实在是太年轻了，年轻得可憎，但也好骗，三言两语就能被忽悠得动摇起来。年轻人，一天到晚想的无外乎那几件事——迫不及待想功成名就、虚无缥缈的理想和爱情，除此以外，还能有什么呢？

范女士于是又加了一把火："你看看我，原本想着我儿子承蒙你照顾，还想给你送个人情，现在看啊，我真是多此一举，有技术的太多了，有灵气的少有，一会儿给我拍张照片发给他们，他们欢迎你都还来不及，根本用不着我推荐。"

江晓媛挣扎着问："阿姨，素不相识，你为什么这么帮我？"

范女士手托云鬓："我没有帮你，是你自己帮你自己，我好多年没这么漂亮过了，小姑娘真有两下子。"

她的每一句话都无比熨帖，有那么一瞬间，江晓媛自己都要觉得自己已经是个不世出的美妆大师了，让人一见如故，一出手就惊艳四座，所有人都忍不住珍惜她的才华。

江晓媛微微低下头，目光扫过蒋博住过的这个家，整个别墅的装修风格都像是个少女的单身公寓，没有一点男性生活过的气息，范女士像一个蜘蛛，将她的网铺就得到处都是，哪里的风吹草动都躲不过她的眼睛，她随时能翻手为云、覆手为雨。

江晓媛忽然单刀直入地问："您这么帮我，就为了不想让我和蒋博成立自己的工作室吗？"

范女士微微一愣，随后她意味深长地笑了一下，优雅地站起来，当着江晓媛的面款款走上了二楼，掏出一把钥匙打开了那扇紧闭的房门。那房门里幽深晦暗，所有的窗帘都拉着，一丝光也没有，地上满是碎瓷片，一个人影坐在阴影里，看不清轮廓……但江晓媛用脚指头想也知道是谁。

范女士轻柔地对屋里的蒋博说："你啊，做事做不好就算了，让你一个人待一会儿，你都能打破杯子，你说说你还能干什么？"

蒋博一声不吭。

范女士兀自接着说："你看看你，连自理能力都没有，在家里我宠着你，在外面还要人家小姑娘迁就你，好意思吗？快出来，朋友来了都躲着不见，像什么样子！"

蒋博从那间晦暗的小屋向江晓媛看了一眼。

江晓媛心里一震——该怎么形容那眼神呢？她想起以前看过的小段子，把小象拴在一根木头桩子上，一直拴在那里的话，将来它长大了，有力气了，也挣脱不了了。

一只正常的大象怎么会挣脱不了小小的木桩呢？

可能从它被拴在那根木桩上的一刻开始，就不再是一只"正常"的大象了。

范女士的脚尖碰到了地上的碎瓷片，发出一声细小的轻响，蒋博明显颤抖了一下，条件反射似的蹲下来去捡。

江晓媛目瞪口呆地站在楼下，心想："那是谁？"

那是酱油瓶子倒了都不知道扶的蒋太后吗？

范女士不由分说地拉起了蒋博，她并没有用多大力气，可是一伸出手去，蒋博就像是被驯服的动物一样，不由自主地跟着她的手势走，显示出一种根深蒂固的训练有素。

范女士抬起手，轻轻地放在蒋博瘦削苍白的侧脸上，忧伤地说："我为了你又离了一次婚，你什么时候能让人省心一点呢？"

江晓媛忍不住插话："您一直这么和他说话吗？"

蒋博的目光转到了楼下，落到江晓媛身上，仿佛目光被烫了一下一样飞快地

第五章　征程

移动开。

范女士感情丰富地对江晓媛说:"他小时候得过一场大病,一直也没好彻底……说起来最早他开始做这行还是我托朋友带的他,我总觉得他性格怯懦,想得又多,不希望他像那些野男孩一样,长成一个抽烟说脏话的臭男人,我给他铺了很多的路,介绍了很多人,专门请人教他……但是你看看,他还是什么都做不好。"

江晓媛一阵毛骨悚然——从某种程度上来说,范女士几乎是成功的。

在脱离青春期后,成年男子的体型会发生变化,要么长肌肉,要么长肥肉,很少有人会留着少年时代那种特有的单薄。然而蒋博却一直是纤细的,他的身体好像启动了某种说不清的机制,将他的时光永远停留在了青涩的旧年代里。

范女士:"我也想组成自己的家庭,可是不行,他离开我就什么事都做不了。"

说着,她爱怜地踩着高跟鞋,微微踮起脚,摸了摸蒋博受伤的额头:"我这都是为了你啊。"

一个人,四周都是鼓励的时候,尚且时不时地产生自我怀疑,江晓媛难以想象如果有人在自己耳边几十年如一日地灌输"你离开我就是不行""你干什么都没法获得成功""你天生就不是这块料"会怎么样。

范女士带着温柔的谴责,对蒋博说:"就算你要胡闹,也不要耽误别人。"

蒋博低着头,目光紧紧地盯着地板的缝隙,身体抖得像一片风中的落叶。

江晓媛知道自己不得不说话了。

"不好意思,您要是指我的话,我觉得跟蒋老师一起工作蛮好的,能学到好多东西,"江晓媛把手插进短裤的口袋里,"还有开工作室这事也是我极力撺掇的,我们未来还打算去国外进修特效。虽然您刚才说的那一番长篇大论很有道理,不过我觉得就我们现在的客户资源来看,养活自己应该是没问题了。"

范女士转向她:"我以为我们俩刚才已经说好了,连'声色'也不能打动你吗?"

江晓媛眼皮也不抬:"蒋老师,麻烦你理我一下好吗?装什么自闭症儿童?"

蒋博艰难地从嗓子眼里挤出一句话:"你先回去,我们以后再谈。"

江晓媛虽然站在楼梯下面抬着头,却奇迹般地一点也不显得弱势:"我觉得我们今天说明白了比较好,没准儿过两天我就能去'声色'的大神们手下干活儿了呢。"

蒋博僵直得像个木桩。

江晓媛一字一顿地问:"她说你有病,你有吗?"

蒋博垂在身侧的手不由自主地握了一下。

江晓嫒："你现在要是吭一声，说你有病，工作室不想干了，就想每天憋在小黑屋里过精神病的生活，那我立刻就走，明天就把你的证件寄给你，有多远滚多远。"

范女士撒娇似的晃晃蒋博的胳膊："人家问你话，怎么不吭声？"

蒋博的嘴唇苍白得好像刷过漆。

范女士："江小姐，我都不知道他的证件在你那里，还是请你尽快还给我吧，他这种情况在法律上叫'限制民事行为能力'的人，我作为他的监护人……"

"司法程序认定他有病，他才有病，别急着往自己身上揽责任，大妈。"江晓嫒截口打断她的话，"恕我眼拙，反正你不在的时候蒋老师不但正常，还挺能呼风唤雨——你说他什么都做不好，是听见哪个客户跟你投诉了，还是觉得他突然之间长大到不受你控制，所以你受不了了？"

范女士的脸颊微微抽搐了一下。

江晓嫒往后一仰，伸手将工具箱盖子压上。

"实话跟您说吧，"江晓嫒说，"'声色'在我眼里屁也不算，谁稀罕去给他们打工？总有一天，亚洲最好的造型工作室是我今天创立的这个——蒋博，工作室叫什么你还记得吗？"

范女士听完她的豪言壮语以后停顿了三秒钟，然后笑了。她俨然已经修炼成精，想让别人哭，别人就得哭，想让别人笑，别人就得笑。对范女士来说，戳破那些年轻而蹩脚的、色厉内荏的小自尊实在太容易了。

她根本没有必要开口争辩，也不必说出什么批判来，只要略带无奈地轻轻摇摇头，恰到好处地露出一点哭笑不得的神色，就能将一切无理取闹反射回去。

江晓嫒看懂了她的肢体语言——范女士用她优雅的笑容、精致的打扮，细致入微地表达了一个意思："我的天哪，世界上怎么有这样不知天高地厚的小傻瓜？她自己说出这样的傻话居然都不知道脸红。"

这种举重若轻的轻蔑像一片千钧羽毛，谁试谁知道，落到谁头上，谁都得生一次颈椎病。

唯有江晓嫒站在楼下，面色平静，好似全然不为所动。

没办法，谁让她住过比这座小二楼漂亮优雅得多的房子，见过比范女士成功得多的人士，比范女士嘲笑过更多的穷鬼奋斗者呢？如果说从另一个时空偷渡而

第五章 征程

来的江晓媛与原装那位坚强聪明的乡下姑娘有什么不同，那就是她无比清楚地知道，那些平时把自己装得大尾巴狼一样的"上等人"骨子里都是什么货色。

"阿姨，"江晓媛平心静气地做出了反击，"你觉得自己做不到，是因为你已经老了，未来对你来说，没什么好期待的了，你真是为蒋博离婚的吗？不是别人甩了你，让你更加清楚地发现自己到最后谁也抓不住吗？所以你才迫不及待地想起他这个从小被你扣在手心里的小宠物吧。"

蒋博无比震惊地抬头望向江晓媛——她怎么会知道那么多？

江晓媛没有解释。

"你是宠物吗？"她不理会被她一语戳中后脸色开始泛青的范女士，一双眼睛直直地看向蒋博，"你要是承认自己还是个人，就迈开你那两条腿，从那恶心兮兮的楼梯上走下来。那个女的比你矮一头，你却让她牵着你的鼻子，连反抗都不记得……蒋老师，你别那么看我，我对你没有任何意见，你比我强、比我厉害，是我的前辈我的老师，我现在还没资格评价你——可是你就不会看不起自己吗？"

蒋博的手猛地一缩，挣脱了范女士。

江晓媛深深地看着他："下来。"

蒋博的脚步不由自主地往前蹭了半步。

"站住！"范女士突然爆发的尖厉嗓音几乎戳破了房梁，刺得人一哆嗦。

江晓媛嗓音条件一般，估摸着自己拼嗓门儿拼不过人家，于是飞起一脚，狠狠地踹在木质的楼梯上，踹得那楼梯"咣当"一声巨响："下来！"

……声势是有了，就是脚指头差点翻盖。

范女士尖叫："你别忘了谁是他的监护人，江小姐，你不懂法吗？"

江晓媛勉强忍下自己的龇牙咧嘴，一边悄悄活动脚指头一边拿腔拿调地说："哎哟，我一个高中没毕业的小化妆师，什么都不懂，还没听说过谁家奔四的男人还需要顶个监护人——要不然这样，您给法院打个电话，咱们各找一个律师，一块儿过去听听普法教育好不好？"

喷完，江晓媛望向了蒋博——蒋博像个瘦削的幽魂。

人可能或多或少都有一点慕强情节，蒋老师强势的时候很容易让人欣赏，甚至能让人忽略他身上种种毛病，相比而言，他现在这副鬼样子，多多少少是有损于他在江晓媛心里的形象的。

可是江晓媛看着他，忽然想起了自己小时候的一些事。

脱 轨

她父母——本来时空中的父母并没有陪她长大，有时十天半个月连人影都看不见一个，在她还需要大人陪伴的年岁里，江晓嫒一直有种隐秘的恐惧，担心自己会被抛弃。

有一天，她跟保姆抱怨说："干脆我也离家出走算了。"

保姆是个没受过什么教育的中年妇女，说话很不讲究，但一针见血，她说："离家出走了谁来养活你？你打算去路边要饭吗？"

江晓嫒当时还小，针对这句话展开了丰富的联想，连要饭的悲惨细节都想象出来了，躲在被子里偷偷哭了三天，衍生出了无数不靠谱的假设——万一父母离婚了，谁也不要她怎么办？万一父母出意外了，以后没人养活她了怎么办？万一他们俩再生一个小孩，不喜欢她了怎么办？

每次一想，她必定悲从中来，大哭一场，惶惶不可终日一番，还曾经暗下决心，真有那么一天，她一定先行去死，省得活受罪。后来她长大了，不再胡思乱想，然而那种恐惧却没有消失，当她身无分文地落在举目无亲的陌生世界里，近乎"要饭"的时候，她发现曾经无数次噩梦里出现的事全都成了真。

江晓嫒觉得，自己是了解蒋博的恐惧的。

而她终于没有去死，还像只跳蚤一样上蹿下跳地活了下来。

"蒋老师，你是想一直在那儿跪着，还是自己走下来？"江晓嫒把声音放得更轻缓，"工作室的装修方案我已经基本做出来了，可是你才是大股东，它需要你来最后敲定，很多事我做不了主，现在能麻烦你从楼梯上走下来，出来管一管正事吗？是你自己说这个工作室无论如何都要成功的，你打算食言而肥？"

她每一句话落地，蒋博茫然的目光就会聚拢一点，像是有人把他的魂魄一点一点地塞回行尸走肉的肉体里。直到江晓嫒最后一个字话音落下，整个屋子里静默了几秒，蒋博却忽然动了。

他缓缓地拉下了帽檐，迈开腿，竟从楼梯上走了下来。

"你站住！"范女士瞳孔骤缩，猝然尖声咆哮，"蒋博，谁把你从孤儿院领出来的？谁给你吃了第一口热饭？谁给你的名字、身份、地位？你以前对我说过的话都是假的吗？是不是你自己说的'一辈子也不离开我'？你要忘恩负义吗？"

她额角的青筋根根暴起，整个人面容扭曲，江晓嫒替她精雕细琢过的五官已经移了位，好像个画皮，即将揭起面皮，露出满口里出外进的大獠牙。

江晓嫒对她的爆发和歇斯底里喜闻乐见——因为像她们这种人，只有处于完全

第五章 征程

劣势的情况下才会露出自己狰狞的一面,好比游戏里遇见的boss,只剩一层血皮的时候才暴走。同时,她也不免有些胆战心惊,因为担心此人暴走后有过激行为。

江晓媛知道自己是个纯种的嘴炮,只能文斗,武斗只有扑街的份儿,她瞥了一眼无风自己也要摇晃摇晃的蒋博,心里忧虑地说:"万一动手,这货可能指望不上吧?"

她本来准备好了在范女士开始歇斯底里的时候再来火上浇油,这一犹豫,错过了时机,可是蒋博却忽然开了口。

蒋博垂落的目光望向地面,认认真真地走着楼梯,头也不回地轻声说:"我将来会给你养老的。"

蒋博在这间房子里,像一个法术被封印的幽魂,一直都默不作声,看着他可怕的养母和已然颇有泼妇风采的江晓媛明争暗斗,此时他突然出声,另外两个人却一时安静了下来。

江晓媛皱了皱眉——怪不得当初自己什么都不会,常识也没有的时候,蒋博竟然还肯每月自己掏腰包补贴工资,给了她一个月的试用期,这蒋太后张牙舞爪之下,说不定本质是个圣母白莲花。

范女士却在短暂的震惊后缓了过来,她意识到自己的失态,深深地吸了口气,想要挽回败局。她说:"你认识的那些人,你的几个大客户,还不都是我介绍的?现在你从学校里辞职自己开工作室,需要依仗的是谁?蒋博,你自己要想清楚。没有我,那些虾米小鱼的小客户能养活得起你的工作室?你不要太天真了。"

蒋博在楼梯上微微停留了片刻,他伸出一只骨节分明的手,握住了木质的把手,江晓媛距离他约莫有三步远,她在他那瘦削而棱角分明的脸上看见了浮雕一样的神色——十分痛苦,十分冰冷,冰冷到近乎恶毒,恶毒里还透着悲壮。

像条哪怕粉身碎骨也要咬对方一口的蛇。

他不轻不重地开了口:"妈妈,你不知道,我和你说的那些人早就很少联系了,最近一段时间发展的业务基本都在外地……之所以把工作室设在这里,是因为从一个朋友那里得到一些信息,说市政马上要拨一块地来做影视基地,地已经整理好了,马上就动工,我只是想近水楼台而已。"

江晓媛:"……"

这个信息连她也不知道。

蒋博:"我并不是靠你活着的。"

范女士瞠目结舌，完全没有预料到自己会遭到这样的反击，她站在楼上，一时竟显得苍老柔弱。良久，她嘴唇微动："是我培养出了你。"

蒋博似悲似喜地看了她一眼："是你毁了我，妈，我只是从灰烬里摸出了一条路。"

说完，他从楼梯上走下来，弯腰拎起江晓媛的工具箱，轻声说："走……走吧。"

他吐出"走"字时，声音似有撕裂，好像从这个地方名正言顺地走出去依然是一件十分艰难的事，好像一个笃信宗教的人突然做出了渎神的事——尽管事已至此，他依然战战兢兢、难以置信。

范女士忽然三步并作两步地追下来："站住，你不能走！我是你的合法监护人！你根本不算个完整的人，你没有权利……"

江晓媛："您这车轱辘话还有完没完了？"

几乎是与她同时开口，范女士吼出了最后一句："你根本不算个完整的男人！"

两个人的话音纠缠在一起，江晓媛脑子里"嗡"的一声，蓦地扭过头去，看见蒋博的脸上血色退潮似的一去不返。他整个人好像被人凌空捅了个对穿，一瞬间连站都要站不稳了。

就在这时，江晓媛的电话响了。江晓媛愣了一下，发现来电显示是祁连，她神思不属地接起来。

祁连问："你怎么还没出来？"

江晓媛愣愣地反问："你怎么还没走？"

祁连没有回答这个愚蠢的问题，静静地问："你遇到什么麻烦了吗？"

江晓媛被方才范女士那一嗓子吼得别住筋的脑子这才渐渐转动了起来，她扭头看了范女士一眼，对电话说："有个人不让我们走，声称她有监护权，你说她这是开玩笑吗？"

祁连："嗯，你说得对——你现在把电话给她。"

江晓媛愣了愣，她自己也不知道自己对祁连的信任来自哪里，听见他说，下意识地就回身把电话递给了范女士："找你的。"

范女士狠狠地瞪了她一眼，一把抢过她手里的电话，用十万分鄙夷的目光看着江晓媛那杂牌智能机。

智能机虽然出身不高，身价也十分低贱，但品行低调内敛，竟不漏音，江晓媛只听见范女士语气不好地问了一句："你是谁？"

之后对他们两人的对话就再无头绪了。

这一通电话，范女士加上开头的招呼，只问了三句，第二句是声嘶力竭的"你到底是谁"，第三句是咬牙切齿的"你们都会后悔的"。

不知道祁连说了些什么，反正范女士的脸色越来越难看，乃至于到最后近乎青面獠牙，刚刚做好的指甲恶狠狠地掐进手机的机身里，在塑料壳上留下了一道长长的刻痕。江晓媛默默地想："完蛋，自己那省吃俭用买下来的小手机恐怕要性命不保。"

然而居然没有，一分钟之后，范女士走到江晓媛面前，恶狠狠地将那手机砸进了她怀里，咆哮一声："滚！"

随后她一把抄起桌上的杯子，狠狠地砸在蒋博脚下，溅出来的水打湿了他的裤腿。

范女士："滚！你会后悔的！走出这个门你就会后悔的，你信不信？"

江晓媛再不迟疑，一把拉住蒋博的胳膊，感觉他就像个轻飘飘的旗杆，毫无重量，一拉就跟着她走了。

大约是别墅的装修问题，一楼客厅的采光很差，乍一走到外面，阳光晃得人几乎睁不开眼，江晓媛伸手遮挡了一下，拽着蒋博一路飞快地往回跑，看见祁连的车还默默地等在路口。蒋博这才挣开江晓媛的手——江晓媛早就发现了，只要是非工作状态，蒋太后非常讨厌和人有身体接触，男的女的都不行，她一直以为是他有洁癖，到现在看来，可能是心理因素多一些。

"谁的车？"蒋博疲倦地问。

"未来投资人的。"江晓媛大言不惭地回答，她小心翼翼地避开了方才的种种话题，"你打算去工作室看看吗？"

"今天不了，我累了，想休息。"蒋博说着，把工具箱塞给江晓媛，对车窗里露出半张脸的祁连点点头。

江晓媛："可是……"

她没有"可是"出来，蒋博已经转过身，双手插兜，孑然一身地往别墅区外走去，他身上有一种微妙的、不死也不活的气息，三伏天毒辣的日光下也照不出他一点热气，就像他自己形容的那样——他是从灰烬里走出来的人。

他自己也成了灰烬捏出的人。

江晓媛刚要追过去："哎……"

祁连忽然插话说："晓嫒上车吧。"

蒋博的背影很快转了个弯，看不见了，江晓嫒只好讪讪地爬上祁连的车，抓心挠肝地想着那老妖婆当着她的面说过的话。

"苍天，"她万分尴尬地想，"我不会因为知道得太多被灭口吧？以后可怎么面对蒋老师？"

更让她纠结的是，直到这时，她也没想起自家工作室最后定的那个名字到底是个啥，这样没有辨识度，以后可怎么做宇宙第一？

江晓嫒反复抓了几次安全带的边，问祁连："注册了营业执照的话，名字还能改吗？"

"能，备案就行。"祁连说，"你要改成什么？"

"美绝人寰"四个字在江晓嫒舌尖上溜了一圈，最后关头堪堪忍住了，好歹保住了她在祁连面前正常人类的形象，她干笑了一声没有回答，将这全新的霸气构想吞回肚子里，独自回味去了。

"对了，"江晓嫒问，"你刚才和那老妖精说什么了？"

祁连通过后视镜看了她一眼，眼睛微微弯起来，似乎是带了一点笑意："你猜。"

江晓嫒天马行空地说："难道她有违法犯罪的证据掌握在你手里了？"

祁连轻描淡写地笑了一下："苍蝇叮不了没缝的蛋，她都裂得开片了，怨不得别人抓她小辫子——说实话，蒋博真要跟她较真儿，早把她告上法庭了，可惜，他是自己不愿意。"

蒋博非但不愿意，刚才还说过要给她养老的话呢。

江晓嫒默然无语片刻。

可是也没办法，人又不是书，说翻脸就翻脸，蒋博能迈出这一步，已经是出人意料地勇敢了，不能再强求太多。

江晓嫒在相对宽敞的副驾驶座伸了伸腿，忽然有点感慨："其实这么一想，一个人生下来没有病、智力正常、四肢健全，和一部分人比就已经算是很幸运了，要是能生在一个正常的家庭里，跟着正常的父母平安长大，不管家里穷富，从小到大没受过虐待，没出过事故，就又比另外的一部分人幸运了。"

当她茫然无措地刚刚降临这个世界，因为没有学历，甚至找不到一份像样的工作时，江晓嫒以为"学历"才是面向这个社会的敲门砖，是人生的基石，有了

第五章 征程

它不显得有多厉害，没有了才知道寸步难行。而直到这时，她才发现，"学历"这玩意儿压根儿不算什么基石，顶多是锦上添花的无关紧要的小花边。

身心与人格的健全才是那块基石。

不过江晓媛稍微一转念，念及蒋博那灰烬里重生一样的背影，忽然又觉得其实"健全"也不能算是最下层的基石。

在人群中，造化之功的美貌与绝代无双的聪明是万万人里不见得找得出的，这是最顶端的人物，下一层，是有优越的自身条件和富裕家庭的人，数量也不算很多，再下一层，是正常的普通人，然后是那些各自捧着一本难念的经的普通人，再下一层，则是连"普通"也无缘享有的人，从这个层次往下还能下到无穷无尽的地方，谁也说不好这世界的下限在哪里。

每个人都觉得自己身处挣扎不脱的泥沼里，但是认真找一找，七步之内总能找到一个更惨的，哪怕一个一无所有的人，起码他还活着。

生命本身才是那块奇迹般的基石。

"我想起来了，"江晓媛突然前不着村后不着店地对祁连说，"上次工作室备案的那个芳菲什么什么的名字实在太没有辨识度了，不利于我公司未来发展。"

祁连："所以改成什么？"

江晓媛："改成'涅槃'。"

这词在这种情况下，又应景又内涵丰富，祁连的眉尖轻轻地挑了一下。

就听江晓媛继续说："旨在让那些爹妈没给生好的人也能通过人工手段回炉重造，把造型变成一种魔法，让天下丑鬼全都涅槃重生！"

祁连："……"

这到底是打广告还是找揍呢？

/ 第六章 /

Chapter 6

涅 槃

一

第二天早晨，江晓嫒拎着一打煎饼，准时到工作室查看装修进度，意外地发现蒋太后居然也在。蒋博已经把额头上的纱布拆了，留着一道浅浅的血印，用头发遮住了，人依然是那副鬼样子，外人看不出有什么分别来。

他拿着一块手绢捂着鼻子，正在跟装修队的师父说什么。

江晓嫒一进门，手中杂粮煎饼霸道的气味一下充斥到整个屋里，将装修材料的味道都打败了，并透过脆弱的手帕，不依不饶地钻入了蒋博的鼻子中。被惊动的蒋太后回头看了江晓嫒一眼，双目像是要化成两把鄙夷的小钢锥，戳入江晓嫒手中的煎饼上。

江晓嫒没搭理他，心说："这白眼儿狼，这么快就忘了救命之恩了吗？"

工程队的师傅们却乐呵呵地迎了上来，熟稔地从她手里拿走早饭。

江晓嫒："蒋老师，吃吗？"

蒋博把他苍白柔弱的脖子往后一仰，仿佛江晓嫒手里递出的不是一块质朴的煎饼，而是一颗手榴弹。他用两根高贵的手指头将那玩意儿从江晓嫒手中夺下来，顺手塞给旁边的工人师傅，开了尊口："像你这种身高体重的女孩子，一天的基础代谢才能用完半块煎饼的热量，你就吃吧，胖死你。"

江晓嫒皮笑肉不笑地说："老板，拉磨的驴靠基础代谢是活不下去的。"

她出于一种什么样的自嘲情操，才能在大庭广众之下将自己比作一头驴？蒋博有些难以理解，他撇过头咳嗽了两声："走，跟我出去。"

江晓媛敏锐地从他的话音里听出了"要请客"三个字，二话没有，高高兴兴地就跟着走了。

两人十分有默契，刚开始，谁也没有提头天晚上在别墅区发生的事——有时候知道了别人的黑历史也是一种负担，反正江晓媛眼下是恨不能失忆忘干净。

蒋博偶尔会搭配一些假名牌糊弄别人，但不太肯降低自己的实际生活质量，把江晓媛带到了附近一家五星酒店的餐厅里。江晓媛手上还残留着煎饼的余香，已经毫无障碍地将陪伴了她多日的"老情人"丢在一边，不客气地点起了西式早茶。

点完她将菜单往旁边一搭，打发了服务员，从脖颈子到脚脖子，扭着标准的几道弯，用名媛淑女的坐姿笑不露齿地问："蒋老师，您说事。"

蒋博："……"

他觉得对面那女的笑得有点像只黄鼠狼。

蒋博清了清嗓子："关于工作室……"

"哦，"江晓媛立刻展开汇报，"基本准备得差不多了，我那天换一个名字，改成'涅槃工作室'，是不是比较有文艺范？"

蒋博摆摆手，干咳了一声："叫什么倒不重要。"

江晓媛正襟危坐地准备聆听大老板关于未来事业经营的战略性意见。

大老板说："我那天说的话都是扯淡的，以后工作室怎么经营，还得好好规划一下。"

江晓媛心生不祥的预感："哪句是扯淡的？"

蒋博："哪句都是，从所谓的'影视基地'到'自己的客户资源'，实话告诉你，'影视基地'的鬼话是我编的，至于资源……我现在手里的客户资源，基本上还是和……和她有千丝万缕的联系，完全脱开的话，可能就不剩什么了。"

蒋博双手十指交叉，放在身前，低头看着自己干净圆滑的指甲，他有些艰难地开口说："我如果早有那样的准备，就不会……"

服务员跑来上菜，蒋博竖起一根手指，轻轻地压了压自己的下巴，把后面的话咽了下去，不过江晓媛已经瞬间明白了他的意思。

也是，蒋博如果有那样的心——他就不会一开始万念俱灰地对江晓媛说自己要走，不会从学校辞职，也不会窝窝囊囊地被关在一个小黑屋里，等他穷大方傻大胆的助理去拯救。

江晓媛愣了片刻："那封邀请函也是……"

"哦，那倒不是，是有一次一个朋友接了个影视活儿，临时去不了让我顶了一下，偶然在那边认识的。"蒋博说，"算不上什么交情，可能给认识的都发了一份，也就客气客气。"

江晓媛肝颤地问："那请问你是怎么决定要自己开工作室的呢？"

蒋博揉了揉眉心："你当时……拿着那张邀请函追出来，跟我说自己的心血只有自己知道，回去以后她又不断地逼我，两边的原因都有吧。"

江晓媛面无表情地说："你要是敢说自己只是一时冲动，我现在就用餐刀捅死你。"

"那倒也不完全是，"蒋博顿了一下，"学校那边……校长夫人是她的熟人，现在既然跟她翻了脸，那边我可能以后也待不下去了，只有自己单干。"

怪不得他当时说请个助理就请个助理，闹了半天是关系户！她还以为是蒋老师业务特别精通的缘故，果然是太天真了。

江晓媛感觉自己的胃口都被这个噩耗伤害了，他们征服亚洲的路途还没起航，先自行摔了个大马趴。

她叹了口气："还有什么困难，你一并说了吧。"

蒋博："这些年我大部分的财产都是她把着的，给你的那张卡是我为数不多的私房钱，工作室前期筹备都可能有点紧吧……回头你把装修的造价预算让我看一下，装修费能省一点就省一点吧，搞不好不够。"

江晓媛："……"

蒋博在她要杀人一样的目光下，好像一瞬间又披上了他那怯懦的壳子，他微微避开了江晓媛的眼神："对不起，我事先没有准备好，要是你想去别的地方，我还可以想办法托我的几个朋友帮你推荐一下……"

江晓媛"啪"一声把手里的餐刀拍在桌子上，怒不可遏："穷成这样，你还要来吃这个！"

蒋博："……"

江晓媛："服务员，后面没上的不用上了，退掉吧，我们赶时间！"

这混账败家玩意儿！

别人是"山重水复疑无路，柳暗花明又一村"，江晓媛发现落到她自己头上，总是"柳暗花明好像又一村，过去一看，还他妈是山重水复"！

第六章　涅槃

日子没法过了。

事已至此，还能怎么样呢？

江晓媛从两眼一抹黑的状态里清醒过来后的第一件事，就是将蒋博拎到了路边一家"便民"早餐店："两碗馄饨。"

蒋博这个少爷看了一眼黄橙色的塑料碗，发话说："我要吃干的，我不想用他们的碗喝汤。"

江晓媛大大地翻了个白眼，自作主张说："一碗馄饨，给他拿两个烧饼。"

服务员打着哈欠溜达过来，半死不活地说："肉烧饼一块二一个，椒盐烧饼八毛，要什么的？"

江晓媛不假思索："椒盐！"

蒋博："……"

这翻天覆地的造反行径让蒋老师猝不及防，一时没反应过来的蒋博沉静地思考了片刻，小心翼翼地问："江晓媛，你翻天了吗？"

江晓媛有满脑子天马行空的设想，她早晨来工作室的路上还想得好好的。

过一阵子等工作室的前期工作都落定了，就跟着蒋老师出国进修，修三四个月回来，正好能赶上报考来年的高级化妆师考试，等她拿到职业资格，工作室差不多也可以走上正轨了，他们可以一边招兵买马，一边扩大市场……顺便做一些化妆品代购生意，到时候代购平台成熟了，还能借机推出自己的产品。

十年八年的，只要用心做，她觉得自己也能打拼出一个"声色"。

如今这些设想统统被"没钱"俩字伤得体无完肤，江晓媛感觉自己横扫亚洲的梦想摇身一变，化成了白日梦，碎成了一堆渣渣。但她不甘心让亚洲第一的一腔热血付诸东流，只好一边愤恨地修改着未来的规划，一边狠狠地咬了一口刚出锅的馄饨。

……牙根都给烫麻了。

江晓媛想，现在其实钱还不是最重要的，实在不行还能借，最重要的是资源和口碑，这一行竞争压力很大，这个口碑和人脉到底怎么弄来？以往的事实已经充分证明了，江晓媛在市场营销方面完全是个外行，当街发传单之类的事绝对是吃力不讨好的，一来没人会去看，二来是对自己的目标客户群界定不清……

蒋博虽然事儿多，但烧饼上来的时候倒是也没说什么，接过来咬了一口，他自嘲地说："我没想到我这辈子还能吃一顿一块六的早饭。"

江晓媛正在逐条删改自己脑子里那些不靠谱的营销策略，漫不经心地接了一句："我以前家财万贯的时候，也没想到自己会有站在大街发传单的一天。"

　　蒋博听了一愣。

　　江晓媛话一出口，才感觉自己说漏嘴了，话风立刻转了回来："逗你玩的，我也就做梦的时候家财万贯过。"

　　她虽说长着一张文静秀丽的脸，私下里对熟人也确实经常满嘴跑火车，蒋博听了没往心里去，只是接住了她"发传单"的话音，说："也没到那种程度，车到山前必有路，虽说我好多大客户跟她有关系，但是我这么多年也不是白混的，哪怕是人情往来，也多少有一些资源，大客户可能一时半会儿有困难，但我要是稍微降一点价，不出名的十八线艺人的活儿还是有的。"

　　江晓媛闷闷地"嗯"了一声。

　　蒋博："至于钱的问题，你不是说还有投资人吗？"

　　江晓媛满脑子乱麻，急于扒拉出一条全新的道路，闻言没好气地说："首先，你要做出一个一看就能赚钱的东西，才好意思去厚着脸皮找投资人，什么也没有就去空手套白狼算什么？找人扶贫？再说，我看你不一定靠谱，投资人是我朋友，我不能坑他。"

　　蒋博面无表情地挥舞了一下手里的烧饼："你坑我的时候怎么从来不讲感情？"

　　江晓媛面不改色："就凭别人长得比你帅。"

　　蒋博："……"

　　江晓媛低下头，扒开滚烫的汤，轻轻地吹着馄饨上的热气，心塞地吃起了早饭。

　　她吃东西的习惯很好，很文雅，再饿也不至于狼吞虎咽得难看，嘴里有东西的时候绝不说话，坐也很有坐相，没有吧唧嘴扒拉菜刮碗底之类上不得台面的毛病，就连吃剩下的残羹看起来也不恶心，规规整整的。

　　哪怕她把馄饨捞完了，剩下的汤也是干干净净的一碗，不知道的人可以直接喝下去。尽管她现在只吃得起这种路边小店，但去任何地方都能不露怯。

　　如果不是认识时间长了清楚她的底细，蒋博几乎有种错觉——好像江晓媛是个家里花了好多钱培养出来的大小姐。

　　蒋博忽然忍不住说："其实她说得对，以你的技术，挂靠一个工作室，说不定是有前途的。那样你又安稳又轻省，还能剩下大把的时间。"

　　青春的时间只有那么一点，花红柳绿地过也是过，奔波劳碌地过也是过。

第六章　涅槃

蒋博垂下眼睛，看着江晓嫒的眼神十分柔软，他说："你可以跟小姐妹出去吃饭逛街、看电影，或者找个靠谱的人谈个恋爱，不是也挺好的吗？"

江晓嫒刚刚想到的一点思路又被他这一番话打断，没好气地说："别跟我扯淡。"

蒋博从桌上抽出一根筷子，不轻不重地敲了江晓嫒一下："好好说话。"

江晓嫒不理会他不着边际的发散，用力要将话题扯到正途："我有个想法，你听听看靠谱不靠谱——你觉得我们先做互联网营销怎么样？既然大客户资源联系不到，我们就先从品牌建设入手，既然资金紧张，美国那边就不去了，反正以后也不是没有机会……我想想，互联网营销的好处是时空无限大，缺点是我们可能得效仿自由摄影师那样到处跑，这么一来，前期利润肯定很低，你看咱们是不是考虑也做一些婚庆业务？这些事不用你亲自出手，我来牵头，咱们可以招一些在校的学生当实习生。"

蒋博想了想："你要是只想为了名的话，过一阵子还可以去参加比赛。"

江晓嫒愣了一下："什么比赛？"

蒋博叹了口气，感觉自己这个小助理真是没有常识："造型设计行业也是有全国大赛的，有偏重婚庆的，也有影视主题的，每年都能请来一些影视公司的人，运气好的话，对造型师来说是个很好的机会——只要你能脱颖而出。"

江晓嫒好像根本没听见他最后一句话，眼睛"唰啦"一下亮起了一万顷天光，忽闪得整个便民早餐店都蓬荜生辉起来："什么？怎么参加？我以前居然都没听说过……你怎么也不早说！"

蒋博低头咬了一口烧饼。

烧饼这玩意儿是一种邪物，其貌不扬，沾着一身鸡零狗碎的芝麻，边角黑乎乎的，平时在街上遇见，不会让人产生任何的食欲，唯有真的塞进嘴里尝一尝，才能分辨出高矮上下来——这家的烧饼无疑是又热又脆，含着一股说不出的焦香气。

就像江晓嫒，她虽然并没有其貌不扬，但好像天生带着种禁不得风雨的娇气，除此以外，她还极端缺乏常识，做事更称不上周到，综合看来，能力和运气可谓是一样都没有。

蒋博没想到他能跟她走到这一步。

"为什么呢？"他不明所以地想，"难道是因为她比别人都傻大胆？"

直到他乖乖摸出钱包结账的时候，江晓嫒才忽然开口说："逛街吃饭、看电影、谈恋爱是挺好的，可是少了点什么。"

原来方才的问话她听见了，蒋博认真地问："少了点什么？"

"自由。"江晓媛说。

蒋博诧异地问："是我没有自由吧？你又哪里不自由了？谁管着你了？"

江晓媛把用过的勺子规规矩矩地放在旁边的小托盘里："比如你要是在外面混得穷困潦倒，家里父母亲戚打电话过来说'都成那副德行了还混什么混？存心想急死你老爹老娘是不是？还不回老家结婚！不知道什么叫父母在不远游吗'……你听完如果不顺从回去，就有点无理取闹了。当然了，我就是打个比方，我爸妈都不在了。"

说完，她想起来，蒋博的父母也都不在了，于是皱起眉，换了一种说法："再比如，你和朋友出去逛街吃饭，要是你请客，那你愿意吃什么点什么，要是别人请客，你除了点爱吃的，还得考虑这一顿会不会太贵了——这不也是一种限制吗？有限制就不自由，还有，如果别人真的因为要帮你而吃了大亏，以后这个人情怎么还？"

江晓媛说到这里，叹了口气，似乎有感而发："如果是一个毫无瓜葛的人，你或许今天喜欢他，过两天不喜欢了，那就说清楚丢在一边，大家也能好聚好散，喜欢不喜欢都是纯粹的，但是如果掺杂了人情，喜欢的时候就夹杂了感激和讨好，不再是纯粹的喜欢，不喜欢了也没有不喜欢的自由……我总觉得这样特别难受，但是看了看，好像大家都不是这么想的。"

她有点落寞地坐在小饭店的长椅上，忽然之间觉出一点寂寞来。

"为什么别人就没有这么多事这么多顾虑呢？"江晓媛想，"可能还是我太把自己当回事了吧？都是以前在那边被宠坏了。"

蒋博听完以后咂摸了半天："哦，我有点明白了。"

江晓媛眨眨眼，有些期冀他的安慰。

蒋博："你的意思是说，你喜欢谁就不能受谁的恩惠，那怪不得我说让你找投资人……嘶！"

江晓媛在桌子底下给了他一脚。

蒋博细细长长的眉毛险些从脸上飞将出去，难以置信地说："你居然敢踢你的老板？！"

江晓媛："你用一点虚无缥缈的股份吊着我，让我一个人干八份活儿还克扣

第六章　涅槃

工资,也好意思自称'老板'?"

蒋博在这一刻体会到了江晓媛方才说的"不自由"——他针对她的话无可辩驳,只好讪讪地闭了嘴。

当天晚上,江晓媛就征用了蒋博的电脑,注册了一个"涅槃"工作室的蓝V微博,然后花了四个多小时,给自己化了一个约会推荐妆,写了一篇又臭又长的配图化妆教程,随后还有服装搭配的技巧与禁忌,最后还写了几句颇具煽动性的总结陈词。完事以后,基本已经过了午夜,江晓媛顶着一脸的盛装,来不及去洗,厚颜无耻地圈了一大堆美妆相关的大V号。

不料等了半个多小时,没有人转,也没人回粉她,江晓媛的眼皮险些要被睫毛膏黏在一起了,只好死狗一样地爬起来洗干净脸,一头栽倒到床上,发现"互联网营销"对于她这样一个外行来说,也不是那么容易做的。

临睡前她习惯性地看了一眼手机,看见了祁连如晨昏定省一样准时的问候短信:"你的工作室筹备得怎么样了?"

江晓媛惯常嘴硬,大言不惭地回复:"前期工作推进顺利,未来的投资人就放心吧。"

回完这一条,她好像完成了这一天最后一个仪式似的,沾枕头就睡着了。

江晓媛这一觉才睡了不到四个小时,就被电话吵醒了。

她迷迷糊糊地爬起来,一看,是来自老家的电话——农村老人家们早睡早起的习惯十分丧心病狂,奶奶每次联系她的时候,江晓媛都痛苦地感觉自己刚躺下。她幽魂一样地爬起来,在屋里接了杯水爬起来,嗯嗯啊啊地打完了这通电话,五分钟以后,江晓媛完全清醒了。

奶奶特意打电话来,除了问一下她的近况之外,还告诉了她一个消息——她的六姑姥爷没了,奶奶要代表老一辈的人去主持葬礼。

"六姑姥爷"是个什么亲戚,江晓媛没有概念,但她听明白了奶奶的意思。一个孤寡老太太,眼睁睁地看着同龄人一个一个没了,她挨个儿上门帮人家哭丧,心里是什么滋味?

死亡如影随形,亲人一个都不在。

奶奶是在害怕。

当天傍晚,江晓媛忙完了一天的工作,给奶奶把电话打了回去。

江晓媛:"你还是来跟我过吧?"

脱 轨

奶奶说:"我不去,在你们那儿过太贵了,你一个月挣一壶醋钱,还是自己留着花吧。"

江晓媛一听,心里明镜似的,知道她是想来。

老人家要是真心不愿意来,会说实在的理由,比如"那边没有认识的人,自己没意思",或是"城里的楼房太窄,我住不惯"之类。而奶奶说了这样的话,代表她认真地想过跟着江晓媛搬到城里,认真地考虑到了城里怎么过的问题,甚至算出了生活成本和孙女未来的压力,这才被迫拒绝。

江晓媛掐指一算——带着一个奶奶,她就既不能赖在学校,也不能在工作室蹭住了,将来不说买房,好歹要自己租一套。另外,她必须要保证有稳定的收入,她自己一分钱不剩的时候还能凑合着找人蹭饭或者干脆饿着,可是带着个奶奶怎么可以呢?

如果实在不能保证稳定的收入,她就必须要有足够的积蓄,起码要能涵盖她们三四个月的生活费的积蓄才行,如果再考虑奶奶年纪大了,平时有个头疼脑热的医药费问题,那这个积蓄大概要能涵盖小半年的生活费才够应急。

"您等我半年,"江晓媛对奶奶承诺,"半年以后我攒好钱,把房子收拾出来,接您来城里过冬,这边有暖气,生活也方便,好不好?"

奶奶只是笑,没说好也没说不好。

就这样,江晓媛在横扫亚洲这个终极目标之前,先有了一个迫在眉睫的短期目标——她要在半年内租一套房,租房之前还要先攒两万块钱。

为了兼顾长短期目标,江晓媛化身成了一个女超人。

半个月以后,江晓媛收拾了自己简单的行囊,搬去了"涅槃造型工作室"的二楼,工作室正式开张了。

江晓媛先是请教了当过一段时间媒体人的祁连,潜心研究了一段时间,然后在网上把她的营销号注册了会员,买了一部分粉,通过一些渠道联系到了另外几个营销号,经过了一番讨价还价,江晓媛在蒋老师铁青的面色中抠出了一小笔广告费,让人家给转发。

与此同时,江晓媛还很有心计地长期关注了几个化妆品代购的号,一旦别人发布了新的代购商品名录,她就挨个儿去看,然后圈好代购商,在下面写美妆长微博评价产品,讲用那些产品的相关美妆技巧等,也算是间接替人家宣传,这样一来,十次有八次能被代购商转发。

第六章 涅槃

为了保证这个账号的活跃度，每天都刷一刷存在感，江晓媛天天早晨四点钟起床，把屋里所有的灯都打开，然后开始在自己脸上折腾，每个步骤都拍下来，跟段子手们学来一手臭贫的文章，把干货装进去，形成软文发到账号上。

一开始，写一篇像样的软文她至少要折腾四五个小时，后来成了熟练工，两三个小时就够了——她也赶得上五点半以后起床了。

谁能料到当年看书必困的江晓媛，有朝一日竟然成了个写文的段子手呢？

所以说世事真是难料。

做完这个功课，天也亮了，江晓媛开始她一天的工作。

工作内容包括反复和客户沟通各种方案并定稿，订票订行程等一干杂事。她还得在蒋老师应邀去讲课的时候给他准备课件。还得与各合作方谈钱、收钱、催钱，款项到位后跑税务跑银行办理相关事宜。

以及必不可少的——打电话跟蒋博吵架，当面跟蒋博吵架。

总之，她既是技术助理，又是生活助理；既是会计，又是行政。

同时，攒钱短期任务高高悬挂在江晓媛的头顶，工作室前期的收入情况就是这么个不温不饱的鬼样子，还时常要有公关消费，有时候做一个活儿还不够人吃马累的成本。没办法，她只好挤出业余时间自己出去接私活儿。

业余时间也是个邪物，哪怕一分一秒都被安排了去处，真心要挤，还是能挤。

一开始，有人通过陈方舟的老婆找她，后来居然做出了小小的口碑。江晓媛接活儿绝不挑剔，只要给钱痛快就行。但她也知道，她的时间和钱是一样宝贵的，为了短期赚钱放松她横扫亚洲的梦想是不可以的。

她一秒钟都不应该浪费，于是江晓媛把每一个私活儿都当成了大活儿做，每次沟通完了，她就在营销号上演练，等到一套造型做完，还要私下里拿给蒋老师看，挨上他冷嘲热讽的一通臭批，再把经验教训填进自己的笔记里。

然后她还要在睡前背单词，或是跟祁连聊两句——这两项活动都鲜少能有始有终，因为总是做了一半就睡着了。

做好工作室是她答应过蒋老师、祁连以及自己的。

而半年之内攒够钱，把奶奶接来，是她跟奶奶说好的，哪边都不能食言而肥。

就这样，江晓媛一连过了三个多月连轴转的日子。

有一天，蒋老师突然对她说："造型师大赛的报名快开始了，你也去报名吧，不管怎么样，多一份名额多一个机会，你一会儿把身份证件拿给我，这几天回去整理一下自己的作品。"

江晓嫒志在必得地应了一声，抬腿要上楼拿证件，谁知一脚踩空了。

她感觉自己失去意识的过程非常清晰，脑子像熄火了一样，眼前是一点一点黑下去的，江晓嫒试图抓一把栏杆，但大脑下了命令，手却没有执行，等她有点明白过来的时候，人已经躺在地上了。

没感觉疼，因为她的疼痛感也一并熄火了，身上是麻的。

蒋博慌忙把手里的模子一丢，两步跑过来，表现不俗——这小公主竟没有惊慌失措地尖叫。

三分钟以后，被拖到一条躺椅上的江晓嫒才缓过一口气来，慢腾腾地重启起来，后知后觉地感觉额角有一点不对——又凉又烫。伸手一摸，才发现擦掉了一层皮。

蒋博一身冷汗沉着脸，用棉签擦干净她额头的伤口，贴了创可贴，咆哮了起来："你作死啊？上个楼也能把自己摔死吗？"

江晓嫒靠在沙发上回忆了半天，得出了一个结论："可能是低血糖……我早晨吃什么了？哦，好像忘了吃了。"

蒋博："……"

他抽了口气，想了想，可能是因为他这辈子也找不到比江晓嫒更靠谱的助理了，绝对不敢把她累死，于是艰难地做出了一个决定："给你放假两天吧。"

江晓嫒目瞪口呆：铁树开花了吗？

蒋博被她瞪得不好意思，于是恼羞成怒地多了毛："看什么看，还不谢恩！"

江晓嫒："……谢谢啊蒋老师，给我放这两天假，割了你三分之一的心肝肺吧？"

江晓嫒好歹吃了一点东西，在蒋博的催促下，死狗一样地爬上了工作室二楼——她的蜗居，挺尸去了。蒋博听见楼上没了动静，这才自己动手把楼下收拾干净，拎起外套出了门，一个多小时以后他回来，手里拎着一堆即食的零食，悄无声息地塞进了冰箱。而后他又从橱柜里抓拉出了煲汤的小锅，洗刷干净，把杏仁露和一小块即食的燕窝放进去煮了，定好时，临走时他想了想，又抓了一把冰糖扔在里面。

蒋博往楼上看了一眼，皱着眉微笑了一下，像来时一样悄无声息地走了。

他觉得自己这一辈子，大概是不配爱女人也不配爱男人了，只好做一朵孤高自诩的水仙花，临水照影，时而开一朵冷冰冰的小白花。

第六章 涅槃

他心里有百丈峰，只露出顽石一尺高；有千层浪，只露出飞沫两三点。

点到为止地做完这些就算了，剩下的自己知道就行，用不着昭告天下。

蒋老师千回百转的心肠没有人知道，江晓嫒躺了一个多小时，躺不住了——她许久没有过过悠闲日子，乍一悠闲，心里不由得升起一团焦虑。就在这时，一个电话突然打了进来，是一个私活儿接待过的客户。

对方十分不好意思地说："我知道这种事应该提前跟你订，但是没办法了，我那同学约好的造型师明天实在是来不了，你看……"

江晓嫒："呃……"

那边忙说："知道你时间排不开，这样，一个全套，让他们在原价上加一百可以吗？"

江晓嫒："行！"

挂了电话，江晓嫒一抬手按在了眼睛上，额头冰凉，她像是动力不足，已经没有足够的新陈代谢来支撑体温了。头一次在美发店的小黑屋里冻感冒了，她一个人默默发烧时还被凄凉得大哭了一场，这次虽然身上是冰凉的，心里却不凄凉，因为有钱拿。

江晓嫒裹着被子"嘿嘿"笑了一声，感觉自己是钻钱眼儿里去了。她马上充满了动力，头不晕手也不抖了，先是要了新娘家的联系方式，沟通了时间和方案，然后一口气爬起来跑下楼，正好蒋老师定时煮的燕窝好了，江晓嫒掀开一看，心说："这货又不过日子了。"

她给蒋博发了一条短信："你煮了什么？"

蒋博过了好一会儿才回她："杏仁燕窝，我现在有事回不去了，你吃了吧。"

江晓嫒欣然谨遵懿旨，生怕他反悔，立刻盛出来吃了，难得占蒋太后一次便宜，她心情更愉快了。

新娘妆基本是从半夜开始化的，第二天江晓嫒披星戴月地爬起来，感觉还是有点虚，翻了翻冰箱，又意外地在蒋老师买的一堆零食里翻到了一包红糖。江晓嫒愣了几秒钟——蒋博心理上不好说，但生理上应该是不需要吃这玩意儿的，江晓嫒脑子里划过一个匪夷所思的念头，她想："不会是给我买的吧？"

下一刻，她又否决了自己的自作多情，蒋博是个特立独行的好人，性格稀巴烂的圣母，大事上绝不损人利己，小事上也绝不让人痛快，哪儿会突然这么甜？

不过买都买了，那么一大包，江晓嫒也不跟他客气，挖出来冲了一大杯水灌下去，顶着夜色和霜露出了门。

江晓媛忙了一整天，收了钱，心满意足。

婚礼现场，客户还给她安排了座位，江晓媛要速战速决——因为等会儿新娘还要换装，随时可能打断她的进食进程。

旁边有个不知是谁家亲戚的年轻女孩，上桌不动筷子，拿着手机挨个儿扫桌上食物的热量，蹚地雷似的小心谨慎地决定下箸地点。完事还在一边念叨："糖醋里脊，每100克293大卡……妈呀，这个不能吃！"

话音没落，正好看见江晓媛夹了一筷子糖醋里脊，百无禁忌地塞进嘴里。女孩惊奇地看了江晓媛一眼："唉，吃不胖的人就是任性。"

江晓媛弯起眼冲她笑了笑——她以前也有这个烦恼，好身材不是那么容易保持的，不过后来没有了，因为忙起来的时候赶上一顿是一顿，每顿饭吃得都像是在赶时间，久而久之，她已经不知道什么叫饱了，只好以最短的时间吃热量最高的食物。

她进化了上千万年，又回到了原始人的生活状态里。

江晓媛给模特做完了最后一个造型，从客户那儿结了账，没有多逗留，收拾好自己的工具箱离开了酒店，不料在门口露天停车场碰见了祁连。

祁连正皱着眉抽一根烟，同时面带烦躁地翻手里的通信录，好像没翻到，他皱着眉按灭了手机，目光直直地盯着路面，看起来像是打算找人打一架。

过了好一会儿，他才微微闭了闭眼，好像平息了一下自己的情绪，拨出了一通电话："代驾号码给我一个……嗯，在外面，喝酒了。"

江晓媛在旁边观察了一会儿，走过去果然闻到了一股酒气，她伸手拍了拍他的后背："哎？找代驾？"

三分钟以后，江晓媛把祁连的车平稳地开了出去。

她整个人生都因为一场车祸而天翻地覆，但很奇异地，事隔良久再摸车，江晓媛并没有什么心理障碍，她不得不承认，自己可能确实有点没心没肺。

江晓媛顺顺当当地把车开出去，同时对祁连点评："你这车有点肉。"

祁连把头靠在靠背上，半闭着眼应了一声："肉点好，省得出事。"

看得出他情绪不高，江晓媛没有多嘴，只是问："你家怎么走？从这边过去我有点不认识。"

"不回家。"祁连用力掐了掐自己的眉心，露出十分痛苦的神色，可能真的

第六章　涅槃

是喝多了,他说完这三个字以后自己断了篇,不往下接了。

江晓媛没办法,只好借助着导航和自己去过一趟,但不大准确的记忆确定了一个大概方向,摸索了过去。

祁连一直没动静,江晓媛还以为他睡着了,结果到了一个十字路口的时候,他才突然诈尸一样地出了声:"不直走,左拐。"

左拐是一条很宽的路,祁连让江晓媛把车停在了一个路口旁边,然后他跟跟跄跄地下了车,撑住电线杆子,脸色惨白,好像是想吐,但是捂着胸口没吐出来。江晓媛只好翻出一瓶矿泉水追了下来。

祁连喝了一口,摆摆手,在一边的马路牙子上坐了下来。

江晓媛:"不能喝还喝那么多,你中大奖了?"

祁连看了她一眼,清澈的眼睛里有几道不大明显的血丝,没吭声,过了好一会儿,他把瓶盖拧紧,抬手一指前面的路口,对江晓媛说:"我就是在那儿撞上许靖阳的。"

江晓媛顺着他的目光看了一眼。

祁连摇摇晃晃地站了起来:"你知道如果不是撞了他,我本打算干什么去吗?"

江晓媛蹲在地上,看着他逆光而立,隐忍了几次三番,好像理智告诉他少说两句,酒精却推着话往外赶,在他咽喉中殊死搏斗。

她看得心惊胆战。

十秒之后,酒精赢了,祁连居高临下地看了她一眼,眼神还蛮温柔的,话却有点惊悚。

"我本打算去杀一个人的。"他说。

"我的天,"江晓媛感慨,"你这是喝成什么德行了?"

祁连冲她笑了一下,前后晃了两下,整个人"咣当"一下趴在了车顶上。刚开始——他能知道自发打电话叫代驾的时候,脸上还有一点红,现在大概是吹足了冷风,脑浆已经凝固了。祁连脸上只剩下惨白一片,眼睛半睁半闭,好像在梦游。

喝完酒以后刚开始上头到酩酊大醉神志不清中间,会有一小段时间的缓冲,江晓媛估计他现在缓冲期已经过去了,开始正式进入找不着北的阶段。

"你可别趴下!"江晓媛心惊胆战地一跃而起,提心吊胆地抓住他的胳膊肘,"去车里好不好,麻烦你坚持一会儿,你要是真趴下我扛不动!"

祁连缓缓地把自己的胳膊肘从她手里抽出来,一抬手,滚烫的手心落在了江晓媛的头顶上。

"额头怎么了？"他轻轻地问，听起来居然有点正常。

江晓媛："楼梯上摔下来蹭的。"

"要小心啊，"祁连轻声说，"一辈子就这么一具身体，真撞坏了哪里，没地方换件的。"

"好的大爷，您能不能先移驾上车？"江晓媛试图把他塞进去，"放心吧，我比诺基亚还铜皮铁骨，没那么不经摔。"

谁知这醉鬼撑在车顶上的手劲儿还挺大，只是一只手轻轻松松地搭着，江晓媛推出了一身汗，居然移动不了他。

江晓媛无可奈何地往后退了一步，一手叉腰吐出口气，诚恳地问："你知道自己酒品差吗？"

祁连认认真真地反驳："不差，我从来不闹事。"

江晓媛："……"

祁连："我刚说到哪儿了？哦，对了，那天我打算去杀一个人。"

江晓媛大大地叹了口气，服了。

"我那天……腿上被人砍了一刀，"祁连好像没听见她说话，整个人趴在车顶上，眯着眼睛，静静地望着远方的路口，"心情很不好，一脚油门踩下去的时候，我就想，我迟早要让他们把这一刀还给我的。"

他话音里听不出多少醉意，只是慢吞吞的，听起来比平时轻一点。

江晓媛："谁砍的？"

"不记得了，"祁连低声说，"也不记得有什么仇怨了，好像是因为别人……某个朋友的一个什么事，然后就是谁不给谁面子之类那些扯不清的鸡毛蒜皮。"

他微微停顿了一下，带着一点鼻音说："老陈跟你说是我带人把他捞出来的，其实我那时候根本不记得他是谁，我家里常年没人，每天都迫不及待地想在别人面前刷存在感，总不放过表现自己的机会。"

"我家里也常年没人。"江晓媛耸耸肩，站起来蹦到了马路牙子上，借着这一点高度，她双手用力按住祁连的肩膀，按了一手硌人的筋骨皮，"大哥，上车行吗？"

祁连听话地径直绕过车子，到了副驾驶那一端，老老实实地开门要进，看起来步履稳健，一点也不像在发酒疯……结果他一步没迈上车门，整个人一绊，从

第六章　涅槃

副驾驶那边飞进了车里。

江晓媛:"……"

苍天!

她只好连滚带爬地从另一边钻进去,手脚并用地把祁连扶起来。

祁连含糊地说:"君子……有终身之忧。梁启超说,人生最苦莫过于未了之责……谢谢你。"

江晓媛:"不客气——唉,都什么乱七八糟的?愁死我了。"

祁连挣扎着在副驾驶上坐定,任凭江晓媛用安全带把他捆得结结实实,他看着正前方的路口,临近寒衣节,民间讲究给先人烧新衣,荒野路边没人管,一团纸屑间似乎还裹着零星的火苗,在空中若隐若现。

然而世界上是没有鬼的,先人既然已经死了,那就是没了,就是从亿万平行的时空中烟消云散了,只剩下一个影子在活人的脑子里,等着几年或是几十年,慢慢地被时光轻轻擦去。

"我爸那时候在外边一直有人,"祁连低声说,"还生了个私生子,年纪居然和我差不多,长大以后成了个混混流氓,我上高中第一天放学,就是他带人在学校门口堵住了我,打了我一巴掌。"

他说这些话的时候言语清晰,思路明确,竟好像是清醒的。

江晓媛:"那你怎么不报警啊?"

"是啊,我怎么不报警呢?"祁连笑了一下,"你不明白的,小时候觉得报警有点像……像那个什么,跟老师打小报告的,即便能治了他,自己已经输了他一头。"

江晓媛一边重新打火,一边了然地说:"懂,中二病嘛。"

除了以暴制暴,其他好像都是懦夫行径——被流氓欺负了,一定要亲自变成流氓,再用流氓的方式解决问题;被狗咬了,一定要趴在地上,露出利齿咬回去,以示灵长类动物也不是好惹的。

理智上大家都知道挺逗的,不过一些人在那个特别的年龄里,就是这么想的。

还有另外一些人,他们终身都是这么想的。

江晓媛摇摇头,没有评价,因为她当年比祁连也没有强到哪里去,她用导航重新定位了祁连的家,准备开出去掉头。祁连乱七八糟地说着说着睡着了,江晓媛一路兜圈子绕弯地跟着坑爹碎嘴的导航走错了无数的路,终于摸到了祁连自己住的那间单身公寓。

江晓媛勉强把醉鬼叫醒,扶着他一路上了楼。折腾了半天才成功把他放在沙发上,她揉了揉酸痛的脖子,打招呼说:"那我走了啊。"

祁连可怜兮兮地窝在沙发的一角,有气无力地冲她挥挥手。

江晓媛走到门口回头看了一眼,正对上他半睁半闭的眼睛里那一点微光,心里顿时软了,于是又转了回来。

"怪可怜的。"她想着,从冰箱里翻出了一盒牛奶,看了看居然没过期,就用微波炉转了一下,端进去给了祁连。

祁连睡了一路,大概是清醒了一点,抬了抬沉重的眼皮:"没走啊?"

江晓媛这辈子还是第一次照顾人,照顾得真心诚意、笨手笨脚。

"没有,你喝吧,"江晓媛说,"喝完了吐一次,我帮你煮一碗挂面再走。"

祁连努力地想了想:"我这里没挂面。"

江晓媛看起来十分游刃有余地摆摆手:"没事,方便面不是一样煮吗。"

等祁连吐完一场,用冷水洗了脸,就听见厨房里"刺啦"一声,跟要炸了一样,他一激灵,酒醒了大半,赶过去一看,只见锅里油水混合,在大火下吵了个天翻地覆,而"天才大厨"江晓媛正一手拿着锅盖,盾牌一样地挡在身前,一手拿着一个鸡蛋,跃跃欲试地在锅边上比画来比画去。抬眼看见他过来,江晓媛在一片爆发的油烟里喊:"鸡蛋从哪头磕不容易把蛋壳掉进锅里?"

祁连:"……"

他忙打开抽油烟机,又粗暴地往锅里浇了一瓢凉水,简单地平息了锅里沸反盈天的双边争端,然后夺过江晓媛手里的鸡蛋,奄奄一息地说:"行行好,出去吧——你吃饭了吗?"

江晓媛十分不好意思:"嘿嘿。"

祁连摇摇头,利索地在锅里的水没开之前切好了一堆蔬菜,然后一磕一掰,往锅里打了两个鸡蛋,熟练地煮起面来,有种漫不经心的贤惠。

江晓媛站在旁边,看着他的动作,忽然开口问:"后来呢?"

祁连:"什么?"

江晓媛:"你跷着一条伤腿,要去杀人——后来呢?"

祁连沉默了一会儿,用筷子不慌不忙地在锅里搅了搅:"那天我因为路上出事,没去成,结果别人去了,一个朋友——小男孩,娃娃脸,当年老跟前跟后

第六章 涅槃

地叫我哥，他捅了人，后来被判进去了，幸亏那人没死，他这辈子还有出来的一天。另一个朋友听说了这件事，出门喝了个酩酊大醉……他家庭环境不太好，他爸家庭暴力，喝多了打人，扇聋过他妈一只耳朵，说来讽刺，他自己不知什么时候居然也开始喝酒，那天喝多了跟他爸呛上了，拔出一把小刀抹了他爸的脖子，然后等酒醒了，他自己从楼顶跳下来摔死了——"

江晓媛睁大了眼睛。

祁连："把盐给我。"

厨房灯光不是特别亮，还没回过神来的江晓媛匆匆摸到一盒白色晶体，也看不清是盐是糖，她偷偷地倒出几粒尝了尝，没分辨出咸甜，就被祁连从手里抽走了。

"当年陪着我去捞老陈的三个朋友，上面两个人，这辈子就这么不了了之，还有一个全须全尾的，后来被家里强行送出国了，前不久刚回来。"祁连挑出一根面条，尝了尝，感觉熟了，于是关了火，"拿碗，碗在你旁边那柜子里——进去的那个也刚刚刑满释放，所以今天老陈请客，我们几个吃顿饭，不小心多喝了几杯。"

祁连的头发方才洗脸的时候打湿了，垂在面前，他的眼神看起来显得有一点湿润："出国的念了个不三不四的文凭，一直在没什么目标地瞎混，现在听家里的话应聘了一个小国企，可能打算就这样了，方舟……方舟刚陪着老婆去产检，准备当爹了。我呢，我这些年一直居无定所，给那位隐形的救世主打工。"

生活像一面随时能裂缝的地，一个踩不稳就从一边裂到了另一边，多年以后回头一看，裂缝越来越大，曾经在一起的人终于给分隔在了可望而不可即的世界。

祁连再次不可避免地想起许靖阳。

从某种意义上来说，那个人是改变了他一生轨迹的人。

"你对这个世界的过激反应，并不说明你强、你烈性。"这是轮椅上的那个人在某个夏日午后对他说过的话，祁连至今都能一字一句地回忆起来——

"世界抽你一巴掌，你跳起来破口大骂；世界每天抽你一巴掌，你就被它塑造成了一个破口大骂的人。你记得你要干什么吗？你记得你是谁吗？你可真是个不知所谓的小可怜。"

两个人也没找地方坐，在厨房里一人端着一碗汤面，就地解决。

见祁连忽然陷入了某种回忆中，江晓媛忍不住问："你为什么说许靖阳是救世主？"

"因为他告诉我一个真相,"祁连说,"当你发现那条裂缝存在的时候,一定要跳,哪怕摔死也要跳,不然就来不及了。"

江晓媛心想这说的是什么鬼话?她听得一脸莫名其妙,怀疑祁连的酒还没醒。

祁连看了她一眼,见她一缕头发从马尾里掉了出来,缠绵缱绻地垂在脸颊一边,他忽然很想给她塞到耳后,酒精作用下他抬起了一只手,抬了一半才回过味来,就那么举着手,不尴不尬地停在了半空中。

江晓媛:"……"

祁连:"……"

祁连脑子里足足空白了两秒钟,才勉强回过神来,干咳了一声,讪讪地越过江晓媛的耳边,从架子上抽出了一瓶米醋,欲盖弥彰地问:"你要吗?"

江晓媛:"……你祖籍是山西?"

新入籍的山西人祁连强撑面子,高深莫测地加了一瓶盖醋,硬着头皮吃了一大口面,青筋都出来了。

"权当是醒酒吧。"他想。

江晓媛的假期短得像根火柴,还没看见光,就烧完了。

第二天早上,她自觉地五点十分起床,开始折腾她的涅槃造型营销号,完事后随便吃了点东西,八点半,蒋老师踩着点来了。

蒋博的形象比刚从楼梯上滚下来的江晓媛强不到哪儿去,左脸写着"睡眠不足",右脸写着"老子不爽",进屋后一言不发,把一个文件袋丢在桌子上。蒋太后说:"预选赛的报名材料,你去准备吧,三天之后给我看一眼你的成品,等我看过了再往上报——还有,一会儿替我接待个客户,我要去找个地方横一会儿。"

江晓媛:"老板,你印堂发黑,卖肾去啦?"

"滚,"蒋博给了她一张铁青的后脑勺,"地区预选赛的'层层选拔'是什么意思懂吗?意思就是让大家各展门路,各拉关系!你当报几个作品上去就完事啦?预选赛组委会能看得完那么多材料吗?陪一帮傻×喝了两天的酒,真不想忍了。"

江晓媛:"……"

蒋博:"看什么看?技术谁没有,好多小女孩每天花在自己脸上的时间不比你干活儿的时间短,高手到处都是,你不打好招呼,材料交上去根本没人看,想办事就得靠钻营。"

蒋博说完,不耐烦地挥挥手,拐到休息室补觉去了。

第六章 涅槃

江晓媛默然无语地低头看着预选赛要求——"准备一份简短的自我介绍，以'春日新娘'为主题，打造一套造型方案，提供实际操作视频，自带模特，时长不超过四十五分钟。"

别的姑且不论，一套完整的新娘造型从准备到出方案，不知要花多少心思，还不算拍视频的时间和准备新娘装、联系模特的成本。

这样交上去的一份呕心沥血的材料，居然是不打招呼就没有人看的吗？

江晓媛的征程还没抬脚，原本踌躇满志地要参赛的心"唰"一下，先灰了一半。

二

江晓媛第一次看见"春日新娘"这个主题的时候，其实还是有一点灵感的。"春日"是清新，"新娘"是甜美，题目里含的这两个要求一目了然。

"清新"和"甜美"都是江晓媛的强项，她就算不干专业，自己平时穿衣打扮也有很多心得，对这个题目可谓手到擒来的，但等江晓媛心神俱疲地应付完蒋博的客户，抱着一本记得乱七八糟的素描本在工作室的客厅发呆的时候，她那装灵感的脑子忽然空荡荡的，像一间被洗劫过的房子，什么都不剩了。

"春日新娘"——怎么做？又绿又白吗？江晓媛眼前浮现了"打奶茶"的那个广告，感觉整个人都不好了。

这时，蒋博终于游魂一样地从休息室里溜达了出来，他顶着起床气走到沙发旁边，伸脚在江晓媛小腿上踢了一下，吩咐说："去给我叫外卖。"

江晓媛："……"

等江晓媛打完外卖电话回来，发现太后娘娘正坐在沙发上，审阅她和客户方才沟通后拟订的初步方案。

江晓媛心里"咯噔"一下，想："歇菜了。"

她方才整个人不在状态，一直心不在焉的，勉强勾勒出来的那个大体方案也就能把外行的客户糊弄过去，万万糊弄不了蒋老师。蒋老师虽说是个厌货，但在工作上从来眼里不揉沙子，平时私下怎么以下犯上都无所谓，该干的活儿要是有一点干得不漂亮，就得等着被他收拾。

果然，下一秒，蒋博把她那破旧的素描本往桌上一扔，高高挑起锋利的眉眼，狠狠压抑住下面澎湃的火气，山雨欲来地问："这是什么玩意儿？"

江晓媛无言以对。

蒋博："录音笔呢？给我。"

和客户沟通方案的时候，有时候为了造型师的后续思路不出差错，在征得了客户同意后，他们是要用录音笔录下谈话的。江晓媛知道自己这个客户接待得确实不走心，不由得更心虚两分，贴着墙根取来了录音笔，战战兢兢地递给蒋老师。

蒋博白了她一眼，插上耳机，面沉似水地坐在沙发上，一边翻江晓媛涂鸦似的方案，一边听，仿佛随时准备亮出爪子，挠她一脸花。

江晓媛连呼吸都不敢大声，中间蹑手蹑脚地走出去接了一次外卖，跟送外卖的说话也仿佛地下工作者接头，吓得那小姑娘诚惶诚恐地接了钱就跑了。

她小太监一样把外卖排成一排，放在蒋老师面前，不敢擅自跪安，垂头丧气地戳在一边，等着挨一通训斥。半个小时以后，蒋博把速写本和录音笔都放下，把素描本推给江晓媛，一言不发地吃饭。

江晓媛心惊胆战地接过来，把蒋老师增补的方案从头到尾阅览了一遍，她得承认，他是真认真，很多东西她是想得到的，只是当时走神没往上写。

蒋博不知道是饿了多久，三两口解决了一顿饭，吃完一抹嘴，敲了敲桌子："拿走吧，顺便给我倒杯水。"

江晓媛默默收拾了桌子，给他倒了杯水。

蒋博："今天这事我就先不追究你，你现在心里都是预选赛吧？怎么，觉得预选赛这个选拔法让你失望了？"

江晓媛自觉不是什么愤世嫉俗的人，也是知道人情世故的，可她心里忽然有点过不去这道坎儿。一个人，披星戴月地努力，连自己都能感动，在组委会面前就是毫无意义的吗？别人只凭着关系和门路，就能轻易把那些呕心沥血拒之门外吗？

因此她一时没吭声。

蒋博："你的失望一分钱也不值，赶紧收一收吧，没人买账——等有一天你的大名出现在大赛组委会高官席位上，再谈你看得惯看不惯吧。现在？呵呵。"

这天，蒋博居然没有吼也没有骂，只是一声"呵呵"冷笑就放过了她，江晓媛却更心塞了，感觉还不如挨一通咆哮来得舒服。

蒋太后微微一抬下巴："下去吧，滚去干活儿。"

江晓媛收拾了她的素描本，贴着墙走了。

第六章　涅槃

_261

接下来的三天，江晓媛开始做她的预选赛方案，做完要给蒋太后过目，他点头了才能定稿。不料那蒋博活像到了更年期一样，处处跟她为难。

第一份方案——

"你这个美甲叫'春日新娘'？谁的新娘？蜘蛛精要嫁黑山老妖吧？拿回去重做！美甲是搭配，搭不好不如不做！"

江晓媛依言在第二份方案里把美甲去掉了，然而蒋博又说了："你让新娘伸着光秃秃的一双手去迎接春暖花开吗？重做！"

第三份方案——

"不行，脑袋上太烦琐了，你是要在她头上放一副凤冠霞帔吗？还有颜色做得太重了，跟冥婚似的。"

第四份——

"寡淡无味，让人看完以后毫无印象，你是不是觉得只要是'白'就唯美了？你白得过墙皮和卫生纸吗？"

第五份方案出来的时候，已经是第三天傍晚了，蒋博已经准备下班走了，江晓媛才把方案赶完，她一路小跑地追到门口："蒋老师……"

蒋博一只脚踏在门槛上，闻言漫不经心地回头扫了一眼，这回连点评都省了，他简略地评价："什么玩意儿！"

江晓媛受了他几天的折磨，离疯不远了，当下赌气回嘴："这玩意儿交上去搞不好都没人看的，是你自己说的！"

蒋博听了原地站定，冷冷地看了看她："没人看你就能随便做了吗？"

江晓媛："……"

她心里其实不是那么想的，连私活儿都做得呕心沥血，反复修改，怎么会不把比赛当回事呢？她只是改得心浮气躁，一时激愤说了气话。

蒋博："你做一件事，成与不成还能以观后效，但是作品不行，一旦拿出来给人看，你的水平高低在别人眼里就这么定性了，你要是觉得个人形象无所谓，做成这副样子也随你。我让你三天之内拿出一个方案来，现在已经延期了，明天再不行，你也不用出去给我丢人了！"

说完，他连一声提示也没有，关上门转身走了。

偌大的一个复式工作室，又剩下江晓媛一个人。

她工作在这里，也生活在这里，久而久之就有种错觉，好像她的生命都被局限在这小小的空间里。

江晓媛抱着她的方案往后挪动了几步,一屁股坐在了地上。

审美这种事是很难说的,青菜萝卜各有所爱,你觉得美,别人不一定这么认为,不像练体育的,有一套固定的成绩测量方式,更高更快就是更好。新娘妆面江晓媛做过了无数套,对着方案看得久了,她几乎觉得自己已经不认识"新娘"俩字了,到底应该往哪个方向改,她完全没有头绪。

江晓媛伸出手指插进头发里,狠狠地攥了一把发根。

突然之间,江晓媛想:"可能我就是没什么天赋呢。"

造型师和艺术是相通的,甚至造型本身也是一种艺术,而艺术与其他事不同,其他事或许靠努力也能感动上苍,取得成就;但艺术不行,差那么一点灵感,就是差了天与地那么远,倘若"祖师爷不肯赏饭吃",那么一个"匠人"永远也不可能挨着"大师"的边。

一个人一生呕心沥血,如果只能成为一个高明的匠人,那还有什么意思?

蒋太后什么都没说,其实他说了也没用,差那么一点的东西,水平不到,就是领悟不到,江晓媛永远也不知道通过蒋博的视线看见的那点差距到底是什么,她和蒋博中间好像有条天堑一样。

这让她无比沮丧,大脑如同一辆怎么也打不着火的破汽车,几乎没办法安静下来思考什么。

人在刚开始进入某个领域的时候,是没法知道自己有没有天赋的。可是水平达到了一定程度,总会因为天赋高低而碰到瓶颈,江晓媛隐约感觉到,拼天赋的那个残酷的时刻到了。她终于完成了漫长的征程,打开了上天给她的礼盒,要是发现里面什么都没有,该有多么讽刺!

江晓媛烦躁地在屋里转了几个圈,抓起外套跑出去了。

她沿街漫无目的地走,心没着没落地吊在半空,想:"不然我就专心做婚庆美妆算了,以后光明正大地做,不用偷时间接私活儿了,辛苦一点,一个月平均收入六七千是有的,赶上每年五、十月份的婚庆旺季,上万也不是没有可能,普通化妆师收入高的也就这样了,还不知足吗?"

反正管她和奶奶在这个城市里生活是绰绰有余的。

这么一想,她面前陡然一马平川起来,肉眼可见的坎坷与焦虑一瞬间全离她远去了,她一眼能望到生命的底部。

第六章　涅槃

江晓媛一抬头，才发现自己不知什么时候走到了她工作过的美发店。

此时晚间焦点访谈已经快播完了，美发店里人依然不见少，江晓媛鬼使神差地走了进去，门口前台顺口招呼："欢迎光临……哎呀！是晓媛老师！"

还是当年美发店里那种实习生也叫"老师"的特别羞耻的称呼，江晓媛已经听不习惯了，忍不住有点尴尬地干咳了一声："呃……我来……"

一个人影蹿了出来，一把抓住江晓媛的胳膊："你怎么回来了？"

江晓媛低头看着莉莉那张又圆了一圈的脸，有点不好意思地说："剪个头发，好长时间没打理了，想修个发梢。"

莉莉"哈哈"一笑："修发梢你自己不会修啊，来都来了，要不干脆做个头皮护理吧？"

基础的头皮护理是六百四十九一位，江晓媛正在创业和攒钱阶段，这种消费实在不符合她的自我定位，刚要推辞，莉莉说："四十九……收你五十块钱吧，连护理再修理都给你做了！"

江晓媛："……咱们店快倒闭了吧？"

莉莉："内部员工价，不扯那些虚的。"

江晓媛一听，有便宜不占王八蛋，顿时屁颠儿屁颠儿地跟着进去了。

她前二十来年都是以VIP客户的身份进出美发店，只工作了大半年，如今时隔一年，回归顾客身份，反而有些不习惯了……价格也有些不习惯。

陈老板不在——自从老婆怀孕，他就开始无心工作了，一天到晚围着老婆转。店里的员工们纷纷出来和江晓媛打招呼，连小K都冲她挥了挥手，海伦也破天荒地对她笑了一下，说了一句"以后多来"。

她们当年掐得乌眼鸡一样，突然之间，仿佛自然而然地泯恩仇了。

江晓媛把一头长发交给莉莉，躺在洗头台上，听见莉莉问："水温怎么样？这手劲儿行吗？"

她顿时想起陈老板教她用热爱祖国的热情来热爱顾客的那一段，突然笑得不行。

莉莉："……够了，你配合一点。"

给熟人洗头发当然尽心尽力，莉莉的按摩手法仿佛是比当年娴熟了不少，江晓媛问她："你打算什么时候升高级技师？"

莉莉顿了一下："高级技师得自费培训，再说吧。"

江晓媛："培训一下不是挺好的？成本一两年就赚回来了，学到了技术永远是自己的。"

"干一天是一天吧，谁知道我还能干几年？"莉莉漫不经心地说，"家里年前催我回去相亲找对象呢，我好不容易才攒了这点钱，培训用光了，回来涨不了两天半的工资，我又辞职回老家了……何必呢？"

江晓媛默然无语。

"我没有你那么大本事，将来不可能在城里扎根，总要回去的，早点回去还能趁年轻找个好对象。真羡慕你，"莉莉停顿了一下，继而又说，"太羡慕你了。"

江晓媛想起前一阵子还跟蒋博说过的"自由论"，如今又是这个状态，顿时有点脸疼，讪笑了一句："都是瞎混。"

莉莉摇摇头，信誓旦旦地说："你以后肯定会赚大钱的。"

江晓媛啼笑皆非，她想起曾经莉莉对高级化妆师收入水平的向往，大概知道她嘴里的"赚大钱"是什么概念，按照莉莉的标准，江晓媛虽然眼下被工作室拖着未能达到这个收入标准，可真想要，也不是无能为力。

她忽然之间恍然，原来她在别人眼里，已经走得这么远了。

做了一次头皮护理，整个人凝滞的状态和收紧的太阳穴都好像得到了舒缓，松快了很多。江晓媛沿街缓缓地走回去，一抬头，正好看见祁连给她买过衣服的店。她溜达进去一看，被整个店里灿烂的少女风格晃得眼晕，翻了翻价码牌，居然还不便宜，她投给莫名其妙的店员一个鄙视的眼神，背着手走了。

夜风已经有些凉了，江晓媛想："去年这个时候，我在干什么呢？"

她浮躁的心突然沉了下来，因为这样回头去看自己走过的路，她发现那里远得她自己都不敢想象。一回头，好像身后跟着一个硕大的奇迹，亦步亦趋地如影随形。

一个人走过了这样的路，有没有天分很重要吗？

"春日新娘"必须要是清新的，一定没有那么多花哨的小心机，带着几分天真的冲动。

又绝不能寡淡，因为心里充盈着跳跃的感情……是什么样的感情呢？

江晓媛脚步慢了下来，漫无目的地在她生平所见所闻中翻找类似的基调，随即，她鼻尖好像忽然萦绕起一股若有若无的米醋味……像是一碗煮得口味十分一般的面。

江晓媛出神地回忆了片刻，忽然想："一提起'春天'就是草木青青，我为

第六章 涅槃

什么不能试试暖色调呢？"

江晓媛突然跑到马路对面，上蹿下跳地打了一辆车："师傅，去'伯爵'，快点，我有急事！"

司机师傅听了，一脚踩进了油门里，车子"嗡"一声蹿了出去，江晓媛快被蠢蠢欲动的念头撑炸了，连这一点路都不能等，她翻遍了全身，从裤兜里翻出半包餐巾纸，又跟司机师傅借了一根笔，心无旁骛地在上面写写画画起来。

要温暖而灿烂，不能有一点含蓄的灿烂，要毫无阴霾，跃跃欲试。

但灿烂与炽热是不同的，灿烂是一定要带着一点天真，不能烦琐，要简洁而凛冽。

江晓媛飞快地在皱巴巴的餐巾纸上留下了"凛冽"两个字，中性笔的墨汁飞快地在白纸上晕开，她顺手在晕墨的地方补了两笔，勾勒了一朵花。

对了，"春日"怎么会只有甜美呢？

要从漫长的冬天里苏醒，必须要含着点燃世界的力量才行，要无所畏惧、横冲直撞，但又不能没有保留——因为盛极必衰，芳菲尽头，就由春转夏了。

所谓"灵感"，其实就是水里的气泡。

当人浮在水面上的时候，必须要等风浪来时，才能看见浪花上漂起来的白色气泡，而它们稍纵即逝，可能来不及捕捉就碎了。只有一头扎进水里，才能在搅动的液体中触碰到那些大大小小的泡泡。

这种时候，身在其中的人仿佛随便捞一把，就能凑出一幅熠熠生辉的作品，然而是在此止步，还是无视这些爆发的灵感继续往更深的地方潜下去，就成了一个更艰难的选择。有时候并不是人不想做出努力，而是要放弃充盈在脑子里的无数念头，是十分苛刻而残忍的。江晓媛毫不犹豫地选择了后者，反正蒋老师已经枪毙了她无数版的方案，她已经心疼得麻木了。

思绪从漂浮到深入，舍弃第一把抓住的灵感，继续深入，把自己有生以来的阅历穿成一线——每次从一个主题下潜到无从深入时，再一把抓住最深的东西，就是最后的答案。

当她耗尽肺里最后一口空气，就像再一次地征服了自己。

至于征服了自己的东西能不能征服别人，那已经不再是江晓媛需要考虑的了。

因为她哪怕榨干血肉，也无法做出更好的东西了。

江晓媛一整晚做了不知多少份方案，做完出去倒一杯咖啡，喝完回来就开始删改，两遍删改之后最开始在出租车上做的初稿俨然已经面目全非，等于是从头再来。

等她觉得灯光有点不对劲儿的时候，才在无比的亢奋与缺氧中发现，天好像已经亮了。

一夜过去了。

江晓媛最后把自己的方案定稿整理了一遍后，忽然觉得整个人像是被掏空了一样，她原地坐了几秒钟，游魂一样地上了楼。

蒋博慢腾腾地吃完早饭来到工作室的时候，已经快十点了，他一进屋就闻到了一股浓郁的咖啡味，好像办公室的咖啡壶倒了没人扶。江晓媛不在，工作室里静谧得没有半个人影，桌子上只有一大堆乱七八糟的纸张，电脑也没关，还在那里一闪一闪的。

蒋博一愣，心说："她不会真做了一宿吧？"

他走过去，把桌上和地上的纸收拢成一团，默默地翻看起来。

在专业方面上，江晓媛总觉得"太后心，海底针"，她永远不知道怎么才能达到蒋博的要求，总在战战兢兢，每次挨训都不知道自己差在哪儿。幸亏她把能倒的霉都倒过了，心志颇为坚定，不然每天这样提心吊胆，早该对蒋太后有心理障碍了。

其实她不知道，在蒋博看来，江晓媛从不让人失望，这一点简直有些不可思议。

只是他不希望她太得意，所以从未表露出来。

忽然，蒋博的电话响了，他往楼上看了一眼，转身走进一楼的休息室，回手带好门才接起来："喂？"

电话那边的朋友飞快地说："蒋老师，这回我可能真的没办法了，预选赛这个事……你懂的，都是组委会说了算的，有人提前打了招呼，说你只要是报名参加，你的名字绝对不能出现在复选名单上，他们也很为难，你看看有没有别的办法？比如用艺名，用个假名什么的可不可以？"

蒋博听了这话，似乎并没有太意外，只是叹了口气："你知道什么叫'实名制'报名吗？"

电话两头都沉默了下来。

过了一会儿，蒋博说："要真没办法，你就不用管我了，有个人叫'江晓媛'，是我们工作室的，到时候你替我留意一下，保证把她的作品呈递上去就行

第六章　涅槃

了,都一样的。"

对方问:"谁?你徒弟吗?"

蒋博犹豫了一下,回答:"差不多吧。"

朋友说:"这个我倒是可以试试,不过你妈知道你们工作室有这么个人吗?我跟你说,弄不好你们工作室可能就被拉进黑名单了……你说你也是,好端端的,干吗跟家里对着干?非要开个破工作室,现在闹成这样,你吃饱了撑的吧?"

蒋博硬邦邦地说:"那不是我的家,她也不是我妈。"

不知内情的朋友叹了口气:"我是不知道你们家有什么矛盾,但你总归是她养大的,这件事传出去,你不占理。"

蒋博沉默。

朋友又说:"要是实在不行,我劝你们去别的赛区试一试,反正基层预选都是一样,不一定非要在这里的——这次大赛全国总决赛的嘉宾名单你看过了吗?前十年没有这样的阵容,真要是能在总决赛上露个脸,压根儿不需要拿奖,以后直接风光无限,闹矛盾是闹矛盾,不能因为家事耽误前程啊。"

人家怎么会知道他的难处呢,只会苦口婆心地劝他把"家事"料理好。

蒋博无从解释,只好敷衍应付了一句:"好,谢谢。"

就在他想挂电话的时候,对方忽然说了一句:"你的才华我是知道的,荒废了太可惜了。"

一句话说得蒋博喉咙好像哽住了,他艰难地和朋友告别,挂断了电话。

周遭风雨如晦时,突然有人说一句"你的才华我是知道的",纵然知道人家是带着几分恭维的客气话,听起来也窝心得不行。

好像只要有这么一句话,千般寂寞万般孤独,就全都迎刃而解了。

蒋博独自走到休息室的大落地窗前,美丽的深秋上午,楼下正车水马龙,阳光大好,透过干净的玻璃与轻薄的白纱窗帘打进屋里。他当初选择工作室的条件就是"高层",因为站在高处的时候他有种登高远眺、坐看天下的错觉,很多成功人士都有这种偏好。

可是现在,二十一层的高度已经无法带给他任何刺激了。

蒋老师每天早晨九点多才来工作室,有时候稍微晃一圈,没到中午就走了,要么干脆一整天不见踪影,他好像除了吩咐别人干活儿,就是挑剔别人干的活儿,这老板做得终年无所事事,与江晓媛那恨不能一人分八瓣的忙碌对比鲜明。

脱 轨

但其实蒋博承受的压力远比看起来的大。

他面色平静，实际揣着一肚子焦头烂额——范筱筱说到做到，铁了心地要让他后悔，几乎封死了他所有的退路，几个大客户都跟他切断了联系，连长期合作的一些小艺术团、影视公司都不再与他续约。前一阵子他通过一个私交不错的客户得知，有人散布谣言说他有乙肝，还有说他灰指甲——蒋老师偶尔会在自己手上试美甲效果，手上有时会有几个指甲上涂东西——那谣言说他涂指甲油就是为了遮盖坏了的指甲。

蒋博听说这事以后第一时间把指甲洗干净了，可他能亮出两只手，总不可能把肝也剖出来给人鉴定吧？

造型师打理妆容发型，都是需要皮肤接触的，很多化妆师又会自带彩妆用品，真有病，纵然根本不会通过接触传染，客人们还是会避开——蒋博在业内有名气，可他主要还是依靠长期合作的大客户，翅膀没有硬到那种地步。

他心里明白，范筱筱这是要毁了他。

但他还能怎么办？状告别人诽谤吗？谣言又没有源头，他没有财力也没有精力去追究。

那么拿着体检报告向别人证明他没病吗？

这年头人民币都能随便造假，一纸体检报告能说明什么呢？医院的章随便拿根胡萝卜都能刻一个，拿出去也没人会相信，反而要说他做贼心虚、欲盖弥彰。

这种情况下，或许唯一理智的选择就是换个地方重新开始。但是"换地方"好比"离婚"，都属于说的时候上嘴唇一碰下嘴唇，真正做起来，各种阻力和麻烦就都来了。

首先，这么长时间的惨淡经营，为了维系客户，蒋博把价格一降再降，工作室利润已经十分微薄，他手上的资金实在是捉襟见肘。

二来，蒋博以前在外地的资源基本来源于他的大客户，小客户的那点资源根本支撑不起一个工作室的运转，在本地他尚且还有一些门路，到了外地，必然是两眼一抹黑，恐怕没有人从中作梗，他也没能力让涅槃工作室的报名表通过预选赛的人情关。

何况……预选赛已经迫在眉睫，这个时候考虑换地方已经来不及了。

蒋博摸出一根烟，夹在手指中间，好像夹着一根绷紧的弦，稍微松一松，就能溜到醉生梦死中。可是他盯着自己苍白的手，眉头紧锁片刻，最后还是悄无声

第六章　涅槃

息地把烟放了回去，蒋博想，他自己怎么样都无所谓，可是既然已经把江晓媛拉到了贼船上，怎么能把她坑在这里？

还是得想办法。

在二楼睡得昏天黑地的江晓媛恐怕不知道，她已经成了蒋老师的一条主心骨。

蒋博其实根本就没打算参加这个造型师大赛，连名也没报，他知道范筱筱那里正在不错眼珠地盯着他，等着对他赶尽杀绝，只好暂避锋芒，但是他不能让江晓媛和涅槃工作室错过这次机会。

这些天，蒋博把所有他想得到的门路都走了一遍，现在看来恐怕都不保险。

他拿起了电话又放下，把手机在掌中翻来覆去地转了几圈，终于翻开了通信录，找到了一个没有播过的号码——祁连。

江晓媛说给工作室拉投资人的话是开玩笑的，但祁连这个准投资人却不是开玩笑的，他后来避开江晓媛，私下联系过蒋博，还给他留了一个以待后续联系的号码。

蒋博打听过祁连是什么来路，只知道祁家早年在本地发家，但现在家里的生意基本已经挪到了外地，父母也没和他一起住，常年在国外，但不知道这个祁连是出于什么原因留下的，也不知道江晓媛究竟是怎么认识他的。

蒋博摸不清深浅，一直没有联系过，但如今已经是山穷水尽，不得已了。他拨通了祁连的电话。十分钟以后，蒋博挂电话穿外套，匆匆要出门，临走又转回来，在江晓媛的方案定稿上做了几个简单修改，在旁边留了个龙飞凤舞的便条："已阅，差强人意，可以凑合做。"

江晓媛一觉睡到了下午，脑子里还被大块大块的色块糊着，连滚带爬地下了楼，迎面被蒋老师的留言打击得体无完肤。

一宿没合眼，就得了个"差强人意"，想必还是擦着及格线的边勉强通过的。

不过她很快放平了心态——过了总比再被打回去一次强，从蒋老师这个事儿妈手上及格可真不容易。

江晓媛对工作室的困境和大赛的种种潜规则一无所知，专心致志地扑在自己小小的工作室里，打了鸡血似的联络客户，精益求精地一边工作一边准备作品。

预选赛很快开始了，每个报名的人被要求到现场参加一个几分钟的面试，神龙见首不见尾了好几天的蒋老师好像终于想起了这茬儿，特意跑回来，对江晓媛的穿衣着装品头论足一番，挑了她一箩筐的毛病。

江晓媛烦得不行："你有完没完？像我这种有身材有脸蛋的漂亮大姑娘，穿个麻袋片出去都能引领时尚新潮流，懂吗？"

蒋博再一次认识到了"脸大的真谛"，好好开了回眼："……快滚吧，求你了。"

江晓媛诧异地问："你不去吗？"

她既不想坐公交车也舍不得打车，本来打算得好好的，跟着蒋老师蹭车去，不料他居然没有同行的意思。

蒋博反问："我干什么去？"

江晓媛："等等……你不会告诉我，你压根儿没报名吧？"

"我当然没报名，"蒋博一转身，衣服下摆在空中画了一道潇洒的弧线，他仰面坐在工作室的转椅上，怡然自得地跷起二郎腿，丢给江晓媛一个拽得二五八万似的表情，"所谓'造型师大赛'，就是专门操练你们这些造型师——而不是造型师老板的，懂吗？下次别问这种蠢问题了，乖，宝贝，快去吧，胆敢被刷下去，你就自己在楼下找根皮筋吊死，不用回来了。"

江晓媛："……"

"对了，"蒋博把笔尖在手里转了一圈，"等你回来，我要告诉你一个大消息，到时候你得坐稳了，千万别吓着。"

直到江晓媛坐进预选赛的备考大厅里，依然是蒙圈状态。江晓媛想："听蒋博的意思，难道他以后都不准备亲自操刀了？难道他打算专注搞外联、找客户，全心全意地当老板，只关心商业运作，不干造型师了？"

一般人这样做，江晓媛可以理解，可那是吹毛求疵的蒋老师啊！

蒋老师为人寡淡孤僻，对家庭生活全无热情，唯一的真爱就是造型师事业，区区一个"小老板"，就能让他放弃真爱吗？何况当这个老板一点意思也没有，手里小兵只有江晓媛一个，非但不服管教，还整天和他吵架。

就在她陷在这些乱七八糟的念头里无法自拔的时候，江晓媛的号码被点到了。

"35号，35号江晓媛，35号没来吗？"

江晓媛连忙站起来："来了，在！"

叫号的工作人员挑剔地扫了她一眼，不满地说："预选赛还走神，你不是诚心想参加吧？还不进来！"

没进门先碰个钉子，真是出师不利，江晓媛预感这回的面试恐怕好不了，心里不由自主地生出一点紧张。

第六章　涅槃

听说地区预选赛要分三轮，这回的面试才只是第一轮，要刷掉四分之三的选手，接着是笔试，再刷掉剩下的一半，最后进入第三轮，选手才会被要求现场限时做一个造型，决出五个优胜者，呈至全国大赛。

预选赛的面试地点是一间大阶梯教室，讲台上有电脑和投影仪，选手的视频片段和参赛作品都在那里播放，偌大的一个教室里，只有四个评委，个个顶着一张萎靡不振的脸。江晓媛目光一扫，只见这四个评委，一个在玩手机，一个在发呆，一个无所事事地张开嘴，对着她打了个大哈欠，还有一个在专心致志地织毛衣！

她原本有些紧张的心情忽然就松懈了，感觉对着这么四个人紧张有点掉价。

按照程序，江晓媛先播了自己的视频片段，才放了不到两分钟，几个评委就交头接耳地小声聊起天来，四双眼睛没有一双放在大屏幕上。接着应该是江晓媛讲解她的造型方案环节。

江晓媛正准备就她的方案构想展开一段精心准备的长篇大论，不料她刚站上去，还没来得及开口，织毛衣的那位就打断了她："咱们时间有限，选手中间这些都不用说了，直接让我们看最终效果吧。"

江晓媛："……"

"看效果就看效果，震死你们，准备膜拜吧，凡人们！"她想着，一把将进度条拖到底，满心凶狠地展示了她整个造型的最终效果。

"这个就是最终效果——正面、背面、侧面还有细节图，请诸位老师点评。"江晓媛故作淡定地说。

可是她期待中惊艳四座的情况并没有发生——那"四座"中的两座都只是不咸不淡地瞟了一眼，无动于衷地继续织毛衣玩手机；另外两座稍微专业了一点，反响平平地交头接耳了片刻。

其中一个对江晓媛说："好了，你可以关上了，依照程序，现在有几个问题需要你回答。"

别说欣赏了，连句点评也没有。江晓媛心里几乎被失落淹满了。评委却一点也不顾及她的想法，无动于衷地继续推进着程序。

评委："谈谈你为什么想当个造型师。"

江晓媛勉强定了定神："我从小就……"

评委冷酷地打断她："选手注意时间，回答请尽可能简短。"

江晓媛："……喜欢造型师行业。"

评委："没了？"

江晓媛点点头，心想："你不是让我简短的吗？"

对这个乏善可陈的答案，评委可有可无地点了点头，例行公事地接着问："请选手尽可能简短地向我们介绍你最成功的作品。"

江晓媛："我到目前为止最成功的作品刚才展示给您看了。"

说完，她觉得自己的语气里可能带出一点怨气来，不太好，于是又补了一句："未来还有更好的，希望还能有机会给各位老师展示。"

织毛衣的终于抬起头看了她一眼，笑了笑，接过了话茬儿："有自信就好，相信有那么一天——谈谈你未来的职业规划吧，想成为一个什么样的造型师？"

江晓媛沉默了片刻，一瞬间有点不知该从何说起。

她热爱过油画，热爱过雕塑，热爱过摄影，热爱了半天也没爱出什么名堂来，反而在花钱败家上造诣颇深。她很想说"我要为艺术而献身"，可惜艺术不一定看得上她的身。她也很想说"我要让我的名字铭刻在造型师的历史上，要打造亚洲最好的造型工作室"，可是听起来又有点像胡吹的陈词滥调，想必来参加比赛的，十个有九个已经不知天高地厚地这么吹过了。

可能是她停顿的时间有点久，最开始问话的评委抬手看了一眼表，开口对门口的工作人员说："叫下一个选手进来吧。"

"我想把我看得见的美都留住。"江晓媛忽然说。

评委看了她一眼，江晓媛丝毫不退缩地与她对视："我想成为顶尖的造型师，但是也许差那么一点能力，也许差那么一点运气，最后结果也由不得我；我想打造亚洲最好的工作室，但是市场不见得承认我的努力，我只能是每次都尽全力，每次都把我所有的最好的东西呈现出来，不见得特别能打动别人，但是至少能打动自己。"

织毛衣的评委在穿针引线的百忙之中开口说了句人话："你的作品不错，我今天面试了几十个人，就对你这个印象最深。"

这是本次失败的面试全过程中，江晓媛听到的唯一一句有点熨帖的话，可惜她还没来得及感动，那位就忙着数针脚去了，已经轻描淡写地将她的材料扔到一边，不理会她了。门口的工作人员说："好，你可以走了，叫下一位。"

江晓媛把感谢老师的话咽了回去，默默收拾了自己的U盘走出去。

从她站的地方到门口，有七八步的距离，她每走一步，就告诫自己一次"别

第六章　涅槃

太把自己当回事"，这样连续说了七八遍，她那颗意难平的心终于被活生生地压制了下去。

江晓媛一走出门，就有后续的选手跑过来问："怎么样怎么样？"

而她一愣之后，也无师自通地露出了一个玩世不恭的微笑，回答说："还能怎么样，就那样呗，面试水得滴汤，只是随便走个过场，还是赶紧找人内定个通过名额吧。"

有谣言说，"认真的男人/女人最迷人"，如果是真的，为什么还是有那么多人每天吊儿郎当、一副游戏人间的样子呢？

如果不是自黑有瘾，那大概就是因为在面对一些事的时候，认真的人太容易尴尬了。为了不尴尬，大家只好默契地装成满不在乎的样子，希望装着装着就能刀枪不入了。

就在江晓媛离开面试大厅、顺着楼道往外走去的时候，她的脚步突然停了一下——她在靠近报到处的地方看见了一个熟人。范女士正和一个带着预选赛组委会袖章的人站在门口，熟稔地谈笑风生。

江晓媛本就悬空的心忽悠一下踩空了，重重地落到肚子里，砸得她五脏六腑都跟着翻滚起来。

范女士仿佛感觉到有人在注视她，一偏头就看见了走廊那一头的江晓媛，她意味深长地笑了起来，主动打了招呼："哟，小姑娘，原来是你代表你们工作室来参加比赛啊？"

江晓媛还没有修炼出天高海深的城府，一时间不知道该以什么表情面对。

范女士就对旁边组委会的人说："看看，现在的小姑娘，真是了不起，这么年轻就代表工作室参加比赛了，她家老板真是放心——怎么样，江小姐，你有信心吗？"

江晓媛很想游刃有余地笑一下，但她笑不出。

范女士眼睛里勾着两弯意味深长，一脸春风地说："预选赛报名的人真多，竞争是很激烈的，不过没关系的，重在参与嘛，参加一次也能学到不少东西，是不是？"

江晓媛当然听懂了她的言外之意，耳畔一时嗡嗡作响，她再也无法待下去了，逃也似的离开了承办预选赛的学校大楼，一口气跑出了几百米远，感觉范女士那毒蛇一样的视线依然黏糊糊地如影随形，挥之不去。

江晓媛一把将她精心准备的纸质材料都塞进了路边的垃圾箱，又在U盘也跟着掉下去的一瞬间回过神来，慌忙试图伸手挽救。

可惜她天生没有体育细胞，不孚众望地捞了个空。

她在深秋的寒风凛冽中，欲哭无泪地同垃圾箱面面相觑了片刻，终于还是咬咬牙，脱下外套，挽起袖子，把垃圾箱放倒，探头往里看了一眼——谢天谢地，幸好垃圾刚刚被收过，袋子里还算干净。

江晓媛从路边寻摸了两根长长的树枝，像用火筷子一样笨拙地伸进去，失败了十来次后，把U盘成功夹了出来。

她隔着一张餐巾纸，把U盘包好塞进兜里，突然对蒋博为什么没有参加比赛恍然大悟。他大概早就预料到了结果，知道范筱筱肯定打好了招呼，无论如何也不会让他崭露头角的。只是他大概没想到，范筱筱为了把他们赶尽杀绝，居然亲自莅临初试现场，就为了不让她当漏网之鱼。

江晓媛想起工作室一降再降的价目表，后知后觉地发现，蒋老师原来不显山不露水地承担了那么大的压力。一瞬间，沮丧与愧疚交织成了一道巨大的洪流，冲得她坐立难安，恨不能找个地方大哭一场。

这时，一辆眼熟的车忽然贴着路边停下，车窗落下，祁连探出头来："我来这边办点事，正好听人说今天你们比赛面试，怎么样？"

江晓媛："……"

这种分外倒霉的时候，她最不想见到的人中无疑就有祁连。江晓媛简直不敢想象她在祁连心里是个什么形象——是不是一个从出生开始就没顺心过的倒霉蛋？

可是人已经到了眼前，她也不能装作没看见直接转身走。江晓媛默默地深吸一口气，用一个转身的时间，拼命把心情收拾干净了。

"是你啊，看来今天我又能蹭车了？"她故意大大咧咧地说，"比赛就是闹着玩的，那么多大牛，我算哪根葱？"

祁连打量着她的表情，不由得皱了皱眉："上来。"

江晓媛突然之间长了某种本领，她能根据场景屏蔽自己的情绪——做"春日新娘"那套方案的时候，她心里一直惦记着祁连那碗酸溜溜的面，以及那天温暖而蹩脚的厨房里一点暗流涌动的暧昧。她本以为再见祁连会有些尴尬，可是此时，那些尴尬、暧昧已经连同失落和愤懑一起，全被她团成一团努力忽略了。

她整个人麻木得百毒不侵。

第六章　涅槃

上了车，祁连问："怎么，是面试有什么问题吗？"

江晓媛简短地否认："没有。"

祁连刚要说话，江晓媛余光瞥见，不着痕迹地截口打断他："前面书报亭给我停一下，我要买本杂志。"

她买了一本时尚杂志，好像抱住了一本绝世挡箭牌，坐在副驾驶上就漫不经心地翻了起来，不时随口贬损一下各大品牌的设计师，弄得祁连一句话也插不上。

他眉头越皱越紧，终于在江晓媛点评某品牌新出的手包充满了小学生裁纸课的童趣时，不客气地直接插话说："别东拉西扯，跟我说说面试的事。"

"有什么好说的，你又不懂。"江晓媛面不改色，"就是看了看作品，问一些常规问题，走过场一样。说实话，这种规格的比赛，蒋老师出马还差不多，我吗？我连高化资格都还没考下来，真得了什么名次，岂不是不合理？"

祁连沉默了一会儿："等会儿能给我看看你的作品吗？"

江晓媛斜了一眼——祁连像大多数普通男人一样，除了黑白灰就是卡其色，一年到头换不换衣服压根儿没人看得出来。

"你能看出什么？"江晓媛问，"凯蒂猫和蝴蝶结吗？"

祁连无言以对，对他们这个圈子里的事，他确实一窍不通。过了一会儿，他说："你情绪不太对，好像不高兴，到底是因为什么？"

江晓媛："我都忙成狗了，有什么特别值得高兴的？哎，我到了，今天谢谢了。"

说完，没等车停稳当，江晓媛就冷漠而急切地下了车，把祁连所有的关心都隔绝在了身后。她一点也不想和祁连分享她的糟心事，就好像一点也不想素颜出门面对心上人一样。

江晓媛回了工作室，蒋博依然不在，也不知道早晨声称要宣布的消息是什么。

她就把桌上的客户资料和工作都丢在一边，自作主张地给自己放了半天假，把曾经被她丢在垃圾箱里的U盘清理干净，登上了涅槃工作室的营销号，将她那无人喝彩的参赛作品简单编辑了一下，发了上去。

这种时候，网络居然比现实更有人情味，这些日子以来她陆续积攒的粉丝先后跳出来回复了她。

有一个粉丝问："小涅槃得奖了吗？"

江晓媛回复："可能要被刷了。"

这话一出，粉丝们在下面排了一排"他们瞎""什么狗屁预选赛""组委会肯定有潜规则"，等等，好生替她义愤填膺了一回，江晓嫒郁结的心情总算缓和了一些。

傍晚时分，蒋博回来了。

江晓嫒以为他至少会问一句结果，但是蒋老师一个字都没说，想必是从什么渠道听说范筱筱出现在了现场，心里已经有数了。

江晓嫒："早晨你要跟我说什么事？"

蒋太后："你那指甲油颜色调得太寒碜了，赶紧洗了。"

江晓嫒对天翻了个白眼，打算和他理论一二，蒋博却没容她开口，继续说："这是第一件事，还有一件事——我找到了一个投资人，打算借投资人的力量，把工作室搬走，你觉得怎么样？"

江晓嫒第一反应是："投资人？哪儿来的冤大头？无缘无故地为什么要给我们投资？"

蒋博："你会说人话吗？"

江晓嫒快抓狂了，因为蒋博这"工作室搬家"的决定做得比"明早吃鸡蛋灌饼"还要草率几分。她连忙追问："搬去哪儿？"

"首都，我就不信谁的手能伸那么长，"蒋博说，"反正你就不用管了，活儿干好了，明年春天把证考下来，没事多学点东西，以后别砸我的招牌。"

江晓嫒冷冷地说："咱这半死不活的工作室也算开张了吗？哪儿来的招牌？"

"忍你很久了知道吗？"蒋博指着江晓嫒说，"小心以后我雇个专业团队，开了你这种一天到晚塞老板心的破员工——为什么不能搬家？外面的世界海阔天空，以前是没钱走不了，现在既然拉到投资了，还留在这种小地方干什么？"

江晓嫒："那现有客户资源呢？"

"打广告。"蒋博说，"网上、海报，请专业营销人员，除了核心竞争力，这都不是问题——核心竞争力就是你的技术要过硬，不能掉链子，懂不懂？"

说完，蒋太后来也匆匆去也匆匆地准备离开，江晓嫒连忙叫住他："等等！"

蒋太后回过头来，邪魅猖狂地一挑眉，示意她有屁快放。

江晓嫒吞吞吐吐地说："今天那个预选赛，我……"

"我听说了。"蒋博难得没有为她的不痛快作色，他双手插在兜里，垂下眼的一瞬间看起来有点无措，沉默了一会儿，他低声说，"我确实没想到她会做到这种地步，在这个赛区恐怕没办法了，这次让你白忙一场，对不起。"

第六章　涅槃

江晓媛说不出话来，蒋博几次跟她道歉，全都和那位范女士有关。可是他又做错了什么呢？

蒋博神色淡了一些，对她说："虽然要走，这几天的工作也不要偷懒，我过两天可能去外地看看，如果有客人来，你不要掉链子。"

江晓媛："……你还没说投资人是谁！"

蒋博假装听不见，挥挥手走了，摆明了不想告诉她。

江晓媛一个人在工作室里转了几圈，脑子里忽然浮现出一个想法——为什么祁连今天刚好在预选赛会场附近？那个所谓的投资人不会就是他吧？这么一琢磨，越想越有可能，不然还有谁这么人傻钱多，投资一个一点前途都没有的小破工作室呢？

江晓媛立刻拿出手机，编辑了一条短信，想问问祁连。可她写好了，却又迟迟没有发出去。

江晓媛游移不定地想："这样会不会显得我有点自作多情了？"

如果真是祁连，那么他这么做究竟是因为人傻钱多……还是因为她呢？

这种问题根本没法用理智来分析，江晓媛的"理智"作用有限，只会歇斯底里地冲着她的耳朵叫唤"多照照镜子，少自作多情"。

而随着时间推移，当她遇到什么困难的时候，她发现自己越来越没法对祁连开口了。江晓媛看着那条没发出去的短信，心里有点堵，在这个孤独的时空中，她百般纠结的心情居然没有一个人可以倾诉。

不过话说回来，在原来那个时空，她也没地方倾诉——她最好的朋友就是冯瑞雪，而冯瑞雪名义上是她的闺蜜，实际上扮演的角色却类似小丫鬟、小跟班，两个人的关系完全不对等，以江晓媛那该硬气的地方软弱、该软弱的地方硬气的性格，是不可能对冯瑞雪说什么心里话的。

她在人际关系中看似强势，实际软弱得很，越是喜欢对方，就越是不想透露一点弱点，恨不能把自己包装成一个睥睨天下的女王陛下。她永远也不能仰着头和别人说话，哪怕色厉内荏，也要站在台阶上。

她在这方面总是不自信。

当天傍晚，蒋博急匆匆地应付完江晓媛离开工作室，其实并没有走远，他跑到不远处的一家比较安静的餐厅，去见那个给他们投资的冤大头——祁连。

蒋博看着餐桌上明显是续过水的茶壶，有点诧异地问："等很久了？"

"一直在这儿没走，"祁连说，"请坐吧，我约你在这儿见面，主要是想问问，这回你们那个什么比赛的事，有什么我能帮忙的地方吗？"

蒋博却没有正面回答问题，他在祁连对面坐了下来，顿了顿，他绕着圈子问："像我们这样名不见经传的工作室，全国没有一万也有八千个，大多数都做黄了，我这里看起来还格外没前途，你为什么答应出这笔投资？还费心帮忙？"

祁连："因为江晓媛……"

蒋博："肯定不是因为她，她肯定没对你开过口。"

他虽然对江晓媛说得笃定非常，好像马上就要收拾行李搬家一样，但自己心里对祁连这个半路杀出来的投资人也充满了疑虑。蒋博刨根问底："而且据我了解，她只是个高中都没毕业就来城里打工的普通农村姑娘——虽然表面上看不出来——但我实在想象不出来，你这种层次的人能和她有什么交集。"

祁连低下头给自己倒了一杯寡淡的茶，沉默了一会儿笑了起来："我还是第一次看见拿钱的这么防备给钱的，你挺护着她的。"

蒋博笑了笑："我们目前是有点困难，没有困难到那种地步。"

"哪种？"祁连淡淡地反问了一句，随后他正色下来，对蒋博说，"蒋老师，你太谨慎了，我跟她早就认识，比认识你还早，大言不惭地说一句，我也比你了解她更多一点——这个世界上，真正能打动她的东西少得可怜，至少我这里是没有的。就算我居心不良，也要看人家稀罕不稀罕。我投资给你们，因为我相信她将来能给我赚回来。"

大家都爱钱，但钱是身外之物，其实不管贤愚好坏的人都不会把身外之物看得比自己还重，除非他们将这种身外之物等同于其他一些东西——比如生命、安全、尊严或是自我价值。

这大概是江晓媛唯一一个异于常人的优势了，她永远不会把这些混淆在一起。

蒋博与他对视片刻，似乎打算扒开他的眼缝，看看这番话里有几斤几两的真材实料。好半晌，他紧绷的肩膀与嘴角才微微放松了些，似乎是勉强接受了这些说辞。

祁连："你们那个预选赛是不是遇上什么麻烦了？"

蒋博轻轻地叹了口气，三言两语地说了。

预选赛一般都是以学校或者工作室为单位报名的，跟组委会关系好的组织或者学校，能多拿几个名额，蒋博现在已经从学校辞职，工作室又不成气候，他那点私人关系在范筱筱面前不堪一击，所有通往第二轮复试的路都是死的。

祁连听完，发现自己也没什么好办法，他这么多年来与造型时尚等相关行业唯一的交集，就是陈方舟这个半吊子美发店长，除此以外再不认识谁了。但他没有露出自己的为难来，一只手无意识地转着桌上的杯子，一边说："没事，回去我找找人试一下。"

蒋博："范筱筱过去虽然是靠矿山起家，但她后来做过很长时间的服装和化妆品生意，一直到现在，好多化妆造型学校都是从她那儿批发拿货的，这次预选赛组委会主席也认识她，别人不见得愿意为了个不相干的年轻人得罪她，你有把握吗？"

祁连："没有，只是试试看，不一定行——她的参赛作品能给我看一下吗？她不肯给我。"

蒋博从兜里摸出手机，在江晓媛没有察觉的时候，他居然把她的展示视频存进了手机里。

祁连颇有意味地说："你对她还真是挺上心的。"

蒋博好像听不懂他是什么意思："这个拿出去也勉强能算是我们工作室的代表作了，如果真的徒劳无功，也挺可惜的。"

祁连很快把视频拷走，结账离开。

回去以后，他把江晓媛那遭到了评委团集体怠慢的"春日新娘"从头到尾看了很多遍，祁连是个纯粹的外行，根本看不出什么子丑寅卯来，但是他却能从最终成品的模特身上感觉到一种说不出的幸福——好像每一个细节都流露出无畏的期待。

无论是在预选赛现场遭遇范筱筱，还是预选赛的黑幕，江晓媛一件都没和祁连说过，她好像一直在有意和他拉开距离，祁连忽然合上手机，认为自己不该一直等在原地了。

当天晚上，他就摸清了区域预选赛的赞助商都有谁，祁连辗转打了几个电话，才搭上了其中一个赞助商的线，当天晚上就托人引荐，拎着礼物去拜会了。这位赞助商的老婆就是预选赛的评委之一，这位评委对造型事业恐怕感情平平，对手工编织才是真爱，自打祁连进屋，她那双上下翻飞的手就没闲着。

祁连辗转说明来意，赞助商听完还没做出反应，他的评委老婆先开了口："预选赛的名额都是分给选送学校和工作室的，至于选上来的人水平高低，报送机构自己会把关，不可能差太多——否则就算过了面试关，后面的笔试和现场投

脱　轨

票也得刷，没用。"

祁连赶紧说："我这个朋友问题应该不大，要不我给您看看她的作品？"

评委无声地笑了一下，碍于面子，爱搭不理地接了过来，根本不相信外行能看出什么好坏来。她随便翻了翻，把视频拖到最后，忽然"咦"了一声："是她呀，这个小姑娘我还真有点印象。"

投资商在旁边问："你不是说一天看了上百个新娘妆，看得最后都分不清谁是谁了吗？"

评委扶了扶眼镜，说："这个我印象格外深，一来她没有罗列元素，也没有参考已有的一些经典造型，还用了少见的暖色调打底，挺标新立异，况且效果也出乎意料的好。"

祁连精神一振——有门儿。

谁知下一刻，这位评委客客气气地对他笑了一下："不过实在对不起，你现在来找我们，我也没办法的，这都什么时候了？进入笔试的名额早就内定好了，现在插队怎么来得及？"

祁连不肯死心："您看多加一个名额有希望吗？"

评委说："笔试取前三十名，通知都已经发出去了，到时候莫名其妙地多了一个，叫有心人看见，投诉预选赛组委会暗箱操作就不好了，你说呢？"

祁连无话好说。

这时，评委又一语双关地补了一句："还有，我觉得'涅槃工作室'这名字起得就不太好，听起来显得歇斯底里的，不阳光，让你的朋友下次来报名的时候尽量不要挂在这些莫名其妙的小工作室名下，要是能挂个大机构或者著名造型师学校，我这边帮她一把就容易多了。"

如果她对江晓媛的作品只是略微有点印象，怎么会那么清楚她的工作室叫什么呢？祁连不缺心眼儿，听出这位评委是什么意思了——有人对评审团打了招呼，屏蔽"涅槃工作室"的一切报名人员。

评委："我看那个小姑娘年纪也不大，让她有机会多磨炼磨炼也好，好事多磨嘛——少年成名不见得是什么好事，多沉潜两年，兴许将来前途无限呢。"

这话说得和放屁一样，机会稍纵即逝，错过了这次，下次又不知道猴年马月能再等到。但人家话点到了这份儿上，祁连也知道多说无益，告辞走了。

这件事分明与他没有任何关系，但祁连就是莫名地觉得挫败，他在赞助商家

第六章　涅槃

_281

楼下、萧瑟的秋日夜风中，站在自己的车前点了一根烟，借着路灯的微光又把江晓媛的视频从头到尾看了一遍。

不知过了多久，他眉目间的浮躁才渐渐消去了些，祁连揉了揉下巴，开始翻通信录——既然正规途径走不了，那就只好剑走偏锋。

涅槃工作室那边，蒋博打了声招呼就跑去外地考察了，看看新工作室建在哪儿合适。家里的活儿甩手掌柜似的都扔给了江晓媛。

江晓媛对预选赛的失利依然如鲠在喉，全然无心工作，更无心准备考试。那几天，她连雷打不动的营销号都没有更新，整天在工作室里游手好闲，玩游戏、看电视剧、刷论坛——甚至没事打扫卫生，总之就是不想干正事。

她一天要擦两次地，拜她这"突发性急性洁癖"所赐，地板光滑得能当镜子照。于是有一天报应来了——江晓媛游手好闲的时候脚下一滑，差点儿摔个大马趴，她本能地伸手一抓，把一个一米高的小柜子拽倒了，里面的文件夹噼里啪啦地掉出来一堆。

江晓媛："完蛋了。"

她在一本摔出来的文件袋下面看见了蒋博的字迹，由于地板刚拖过，水渍未干，纸上一下沾湿了一大片，江晓媛胆战心惊，唯恐这玩意儿是什么重要文件。

蒋博肯定会挠花她的脸的！

她连忙把文件夹转移到桌上，先用吸水餐巾纸细细擦过，仔细翻开一看，发现里面居然都是手绘。右下角有签名和日期，很多东西好像还是最近的。

从整体效果，到分解的发型、妆面、饰品等，蒋老师全都事无巨细地全部拆分勾勒，即便只是简单的手绘，依然有种直击人心的力量。

而他的主题是：春日新娘。

这一套手绘甚至不是一个单一的造型，蒋博细致地标出了"河开""乍暖""芳菲"和"暮春"四个主题，色彩也从素净到浓郁，从清新到激烈，最后用大团的花朵巧妙地营造出一种盛极而衰的氛围，好像把时光都融进了线条勾勒的褶皱里。

相比起来，江晓媛感觉自己那彻夜不眠，又是写方案，又是打印效果图，又是拍视频……还觉得能惊艳四座的方案实在是弱爆了。

连日来浑浑噩噩的江晓媛一激灵，头顶像是被浇了一盆冷水。

他明知道自己不会通过预选，甚至没有去报名，究竟是抱着什么样的心情做完了四套造型方案呢？他哪里来的灵感？怎么能想到这么美的东西？

神一定往蒋博的灵魂里塞了一个姹紫嫣红的大花园，他随意挥洒一二，都能一瞬间夺走所有人的视线。

江晓媛再也顾不上伤春悲秋了，跪着拜读了蒋老师的手稿后，把他的注释挨个儿抄在了自己的笔记本上，对比赛的耿耿于怀不翼而飞。

她愧疚地担起自己方才撂下的挑子，连滚带爬地干正事去了。

天才尚且在奔走，凡人还有什么好抱怨的？

忙到临近中午的时候，办公室电话响了，江晓媛接起来："您好，涅槃工作室，请问需要预约什么服务吗？"

电话那边是个女人，十分客气地问："你好，请问贵工作室有个叫江晓媛的造型师吗？"

"哦……我就是。"

几分钟以后，江晓媛一脸茫然地挂断电话，打开电脑上了网。

她经营的涅槃营销号为了吸引粉丝，平时会挂很多日常妆小技巧，有些粉丝看见有用的就会转到自己页面留存，@提示很多，而且大多是没内容的转发，江晓媛就把@提示和未关注人私信都关了，因此没能第一时间留意到自己莫名被轮了无数遍。

她翻出来一看，发现有人把她那天上传的参赛作品截图后做了一组照片，经过了纯熟的美化，照片上模特美得恐怕自己都不认得了，然后又将其与预选赛组委会官博陆续放出的一些初选作品做了简单粗暴的比对，后面圈了一大帮造型彩妆的大V。

长微博的题目是："落选作品与高分作品，呵呵。"

江晓媛没料到自己也有成为腥风血雨女主角的命，她瞪着眼将那条微博盯了很久，感觉自己渺小的眼眶已经装不下那许多众说纷纭了。

那位替她打抱不平的少侠有一手神出鬼没的修图技术，画面处理得又梦幻又精致，到后来，好多不相干的路人根本不知道发生了什么事，纯粹看着图好看就转发了。短短几天，"涅槃工作室"的粉丝数量几乎翻了一倍！

方才打电话来的，是一家本地媒体，本地卫视频道不可能一天到晚转播新闻联播，但是天高皇帝远的地方也没那么多国家大政方针好宣传，当地连作奸犯科的都基本是些扒窃撬锁的毛贼，三五年发生不了一起大案，电视台一天到晚闲得没事干，报的都是些三只耗子四只眼的鸡毛蒜皮。

这次造型师比赛本来关注度不高，乍一听说"黑幕"俩字，从台长到编导全都闻风而动，一拥而上地跟进。

当然，预选赛组委会发出来的那些造型作品也实在不太争气——当代造型师行业里近年来一直有这个习气，追求标新立异的心远远大于追求美的心，好好的一个新娘造型，选手们做出来可谓是群魔乱舞，仿佛不把新郎吓尿不罢休。

围观群众大多外行，才不管这些先锋派表达了些啥，寒碜就是寒碜。

此事在这天下午达到了高潮——有一位身份认证为"全国造型师大赛组委会副主席"的大V号出来了，转发了那条长微博，还留了言："持续关注。"

惊动了决赛组委会官方，这事就不好收场了，区域预选赛组织人员一边上下打点，一边在网上发声，称"初赛面试作品的入选结果还没有正式定下来，既然没有结果，怎么会有黑幕呢？有些选手真的很有水平，要对自己有信心一点，评委的严厉态度其实也是表达欣赏的方式"。

然后在这天晚上，江晓媛接到了她成功进入笔试的通知。

评委团的一位老师还亲自给她打了一通电话，把她从头到脚夸了一遍，让她在网上帮忙澄清。

如果江晓媛没有看见蒋老师珠玉在前的草稿，那么这番峰回路转大概够她沾沾自喜半年的。可是在真切体会到了那种巨大的差距之后，江晓媛再怎么厚脸皮，也不敢自我感觉良好了。她丝毫不敢得意，踏踏实实地把翘起来的尾巴踩了下去。

她想：如果她真有蒋老师的水平，替她处理照片的那位可能也就不用修图修得那么狠了。

/ 第七章 /

Chapter 7

大 赛

一

把一干人等都应付完，江晓嫒长出了一口气，拿起电话打给了祁连——不用说她也知道这是谁在背后做的，能认识那么多媒体人，处理照片的技术还那么好，还能有谁？

江晓嫒没有废话，开口直抒胸臆："预选的事，谢谢你啊。"

祁连不意外她猜得到："不用谢，巧妇难为无米之炊——他们要是真没有黑幕，谁也没法借题发挥，是不是？"

江晓嫒有点语塞，在她刚刚流落到这个世界，举目无亲时，祁连借了钱给她，解了她的燃眉之急。在她无处安身，一无所有时，是祁连介绍她去陈老板的美发店那里，给了她安身立命的支点。在她最穷困潦倒时，祁连给她买过一套冬装，虽然审美趣味不便评价，但好歹没让她冻死在那个无情的严冬里。

甚至在她刚刚改行，被蒋太后支使得团团转找不到方向时，是祁连事无巨细、几近手把手地教会了她怎么用办公软件……

"干吗对我这么好？"江晓嫒默默地想，鼻子忽然有点酸。

她半天没吭声，祁连疑惑地问："怎么了？"

江晓嫒："其实你就是蒋老师说的那个投资人吧？"

她既然这么说了，祁连也没装糊涂，一口承认："嗯，以前不是说好了吗？"

江晓嫒想："那是开玩笑的。"

祁连笑了一声："反正我知道，你肯定不会让我血本无归的。"

江晓嫒自己都没法相信自己，想做成一件事，遇到的困难远远比她预想的要多。

祁连在电话那边忽然叹了口气："快两年了，我一直想为你骄傲，可是实在没什么立场，你就不能让我骄傲得有点代入感吗？"

江晓嫒窝心得要命。

"反正我上了你们的贼船了，"祁连话锋一转，一本正经地说，"不管怎么样，以后你得对我负责。"

这一通电话还不如不打，江晓嫒挂断之后脑子里更是一团糨糊，她好像一口气灌了二两洋酒，全身的血液都被加热到临近沸点，里出外进地四处乱窜起来。

她一边用力唾弃着自己，一边无意识地在纸上乱画。

三笔两笔勾勒出了一个轮廓——江晓嫒回过神来，只见祁连的侧影跃然纸上，神韵俱佳。

等冷静得差不多了，江晓嫒才想起给蒋博通报了一声自己进入笔试的事，蒋博正在遥远的首都，奔波着忙新工作室选址的事，过了好一会儿才二五八万似的回："朕知道了。"

江晓嫒又发短信："你说笔试难吗？我会被刷下来吗？"

蒋太后火了："你要是活得不耐烦了，大可以试试。"

蒋老师有个天赋技能，不管好话坏话，他全都能用威胁的口吻表达出来，天生就是块收保护费的好材料。

所有人都在背后默默地帮她，江晓嫒一点也不敢怠慢，大刀阔斧地收起了她全身的懒散和自命不凡，空前心无旁骛地准备起她的笔试来。这期间，蒋老师不在，祁连却十分有老板的自觉，没事就到工作室晃一圈。

这货一来，江晓嫒就要分心，然而又不大舍得赶他走——祁连预选赛过程中为她解决了莫大的困难，也给她制造了莫大的困难。

好在，除了祁连以外，再没有什么能打扰她了。

江晓嫒在比赛之前就一直准备着来年的高化考试，工作中又三天两头被蒋老师训得孙子一样，基础知识其实早已经相当扎实，加上她此时一头钻进蒋老师留下的参考材料，恨不能连每个标点符号都挖出来探究一二，可想而知，结果不会太差。

江晓嫒毫无惊险地通过了笔试——十分争气地拿了满分，毫无悬念的第一名。

这一次，黑幕无论如何也黑不到她头上了。

脱 轨

而与此同时，蒋博在那边已经快刀斩乱麻地选定了工作室新地址，装修也非常省事，他打算就按着原来的模样来，预计很快就能正式开张。蒋老师心情一好，连日常找碴儿都少了很多。

"一线城市虽然竞争压力大一些，但是机会也多。"蒋博乐观地对江晓媛说，"我听说你前一阵子借着预选赛黑幕的事小红了一把？这次全国总决赛会有中央台转播的，说真的，你要是真的能打入决赛，将来工作室的营销不会难做，好好干，过来给你涨工资。"

江晓媛："涨多少？"

蒋老师："两千。"

江晓媛耳朵一下竖起来了，心说："什么？姓蒋的铁公鸡终于良心要发现了吗？"

然后蒋博又补充了一句："一年。"

江晓媛果断挂了他的电话。

她一边鼓舞一边痛苦——她拼死拼活地干私活儿攒钱，打算租个房子把奶奶接过来，都已经攒得差不多了，本想等比赛的事情一收尾，她就着手找房子搬出工作室，直接把奶奶接来。现在可好，蒋老师一句话就换了个物价和房租更贵的地方，她攒的那点钱又不够了！

江晓媛叹了口气——真是机会永远伴随着挑战。

在这样的忙碌和混乱中，预选赛终于要进入最后一关了。

通过笔试的一共还有十五个选手，最后一关总共要刷掉十个，只有五个人能代表地区参加全国总决赛。选手们要面对面地短兵相接，流程是这样的：

开场首先是本期比赛的创意主题走秀，主题已经在赛前通知选手了，模特由选手们自理。到时候现场会一边播放造型师在面试时候选送的视频选段，一边让盛装的模特们挨个儿上台走秀，现场点评打分，先直接刷掉七个分低的选手。

随后是现场即兴造型设计，由组委会提供模特，晋级的八个造型师根据模特的自身条件，在一个小时之内现场为其改头换面，这一关抽签，两两对决，八个人刷掉一半。被刷掉的四个人最后再通过一轮神秘加试，让现场观众投票，复活一个，区域五强产生，颁发证书，这五个人获得全国总决赛的资格。

走秀的"创意主题"不出意外，没有任何创意——是以"雪绒花"为意象的舞台装。即兴设计和神秘加试则没有事先通知，主要考选手的临场应变能力。

第七章 大赛

祁连由于总是赖在涅槃工作室不走，得以近距离地接触到了造型师们的幕后工作，尤其在方案设计阶段，他好生长了一番见识。

方案由江晓媛主笔，但是要给远在北京的蒋老师过目，给他发过去之后，江晓媛先给祁连看了，眼巴巴地看着他问："怎么样？"

祁连什么也看不出来，只会盲目地表达支持："好看！无懈可击。"

他言辞与神色一样真诚，江晓媛十分感动。

可她还没感动完，蒋博电话就来了。祁连就看见那两人一开始还好声好气地沟通，三分钟以后，隔着电话线吵了起来。

离一米远都听得见蒋老师的咆哮："什么叫雪绒花？你觉得只要白、薄、轻就可以了吗？那我怎么知道你表达的是雪绒花不是头皮屑？"

祁连："……"

他发现蒋博这只弱鸡也挺有才的。

江晓媛："我加了可爱元素，你瞎吗？"

蒋博："我跟你说了多少次了不要罗列元素，不要罗列元素！加一点可爱元素你就可爱了吗？不能融入整体风格的可爱根本不叫可爱，那叫'卖萌'！头皮屑也配卖萌吗？"

江晓媛愤怒地摔了电话："王八蛋！"

祁连："……"

江晓媛无暇抚慰被她吓着的祁老板，一伸手把长发抓得乱七八糟，随意往肩后一丢，一声不吭地开始着手修改她的方案。

就这样，江晓媛在祁连脑残粉似的完全外行的赞美，与蒋老师没完没了的挑刺中，冰火两重天地完成了她的主题创意展示。模特的造型效果出来才是最直观的，眉目平平的女模特一亮相，几乎有种闪瞎人眼的感觉，江晓媛不知从什么时候开始，修炼出了一双化腐朽为神奇的手。

实体效果一出来，江晓媛紧张地问祁连："怎么样？"

祁连："不拿高分简直就没天理了。"

蒋博："凑合吧，也就应付一下这种规格的比赛。"

江晓媛的心放在了肚子里。

然而计划总是赶不上变化。预选赛决赛当天，江晓媛在后台了解了由谁打分、打分规则后，心里先凉了一截。

脱　轨

现场除了四个评委组成的评委团之外，还请来了三位"特别评审嘉宾"。

很不幸，评审嘉宾里有一个冤家路窄的熟人——范筱筱。

范筱筱早早看见了江晓嫒，从包里拿出一个化妆盒子，在自己脸上扑了扑，抿抿嘴唇，远远地对江晓嫒露出一个高深莫测的微笑，随后就不再看她，矫揉造作地和旁边的评审聊了起来。

江晓嫒飞快地在心里掐算了一下整场比赛的分数分布——组委会那四位评委每人有十分，一共四十分，嘉宾三位，一共三十分，大众投票也要占三十分……原来的四位评委对江晓嫒是个什么评价，她在初试的时候心里就有数了，后来又闹出了那么多事，预选赛组委会恨不能早点把她刷下去，这四十分恐怕拿起来够呛。

嘉宾就不用说了，范筱筱为首，另外两个江晓嫒不认识，但想必都没有为了不认识的选手得罪那女人的必要，这三十分又不用指望。

只有大众投票还有点希望，可悲催的是，嘉宾有"点评权"。

大众评审大多是外行，人云亦云的时候比较多，嘉宾稍微一煽动，他们的意见当然也就跟过去了。

怪不得蒋博一定要离开这里，去外面海阔天空，憋在这种小地方，区区一个预选赛都能别住起飞的翅膀。即便用一些小手段侥幸过了第一关，后面也有足够多的拦路虎，随时能把她斩于马下。

然而无论江晓嫒心里怎么绝望，比赛还是要按时开始的，音乐过后，前台媒体的摄像镜头忙成一片，主持人已经出场报幕了。

后台备场的江晓嫒心情沉痛，无所事事地透过缝隙往外望了一眼，忽然，她看见会场的门打开了，祁连和不知什么时候赶回来的蒋博走了进来，各自随便找了个地方坐下了。大屏幕上正好播到了江晓嫒的视频，她的"雪绒花"模特款款走上前台，现场掌声雷动。

不知是不是江晓嫒的错觉，她的模特一出场亮相，那些原本高贵冷艳的媒体人员就变得格外热情，隔着台幕，她都听得见下面此起彼伏的"漂亮""漂亮"。

江晓嫒十分羡慕祁老板随时随地的好人缘儿，还真心实意地请教过他，祁连的回答是："没什么特别的，平时仗义一点，又恰好有仗义的本钱，人缘不会太差。"

这答案完全是扯淡——她以前没有本钱吗？对冯瑞雪他们哪里不仗义吗？照样混得众叛亲离的。可惜这种峥嵘往事讲出来太丢人，江晓嫒没法用自己的亲身经历反驳祁连的谬论。

她又忍不住偷偷往外看了一眼，祁连好像预料到她会探出头一样，远远地冲她比了一个大拇指。一看见他，江晓媛就觉得心情好多了，连碍眼的范女士都显得不那么让人焦躁了。

走秀展示只有二十多分钟，选手们很快被挨个儿叫上台接受嘉宾点评和评分，江晓媛是十二号，比较靠后。

她跟自己的模特一起走上去的时候，台下掌声雷动——闪闪发光的模特和高挑漂亮的年轻造型师走在一起，别提多赏心悦目了，这世道三分天注定，七分靠打拼，剩下九十分，基本都看脸，这样算来，江晓媛也能说是有得天独厚之处了。倘若她能再漂亮一个等级，从"漂亮小姑娘"进入到"美色"的境界，她就能彻底跳出凡人的活法，进入"美人"专用地图了。

可惜，佳人难得，她终究差了那么一层，还得自己拼死拼活地在俗世争取一个立足之地。

这时，一直不怎么参与点评的范筱筱从另一位嘉宾那里拿过了话筒。

"老妖婆要发大招。"江晓媛心里一沉。

主持人："看来十二号选手的人气真的很了不起，连惜字如金的范女士都要出面评价了。"

话筒轻轻响了一声，现场安静了下来。范筱筱用与她年龄气度不合的甜蜜微笑了一下："小美女的待遇就是不一样，看来十二号选手在我旁边这些媒体朋友里人气很高。"

江晓媛已经预感到她要出言不逊，做好了准备。

范筱筱："十二号选手的作品非常漂亮，也很切'雪绒花'的题，你的模特也非常会表现自己，在台上给你加了不少分，但在我看来，你在造型设计上还有一些改进的空间——"

她说话的语气不徐不疾，简直能让人听得出字里行间的中肯。作为一个神经病，她实在是太知道怎么挑动别人的神经。

范筱筱："首先一点，就是你缺乏辨识度，比如你前面那位选手，虽然妆面和整体感觉有些不协调，但是眼妆非常有特色，让人看一眼就能记住，你这位模特就显得中规中矩多了，看过以后觉得美，但仔细想来，好像没什么亮点。"

这话让外行乍一听，可能觉得非常有道理，连主持人都已经在点头了。江晓媛却简直要被气笑了，造型整体风格统一、圆融不突兀是蒋老师对她的基本要求，到了范筱筱嘴里，居然就变成"中规中矩、毫无亮点"了！

这位女士颠倒黑白的能力超凡脱俗，她与其做生意，还不如去搞传销，一定能发展出庞大的下线帝国来。

范筱筱继续说："可能大家的第一印象都是，哇，这个模特好漂亮，裙子也美，妆面也美，人更美，就觉得这是一个好作品，其实从专业角度考量，这件作品并不能算十分成功。十二号选手非常会讨巧，手法与技巧也十分圆滑，但是你的作品有个致命的弱点——那就是很空……我有话直说，你不要介意，这造型做出来让人看不出灵魂在哪里，雕琢的痕迹过重，没有那种天然天真的灵动感。"

大众评审里，已经有人露出若有所思的神色了。

江晓媛的作品漂亮吗？

非常漂亮，因此范女士的前半段没说错。那么后半段按理应该也是没错的，反正谁也不知道什么样的作品叫作"有灵魂"，这是个万金油一样的评价，连达·芬奇的蒙娜丽莎也可以说"没灵魂"，那女胖子乍一看确实眼神灵动，其实挂在卢浮宫那么多年，也没听说什么时候从画框里爬出来跟游客侃大山嘛。

大家按着这个思路一想，再一看，果然是十分"雕琢"，都看不出台上那模特原本的模样了，真的不如前一个贴了二斤假睫毛的那位看起来"天真率性"。

范筱筱看着台上面无表情的江晓媛，志得意满地微笑了一下，看准时机，把自己准备好的最后一刀也徐徐拉出。她不慌不忙地说："我不得不说，十二号选手的风格非常占便宜，因为大多数人在短时间内，只会凭着第一印象评价好与不好，其实请大家仔细回想一下，我们为什么会觉得某一首歌好听，某一样东西好吃呢？"

范筱筱停顿了一下，接着说："熟悉——而且是还没有到腻味的熟悉，生活中是不是这样？一首歌你以前听过一两遍，后来再次偶然听到，一时想不起来是什么歌，但能合上高潮的乐句，你就会觉得这首歌很顺耳、很好听，对不对？在我看来，十二号选手就是这样，我注意到她的风格中使用先锋的、创意性的元素非常少，在大家看来，就是'刺眼'的东西非常少，大家一看，第一反应就是和谐、熟悉，所以才觉得她的作品最美，但如果搞艺术的人都这样挖空心思地讨好大众观众，那么恐怕有生之年，这个圈子都不会再有任何创新的活力。"

范筱筱说完，格外真诚地叹了口气："十二号，我真的很喜欢你的小心机和纯熟的技巧，但是基于以上这些原因，抱歉，我没有办法给你打高分。"

第七章　大赛

她一番长篇大论，不单把江晓媛现场的作品贬损得狗屁不是，还顺便影射了笔试之前的网络风波，三言两语就将她塑造成了一个靠心机糊弄外行，混进决赛的"空洞没有灵魂"的匠人。

主持人都一时尴尬了，不知道下面的话应该怎么接。

旁边另一位嘉宾却居然还深以为然地点了点头，接过话筒，将范女士的臭脚双手捧起："范女士这些年很少出席我们这种赛事了，但是对年轻一代时尚造型工作者的期许还是非常真挚的。"

范筱筱跟着适时地煽情说："我们对和平与美好的追求是与生俱来的，从这个角度来说，诸位的工作几乎可以说是伟大的，我真诚地希望你们有更好的未来，用你们的才华创造一个更美的世界。"

话音落下，现场适时地响起了掌声，主持人也松了口气——她不知该如何接话的尴尬处境消弭了。主持人举起话筒，放在江晓媛鼻子下面："那么十二号选手有什么想说的？"

江晓媛的手在轻轻地颤抖，范筱筱把话说到了这种地步，无论她怎么开口，都好像是在狡辩，她要是聪明情商高，此时就应该装出感激涕零的样子，冲那老妖婆九十度鞠躬，再说一句"感谢前辈和老师的教导"。

然而她的目光无意中往台下一扫，正看见了坐在最后一排的蒋博。

蒋太后双手抱在胸前，面色沉静，他既没有笑，也没有表示什么，只是在她目光扫过来的时候，矜持地冲她一点头。江晓媛胸口那种冰冷黏腻的难过忽然之间溃散了，她心想："蒋老师都点头的东西，你一个老黄瓜刷嫩漆、一天到晚开个粉红小破车的老妖精有什么资格置喙？"

"嗯，有的。"江晓媛不客气地从主持人手里接过话筒。

主持人："……"

一般选手在这个环节都是象征性地说两句"谢谢老师，以后改进"之类的场面话，根本不用把话筒拿过去，江晓媛这是要出什么幺蛾子？

"谢谢范老师点评。"江晓媛说，她毫不退缩地跟范筱筱对视了一下，"范老师的话非常让人感动，我也从中学到了不少……"

学了不少忽悠大众的说辞。

江晓媛："但是我对艺术的理解和您有一点偏差——我想艺术之所以有经久不衰的魅力，就是因为每个人都有自己的理解，我们当中有专业人员，也有非专

脱 轨
292

业人员，每个人的认知水平不同，生活阅历也不同，大家为什么坐在一起呢？就像范老师说的那样，是因为我们对美的不懈追求。"

"艺术也好，造型时尚也好，其灵魂归根到底就是'美'，不是创新，也不是进取，"江晓媛顿了顿，"大家可能觉得，如果没有日心说的进取，我们现在还认为自己是世界中心，如果没有蒸汽机的进取，我们现在还生活在农耕土织的世界——但是艺术的逻辑不是这样的，因为世界在发展，而美丽是永存的。"

说完，江晓媛冲着镜头笑了一下，她青春正好，笑容明媚，好像给"美丽永存"加了一个不偏不倚的注脚。江晓媛心里有数，嘉宾评审的分数她是没戏了，只能尽可能地把大众评审中被范筱筱带走的分争取回来，只要最后的结果没出来，她死也不会举手投降。

"审美是一个非常自我的过程，"江晓媛说，"无论别人怎么评价，无论别人有什么看法，诸位看了最赏心悦目、心里最舒服的那个，就是最美好的——至于范老师说的'熟悉会造成美好'的错觉，我不敢苟同，苍蝇大家也熟悉，美吗？"

众人哄笑，江晓媛刚开头的几句话还规规矩矩的，说到了这里，干脆完全不管会不会得罪评委，言辞锋锐地想起什么说什么。

江晓媛："创意主题就是'雪绒花'，旨在打造让大家联想起雪绒花的灵动纯真造型，范老师看来是反对这种联想的——那么请问我应该往什么方向创新呢？'超音速核动力飞行冰花'吗？"

蒋博一只手撑着额头，无声地笑了起来。

每次江晓媛跟他跳脚叫嚣的时候，他都恨不能把她那张嘴塞住，但是偶尔看她用这个功能坑别人一次，那可真是说不出地痛快。

祁连纠集的那群媒体兄弟完美地扮演了起哄专业户的角色，听到这里，再次掌声雷动。

主持人再次尴尬得不知道怎么好。

江晓媛以其人之道还治其人之身，感觉攻击得差不多了，该煽情了，于是对着台下九十度一鞠躬："对不起老师们，是我出言不逊了，我知道老师们的教导殷切真诚，但是我总觉得，在这条路上，每个人应该有自己的坚持和风格，否则大家呈现出来的东西都是跟从老师教导的千篇一律，不也很单调吗？"

她说完，又情真意切地再鞠一躬："我做梦都想不到，自己有一天会站在这样高水平的比赛现场和大家切磋，再次感谢诸位老师给我机会，谢谢！"

第七章　大赛

说完，她完美收官，把话筒还给主持人，能屈能伸地从霸气侧漏恢复成乖巧的一团，静静地往后退了一步，给下一位选手腾地方。

下一位选手俨然已经被这种反常规的唇枪舌剑吓成了一只鹌鹑，除了"谢谢评委""谢谢老师"之外，一个字都没憋出来。

第一轮打分，范筱筱不负众望地给江晓嫒穿了一双厚重的小鞋——这种比赛一般十分是高分，最低会打七分，再烂的作品也就这样了，范筱筱大约是被江晓嫒气糊涂了，不顾脸面地给江晓嫒打了个两分。

范女士这个人有个特点，当她占尽优势的时候，她就是个最游刃有余、最擅长煽动人心的演说家，能面面俱到，让人心甘情愿地跟着她的想法走，而一旦优势离开她，她立刻就能被气疯了，哪怕是在大庭广众之下，她也能不管不顾地做出让人倒仰的举动。

她擅长进攻和掌控，掌控不住就撒泼，好像没有第三种行为模式。

这分数一出来，连方才给她捧臭脚的嘉宾都不由得侧目。拜范女士所赐，特约嘉宾的三十分，江晓嫒只拿到了二十分——有一位一直在旁边没吭声的嘉宾居然意外地给了她满分。

大众评审的三十分，江晓嫒拿了二十六，算是不高不低。多少还是受了跟范筱筱针锋相对的影响，毕竟不是所有人都喜欢锋芒毕露的性格。而让人意外的是，江晓嫒一直觉得没什么戏的四人评审团居然给了她一个不错的分数——三十八点五分。

不知是不是为了避嫌，生怕再被人说有黑幕。

这样一来，江晓嫒在十五个人里排名第八，堪堪只比第九名多了零点五分，第一轮居然险而又险地压线通过了！

主持人宣布结果的时候，江晓嫒看见范筱筱的鼻子都歪了，可能在后悔自己为什么不再狠一点，干脆给她一个一分或者零分。

二

"范老师好……"

女卫生间门口，年轻的会务工作人员与范筱筱擦肩而过，急忙诚惶诚恐地问好，话音没落，后者已经活似去报杀父之仇一样，一头冲进了卫生间，连眼神都没匀给人家。会务姑娘愣愣地站在门口，眉毛连同脸上礼貌的微笑一起飞起八丈高，愤怒地说："招你惹你了？"

女主持正好下场休息，刚巧经过看见，立刻走过去拉起了会务姑娘："快走吧。"

会务姑娘年轻气盛，迈着小碎步不依不饶："我得罪她了吗？我就是打个招呼问声好，这是礼貌，在台上也不是我给她气受的！这么大年纪了，一点气量都没有……"

"行了，少说几句，她就这样。"主持人小声说，"我以前跟她打过交道，好的时候她对你好得能让你起鸡皮疙瘩，比亲妈还亲；不好的时候你就是只臭虫，躲得慢了挡了她的路都不行。"

她们俩以为声音很小，实际卫生间年久失修，大门关不严，一字不漏地传了进去。范筱筱面沉似水地站在镜子前。

无论如何，她都已经不年轻了，再厚的遮瑕膏也遮不住她面皮上日渐深刻的沟壑，长出来的褶子是无论如何也平不回去的，她的眼睛将渐渐浑浊，脸颊将渐渐松弛。而与肢体的无力相比，更让她不能忍受的是，她开始失去权威和影响力。

连蒋博——她当成宠物狗一样养大的小东西，都胆敢从她身边逃走。她还能留住什么呢？

范筱筱觉得，她的人生就像是一台年久失修的旧车，刹车越来越不灵敏，以前分明踩一点就能收放自如的路段，现在用全力踩到底，依然止不住萧条去势。

不能忍受！绝对不能忍受！

范女士突然神经兮兮地摸出了她的化妆包，一双手哆嗦得好像毒瘾犯了，然后她拿出粉饼，如饥似渴地开始往自己脸上糊，一边糊一边露出类似瘾君子抽大烟时的陶醉和舒缓，不过片刻，她就把脸糊成了一块雪白的墙皮，这才像只吸饱了血的蚊子，心满意足地走出了卫生间，往后台的组委会走去。

等中场休息结束，第二轮比赛开始的时候，祁连老远就看见了范筱筱那张异于常人的脸上诡异的笑容，他忍不住皱了皱眉，猫腰从座椅后排出去，到角落里找到了蒋博，一言不发地坐在蒋老师旁边。

随着主持人上台宣布第二轮比赛开始，祁连压低声音说："你们造型师行业里我谁都不认识，比赛什么的我说不上话，但是如果你想收拾那个女的，我还是能帮上忙的。"

第七章 大赛

蒋博的侧影完全隐没在黑暗里，听完没吭声。良久，他才慢半拍地低声说："谢谢。"

　　祁连把眼镜摘下来，缓缓地擦着，而后叹了口气："不用谢，不过我听出来了，你没打算把她怎么样。"

　　蒋博双肘撑在膝盖上，十指交握按住嘴唇，像是个祈祷的手势，又坚定、又脆弱。

　　"没有她就没有我的今天。"这一次，蒋博沉默了更长的时间，才惜字如金地说了这么一句。

　　如果没有范筱筱，他或许要在福利院里长到十八岁，长成个比上不足、比下有余的男人。他成绩可能很一般，和"天才"扯不上边，大概也考不上什么好大学，人生最大的可能性大约就是去学个技术……电工、钳工，也有可能是厨子——聊以谋生，然后他会泯灭在人群中，踏踏实实地结婚生子。

　　从某种程度上说，范筱筱毁了他，也成就了他。

　　蒋博没法说自己更愿意选择哪种生活，因为他从头到尾就没有选择的权利。

　　"我是个懦弱的人。"他轻声对祁连说，"对不起，谢谢。"

　　台上灯光大亮，剩下的八个选手挨个儿入场，台下的掌声再次响起，蒋博的"谢谢"淹没于其中，几不可闻。

　　主持人开始宣布第二轮的比赛规则，两人不约而同地闭了嘴。

　　主持人："现在，请我们的模特入场。"

　　除了江晓媛以外，其他能站在这个舞台上的选手都是有来头的，事先能通过各种渠道得到第二轮比赛的具体内容，只有她一个人蒙在鼓里。

　　她好奇地偏头一看，险些绝倒——只见这几个模特实在是球球蛋蛋，各有各的不同凡响。

　　不知道组委会是从哪里挖出来的这一群人，男女老幼、高矮胖瘦俱全：有不到一米五的小胖丫头，有脸上挂满了文眉与文唇的中老年妇女……还有个足有一米八五、五大三粗的大小伙子！

　　主持人："这里有八个题目。"

　　大屏幕上打出了八个不明所以的命题，都是"郎骑竹马来，绕床弄青梅""北方有佳人，遗世而独立"之类的诗句。

　　"这八个主题中的每一个都对应了一个模特，"主持人说，"那么现在开始，就请八位选手按照第一轮分数高低排好，分数高的有优先选择权，选择你们第二轮比赛的题目。"

台下的范筱筱抿嘴笑了起来。

第二轮原本是要让选手们随机抽签的，被她临时改成了让分高的先选——其实后者本来也没什么不公平的，唯一的问题就是，场中除了江晓媛以外，其他人都是事先通过别的渠道知道考题的。用排位做选择题，对于排名第八的江晓媛来说，这相当于抹杀了她最后一点公平竞争的机会。

江晓媛没想法，她没得选，别人剩下什么就是什么。别人给她剩下了那个"北方有佳人，遗世而独立"，一听就很荒唐——江晓媛沉睡二十多年的女性直觉在这一刻颤颤巍巍地刷了一回存在感。

等模特揭晓的时候，她愕然地发现自己的预感竟成了真，她的模特就是那位五大三粗的彪形大汉。

全场哄堂大笑，大汉模特不好意思地抓了抓自己的头发，说不出地憨态可掬。

江晓媛："……"

比起"佳人"，把这位化装成一只熊猫显然要容易多了。

祁连皱了皱眉，他稍微一想，心里明白了——这种名额都内定的比赛不可能不提前泄露题目，既然大家都心照不宣地知道每个题后面是什么，怎么会用这种按照分数高低自己选的事发生？肯定有人临时修改比赛规则。

他飞快地低头发了一条短信，让人去后台帮他打听。

蒋博却皱起眉，在旁边说："男士造型是她的短板。"

江晓媛毕竟不是科班出身，虽然在学校里蹭班听了很久，但她大部分经验来自跟着蒋博实习。蒋博的客户十有八九是女客，碰上的男客户要不是舞台造型就是大客户出席重要场合，前者没什么参考意义，后者一般是蒋老师亲自动手。

江晓媛真正自己动手打理过的男式造型，恐怕只有那些买一送一的新郎妆——如果那种敷衍的东西也能叫"造型"的话。

而这回的题目还这样奇葩。这大汉与"佳人"唯一的共同点，大约就是他们同属于人科人属人种。

台上，主持人问江晓媛："幸运的十二号选手，能谈谈你现在的感受吗？"

江晓媛心里其实非常苦，但是在范筱筱的注视下，她也只好故作豁达，潇洒倜傥地说："觉得今天赛后可以去门口买张彩票，发达了就直接炒了老板，再也不用工作了！"

　　关于如何装成一头洋葱大瓣蒜，少有比江晓媛再有发言权的，她这专长一施展，把熟人和不熟的人一起蒙住了，台下又一阵哄笑，后排两位老板同时躺枪。

　　祁老板："……"

　　蒋老板冷冷地哼了一声："不着调。"

　　一边不着调一边心里苦的江晓媛领着她熊样的模特退场。

　　每个选手只有五十分钟的时间，江晓媛也不缺心眼儿，打眼一扫，发现别人连方案都是提前预备好的，就明白这是怎么回事了。

　　她就觉得奇怪，组委会那评审四个人第一轮的时候干吗那么好心给她打高分，闹了半天在这儿等着呢——先前在网上闹那么大事，要是她精心准备的第一轮就被刷下去，不定又闹出什么幺蛾子，不如先让她过关，第二轮折得心服口服。

　　别的选手已经热火朝天地忙活了起来，只有江晓媛在跟自己的模特大眼瞪小眼。

　　江晓媛："大哥，你是专业的吗？"

　　汉子说："嘿嘿，我是咱们剧场负责设备维护的，临时来给他们充充场面，一天三百。"

　　江晓媛苦笑了一下。

　　那汉子又补充说："不过姑娘，你也别把我弄得太见不了人啊，不然我得跟组委会要求赔偿精神损失。"

　　干脆把他化装成一只北极熊得了。

　　四十多分钟后，出去自由活动的观众们陆续回来，等着比赛后续，一直坐在原地没动地方的蒋博却忽然站起来要走。

　　祁连奇怪地看了他一眼："你干吗去？"

　　"走了，"蒋博说，"北京那边还有好多事呢，我订的晚上的机票。在这儿耗着也没什么意思，提前去机场了。"

　　祁连："你不看结果了？"

　　蒋博："看也一样，造型设计这种东西是台上一分钟台下十年功，她上一个方案做了多长时间你也不是没看见，即兴跟人拼方案本来就不现实，何况还是这么个题。"

　　"慢着慢着。"祁连伸手拉住他，蒋老师是个身娇体弱的男麻秆，连细胞膜都长得比别人薄一些，被祁连拽得一屁股坐回椅子上，"咣当"一声。

脱　轨

蒋博："……"

倘若祁连不是现阶段涅槃工作室的大股东，蒋博现在一定要让此人后悔长了爪子。

"先看看，没准有奇迹呢。"祁连不慌不忙地说。

蒋博是个理智的悲观主义者，祁连曾经也是，很多人都是，大家风雨烈日里来往这么多次，种种猫腻儿全都了然于胸，很多事不必亲自尝试，看一点端倪就知道结果。

都太聪明了，也太理智了。

不过祁连有一点又与蒋博不同，祁连是一个亲眼见过奇迹的人。

出去休息的人回来得差不多了，主持人下去补了个妆，也赶回来暖场。

"大家可能都已经等不及了，"主持人风格浮夸地上蹿下跳，"但是时间还有一点，我先带大家到后台偷窥一下，应该只剩下收尾工作了，大家最想看谁的情况啊？"

观众们看热闹不嫌事大，异口同声："十二号。"

主持人："好，我们看看十二号的'佳人'准备得怎么样了。"

指令立刻传到了后台，大屏幕上出现了一个晃动的镜头，江晓媛一手五颜六色，对着镜头直摆手："不给看正脸，不给看，不然一会儿没惊喜了。"

镜头一晃，只见不远处的模特几乎是赤膊坐在椅子上，身上好像有什么东西，还不等人看清，江晓媛就一拉帘子挡住了，她脸上蹭的也不知什么颜料，姹紫嫣红的，冲着镜头做了个鬼脸，鬼得专业极了。

蒋博眉尖挑了挑，原本有些心不在焉的目光忽然汇聚了起来："她在搞人体彩绘？"

现场气氛活跃起来，主持人切断了和后台的联系，大屏幕上开始打倒计时牌，在评委的窃窃私语中，灯光暗下来了，第二轮模特上台走秀。

八个已经改头换面的模特在背景音乐中挨个儿亮相，这几位里一个专业的模特也没有，台步走得可谓千奇百怪，什么德行的都有。

其他选手事先早有准备，做造型需要的东西也准备得十分齐全，与第一轮相比，整体发挥十分稳定，风格也同自己之前的作品一脉相承，没娄子，也没惊喜。

直到江晓媛那位"北方佳人"亮相。

主持人报出"十二号北方有佳人"的时候，人未至，全场观众已经开始用笑声预热了。

随即后台冲上来一个影子,本来是一路小跑,离舞台近的人都能听见他在那儿说:"该我上台了,妹子你也太能磨蹭了。"

而追不上模特的造型师在后面直喊:"注意风度!别跑,慢点走!颜料还没干呢,你别蹭掉了!"

前排坐得近的又跟着笑了一场,下一刻,模特亮相在灯光下,众人集体"哇"了一声。

意想中的男扮女装、狗熊扮貂蝉的情景没有发生,十二号的模特赤膊上阵,身上松松垮垮地披着一件十分有异域风格的丝绸长袍。这位模特先前亮相时其貌不扬,没想到他身材居然意外好,腰上少见地没有赘肉,几块腹肌整整齐齐地排列,身上仿佛被打了一层蜜,充满宗教意味的人体彩绘极富张力,面部妆容浓墨重彩,模特的眼角被人为拉长,脸上阴影恰到好处地停留在力量与柔美的临界点上,有点神圣,但是又十分妖异。

非神非妖,非佛非魔,似乎也非男非女。

模特那高大挺拔的身材优势被江晓媛不遗余力地发掘了出来,他整个人充满了原始的灵性。

闪光灯亮成一片,江晓媛这才深吸一口气,不慌不忙地跟上来。

那位第一轮意外给了她十分的嘉宾忽然开麦问:"十二号选手,你的造型是参考了敦煌壁画吗?"

江晓媛坦然点头:"对。"

坐在最后排的蒋博简直要目瞪口呆了,完全想不到江晓媛有这么聪明的处理方法。

她和其他人不一样,她没有方案,也没有准备,很多复杂的材料根本来不及去找,模特本身又长成这副鬼样子,男士造型中服装与饰品还是她本人的极大劣势,而她居然把造型中的"服饰"和"装饰"这两样东西完全淡化,别出心裁地用人体彩绘代替了!

她的画功虽然在专业领域毫无建树,但在半个业余的场合却足以让人印象深刻了。

祁连笑眯眯地转过头来:"怎么样?我就说吧。"

蒋博没吭声,过了好一会儿,他才问:"我其实一直很奇怪,她的美术功底那么深,是从哪里学的?"

还有她那种"钱乃身外之物"的底气,究竟是从哪儿来的?以及她对世界各大名品的如数家珍,这些真的能从杂志上看来吗?那要做多少功课?

祁连突然有点满足——因为这是只有他一个人知道的秘密。他假意思考了一会儿,给出了一个十分坑爹的回答:"这不知道,可能是天生的吧。"

台上大亮的灯光压过了台下的议论纷纷,这一次,评委、嘉宾和观众要在点评前打分。

主持人念出"十二号"的时候,江晓嫒听见旁边的模特也跟着抽了一口气——他居然比自己还紧张。

主持人:"首先是大众评分——满分三十分,十二号选手……哇,十二号选手得分二十九点五!"

江晓嫒听完没来得及高兴,整个人都蒙了一下。第一轮还不怎么买她账的大众点评居然给了她一个全场最高分!

被人承认是太美好的一件事,何况是被许多人承认。这惊喜来得太快了。

江晓嫒顿了顿,才露出得体的笑容,向大众点评鞠了一躬,有这个分数垫底,她觉得哪怕自己折在这一关,也不能算是输了。

"那么接下来是特约嘉宾评分,三位嘉宾给出的分数分别是:十分,八分……呃……一分。"

念到"一分"的时候,主持人的声气都低了下去,不用问也知道这一分是谁打的,范筱筱简直一意孤行,毫不顾忌自己和别人的脸面。

四下顿时响起嘘声。江晓嫒充满讥诮地低头笑了一下,心里并不觉得意外。

主持人连忙干咳一声:"最后是大赛组委会评审团的分数,组委会评审团总分四十,十二号选手得分……"

主持人微妙地顿了一下,江晓嫒本来平静无波的心也跟着提了一下,那股不祥的预感再次击倒了她,下一秒,她的预感再次成了真。

主持人:"二十九分。"

除了范筱筱这样不顾公序良俗的奇葩,一般预选赛默认的最低分就是七分,四个人,二十九分,这就意味着四个人里至少有三个给了江晓嫒最低分。

方才嘘的群众愕然地发现自己嘘早了。

江晓嫒吊在半空的心"咔吧"一下摔了下去,砸得心肝肺一起震颤起来——

第七章 大赛

就像她没料到自己的大众评分这么高，她也没料到自己的评委分数会这么低。这两边的人针对她的分数坐起了跷跷板，玩了个"此起彼伏"，给这场名不见经传的预选赛加入了无穷的可看性和悬案性。

评审不像范筱筱那么彪悍，出现了这种情况，还是要派个代表出面表态一下的。

代表就是祁连私下去见过的赞助人的老婆，她在评委席后面正襟危坐，显得十分疲惫，说话的时候双手也依然上下起伏，依稀是正在织毛衣的动作。

"评审团给出这个分数，是经过深思熟虑的。"编织物专业户说，"十二号选手非常有才华，种种表现都出人意料，时常给我们带来惊喜，但是评审团经过讨论，还是认为她第二轮的作品存在严重跑题现象。"

主持人吸取了之前的教训，这一次，她紧紧地握住了自己的话筒，不给江晓媛跟评委对喷的机会。

然而江晓媛没机会开口，不代表别人也一样。突然，那位一直没吭声、默默给江晓媛打满分的嘉宾出了声："对不起，我有不同意见。"

三个嘉宾里，范筱筱最有存在感，她往那里一坐就是一坨巨大的存在感，还有一位嘉宾说话最多，此人除了发表各种毫无建树的中庸点评外，就是捧范女士的臭脚。唯有最后一位女嘉宾，短发，貌不惊人，一身粗呢大衣，是个普通的中年妇女形象，走出去完全看不出是个时尚行业从业人员。

她一声不响地坐在角落里，几乎不怎么开口点评，只是默默打分，尽管主持人介绍过，别人却还是都忘了她是谁。

短发女嘉宾无视了范筱筱那张雪白雪白的脸，将目光转向评审团："我想问一下各位评委老师，你们心目中的'北方有佳人'这个造型，应该是个什么思路？或者说，在你们心里，选手做出来的'正确造型'应该是个什么样的？一个做人妖打扮的大男人吗？"

编织物专业户忙讪讪地笑了一下："那个倒不是……"

嘉宾执拗地问："那是什么呢？"

另一位评委连忙接过了话筒，试图打圆场："是这样的，我们认为，造型设计是一种非常主观的、以表达为主的艺术，针对同一个题目，每个人都会有自己不同的解读，所以没必要……"

短发嘉宾说："就是说你们自己也没想法，那请问你们是怎么用自己都没有答案的'答案'，去判断别人跑题没跑题的？"

脱　轨

江晓媛和这位嘉宾素不相识，不知道她为什么突然仗义执言。

然而接着，为她仗义执言的短发嘉宾冷冷地看了她一眼，铁面无私地说："我看得出来你在服饰方面是短板，但是瑕不掩瑜，而且在这一轮成功地把这个短板遮盖过去了，所以我给你高分，我知道绝对的公平是不存在的，但是一个对社会公开的比赛，劳民伤财地请来这么多人，搞三轮比赛和三位一体打分的模式，如果连起码的公平都保证不了，那我想不出自己被邀请来坐在这里的意义是什么。"

说完，嘉宾把话筒一扣，抓起椅背上的大衣站起来罩在自己身上："既然比赛都已经这样了，后面也不需要我再打分了，我任务完成了，你们慢慢玩。"

说完，她旁若无人地抓起自己的手包，一路睥睨凡尘地从后门走了。

主持人："……"

嘉宾评委与台上咸鱼干一样排一排的选手："……"

观众们"嗷"一嗓子被点燃了一样沸腾了起来，戏唱了一半，嘉宾走了，这也太离奇！

媒体的灯光掀起了新一轮的闪电狂潮，场面俨然已经控制不住了，台上主持人欲哭无泪地想："干不下去了，涨工资！"

第二轮比赛后比赛被迫中止，前台后台混乱成一团，江晓媛那非神非魔、一副高大上模样的模特对着镜子拗了一会儿造型，回头问江晓媛："哎，妹子，这玩意儿回去拿什么洗？"

江晓媛无奈地耸耸肩，不知道这位模特能不能拿到他的三百块钱，组委会可能已经将她当成一粒老鼠屎了，自从她参加预选赛的那天起，整个区域预选赛就没消停过。

二十分钟后，组委会紧急开了个会，同意部分参考已经离开的嘉宾的意见，把江晓媛的"二十九分"上调到了"三十三分"，比较中庸。她毕竟太过剑走偏锋，不能和其他人的精心准备比。

前两轮积分比较高的四位选手晋级，后面四个基本要被淘汰，只有一个复活的机会，要靠大众评审。这一次，幸运女神抛弃了江晓媛，她的两轮得分都不高，屈居第六，差一点，只好在别人做晋级感言的时候被请下场。

后台只有零星的几个工作人员，有人在她面前放了一杯水就不管了，最角落里有一扇小窗子，阳光已经开始暗淡了，江晓媛心情大起大落一番，坐下来才发现，后背的冷汗已经浸透了薄薄的衬衫。

可是结果依然不尽如人意。

如果江晓媛最终不能进入总决赛，那么他们工作室在陌生城市里的发展将会举步维艰，寸土寸金的地方，靠铺广告就能赢得一席之地了吗？

祁连这个投资人有多少资源能让他们铺天盖地地做广告呢？

有那么一瞬间，江晓媛挫败地想，如果没有范筱筱从中作梗，让蒋老师亲自上场就好了。

她觉得自己像是个半身不遂的人，总是没有办法沿着正确的路线直线行走，稍微顺风一点，就会张狂得不行，感觉四海之内、六合之间，全能随意来去，稍微遇到一点挫折，又会觉得自己一无是处，是个天生没有天分的人。

"也许我有点能力，"江晓媛想，"就是能力不够。"

这时，会务工作人员进来了。

会务说："四位选手请注意一下，马上要开始最后一轮比赛，对你们来说，最后一轮不是淘汰赛，是复活赛，只剩一个名额通往总决赛，题目大家已经知道了，模特请使用诸位第一轮带来的模特……"

江晓媛："不好意思问下，题目是什么？我不知道。"

会务嘴角抽了抽，看起来好像被人打了一巴掌，所有的选手都回过头来，用一种奇异的眼神看着江晓媛……说不清是善意还是恶意，反正江晓媛有一瞬间觉得自己像个走错了教室的小学生。

她面色平淡坦然，脊背不由自主地直起来，平平静静地说："请问题目是什么？"

"穿越时空。"不知为什么，会务人员在她的目光下有些无地自容，声气都低了几分，慌慌张张地从衣兜里摸出一张纸，"请选择一个你最想穿越时空见到的人，使用至少一种特效手法，创作你心目中该人物的形象，并在现场对模特说出你最想对那个人说出的话。"

特效——很好，江晓媛听完，淡定地点了点头，感觉这一回真是要完蛋了。

然而她终究不肯仓皇离去，台下除了她的敌人，还有她的老师和喜欢的人，灯塔病毒明光都没办法让她举手投降，何况其他呢？

前面主持人宣布复活办法之后，蒋博也深深地皱起了眉，不过他没有提走的事。

第三轮的成品很快出来了，"穿越时空"这种主题没什么好玩的，能选的主题也就那两个方向，要么是历史人物，要么是未来题材。选历史题材的多一些，因为影像资料和画像能为造型提供很多参考。

一时间场中有武则天，有女扮男装的牛顿，有一个来自未来时空的终结者……和江晓媛。

江晓媛的模特闲置在后台，她让工作人员把一个等身的穿衣镜放在了台中央，在众人的不明所以中，她猫着腰，塌着背，举步维艰地从台下走了过来，不知她怎么做到的，整个人好像缩水了一号。

然后她向着观众席一抬头，露出一张沟壑丛生的面孔，满头花白的头发被扎成一团，停留在脑后。题目要求至少用一种特效手法，江晓媛选择了最基础的老年妆，化在了自己脸上，她"颤颤巍巍"地站在了穿衣镜前，一伸手，把"模特"的号码牌贴在了镜子里的"老太太"头顶上。

这一轮考察的就是选手们的特效化妆功底，而在所有特效技术中，老年妆属于非常基础、很入门的东西。

比赛本身就是一个炫技的过程，选手们就是要在有限的时间里表现出尽可能炫酷的技术，最好把会的东西都注入造型设计里，没有人会做老年妆这么不着调的造型。这就好比一场厨艺大赛，别人都在煲佛跳墙，江晓媛非要拿柴鸡蛋炒一碗隔夜饭一样。她甚至连模特都没用。

主持人现在看见江晓媛就觉得头皮发麻，硬着头皮迎上去问："请问十二号选手，你的作品主题是谁呢？"

江晓媛："我。"

主持人："……你的意思是，你化妆成了你自己。"

江晓媛指着挂着"模特"头衔的穿衣镜，解释说："我想穿越时空见一面说几句话的人，就是几十年后的我自己。"

主持人在原地畅想了一下未来，下定决心要改行去主持益智节目，再也不跟这帮所谓"艺术选手"一起玩耍了，搞个数学竞赛、智力竞赛什么的多方便，大家全都低头算数、抬头抢答，永远不会把可怜的主持人撂倒在台上。

但是事已至此，也不可能放任台上冷场下去，主持人只好干笑了一声："……那还真是挺有创意啊，那么请问十二号选手，你打算和年老的自己交流什么呢？问未来彩票号码？未来房价、股市走势？还是想问问自己什么时候能发达？"

江晓媛用看弱智的眼神看了她一眼："人是不能提前预知未来的，不然破坏了因果规则，未来会面目全非的，蝴蝶效应和平行空间理论你没听说过吗？"

主持人："……呵呵，十二号选手真是兴趣广泛，考虑周全。"

江晓媛："我只是想问问她，活了这么多年，有没有怀疑过自己，有没有想要放弃，有没有后悔过，她说'有'或者'没有'就可以了，不用告诉我什么具体的事件。"

江晓媛顶着她逼真而苍老的面孔，站在穿衣镜前，镜子里的老太太分毫毕现，看起来真的像是连通了几十年后，她和已经垂垂老矣的自己相对而立。

江晓媛："我现在经常会怀疑自己，每天都想着要放弃，每天都想，早晚各一次——晨昏定省似的，干正事都没有这么勤奋。我总担心顺着这条路走下去，自己总有一天会后悔，活得就像蹚地雷，深一脚浅一脚的，每时每刻都在提心吊胆。"

"每个人都只能活一次，连彩排都没有，"江晓媛说，"所以每做一个决定，都会战战兢兢很久，我不知道别人是不是也这样——反正我每天都有很多时间浪费在害怕上，总是想找个过来人跟我说说他们的看法，可是过来人要么跟我意见不同，要么也在迷茫。所以我就想问问未来的自己，如果能得到她一个丹书铁券的保证，以后就不用担心，可以专心做自己的事了。"

主持人忽然说不出话来。

"这造型做得一般，我心里有数，"江晓媛冲着台下观众笑了一下，"不过这是我学会的第一个特效妆，也挺有纪念意义的。"

观众们没有鼓掌，特别是年轻的观众，现场几乎是寂静的。

江晓媛也不在意，鞠了躬，把穿衣镜推到一边，淡定地排好队等着。

直到下一位选手领着她那武皇陛下雍容华贵地走出来，现场才从方才诡异的安静里恢复过来。

比赛正式进入了最后一个环节，所有的嘉宾和评委都没有打分权利了，只能各自吹吹嘴炮。

编织专业户挨个儿点评了选手们的作品，推销保险似的点出了每个选手做的特效亮点，唯有轮到江晓媛的时候，她十分简略地说："十二号选手十分别出心裁，但选用的老年妆手法基础，整体造型也十分单调，你很有创意，希望下次也能在技术上多下点功夫。"

她的点评其实句句中肯，可惜，眼下脸面扫地的评委团说话已经不管用了——说实话，上一轮他们要是能死撑着不肯改变打分结果，观众们还能敬他们是一条好汉，但被人一提出异议，居然立刻就改了，这种小人做派恰恰说明了评委团是心虚的。

外行们反正听不出一句点评有多少含金量，观众们的认知完全建立在感情上——听见喜欢的评委说话就奉为金科玉律，听见讨厌的人说话就当他是放屁。

评委这一番"专业点评"过境，连个鼓掌的都没有，现场像个冷笑话工厂。

主持人完全没想法了，僵着脸推进比赛进程："那么请大众评委拿起你们手中的投票器，把票数投给自己最喜欢的选手，让他获得宝贵的复活机会！"

选手们都背对着大屏幕，紧张得眼神都不知道往哪儿放，只有江晓媛满不在乎，悄悄地从兜里摸出一面小镜子，低着头偷看。

四条小光柱一点一点往上长，这玩意儿明显是山寨《星光大道》的，光柱上也有个一直蹦跶的小人儿，可惜五毛钱做的舞美完全山寨不出效果，光柱细得仿佛激光手电照的就算了，上面的"小人儿"简直就是一坨色块，头颅与四肢难以分辨，看起来质量特别低劣。

江晓媛从镜子里看见，自己那条光柱蹦跶了两下之后，就停滞不动了，"鸡立鹤群"地比别人短了一截。她心里神奇地没有觉得特别遗憾，反而是一片平静。

她第一次跟蒋老师吵架，冲着蒋博吼过一句"总有一天你请不起我"，那嗓子嚷嚷出来多半是出于激愤。此时此刻，江晓媛却面带微笑，冷静地想："总有一天，这种差劲爆了的舞台，连让我坐在首席当评委的资格都没有。"

外面有海阔天空的世界，却总有人可笑地认为，在他这力所能及的一亩三分地上绊人家一脚，人家就会一辈子爬不起来。

他们的世界注定只有井盖那么大，跟这种可怜人，还有什么好计较的呢？

一分钟的投票时间很快结束了，江晓媛票数不出意外地垫了底，没什么惊喜，也没有发生奇迹，旁边那位牵着武皇得了奖的选手正试图用力憋出一副热泪盈眶的表情，可惜演技差点儿意思，脸都憋红了，也不像那么回事。

原本应该有落选选手感言环节，算是整场预选赛总结的一部分，不过此时此刻，无论组委会还是主持人，都唯恐江晓媛那张吐不出象牙的狗嘴里再说出什么石破天惊的话来，硬生生地把这个环节换成了"复活选手"发表感言。

舞台工作人员已经客客气气地上台来，将三个陪太子读书的落选选手请下去，就在这时，台下突然传来一个声音："对不起，我有异议。"

主持人这天已经被"异议"两字刺激得麻木了。

江晓媛一看，这回出声的居然是祁连，他不知什么时候跑到了观众席最前面，还把提前离场的那位嘉宾的话筒给顺手牵羊了。祁连大刺刺地打开麦克风，一手插兜，玩世不恭地站在大庭广众之下。

几个舞台工作人员见状立刻要上前，祁连干净利落脆地向左转，配合地给了那边正等着爆料的摄像头和照相机们一个圆满的正脸。

祁连："我作为媒体人中的观众评审之一，连提出异议的权利都没有吗？"

工作人员大眼瞪小眼地沐浴在闪光灯中，不敢上前了。

主持人十分无奈："您请说。"

祁连："很荣幸被组委会邀请为大众评委，方才投票之前，我和坐在我前边那位美女，以及坐在我右边那位兄弟交流过，我们仨一致喜欢十二号选手的创意，别人的选择我不了解，但是至少我们三个人都投了十二号，请问为什么她的票数显示只有两票呢？"

主持人："……"

祁连看也不看工作人员脸上的菜色，转身对上观众席，跟观众席上的大众评委点点头："方才的投票对象分别是一号选手、八号选手、九号选手和十二号选手，我想问一下，投了一号的有谁？"

主持人见势不妙，连忙说："先生，我们的计票是经过公证的……"

祁连根本不理她，数了举手的人，宣布说："好，总共三票——那么投了八号的人请举手。"

"五……六，一共六票，请放下，投了九号的请举手——好的，一共是七票。"

主持人："先生，请你不要扰乱赛场秩序，如果不听劝阻，我们是有权请你离场的。"

"我马上就走。"祁连头也不回地说，"请投了十二号的人举手。"

他说着，自己率先举起了手，观众席上沉寂了片刻，一只又一只手举了起来。

祁连擎着一点笑意，转过身来面对主持人："大众评委一共三十票，其中一号选手得了三票，八号得了六票，九号得了七票，剩下十四票，除两票弃权外，十二号选手总共得了十二票——我不知道是我数学不够好，三十以内的数字数不清楚，还是贵比赛的计票器出了故障，让大家一起按错了键呢？"

主持人简直眼前一黑，此人话音落下，明天"大赛现场公然黑幕"的头条上定了，简直是一波未平一波又起。

祁连抬起头，对上台上一脸褶子的江晓嫒的目光，忽然说："你当然不是一个人,我们都会怕,谁能保证自己永远是正确的呢?大家都是凡人,凡人坚持一件事是很不容易的,每时每刻都在质疑自己,有些人质疑了两三次,路就走得夭折了;有的人质疑了一千次以后,依然走到了最后。"

江晓媛忽然热泪盈眶,感觉世界上再也没有第二个人这么汉子了。

祁连抽出插在裤兜里的手,冲沸腾的媒体挥挥手,示意他们停止起哄,规规矩矩地把话筒放回嘉宾席,看也不看范筱筱那张铁青的脸,冲江晓媛打了个手势——江晓媛奇迹般地看懂了,他是说,把脸洗干净,咱们走。她二话不说,立刻让过同台其他选手,直奔后台,一秒钟也不想跟这帮傻×共处同一屋檐下了。

观众台上嘈杂一片,评委像四只被烤了的鹌鹑,僵在一起不知所措,主持人不尴不尬地站在台上,二斤的妆容也遮不住她心中的萧索。

组委会当然不可能任他们这么离开,组织者连忙派人出面危机公关,给出了一个特别扯淡的解释——"投票器的电路串了,会务人员是实习生,临场失职,没有检查好设备"。

可能全世界的错误都可以说是"实习生"和"临时工"犯的吧。

最后,本该由所有获得决赛资格的选手上台和评委合影,也因为一片混乱没有合成,决赛资格证书是组委会的组织者之一亲自追出来,在几个长枪短炮的接连轰炸中觍着脸交给江晓媛的。

这场小小的预选赛是如此一波三折,江晓媛感觉自己都已经不是太想要这张证书了,有那么一瞬间,她的中二病和公主病一同发作,想把那张破证书摔到对方脸上,撂下一句:"姑奶奶不稀罕,这废纸爱给谁给谁去吧。"

可还没等付诸行动,她就隔着人群看见了范筱筱。

范筱筱的目光好像两架机关枪,恨不能隔着千山万水,把江晓媛打成个筛子,这一刻,恐怕连蒋博亲自出面也拉不走她的仇恨了。江晓媛心里忽然就痛快了,她立刻调整表情,露出了一个爽翻天的微笑,心说:"我干吗不要呢?能气死老妖婆也不错啊。"

于是江晓媛好声好气地接过了主席手里的证书:"谢谢,谢谢,我会在全国决赛时为咱们区争光的。"

范筱筱的指甲快把包带掐断了。

直到这时,江晓媛才从重度公主病里回过神来,慢半拍地想起自己要争这个复赛名额的原因——好像是为了在决赛里刷存在感,为北京工作室的经营打广

第七章 大赛

告……幸亏范女士仇恨的一瞪，否则她差点儿为了一时意气忘记正事。

这回如愿以偿，未来工作室不说前程似锦，起码有了一个良好的开端。

这时，蒋老师急匆匆地从人群里走出来，他本来没想耽搁到比赛结束，这回真的要赶不上飞机了，好在行李箱随身带着，他能抬腿就走。

蒋博一把抓住江晓媛的胳膊，飞快地叮嘱了几句："你抓紧时间，把这边工作室的后续工作处理一下，复赛还有一两个月，复赛之前我们就正式搬家——另外你那个人体彩绘是什么邪魔外道的破玩意儿，回去给我老实点，虚心多学点东西，下次再敢耍这种小聪明，我看你也不用干了。"

说完，他一挥手，衣摆纷飞，潇洒得好像电影镜头截图："我走了。"

"你要去哪儿？"一个突兀的声音突然扎进人耳朵，蒋博潇洒了一半的动作僵在原地。

范筱筱不知什么时候走了过来，正用一种瘆人的目光死死地盯着他。

蒋博动了动嘴唇，似乎不知道该称呼对方什么，终于没有出声。

"去哪儿你管得着吗？"方才还被蒋老师训得孙子一样的江晓媛突然在战斗精神下满血复活，她上前一步，拦在范筱筱和蒋博中间，"我们要走啦，离开你越远越好，跟你呼吸同一个城市的空气，真是想想都觉得委屈了自己的肺。"

蒋博叹了口气，对江晓媛说："你怎么那么多废话？快走吧，还有好多事呢。"

说完，他看了已经把车开过来的祁连一眼，冲祁老板点点头，自己拎起行李箱，拦了一辆出租车。

"你要走？"范筱筱突然发疯似的一把抓住拉开的出租车门，狠狠地攥住蒋博的肩膀，恨不能把他掐个对穿，"你敢走？"

出租车司机奇怪地回头看了他们一眼："几个客人啊？上不上车了？"

蒋博微微垂下眼，敛去眼睛里翻涌的、浓重的悲哀。他忽然弯下腰，把行李箱塞进车里，然后掰开了范筱筱的手——这并不困难，范筱筱从未料到他竟会反抗，在他做出"掰"这个动作的瞬间，她仿佛就已经脱了力。

蒋博不再看她，径自上车关门："师傅，去机场。"

他终于没有对范筱筱说什么——他实在已经无话好说。

如果世界上所有的事都能用快意恩仇解决就好了——喜欢谁就敬谁一碗酒，不喜欢谁就当面锣对面鼓地跟他打一架。

可惜，这种情节连武侠小说里都没有了。

江晓嫒目睹了范女士歇斯底里的扭曲表情，有点爽，但还是感觉没有爽到点子上，因为这种打击显得有点迂回，不如当面抽贱人一个大耳光来得解气。

可是蒋太后再怎么纤细柔弱，也是个老大不小的汉子，怎么能当街殴打一个老太太呢？

既不合法，也不像话。

江晓嫒倒是很想亲自上阵，可她一来没有立场，二来天生武力值为负数，还真不见得打得过谁。

这样看来，还是做坏人方便，因为可以不要脸、不守法，也不用考虑像不像话。

祁连把车开过来，摇下车窗："走，我送你回去。"

这时，范筱筱仿佛感觉到了江晓嫒凝视的目光，气急败坏地转过身来，江晓嫒条件反射地冲她露出了一个高贵冷艳的微笑，一手拉车门，同时冲范女士挥了挥手里的决赛通行证，甜蜜地说："范老师再见，谢谢范老师。"

范筱筱双眼中冒出神似疯狗的红光，在江晓嫒看来，就像两盏喜庆的大红灯笼，极大地缓解了她的憋屈，她长出了一口气，关好车门，把复赛资格证随手丢在了后座上。祁连含着笑看了她一眼，顺手扭开了车载音乐，开始播一段不知所云的民谣。

余晖遍洒，天幕低垂，一时间，连在城里开车这种苦差事，都好像变得美妙了起来。

祁连："看来我未来收益有保证了，江老师。"

江晓嫒把座椅往后调了调，伸长了腿，而后伸了个漫长的懒腰。她一整天神经紧绷，此时终于放松了下来，还觉得有点吃不消。

"刚才蒋太后还说我耍小聪明。"江晓嫒嘀咕了一句，半真半假地抱怨说，"回去还有一大堆工作，一想起来就觉得累。"

她抱怨了几句，从比赛刚结束的心浮气躁中缓缓沉静了下来，将自己一整天的作为反省了一遍，感觉自己确实是耍了很多小聪明。

有些人天生爱较真儿，遇事死磕，不撞南墙不回头。还有一些人，完全走另一个极端，可能也不是故意偷懒，就是遇到坎坷时，会在自己都没反应过来的时候就本能地圆滑闪避，像是天生比别人多装了一对转向轮。

江晓嫒显然属于后者，她善于并热爱抖机灵，偶尔也会因此而沾沾自喜，可是仔细想想，这似乎并不是什么好习惯。

第七章　大赛

她忽然说:"那个中途离场的嘉宾到底是谁啊?其实她说得很有道理,我有短板,在台上还不敢把短板亮出来,这次侥幸过关,下次遇到还得栽……平时接触的男客户真是太少了。"

江晓媛话音突然一顿,祁连等了半天,没等到她的下半句,等红灯的时候一偏头,却被她眼睛里幽幽的绿光吓了一跳:"你要干吗?"

江晓媛往旁边一靠,没有收回目光,细长的手指在膝盖上轮番敲打了个遍:"我觉得有些人长得特别帅,特别适合做模特。"

祁连:"别闹,我不化妆。"

江晓媛似笑非笑:"我没说那特别帅的人是你啊,帅哥。"

祁连不知道自己是应该心肌梗死好,还是心跳过速好。

他意识到江晓媛这是调戏主持人没调戏够,把台上那套搬下来给他用了。

还没等他反应过来沉着应对,江晓媛又放低了声音,说:"以前都没有人在大庭广众之下为我说过话的。"

她上句话还十分没正经,这句话又突然一本正经。祁连有点难以适应,一愣之后,只好有些生硬地说:"那说明以前你也用不着……要是累了,就不要回去工作了,我请你吃点什么去庆祝一下?"

江晓媛:"怎么,想约我?"

祁连险些把车拐个"S"形。

这么多年,他难道真的除了跟着灯塔助理的指示满世界捡人外,就没怎么和姑娘相处过吗?

江晓媛前仰后合地大笑起来,连日来的阴霾都涤荡一空,她种种的挣扎与彷徨都到了头,锲而不舍地拨开了横亘在眼前的迷雾,为自己蹚出了一条清晰明了的路。江晓媛洗过了脸,此时完全就是素颜的,可是没有人会觉得她难看,即使不着脂粉,她也能明艳逼人。

她似乎依稀找回了自己从前的生活状态……在另一个时空的状态,然而又并不特别一样,究其原因,可能是因为那时候她心里没底吧。

祁连说得对,人类潜意识里对自尊与自我价值的追求近乎本能,像猫吃鱼狗吃肉一样,大多数时候,只是不肯面对自己的无力才自欺欺人的。

江晓媛以前就是这么调戏小鲜肉的,可是调戏了祁连两句,她突然觉得有点不合适,感觉再这么说下去,要把自己也兜进去了,连忙有点紧张地戛然而止。

脱轨
312

"回工作室吧，"江晓媛说，"一时也想不出吃什么，咱们自己回去做。"

祁连："是'我'回去做。"

江晓媛又忍不住嘴贱："是呢，这么贤惠，将来谁娶了你呢？"

祁连耳根微红，但已经从无措中渐渐冷静了下来，他一点也不想体会她那气死范筱筱吓死主持人的嘴炮，决定以不变应万变，笑而不语，深深地看了她一眼。

江晓媛的喉咙好像忽然被空气堵住了，连忙转向车窗外："哎哎，前面有一家超市，每天五点以后打折，我们去那边。"

祁连："好——你冷不冷？"

江晓媛就伸长了胳膊，把后座上祁连丢在那里的一件男士外套卷过来，不修边幅地裹在身上。

未来亚洲第一造型工作室的大股东和执行官，把名不见经传的旧轿车停在了超市那人满为患的停车场上，进去扫荡打折果蔬菜肉。

直到很久很久以后，江晓媛都觉得她能通过预选赛是个奇迹。

无数人企图把她撸下去，又有无数人要把她拉上来，她跟整个无所不用其极的组委会作对，最终却戏剧性地拿到了复赛资格。

如果是以前，蒋老师把这边工作室的后续工作全都推给她，江晓媛心里可能是有些犯怵的，但经此一役，她虽然没觉得自己无所不能，但已经无所畏惧了。慢慢地，江晓媛不意外地发现，她居然真的已经有了独当一面的能力。

客户从一开始迟疑地问"蒋老师怎么没来"，到她收工的时候主动问她要名片和联系方式，"小涅槃"成了她的艺名——江晓媛也不知道自己一个一米七还要冒出头的大高个儿怎么老被人叫"小"涅槃。

时光如流水，转眼又过了一个多月，初冬的气息已经临近，日理万机的蒋老师终于缓过一口气，行色匆匆地飞了回来，回来第一件事是检查江晓媛的工作。蒋老师要求她对每天的工作都做工作日志，做了什么方案，怎么想的，怎么修改的，最终效果怎么样，客人的评价，等等，事无巨细，全都要备份。

江晓媛提心吊胆地看着太后那张板成了"白板"的美男脸，不知道凑个"红中"能不能叫来"发财"。

她一边不着边际地胡思乱想，一边冲旁边的祁连做了个鬼脸。

足足看了半个多小时，蒋博把她的工作日志一放，端起茶杯喝了口水。

江晓媛连忙睁大了眼睛卖萌，让自己看起来像小鹿斑比一样无辜，心说：

第七章 大赛

"平时训我就算了,别当着帅哥面啊,我的英雄形象往哪儿搁?"

不知是不是看懂了江晓媛的眼神,蒋博居然没有训斥,只是简单地一点头:"嗯。"

江晓媛:"啊?"

她等了半天,没下文,小心翼翼地又追问了一句:"没啦?"

"还有什么?"蒋博疑惑地看了她一眼,"难道你还等着找骂?"

江晓媛:"……"

她听见旁边祁连的闷笑,很想默默捂住心肝,感觉自己已经被蒋老师训成了一个不骂不舒服的贱人。

蒋博:"饿死我了,找地方吃饭——就咱们小区门口那家吧?"

祁连痛快地答应:"好,我订位子。"

江晓媛横眉立目:"不行!"

两人几乎异口同声。

小区门口有家法式餐厅,环境还算优良——主要是没人去,很清静——口味顶不正宗,经过江晓媛的公主舌头鉴定,认为此地是"又贵又难吃"的典范。这年头开饭馆的,仿佛只要沾了一个"法"字,就能摇身一变成为皇亲国戚,人均至少五六百。

蒋博的柳叶眉高高挑起,这回改成江晓媛扮演"白板"了。

在她坚定不移的铁公鸡政策下,最后,三个人排着队来到了麦当劳。

"你早晚会胖死。"蒋博咬仇人一样地将一根薯条腰斩,随后他默不作声地抚慰起自己的饥肠辘辘来,吃了六七分饱,蒋太后意志力惊人地擦了嘴,不肯再碰任何垃圾食品了,"我请人做了宣传册,第一批广告已经打出去了,这几天反响还不错,访问电话基本每天都有,也开始有一些订单,决赛开始以后,应该会更好——到时候你还要专心参加比赛,肯定不能分神,咱们得招人了。"

祁连:"经费够吗?"

蒋博:"暂时够的,放心,后续盈利有保障。主要是工作室规模扩大以后,很多事都要拉上正轨,不能像以前小作坊一样,我们得有专业客服人员、财务人员,还得有技术团队,现在招人迫在眉睫,以前你那份从网上抄来的章程就不能再用了,得重新拟一份,关于权限、人员调配等问题,我们需要重新讨论,我这次回来就是为了这事。"

江晓媛叼着一根薯条,将他的话琢磨了几秒钟:"就是说,你想在这里开第一次股东大会,是吗?"

蒋博:"……"

"好的。"江晓媛从兜里摸出一根唇膏,在餐巾纸上一笔一画地写上:"股东大会正在进行,谢绝拼桌"。

祁连提醒:"江总,会议纪要怎么办呢?"

江晓媛摸出手机,把祁连和蒋博两个人拉进了一个讨论组,凑到嘴边说:"涅槃工作室第一届股东大会现在开始,请与会人员注意录音保存——没事,不用担心流量,他们家有Wi-Fi,就是平时鸡贼不告诉顾客,我已经弄到密码了。"

说完,她点击发送,祁总和蒋总一人收到了一条语音信息。

蒋总冷笑:"你脑残吧?"

祁总则非常会捧臭脚:"你太有创意了!"

两个人南辕北辙的评价几乎同时出口,说完,他们俩又互相看了一眼,祁连笑而不语,蒋博忽然有点心塞,唱黑脸的时间长了,他自己也觉得自己不太会说人话了。

最终,按照少数服从多数的原则,蒋总的意见被镇压了。

于是初冬夜里,三位未来总裁围坐在一家麦当劳的塑料小桌边,一边厚颜无耻地蹭人家的无线网,一边在面对面的情况下,以微信群里发语音信息的形式交流,开玩笑似的开了"亚洲第一造型工作室"的首届股东大会。

星辰大海的征程,闹了半天是从原始人伐木做舟开始的。

三

这场股东大会伴随着无数盒油炸薯条和油炸鸡块,为涅槃工作室奠定了一个"油腔滑调"的基础。

首届股东大会在一个小时四十分钟后圆满闭幕,江总意犹未尽,临走还打包了两盒辣鸡翅,一边往回走,她一边对蒋博说:"哦,对了,蒋总,你过两天再去那边的时候,顺便帮我看一下有没有合适的出租房。"

蒋博听了,摸出手机,翻出一堆图片给她看:"喜欢哪个?自己挑一个吧。"

江晓嫒没料到他早有准备，当场吃了一惊。

"怎么了？"蒋博眉一挑，"我不用租房吗？前一阵子没时间，就看了这么几套，你要是有喜欢的就先挑走，到时候我还可以让收拾工作室的工程队顺便帮你把房子也简单收拾一下。"

江晓嫒："……贵吗？"

蒋博没吭声，瞥了祁连一眼，祁连作为投资人适时地开了口："房屋租金就算在工作室的日常开销里，员工福利，将来要是招来有本事的人，工作室也可以通过提供员工宿舍的方法留住人才。"

蒋博嗤笑一声："祁总的殷勤献的真是见缝插针。"

说完，他往前快走了两步，甩开了两个人，在小寒风微扫的初冬夜里，拗出了一朵遗世独立的白莲花造型。

祁连好整以暇地不吭声，江晓嫒早就习惯了他的阴阳怪气，没顾上搭理他，连忙把租房信息都传到了自己的手机上，准备第二天早晨就给奶奶打电话，问她的意见。

她想，房子最好是离工作室近的，小区环境和治安都要好，要有电梯，这样老人家上下楼都方便，附近必须有大医院，最好还有可供人活动的小公园……能不能要个三居呢？哪怕是小三居也可以，奶奶住一间，她自己住一间，剩下一间还能留给她做个小小的工作室。

唉……这么一来要求太多了，会不会太贵？

江晓嫒越想越激动，恨不能跟着蒋博去亲眼看个究竟。

别人都说找租屋的过程很烦，但江晓嫒一点也不觉得烦，自从她到了这个倒霉催的世界，住过城市棚户、黑心网吧、美发店小仓库、技校宿舍，还有工作室阁楼……总而言之，没有一个地方是正常住人的。

她颠沛流离得太久，时常有飘萍转蓬般脚不沾地的感觉，眼下突然要有正常的房子住了，心里仿佛完成了某种仪式一样，有种无法言说的激动。

哪怕租屋只能算是个"临时停车位"。

就在这时，江晓嫒忽然感觉一道视线投到了她身上。

她停下来，疑惑地回头四下张望了一下，什么都没看见，于是蹭了蹭脖子，收回了疑神疑鬼，尽量收敛一些，不显得那么"范进中举"。

"我走之前肯定还要找陈老板吃顿饭，"江晓嫒自顾自地说，"要是能把陈老板也骗到我们工作室来就好了,我做发型的那几手还是跟他学的。"

祁连:"算了吧,再过两三个月他家孩子就生出来了,除了我,哪个肯跟你抛家舍业地到处跑?"

江晓媛笑起来,这个冬天至此,一点也不寒冷。

第二天,江晓媛还没从被窝里爬出来,先给奶奶打了电话。

她把每间房子都细致地用自己词不达意的语言描述了一遍,说得口干舌燥,最后兴奋地问:"奶奶,你说哪个好?"

奶奶淡定地说:"找个便宜的。"

江晓媛:"……"

不知是年纪大了,波澜不惊了,还是老一辈人崇尚含蓄,反正无论是相聚还是分离,无论她是取得成就还是遭遇失败,无论江晓媛那张跑火车的嘴把事件描述得多么惊涛骇浪、热血沸腾,到了老太太那里,都像是没什么大不了的,江晓媛永远听不出她有一点激动。

江晓媛:"这个走的是工作室的账……"

奶奶:"那就更别挑了,你在外面做事,少占公家便宜。"

江晓媛很想说"我们不是公家,我们干的是个体",又觉得听起来显得有点灰头土脸,于是只好揭过不提:"奶奶,我们都自己开工作室了,还进了全国造型师大赛的总决赛,厉害不厉害?"

奶奶说:"咳,你二伯赶集卖菜,人家也管他叫老板呢,好好干吧,比你厉害的人多了。"

江晓媛再次无言以对。

奶奶:"好吧,厉害,行了吧?"

江晓媛用被子蒙住头,在床上打了三个滚,然后爬了起来——没办法,这个事实在无从反驳,他们工作室目前只有董事长、执行董事和总经理,三位总裁没小兵,江总那金光闪闪的头衔下面,只好还兼职整个技术团队中的各种角色——助理、文秘、会计、前台、客服,以及扫地阿姨和外卖小妹……

为了尽早脱离这种状态,江总每天都要给自己打一管鸡血。

就在她刚刚跟陈方舟约完饭,江晓媛接到了全国造型师大赛的复赛题目。

这回,总决赛的组委会非常正规地给她发了完整的比赛流程与赛前准备须知,包括网络注册、报道、模特备选等问题,都交代得清晰明白。

第七章 大赛

总决赛的花样和预选赛也差不多，依然是"主题走秀"和"现场命题"两部分，不过主题和现场命题已经在公开平台上提前告知选手了。

走秀的主题是"生如夏花"，后续的现场命题是影视特效考核，选手有足够的时间提前准备好自己用得着的东西。

"一般庙小才有妖风，"蒋博知道了题目以后警告她说，"这回肯定是相对公平的，你别在全国观众面前耍小聪明，回去好好想想。"

江晓媛回去想了一整夜，第二天对蒋老师说："生如夏花这场秀，我要选男模，行不行？"

一个人是不可能没有弱点的，江晓媛知道自己的弱点尤为突出，对待弱点唯一的办法就是面对它、磨炼它，把这块短板填上。

要是她当年读书的时候也有这种精神，说不定也能考个状元了。

蒋博毫不犹豫地泼了她一盆冷水："行，怎么不行？你选妖模鬼模猪模羊模也没人管，第一轮就被刷下来别哭就行了。"

江晓媛哈哈一笑："蒋总，我告诉你说，这个世界上已经没有能让我哭的东西了。"

坊间有种迷信，认为有些话是不能说的，譬如说自己从来不生病的人，马上就会感冒；说自己从来不丢东西的人，第二天出门就被人偷手机。好像有一只看不见的手，平时如影随形地藏在人们的生活中，随时等着扑上来扇人一个大耳光。

这边工作室的合约马上要到期，蒋博待了两天就要走了，江晓媛要留下等交接房子，拿回押金。一大早送走前往机场的蒋老师，江晓媛开始盘点起工作室财务，把能寄走的都打包，自己依然只是简简单单的几件衣服，一点微不足道的行李，还有她的行李箱。

祁连在一边木头桩子一样戳着——他坐不下去，自从江晓媛决定复赛用男模开始，除了每天琢磨她的方案，就是拿祁连这个现成的帅哥开涮，今天的主题是蒸汽朋克，江晓媛在他腿上缠了一大堆不知什么东西，现在他的膝盖打不了弯了。

江晓媛忽然问："你说那个病毒是不是已经死了？"

祁连张嘴有点困难："很久没有骚扰你了，大概吧——我这玩意儿什么时候能脱？"

"从他发现骚扰也没用的时候，就没再骚扰过我了。"江晓媛把准备变卖的废旧杂志捆成一摞，"脱吧！"

祁连如蒙大赦地松了口气。

江晓媛："明天咱们试试做个'胡桃夹子'。"

祁连险些让僵直的关节绊个大马趴。他感觉用不了多久，自己就要沦落到"三月兔"和"帽子先生"了。

好不容易把自己一身鸡零狗碎拆下来，祁连忽然问："你还想回去吗？我是说如果不用付出任何代价的话。"

江晓媛愣了一下。

如果可以不用付出代价就回去，她愿意吗？当然是愿意的吧，现在回想起来，她的生活是多么一马平川啊，有财富铺路，她但凡想做点什么，没有不成功的。

祁连虽然也能勉强算是个富二代，自己也算小有产业，但是这么多年志不在此，赚一点钱完全是撞大运，谈不上有什么特别厚实的财富积累，手头的资金勉强能让他们把工作室开起来而已。

他们还是紧巴巴的，还是像草根一样柔弱无依。

"不太想了。"江晓媛忽然说。

祁连吃了一惊："为什么？"

"因为那边没有你啊，祁总。"江晓媛说这话的时候语调十分轻松随便，然而头却不由自主地低了下去，因此没看见祁连忽然明亮起来的眼睛。

他始终戴着那副衣冠禽兽一样的眼镜，大概就是因为眼睛太会说话，不得不遮一下，嘴上虽然沉默了，可是眼睛里却好像有千言万语，专注地看着江晓媛。

他这一下突兀的沉默，让江晓媛不由自主地回头看了他一眼，正好狭路相逢了祁连幽深内敛的目光。

祁连站在工作室的落地窗前，背对着光，一只手插在兜里，整个人都仿佛镶了一圈金光，身上被江晓媛装的一圈大大小小的饰品夸张地流过尖锐的光。

江晓媛不由自主地屏住呼吸："看什么？"

祁连："你……"

他刚开口，江晓媛的电话就突兀地响了起来。

祁连尴尬地摸了摸鼻子，对江晓媛摆摆手："你先接电话。"

手机显示来电是个陌生电话，这种多半是骚扰电话，江晓媛被它这一搅和回过神来，直接按断了来电。

第七章　大赛

她似笑非笑地看了祁连一眼:"没关系,你先说。"

祁连方才是一鼓作气,此时被打断了一回,已经再衰三竭,说不出来了。

江晓嫒立刻得寸进尺地上前一步:"怎么……"

电话再一次催命似的响了起来。

江晓嫒促狭地看了一眼把头扭向窗外的祁连,嘴边挂着笑容接起来:"喂,你好……"

有个男人笨拙地冲着电话嚷嚷:"喂喂!怎么没有声音?喂!"

江晓嫒依稀觉得声音耳熟,但是杂音太大了,一时没反应过来:"听见了,你是……"

对方几乎是对着她的耳朵嘶吼:"我是你孙二伯!"

是过年的时候开着电动三轮车出来接她的孙二伯。江晓嫒愣了一下,有那么一瞬间,一种说不出的预感攫住了她,毫无来由地,她整个人的后背都紧绷了起来,手指一下子掐住了自己的手机。

然后她听见孙二伯乒乒乓乓地吼:"你奶奶摔啦,他们给送医院去了!"

此时,蒋博已经到了机场,时间还早,他打算在过安检之前先找地方吃点东西,祁连一个电话打了进来。

蒋博一边拉着行李箱左顾右盼地找落脚的地方,一边听电话。

听着听着,他的眉头皱了起来:"好吧……这边不用担心,你跟着我就放心了……"

蒋博的话音戛然而止,他看见了一个熟悉的让他战栗的人影。

蒋博:"有什么事再打我电话……嗯,麻烦你了。"

说完,他挂断电话,犹疑地看着范筱筱一步一步地向他走过来。

范筱筱拎着一个粉红色的漆皮包,整个人就像一块长了脑袋的马卡龙,鲜艳得黏牙。她既不像准备长途旅行的,也不像是送亲友的,出现得十分突兀。

范筱筱在距离他几步远的地方站定,抬手把自己一缕头发往耳后掖去:"这次走,以后不打算回来了吧?"

蒋博沉默了一会儿,点点头。

范筱筱微笑起来:"那你是打算彻底跟我撇清关系,断了联系吗?"

如果蒋老师有江晓嫒那种诡异的预感,或者有祁连那样超高的情商,他或许察觉到了不对劲,会先缓和气氛,把这个问题圆过去。可是当他面对这个女人的

脱 轨

时候，总是要么畏惧，要么沉默，几乎无法正视她。她像是拴住他的那根绳子，让他一辈子都抬不起头来。

于是蒋博依然没有吭声，点了一下头。

范筱筱脸上的笑容消失了，她深邃的法令纹低垂而下，一寸厚的粉也遮不住脸上丛生的沟壑与铁青的底色，她整个人像个花团锦簇的僵尸。

接下来的事，蒋博自己都没反应过来，他就听见旁边有个女的好像尖叫了一声，范筱筱猝然从包里拿出了什么东西泼向他，歇斯底里地吼了一声："你想得美！"

四

一个人能走多远的路呢？

倘若将这个问题拖到大街上，大概会收获一箩筐"人有多大胆，地有多大产"的答案——什么"目光有多远，路就有多远"，"心有多远，人就能走多远"，等等，诸如此类，不一而足。

但其实不是的。

江晓媛浑浑噩噩地坐在车上的时候，她想："不是这样的。"

小时候上政治课，课本上为了阐述"自由是相对而非绝对"的概念，举了个风筝要有线才能自由高飞的例子，这些东西当年被老师在耳边车轱辘似的念来念去，让人十分不以为然，其实是很有道理的。

没有线，风筝就不能飞，好比没有河就没有岸。

那么如果没有归途，人走得再远，又要靠什么来度量呢？

某个自己早已经不记得的起点吗？

江晓媛的亲奶奶早在她出生前就没了，被送进医院的这个老人其实去年才刚刚和她见过面，可是那老太太却好像一个坐标，标志着她在这个时空中的家，以及延伸到另一个时空的脆弱根系。

过世的奶奶是她眼里最贴近过去时空的人，好像在这里等待了她很久，替那些已经无缘相见的、曾经疏远的亲人来照顾她，听她每周一次事无巨细的废话，等她在漂泊一整年后，有一个理所当然的家可以回，不至于凄凉。

那个喜欢写日记的孤僻状元仿佛已经和江晓媛融为一体了，时间长了，江晓媛觉得好像乡村里相依为命的日子才是真的，另一个时空中的纸醉金迷只是她这个乡下丫头一场荒唐的大梦。

　　江晓媛也不知道自己哭没哭，她甚至没留神开车的祁连时而瞟向她的目光，只是漫无目的地望向车窗外。

　　就在这时，车窗上突然出现了一个小小的屏幕——只有她一个人能看见的屏幕。

　　一伙人在拍照，有她，有父母，有祖父母，外祖父母……没有谁不健康，大家嫌她个子太高，就让她像小宠物一样蹲在最前排，她看起来很不乐意，被她爸一手卡住脑袋按了下去，只好抱着奶奶的大腿耍赖……

　　快门"唰"一闪，江晓媛显得有些木然的眼睛也飞快地眨了一下，画面淡去了。

　　原来灯塔里的病毒蛰伏至今，只是为了选一个更好的时机。

　　祁连担惊受怕地开了一路飞车，丝毫也不知道江晓媛在他旁边沉默寡言地看了一路堪比"我爱我家"的家庭小剧场。她总是羡慕祁连的好人缘儿，却从来不知道该怎么能学一点。

　　所有人都会背叛她，女朋友会暗地里捅她一刀，男朋友一天到晚只会巴结她。

　　"为什么你一定要那么多的优越感才能活下去？"

　　江晓媛想，可能因为她感觉自己实在是没什么可爱的，所以只有死守着她的优越感，然后分道扬镳的时候才能潇洒去来。这么多年来，她一直都是这样的。

　　活物都是不可控的，不要说人，连养的猫和狗都会被别人一根香肠拐走，江晓媛以前觉得，或许物质是可以依赖的。可是一朝天翻地覆，连冰冷又市侩的物质都抛弃了她。

　　江晓媛忽然又想："为什么奶奶这样重要呢？"

　　因为这个世界上，好像只有家人才是勉强能让她放心的，她是独生女，而他们出于无可替代的血缘关系，虽然也不见得特别待见她，但总不至于抛弃她或是故意害她。

　　而这个世界里，她的家人只有奶奶，如果奶奶没了，那么就是世界对她釜底抽了薪。

　　等祁连的车在医院外面完全停下来，江晓媛才勉强回过神来，她游魂似的推开车门，视网膜上仿佛还存留着时空乱流，无意识地要下车往前走。车里忽然伸出一双手，攥住了她的手腕，把她拉回到车里。

脱　轨

祁连的手劲很对得起他手腕上的文身，他的掌心滚烫，手指尖却是凉的，好像有一团心事郁结在那里，通不过微循环。

祁连一把把江晓媛拉到了怀里，她身上栀子花的味道扑鼻而来，花的香气甜得沁人心脾，祁连还是第一次从中闻到了一点苦味。

江晓媛没有哭，没有颤抖，没有挣扎，没有表示，只是静静地让他小心翼翼地虚揽着，借着他的手，缓缓地得到了一点人的温度，然后从僵死中略微回过神来。只有一瞬间，她试图伸手攥住他的衬衫，脸上露出了一个像是要掉眼泪的表情，然而很快忍回去了，江晓媛伸手拍拍他的肩膀，小声说："趁机占我便宜？要收钱的。"

开完这个并不高级的玩笑，她径直推开他，往医院里走去。

祁连不知道她的眼睛里看见了什么，江晓媛一个字也没有透露。

江晓媛看似淡定地跟着他走进医院找人，而其实在别人看不见的地方，医院那光可鉴物的大堂上播放的是无止无休杂乱的画面。

她看见自己的头发开始变得枯黄，脸上开始添了皱纹，原本饱满的五官一点一点萎缩，但身上本来廉价的衣服也慢慢变回了很久以前的消费水准，她看上去年长而成功，面容冷漠，渐深的法令纹看起来把她本来的两分刻薄填到了七八分，面容有说不出的可憎。

在病毒播放的哑剧里，江晓媛看见蒋博与自己在街上擦肩而过，两个人像陌生人一样谁也没有抬眼，回头她又和祁连大吵，吵了没两句，她就不肯作声了，冷漠地坐在一边端起她的杯子，做出"端茶送客"的疏离模样，连吵架的言语都欠奉。

这神色如此熟悉，以前她烦霍柏宇的时候，就是这样"视别人如粪土"的冷处理。

……除了霍柏宇，还对谁用过？

江晓媛不记得了。

画面又一变，她看见自己小时候一个人默默入睡，又一个人默默起床的情景。她躺在自己的小床上，背对着门蜷缩成一团装睡，通过没关严的门，听着保姆给家人打电话的声音。熟悉的画面点燃了她经年日久的记忆，抖落了时光的尘土，依然清晰得仿佛昨天发生的。

地板上的图像没有声音，但江晓媛一字一句都记得，保姆当时说："主人家就一个小丫头……什么？你说那小孩啊，不太招人疼，挺讨厌的，平时父母也不管，大概是意外生出来的吧。"

画面再变，她看见冯瑞雪脸上带着苍白又怜悯的笑容，嘴里一张一合地仿佛在说什么……

江晓媛浑浑噩噩地跟着祁连走到了一个手术室门口时，正好灯突然灭了，她整个人蓦地一激灵，全身的汗毛都竖起来了。

随后手术室的门推开，医生护士走出来，手术台上躺着一个脸上盖着白布单的人，一动不动。

江晓媛感觉萦绕在她周围的无数画面忽然轰然之间全部崩碎了，耳畔轰鸣不止。

她看见自己久别的父母在医院雪白的墙上向她招手，下面有一行熟悉的字迹。

"通道已经准备完毕，是否启程？"

"是"字好像是血写就的，鲜红得灼眼。

它落在舌尖，有那么一时片刻，几乎就要脱口而出，江晓媛用最后的理智狠狠地咬住舌头，血腥味在嘴里喷薄而出。

她刚要上前一步，脚下忽然一软，踉跄着跌了下去，膝盖没有碰到地之前就被祁连一把拽了起来。祁连终于发现她的目光落点不对劲儿，紧紧地抓住她的肩膀问："你看见什么了？看见什么了？"

江晓媛牙关紧紧地闭在一起，难舍难分地吐不出一个字。

人是永远都追不上光阴的吗？无论跑得再怎么拼命也是吗？

祁连一把抓住她的衣领，将她从地上提起来："看着我！"

旁边一个护士皱皱眉，走过来提醒："医院不要喧哗。"

祁连看了她一眼，护士吓得脚步一缩，可是他只是轻轻说了一句"对不起"，就揽着江晓媛往旁边的座椅走去。

护士出声的一瞬间，江晓媛已经冷静下来，她默不作声地顺着祁连坐在长椅上，手机在兜里疯狂振动，江晓媛没有碰它，祁连看了她一眼之后，缓缓地把她的手机从外衣里抽了出来。

然后他长长地叹了口气，腰往后一靠，伸出手，在空中逡巡良久，最后落到了江晓媛披散在后背的头发上。

他忽然不知道该说什么好。

江晓媛却忽然开了口："我知道，你不用说。"

祁连："你知道我想说什么？"

江晓媛："身边的人总会走的，比我年长的注定走在我前面，哪怕是比我年轻的……也可能随时离开，或是厌倦我了，或是出了意外，可能无论经过怎么样的过程，一始一终，人都只有自己而已——这病毒永远虐不到点子上，我看它也是活该被卡在时空夹缝里。"

她这话音刚落下，祁连手里的手机屏幕"啪嗒"一下黑下去了，等他再解锁屏幕，只看见了一个干净的信箱，里面什么都没有，仿佛方才种种都是幻觉。

说完，她站了起来，无论如何，她要去亲眼看一看奶奶。

一个人，不管自以为多么不同凡响，多么超凡脱俗，也总是有人不认同这种评价，他的生命中也总会充斥着生离与死别，总是有人讨厌他，总是有人厌倦他，总是有人尖锐地否定他的一切价值。

可是再尖锐的事，如果这就是现实，除了坦然接受，还能怎么样呢？

祁连抬手攥住了她的手腕："我也不行吗？"

江晓媛没吭声。

祁连："你已经不会再为病毒有一点动摇，为什么我还一直不肯从你的生活里消失呢？其实你心里明白的是吧，公主殿下？可是你永远不会表现出一点，是因为我还没有跪在你脚边，把忠心捧起来给你看吗？"

江晓媛突然泣不成声。

祁连又叹了口气，他执起她的手，看着她清瘦但不怎么筋骨分明的手背，轻轻地、虔诚地把自己的嘴唇贴了上去，一触即发，然后站起来，让她靠在自己的肩上。

江晓媛痛痛快快地大哭了一场，不知多久，才有些含糊地说："我要去看奶奶。"

祁连从她兜里摸出纸巾，默默地递给她，让她借着自己的遮挡把脸擦干净："好，走。"

他们刚刚走了两步，突然，身后一个熟悉的声音叫了她："晓媛。"

江晓媛猝然回头，眼角泪痕未干。

她看见红脸蛋的孙二伯站在身后不远处。

孙二伯："噫！我刚才就说看见个人像你，你婶偏说不是，我说追下来看看，这鬼地方又这么难找……"

过路的护士愤怒地警告："不要喧哗！"

第七章　大赛

孙二伯用敲锣打鼓一样的嗓门说:"我没喧哗!"

江晓媛脑子里卡住的弦终于轻轻拨动了一下,意识到自己可能弄错了什么。

孙二伯:"快过来,你奶奶想你哪!"

江晓媛还没反应过来,已经被祁连推了过去。

她一时间忘情,在医院楼道里跑了起来,跑了两步以后又反应过来,连忙欲盖弥彰地整理好头发和外衣,保持着姿态停下脚步慢慢走。

祁连刚要追过去,被他拿在手里的江晓媛的手机忽然响了。

来电显示跳出"老佛爷"仨字,他愣了一下接起来:"……是蒋老师吧?"

蒋博的声音显得有些疲惫:"她没事吧?"

祁连:"应该是没事了。"

"那就好,"蒋博顿了一下,报出了一个医院地址,"你等一会儿能过来一趟吗?"

奶奶摔倒的原因是低血糖,一个村里住着的人就算不沾亲带故,彼此也都认识,立刻有人看到去扶,可是扶了半天扶不起来,她腿上始终没力气,这才给送到了医院。

"稍微有点血栓,"医生说,"但是不严重——栓得特别结实的那种你懂的,可能就半身不遂或者站不起来了。"

江晓媛:"那……"

医生:"没事,以后长期服药,家属多注意一点就好了。"

江晓媛吃了一惊,紧张了起来:"吃多久?"

医生:"当然是长期服用。"

江晓媛坐立不安地问:"意思是一直好不了了吗?"

医生是个中年人,看着她忍不住乐了:"你奶奶这么大岁数的人,这还算什么毛病?你就知足吧,这已经很不错了。有可能的话,以后还是尽量不要让她独居,有个人照顾比较好。"

医生说一句话,江晓媛就跟着点一下头,乖得不得了,恨不能立刻叫住蒋博,帮她把房子定下来。

奶奶坐在病床上,医生说话没有避讳她,她看起来既不害怕也不惶恐,好像病不是生在她身上一样。医生一走,她就对江晓媛招招手:"来。"

江晓媛连忙滚了过去,在床边蹲下。奶奶看了看她,没有发表什么"我不想去城里拖累你"之类的废话，只是问："哭了？"

江晓嫒没好意思说她认错人的事，默认了。

奶奶手上插着针管，不过大概就像医生说的，她的血栓并不严重，开口说话时也听不大出血栓患者特有的含糊不清，只是慢吞吞的，流露出某种道行深厚的不徐不疾来。

"我已经这么大年纪了，这回没死，顶多是能去你在城里的家里住几天，让你将来少一点遗憾，但是过不了几年，我总归还是要死的。"奶奶说，"我能陪你到老吗？陪不了的，王八也活不了那么大年纪啊。"

江晓嫒鼻子一酸，又想哭了。

她嘴角微微牵动了一下，奶奶就看出来了。奶奶说："你不能这样，你们这些小孩子都给惯坏了，我们小时候，打仗死了好多人，饥荒又死了好多人，都是鼻涕还没擦干就没了爹娘，没了爹娘，自己就是大人，得自己找地方落地生根，自己能活，哪儿来那么多矫情？"

顿了一下，奶奶又嘀咕说："我怎么感觉你进一趟城，虽然长了点出息，但是人越活越小了呢？"

"因为那个中学就辍学，回家顶门立户的状元已经不在了，"江晓嫒想，"换成了我这个虚长几岁，却什么都不行的窝囊废。"

可是奶奶虽然道行深厚，毕竟没有受过什么教育，想象力全在田间一亩三分地上，万万想不到，世界上还有一群脑洞深深不可测的物理学家，发明了一个"平行空间理论"。所以对江晓嫒的变化，她虽然百思不得其解，也没生出什么疑心来，只是抓住了江晓嫒搭在床边的手。

"要成人，要快点成人啊。"奶奶低声反复地嘱咐着，然后她好像是累了，渐渐不再说话，满怀忧虑地睡着了。

江晓嫒有一点笨拙地帮她调整了靠枕，一直陪奶奶待到了傍晚，看见祁连的人影在门口一闪，带着一身寒意走进来，冲她招招手。

他把买回来的饭菜交给孙二伯两口子，又对江晓嫒说："你先吃饭吧。"

江晓嫒的情绪已经平稳了，但是一整天大起大落，有点虚，没胃口，于是摇了摇头。祁连想了想，认认真真地说："不行，你必须要吃，吃完我有个事要跟你说，你不吃我不敢说，因为我说完了你可能就更吃不下去了。"

江晓嫒听出了他的言外之意，他俨然把自己当成了一个遇到重要的难事可以

第七章　大赛

商量的人，于是不忍心让他失望，一丝不剩地收起了她身上根深蒂固的幼稚和任性，拿过一个饭盒，也没挑嘴，吃完了半盒饺子。

江晓媛："你说吧。"

祁连："我刚才去见了一趟蒋老师。"

江晓媛一愣："蒋老师？他不是已经走了吗？"

十分钟以后，江晓媛跟祁连只来得及匆忙地和孙二伯交代了一声，就连忙动身赶往一家以治疗烧伤出名的医院。

时间倒回到几个钟头之前，范筱筱在机场大庭广众之下追上了蒋博，说了几句话后，突然从她的包里拽出一瓶浓硫酸砸向了他。

幸运的是，当时旁边正好有一位一惊一乍的女士，看见有东西飞起来就尖叫了一声，蒋博虽然没弄清怎么回事，但被尖叫震得条件反射地后退，他人又比范筱筱高很多，所以瓶子只是砸在了他的胸口。

不幸的是，普通人在遇到危险的时候，闪避的同时总会下意识地做出用手推挡的多余动作，半瓶浓硫酸泼洒到了他的手上。

江晓媛马不停蹄地从一家医院跑到了另一家医院，闯进了蒋博的病房。

蒋太后的手已经经过了医院处理，脖子和下巴上还能看见零星几点白药膏的痕迹，应该是溅上去了几滴，外衣已经被警察当作证物收走，据说那衣服露出了大片的羽绒，白花花的，尽忠职守地为主人肝脑涂地了。也多亏他怕冷穿得厚，胸口才没被烧穿。

江晓媛开门的动静太大，蒋博皱着眉回头看了她一眼："能稳重点吗？"

江晓媛无暇理会，目光落在了他手上，立刻倒抽了一口气。她一直都知道，他有一双神一样化腐朽为神奇的手，可是……

江晓媛："疼吗？"

"不疼，"蒋博说，然后他又补充了一句，"确实不怎么疼，大夫说表皮一下就会被碳化烧穿，神经末梢很快就死了，所以现在感觉还好。"

江晓媛转身就走。

蒋博："你干什么去？"

江晓媛："我要剁了那个疯婆子！"

祁连忙一伸手拦住她："已经抓起来了，冷静，你冷静一点。"

蒋博悠悠地靠在病床上，并没有显得有多么激烈的情绪，也可能已经激烈过

脱　轨

了，此时大半天过去，什么样的仇与怨都大致冷却下来了。

"复赛方案我可能没法帮你修改了，"蒋博说，"之后你可能得完全靠自己了。"

都什么时候了他还有心情想复赛？

江晓媛瞠目结舌地愣在那里，有一瞬间心里产生了不怎么好的猜想——蒋太后这么平静，该不会是不想活了吧。

蒋博没注意自己一句话把江晓媛的脸说白了，兀自低下头，看着自己已经分辨不出本来面目的手："另外这段时间我也没法两头跑了，只能靠你多担待——我建议你把心态放平，你的水平我心里有数，在本地区跟那帮色盲比一比还算有竞争力，全国决赛各地高手如云，还有海外组参加，你这种菜鸟基本没什么希望，能撑过第一轮基本就算奇迹了。"

江晓媛带着哭腔说："有你这么咒我的吗？"

"谁咒你了？"蒋博低着头笑了一下，"只要你撑过第一轮，就算给工作室省下了至少大半年的广告费，已经很不错了。"

听他还在精打细算着广告费，看来死不成，江晓媛有点放心，飞快地低下头，抹了一下眼睛，感觉大半年的广告费尚且不知在何方，她大半年的眼泪都已经流光了。

"哭什么？"蒋博挑挑眉，"我作为一个老板，难道以后还要亲自动手接待客户吗？那要你们这些技术人员何用？"

他那神态与预选赛前，江晓媛质问他为什么不报名，他故作潇洒地回答"大赛是用来操练造型师，不是操练老板"的时候如出一辙。

江晓媛突然生硬地问："范筱筱呢？"

"疯了。"蒋博面不改色地回答。

江晓媛愣了几秒，忍无可忍地爆发了出来："说一句疯了就行吗？是不是她将来说自己是精神病，你还要给她做证说她确实是精神病，然后让她逍遥法外吗？都这样了你还要给她养老送终？你都贱成狗了！"

这一嗓子惊动了外面的医护人员，很快有人过来查看，祁连忙悄悄解释了两句，关上了门，然后轻轻拉了江晓媛一把："你怎么说话呢？"

"没事，她一直这么说话，"蒋博凉凉地接话，"她每天都要自行犬化三次，一次穷成狗，一次累成狗，还有一次困成狗。"

江晓媛："……"

第七章 大赛

蒋博："你以后干脆起个艺名叫'三狗一生'吧，江总。"

他习惯性地奚落了江晓媛一句，脸上的笑容却渐渐沉郁。

"一个人的过去，不管是好的还是不好的，都是客观存在的，"蒋博不等江晓媛回过神来，就自己轻声说，"我已经活成了这副鬼样子，不想再否定自己一次，所以一直想把以前的事揭过去，可是现在才发现……揭不过去的，有些事终归要有个了结——除非命好，赶在了结前先死了。"

江晓媛愣愣地看了他一会儿，突然从他眼睛里看出了某种很熟悉的东西——他并非不疼，只是如果以一双手为代价来换取自由，他疼得心甘情愿。

曾经也有一个人，用生命为代价，苟延残喘在一台机器人里，换取所有人最终的自由。那个人的勇气现在还在她心口里，定海神针似的存在着。

蒋博："我不会给她做证的，也不会再管她，反正无论是把她关进监狱，还是关进精神病院，从今以后，我都可以摆脱她了，你不觉得也挺好的吗？"

江晓媛恨恨地说："好个屁！"

说完，她狠狠地擤了一把鼻涕，转身要去找值班医生询问具体情况。

蒋博却叫住了她。

"晓媛。"蒋博很少这样叫她的名字，太后娘娘一般不会温和平等地叫跟班小太监，"我和你说几句话，你觉得她毁了我吗？其实没有——世界上有无数人比你聪明，无数人比你努力，但是他们都不一定会成功，你知道为什么吗？"

"因为有些事实际上就像是老天爷抽奖，大家都拿着一张彩票，满怀希望地等着开号，但是被抽到的只有极少数人，完全就是撞大运。"

"你通过比那些聪明人用功，比那些用功的人聪明，或许能侥幸达到某一个水平，让你能买到那张彩票，和所有人一起等着抽奖，这叫作'谋事在人'。"

"至于抽不抽得到你，那叫'成事在天'，都是运气。"

"运气和才华哪个更重要呢？"蒋博看着江晓媛，做出了总结，"在我看来，才华相当于你买彩票的那两块钱，只是个先决条件，运气才是决定性因素。我呢……买了彩票，参加了抽奖，但是没有抽到，没什么好怨恨的。"

江晓媛忍不住问："难道你要认命？"

蒋博微笑起来："我可以再买一张别的彩票——比如'成功商人''知名造型设计师'什么的，再抽一次，说不定就中了呢？"

江晓媛要照顾奶奶，祁连先她一步过去代理工作室的事。

她默默地对着病房的白墙皮思考她"生如夏花"的主题秀，感觉蒋老师说得对——她时常会有灵光一闪的感触，然而一旦用造型或是绘画的形式表达出来，又感觉不像那么回事。她有心去骚扰蒋博，但又总在最后关头忍住，只是一遍一遍地修改，时常修改得头破血流，就知道"买彩票"的那两块钱，实在太不容易赚。

　　这一年年底，江晓媛带着奶奶去了她即将比赛的地方，临出发，是陈方舟来送行的。陈老板虽然个头袖珍，但是干活儿给力，一路帮她扛着行李，把她们送到了火车站："老祁在那边接你，放心吧。"

　　江晓媛冲他摆摆手："谢谢了陈老板，等我发达了，一定提携你。"

　　陈方舟一听，台词被抢先了，只好把准备好的"苟富贵，勿相忘"咽了回去，改成了："你踏实点吧，老大不小的人了，一天到晚做白日梦。"

　　火车广播请"送亲友的下车"，陈方舟与江晓媛挥手作别，他站在已经空荡荡的站台上，像一颗寒风中瑟瑟发抖的黑枣，缩着脖子，皱着五官，两只手揣在一起，听见火车放了个漫长的屁，然后摇头摆尾，不徐不疾地挪动起来。

　　忽然，陈方舟神经质地往前走了两步，随即自己意识到了，强行停了下来。

　　"我要干什么？"他茫然地想，"跳站台吗？"

　　站台上的乘警奇怪地瞟了他一眼，想必是目测此人身板不足以违法乱纪，于是很快掉转目光，不再关注他了。陈方舟脑子被寒风吹得空空的，他吸了一下鼻子，怅然若失地往回走去，忽然不由自主地想起他那年满怀中二、准备南下闯荡世界时的心情。

　　那时候火车票还没有实名，进站还不必出示身份证和车票，每个小流氓都精通两到三种逃票方法，而青少年的陈方舟只会一种，所以大概是不配叫"流氓"的，只配叫"盲流"。他逃票上车，上了车就钻厕所，在车厢里左躲右闪，跟检票员斗智斗勇，鼻子里是啤酒泡鸡爪的馊味……而心里装着一片海阔天空。

　　如今，他那馊了的海阔天空味道散了，他现在有个家，有个老婆，还即将有个孩子。

　　有得有失，不赔不赚。

　　陈方舟甩甩头，听着身后火车声渐渐远去，感觉自己像是与另一个自己分道扬镳，他心里有种强烈的欲望想回头看一眼，又觉得没有意义，于是失笑一下，灌了一喉咙凉风，回家去了。

　　江晓媛在路上给祁连发了短信，告知了火车正点到达的时间，然后说："顺便帮我看看有没有便宜点方便点的旅馆,我先住下来,再慢慢找房子。"

祁连简短地说:"行,你不用管了。"

等她顶着一双黑眼圈到了目的地,祁连又开着一辆不知从哪儿弄来的车,直接把她送到了一处居民楼里,然后从兜里摸出一把钥匙递给她:"房子租好了,以后你就住这儿吧,离工作室不到八百米。"

江晓媛:"……"

他居然这么长时间连招呼都没打一声,就把房子给租好了!江晓媛震惊得无以复加,只好再次对他的闷骚表达敬意。

奶奶则在旁边瞪着眼睛打量着祁连。

祁连把行李送进去,冲奶奶笑了一下:"一楼,左边那间就是。"

奶奶开了口,发话说:"你不进来喝杯水吗?"

祁连听懂了她的送客之意,十分乖巧地回答:"不了,天太晚,不方便。"

奶奶的神色这才缓和了一些,收回了虚伪的客套:"哦,谢谢啊,小伙子,那你早点回去吧。"

祁连痛快地说:"好。"

然后他自行开锁,进了一楼右面的那间房。

也不知道他是怎么找到两间对门同时出租的房子的,屋里的布置充分考虑了老年人的需求,没有一个门槛和台阶,虽然不大,但也够住,江晓媛甚至在卧室的一角看见了一个别致的工作台。

"简直没辙了。"江晓媛想,"太会讨宠了。"

这天晚上,江晓媛做了个非常古怪的梦。

梦里有一个巨大的屏幕,她扬断了脖子也看不到顶,大屏幕上分割成无数个一尺见方、骨灰盒似的小屏幕。七八成的小屏幕像是坏了,都是黑屏状态,其他亮着的在播放影像,主角都只有一个——江晓媛自己。

她情不自禁地往后退了几步,小心翼翼地沿着大屏幕的底部缓缓地往前走。

有些小屏幕里,她落魄得连自己都看不下去,于是就不看了。江晓媛惯常自恋,流连向往的都是里面的人风光得意的。

比如有一块屏幕上,她看见自己一身珠光宝气,还戴着一副遮着半张脸的墨镜,高贵冷艳地从某个不认识的建筑里走出来,门口等着的记者立刻追上来,亦步亦趋地跟着她,噼里啪啦地对着她拍个不停,嘴里嗷嗷叫着"江老师"。

江晓嫒心花怒放地想:"天啊,这也是我吗?"

她这么一想,屏幕上就跳出了"回放"两个字。

江晓嫒好奇地按了下去,就看见了那个刚刚被扔到这个世界来的倒霉的自己。然而与过去的她不一样,屏幕里的江晓嫒在美发店被孤立之后,没有选择自欺欺人地忍受,而是心和嘴一样硬地收拾东西走了,她走得志气非常,谁也没告诉,四处流浪了好一阵子,最后到一家定制服装的店里给人打零工。

她从打扫卫生做起,寒冬深夜里,满手都是冻疮和针扎出来的小眼,在一盏摇摇欲坠的小灯下缝东西,这样一点一点地学,一点一点地做,最后居然成了个知名的服装设计师。

江晓嫒看得心潮澎湃,代入感强烈得不得了,看完不过瘾,恨不能立刻再找一个屏幕意淫下一段。

搜寻半响,她终于又发现了一个看起来很厉害的。

屏幕上的江晓嫒成了个知名的艺术家,格调相当高,还办了自己的画展,她轻车熟路地找到了"回放",发现这一段的分歧点在祁连第一次对她承诺无条件帮助的时候——和真实的江晓嫒不同,屏幕里的那个她犹豫了一段时间后,还是答应了,她在祁连的资助下念了一所国外的知名艺术院校,由于想清楚了自己想要什么,又还勉强算是有点天分,之后一直一帆风顺,混得不错。

江晓嫒看完默默回味了一下,看得也有点爽,但是又说不出哪里有点别扭,反正不像前面那个诱人。

这时,她忽然又想:"那些黑了的屏幕又是什么意思呢?"

这念头刚一冒出头,隔壁一面黑了的屏幕上就跳出了"回放"字样。黑屏想必不是什么好事,江晓嫒有点不太想看,但又耐不住好奇心,最后还是点了。

屏幕里回放了一段黑白的视频,开头和方才一样,黑白剧里的江晓嫒接受了祁连给她的资助,但后面却慢慢不一样了,这里面的那个江晓嫒,虽然人在学校,心却始终没有落到她的专业上,像是混日子混出了惯性,学习未见得怎样用功,反倒总惦记着给她钱的人。

江晓嫒惦记起人来,总是那一个德行——她要是占尽优势,就能优雅可爱、游刃有余,她要是心怀不安,必定公主病犯,作天作地。

贼都知道"谋财害命"乃是大不义,所以"钱"和"人"终于不可兼得,最后她在祁连冷淡转身相对的时候,向病毒投了降。屏幕再次回到黑屏状态。

第七章 大赛

_333

原来"黑屏"就是那一个情境下的她输给了病毒的意思。

江晓嫒极目远眺,发现不时有原本亮着的屏幕熄灭下去,然而无论怎样灭,总是有那么零星的几个屏幕是亮着的。

人的每一个选择,都会产生一个衍生的平行空间,平行空间里的人走向岔路的另一边,两个时空从同一个起始点出发,然后背道而驰。

那么也会有无数个病毒,在无限时空中与她纠缠吗?

她输给病毒无数次,同时也一再击败了对方吗?

江晓嫒不知道,这毕竟只是她一个毫无逻辑的梦。

然而当她在清晨五点准时醒过来的时候,她突然有了某种使命感——她要为自己走出的这条路负责,因为或许有无数分道扬镳的"自己"在默默注视着她。江晓嫒一骨碌爬起来,开始了自己忙乱的一天。

她要和祁连交接新工作室的事,要联系客户,要准备招聘团队,还要继续修改她"生如夏花"的作品……或许第一轮就被刷下去了,那也没关系,学艺不精,大不了下次再来。或许将来学艺精了,也一样离功成名就差那么一点运气,那也没办法,她只好多参加几次"抽奖",借以慰藉自己死不回头的心。

反正这里的她中不了奖,另一个平行空间里没准儿能中呢。

"即使时间仅有二维,也将呈平面状而不是直线状,有无数个方向,那就意味着我们可以同时做出无数个选择。"

"其中总有一个选择是对的。"

——刘慈欣《三体》

尾声

为了照顾蒋老师遭到了极大摧残的身心,江晓嫒没有特别重大的事不去烦他——反正她总有一天要脱离他的教导,就当提前适应了。只有临近比赛,方案快要定稿的时候,才传过去给蒋博看。

蒋博憋闷得久了,心里本来就有点邪火,一看江晓嫒的方案,总算是找着宣泄的途径了,他老人家半夜十二点打来电话,神采奕奕地将她的方案从头发丝贬损到脚后跟，完美地做到了"糊她一脸"。

他说了足有半个多小时，把江晓嫒的手机煲得像个暖宝宝，这才意犹未尽地总结陈词："你这玩意儿要是能有什么结果，母猪都能上树！"

江晓嫒忍无可忍："哟，那您要上树？"

说完，她愤怒地挂了电话，然而蒋老师的话她却听进去了。

其实学什么东西都是刚开始不知天高地厚的时候爽快，后来越是到了一定的水平，就越是对自己的差距心知肚明。狂放地生长了二十多年、头一次长出自知之明的江晓嫒放下电话，擤了一把鼻涕，披上衣服爬起来开始着手修改，几乎是推翻重做了一整宿，第二天憋到十点多，才顶着厚重的黑眼圈给蒋博传过去了。

蒋博在半个小时以后给了反馈。他说："算了，你还是按着昨天的那个来吧。"

江晓嫒："……"

蒋老师只用了一句话，就让她整个人都炸了，江晓嫒愤怒地在屋里转了几圈，无法排解心里的郁闷，又不能冲奶奶嚷嚷，只好炮弹似的射到阳台上，无厘头地开始摘晾衣架上的衣服。

装修师傅大概是打篮球出身，晾衣架高得丧心病狂，饶是江晓嫒那东京树一般的身高海拔也得踮起芭蕾脚，她懒得用晾衣竿，在阳台上跳起了"天鹅醉酒"，铁打的衣架在她笨手笨脚的扰动下"噼里啪啦"地掉下来，砸在了她没穿袜子的脚趾上。

江晓嫒"嗷"一嗓子，用指甲感受到了自由落体的恶意。

她单腿蹦回屋里，在奶奶入定一般淡定的目光下跳上沙发，抱起脚仔细看指甲是不是紫了，不料胳膊肘横扫，正好将桌上一个没盖严盖子的大水杯碰洒了，里面五百毫升的凉水从茶几上飞流直下，"稀里哗啦"地把地板浇了个透心凉。

倒霉的时候喝口凉水都塞牙。

就在她即将要从沙发上跳下去拿拖把时，奶奶发了话。奶奶幽幽地说："你一会儿准得摔个大马趴。"

江晓嫒不敢正面和老人顶嘴，只好迂回地用目光表达抗议。

奶奶："你心里烦，心气就躁，气就从全身往外喷，肯定碰什么什么倒，走路也要摔。"

江晓嫒没想到奶奶竟然是个民间气功理论家，一时间被震住了。三秒钟以后，她默不作声地找来吸水海绵和拖把，把地上的水抹干净，然后钻进了自己的房间甩上门。

祁连中午来找她，发现她居然闭关不见人，十分莫名，于是殷勤地把买的水果放在桌上，给奶奶剥了个橘子："奶奶，她怎么了？"

奶奶听了他的称呼，十分不爽，心里想："套什么近乎，谁是你奶奶？"

可是又没办法发作——因为中国人民对老年妇女的尊称就是"奶奶"，不让人叫"奶奶"，总不能让人家直呼"老太婆"吧？

奶奶耷拉着一张如丧考妣的黯然销魂脸，回答："拜佛去了。"

祁连看见桌上如废纸一样的手绘，心里一转念，就明白了是怎么回事，立刻转身出门，打电话控诉蒋老师。祁连："人类进步的源泉是善意的鼓励，不是恶意的人身攻击，你扪心自问，要是你辛苦努力的成果被人批判得一钱不值，你还怎么爱？你跟她有仇吗？"

蒋博："人类进步的源泉是如何在残酷的世界里求生，我培养的是优秀的设计师，不是玻璃心的设计师，如果连这种对事不对人的温和批评都接受不了，我看她趁早别干了。"

祁连："……"

蒋博："还有你最近越来越昏庸无道了，谈恋爱的时候留神点智商，丢了掉了的，以后没地方补办。"

江晓媛虽然并没有被蒋博批判得一蹶不振，但状态多少有点不好——修改了很多稿，她还是有点没自信。就在这样的惶恐不安里，她这次决赛还是一波三折。

全国大赛是要直播的，头天晚上有个彩排。

为了确保公平公正，选手们是不可能提前把自己的作品公开出来的，所以彩排基本就是大家一起熟悉一下场地，模特们简单走个台步。江晓媛跟她的模特一直折腾到深夜才解放，她饥肠辘辘，一头扎进了一家路边麻辣烫——自己吃，模特看着她吃。

"姐，"个高脸嫩的男模特扭扭捏捏地坐在她对面，"嘤嘤嘤"地问，"你怎么想的？干吗找我呀？不来不知道，刚才一看，我感觉好像周围全世界都是女的，就我一个秃尾巴公鸡立在仙鹤群里。"

江晓媛奇怪地问："都是美女不好吗？要是就我一个女的，周围都是帅哥，我估计得乐得睡不着觉。"

模特一脸悲苦，想必是对美女不太感兴趣，又不好意思明说，只好长了痔疮一样在椅子上左摇右晃，最后可怜巴巴地盯住了江晓媛的碗。看了一会儿，他没能战胜心魔，央求说："那个……让我喝口汤行吗？"

谁知这一口汤把人喝坏了。

模特们平时严格限制饮食，油多味道重的垃圾食品肯定是不怎么吃的，那位小兄弟的胃早已经习惯了能淡出鸟一般的营养食品，被这一口麻辣鲜香烫的路边摊严重地伤害了，当天半夜就爆发了急性肠胃炎，弱柳扶风地倒地歇菜。

江晓媛第二天早晨才得知这个消息，整个人都不好了，感觉老天要亡她。

但这时候换模特怎么来得及呢？她先是热锅蚂蚁一样在屋里团团转了二十分钟，最后被奶奶一句"是你的就是你的，不是你的，转成球也不管用"点化，想通了——反正蒋老师铁口断言，她无论如何也是给别人当分母的。

江晓媛干脆破罐子破摔，动手绑来了隔壁祁总。祁总不说别的，个头是够高的，只是肩膀比原来的模特略宽，她于是将准备好的服装两条袖子扯了下来，然后脑子里灵光一闪，一把豁开他的领口，又不知从哪儿翻出了一条没用过的鞋带，两边塑料头一剪，在祁连胸口处绑了几个叉，勒出了胸肌，当场让他从知性风变成了野兽派。

祁连："你疯了？我又没当过模特！"

江晓媛一边动手修饰他的五官，一边说："你会走就行了。"

祁连："……我怎么走？"

江晓媛："放心吧，只要人够好看，踢正步都没人管你。"

一直抗议的祁连诡异地沉默下来，江晓媛半天没听到响动，才看了他一眼："怎么？"

祁连心想："你要是每天这么漫不经心地夸我一句，给你干什么都行。"

可惜他这人闷骚，这种肉麻话无论如何说不出口，只好别开目光，轻轻地笑了一下。就这样，祁总乖乖地客串登台，成了历史上最随便的模特。托他的福，江晓媛竟离奇且意外地通过了第一轮比赛——每个给她投票的评委都差不多是一句话："你的模特太帅了，给你加了很多分，要谢谢他。"

什么技术与艺术水平的比拼？都是扯淡，在女人扎堆的地方，什么玩意儿都没有男色管用。

牺牲了色相的祁总当天晚上收到了好几个客户的电话问询，想了解涅槃工作室的具体业务，果然如蒋老师预料的那样，过了第一轮没被刷下去，就已经相当

第七章　大赛

于给投资人省了一大笔广告费了。

当然，靠运气是不能走到最后的，第二轮比赛的时候，侥幸上位的江晓嫒不出意外地被人刷下去了，这一次没有猫腻，她输得心服口服，一直到正常比赛结束也没有走，认认真真地找了个地方记录别人的亮点和评委的点评。

涅槃工作室作为业内小透明，想要征战天下的路还很长，然而开端却已经足够好。

散场后，祁连领回了比赛纪念品和一堆业内前辈与潜在客户的名片，追上了江晓嫒："刚才在后台蒋博给我打过电话。"

江晓嫒："什么？"

祁连："他说他养到开春就要过来工作了。"

江晓嫒："什么？"

就不能多养几天吗？她的好日子又要结束了！又要从自由人变成小奴隶了！

"小奴隶"这么想着，痛并快乐地蹦上了马路牙子，一手撑在祁连的肩膀上，跟着他慢慢地往回走去。

这时，微微阴沉的天空中开始飘落细碎的雪花，江晓嫒还没回过神来，旁边一个操着南方口音的小姑娘已经敏感地一把拉住她的同伴："啊呀，下雪了！我都没怎么见过下雪！"

同伴说："其实我们这里一个冬天也不一定能下上一两场雪，城市热岛效应嘛，没想到还真让你赶上了。"

小姑娘蹦蹦跳跳："我运气好！"

江晓嫒看了她一眼，把手缩进袖子里，默默跟着学了一句。

"我运气好，"她愉快地想，"总是还没买彩票，就先中奖了呢。"

番外 / Side Story

番外一．蒋博

一家咖啡厅，靠窗的地方，人模狗样的一男一女相对而坐。

女人一身灰呢大衣，发卷漂亮自然，一看就不是烫的，是来之前刚吹的造型，眉目清秀，即便是在专业人士眼里，也能算是个不错的日常妆。

人到了一定的年纪，就不会再有青少年时代天然去雕饰的美好水嫩了，这是自然规律，男女都逃不过，接下来要么费尽心机、精雕细琢地把自己打扮得人模狗样起来，要么就放任自己猥琐丑陋地衰老下去，再没有第三条路了。

"你好像一直没变样。"

女人没话找话，不过在蒋博听起来，有点像哪壶不开提哪壶，于是只好简短地应了一声："嗯。"

这么一"嗯"，又冷场了。蒋博掩饰性地端起杯子喝了一口饮料，垂下眼移开目光。

对面坐着的是他童年时代在孤儿院里一起长大的青梅竹马，小时候感情真的很好，他至今都记得，她小名叫"宁川"，姓氏不详，随院长姓了岳，爱吃充满了糖精味的劣质奶油蛋糕，一直特别没出息地惦记过一块粉色塑料包着的丑蛋糕。

他甚至承诺过，长大有了钱，天天给她买来吃。

可惜那种蛋糕已经被时代和食品安全法淘汰了，他的承诺被飞快发展的时代一刀两断，倒不回去了。因此只好装作没有这么回事。

如今两地分开多年，蒋博和岳宁川坐在一起，居然不知道该聊些什么，好不尴尬。

蒋博一点也不想提"你这些年过得怎么样"之类的话题，因为对方说完以后一定会反问。蒋博自己的生命在晦暗与蹉跎中淹没了那么多年，如今才刚刚开始，这履历实在有点单薄，经不起推敲。

瞻前顾后的结果就是越发无话好说。幸好，这时候蒋博的电话响了。

蒋博带着几分急切接起来，迫不及待地想缓解眼下冷场的尴尬："喂？"

电话那边的人欢天喜地地冲他嚷嚷："蒋老师，我的高化考下来了！"

蒋博："嗯，怎么了？"

江晓媛："我说我有高化资格了！"

蒋博："听见了，我又不聋，下来就下来了呗，谁还没有啊？该干什么干什么去，这也至于给我打个电话？神经病！"

说完，他不由分说地挂了电话。

刚把手机放下，蒋博就觉得鼻子一痒，忍不住偏头打了个喷嚏，完事习惯性地嘀咕了一句："谁想我我想谁。"

话音没落，他又打了个喷嚏。

这次没来得及开口，桌子对面的女人已经笑盈盈地替他开了口："谁骂我谁傻×。"

两个人愣了一下后，同时笑起来，这是顽童们小时候互相接话的默契，尘封经年猝不及防地掉出来，像是被尖刀划过的老唱片，曲还是那段曲，却已经荒腔走板得扎人刺耳了。

肯定是江晓媛那个没良心的在背后骂他，蒋博抽出一张餐巾纸擦了擦鼻子，瓮声瓮气地说："说得对。"

岳宁川的目光在他到底留下了可怕伤疤的手上停留了一下，轻声问："这些年过得怎么样？"

蒋博一愣，低下头，用咖啡匙慢慢地搅着杯子里的奶泡。

岳宁川见他语塞，立刻知道尴尬，会意地自顾自接下去："我没那么好的运气，始终没被领养，自己打了几年工，攒了点钱，考了个自考的文凭，后来跟了个深圳老板干工程。"

蒋博默默地抬头看着她，岳宁川说："跟过三个老板，有改行的，有破产的，还有卷款逃跑的，我嫁过一次人，然后离了，自己积攒了一点门路，开始自己给自己干，倾家荡产了好几次，现在总算有点起色，缓了口气。"

蒋博："那现在又结婚了吗？"

"没呢。"岳宁川耸耸肩，"好像也不那么急了，急也没用。"

蒋博："有好的就抓紧时间吧，错过了后悔。"

他这话说得不咸不淡，好像远远的客套，带着一点事不关己的冷漠。岳宁川的目光忍不住又从他那落下伤疤的手上掠过，蒋博的手指轻轻地颤动了一下，仿佛是想缩回来，但终于还是没有。

两个人沉闷地坐了一会儿，蒋博说："行吧，我今天晚上的飞机，还赶时间，就不回来了。今天没带名片，咱俩留个电话号码吧，以后要是有机会去北京，我好好请你吃顿饭。"

他说着摸出了手机，眼皮也不抬地说："你多少号？我给你打过去。"

岳宁川没有报，她只是笑了一下，有点落寞地端着自己的茶杯，喃喃说："咱俩连一起喝杯咖啡的话都凑不出来，还有必要'好好吃顿饭'吗？"

蒋博抬起眼看着她。他眼角狭长，眼皮很薄，能看出下面隐约的血管，从皮到骨，无处不单薄，唯有目光幽深，像是装了一碗浓稠又讳莫如深的墨。

岳宁川低声说："博士哥哥，这么多年，我一直很想你。"

蒋博一震。

他青少年时代比其他孩子都文静，四肢细长，白衬衫洗得干干净净，一点也看不出若干年后"蒋太后"身上那种尘嚣四起的浮华，别人都觉得他会走高冷的学术路线，一路念到博士，所以给他起了个名叫"岳博士"，直到被范筱筱收养，才随同她前不知多少任夫姓"蒋"，并把那土得掉渣的"博士"一分为二，去"士"留"博"。

岳宁川一把按住蒋博放在桌上的手，后者仿佛又被硫酸烫了一次似的，飞快地抽动了一下，狠狠地往后一缩。

"不好意思。"蒋博站起来，塞了两张人民币在杯子底下，转身就走。

岳宁川已经不是当年孤儿院里那梳着羊角辫的小妹妹了，她精致优雅，成熟得体，却总是让他想起范筱筱。蒋博有时候觉得自己非常懦弱，仿佛只有江晓媛那样神经比腰粗的妞儿才能让他稍微坦然放松一点……江晓媛那蠢货连别人的脸色都未见得看得明白，怎么能看明白别人的心呢？

那勇敢的蠢货让蒋博觉得安全，可是她大概永远也走不进他的世界——不过大概也就是因为这样，蒋博才会觉得安全。

他在飞机上做了一个漫长的梦，梦到了少年时代的事，醒过来全然不记得了，只是尘封的记忆仿佛都被唤醒了，蒋博顺着熙熙攘攘的人群，拖着行李箱往外走去，从走廊光可鉴物的地板上看见自己模糊的身影，恍然间发现，他居然没有"过去"。

像一块没有根的浮木。

当然，很快他就没时间思考浮木不浮木的事了，蒋太后结束垂帘听政，正式登基为帝，一天到晚真忙得像个狗皇帝，要见好多客户，看好多合约，每天抱着内部控制的专业书啃，审完预算表审账——以及找碴儿。

以前他只需要找江晓媛一个人的碴儿，如今工作室的团队已经在磨合中磕磕绊绊地有了雏形，蒋老师要找很多人的碴儿了，为了确保雨露均沾，他只好紧锣密鼓，尽量平衡分配每个人头上的碴儿，务必不让一个人闲着。

人一忙碌起来，就把什么伤春悲秋、空虚寂寞冷的事都忘了，蒋博以无限的精力一头扎进了有限的工作里，每天行色匆匆，周身王霸之气赶超了世界上最愤怒的王八，要论不是东西，五湖四海七大洲，莫之与京。

工作室从一开始的轻踩油门小步慢跑，被他一脚加超了速，旋风一样地发展了起来。

蒋老师果然铆足了劲要去买另一张"彩票"。

又一年秋天，再一轮全国造型师大赛开场的时候，涅槃工作室除了老板之外，已经有了十来个员工，其中三个加上江晓媛这个碎催一样的创始人都参加了。

首都赛区的海选相对公开透明，起码可以让大家安心准备比赛，不至于出什么幺蛾子。报名的四个人，两个进了赛区前五，获得复赛资格，简直可以说是大丰收了，于是一起吵吵嚷嚷地出门庆祝。

忽然，江晓媛在工作室门口捡到了一束花，她立刻唯恐天下不乱地嚷嚷起来："慢着，有情况！我看看……蒋先生，恭喜……哇！"

蒋博接都没接，心如止水，任凭他们起了一会儿哄，视若无睹地走了。

谁知从那以后，工作室每周末都会收到一束花，有时候是玫瑰，有时候是康乃馨，十分随性。

蒋博心里隐约知道是谁，却一直没有回应。

直到大半年后，有一天，花没了。江晓媛把楼道翻了个底朝天，没找到花，差点去把钟点工和保安挨个儿问遍，被蒋太后赶走了。

没有谁会一直等谁，何况他被养母在大庭广众之下泼硫酸的事也不是什么秘密，在当地稍微一划拉就有十来个版本，传说有多不堪，不用亲耳去听，心里也能猜得到。岳宁川又不聋，难道不会去打听吗？

蒋老师早就决定和工作室结婚了，然而大概是习惯作祟，突然之间，心里还是有一点失落，他自嘲地开车回家，心想："果然是人性本贱。"

然而刚开进小区，却发现他的车位被人占了。蒋博一愣，刚想鸣笛提示，那车里的人却走了出来。

岳宁川洗净铅华，素面朝天，眼角依稀已经有了皱纹，失去了修容粉和腮红的脸色也显得失了几分血色，可是洗得发白的衬衫与垂在胸口的长辫子却依稀仿佛是很久很久以前的样子。

她似乎有些局促，化妆化惯了的人素面朝天出门都不免有些局促，然而还是迈开脚步，走到了蒋博面前。

有一些时光，怎能让它在伤口中溃烂腐朽呢？

也许总有一些人，足够敏锐，能明察秋毫，还恰好能找到一条通过他心里铜墙铁壁的路吧？

被凉水塞了许多年牙的人，难道就没有机会走运一次吗？

番外二．祁先生的奋武

江晓媛算是半个艺术工作者，等到工作室步入正轨之后，她甚至成了五分之三个艺术工作者——周末她还偶尔会画一些油画贴在网上，攒了一堆小众兴趣圈的朋友。

搞艺术的，十个有八个有拖延症，还有一个是生活习惯紊乱晚睡综合征。

江晓媛那想起一出是一出的行动力注定了她不可能是个拖延症，因此只好罹患后者。

祁连经过了缜密的观察和十足的耐心，逐渐养成了如下的生活习惯：每天早晨，他起床晨练完毕，将自己收拾停当，就打开门，坐在玄关里的换鞋凳子上用手机刷新闻，听见对门有动静，他就默默地跟出来——这个时候，江晓媛是注意不到他的存在的，她的魂魄飘在宇宙中某个不着边际的次元，连自己的存在也感觉不到。

江总游魂一样地晃悠出门，祁总的任务就是留神着她别被门槛绊倒，一路尾随江晓媛到小区门口那卖早餐的一条街，跟着她完全随机地排进一条队。

两人的走位十分微妙，像游魂主人牵着一条老老实实的黑背犬。

然后比如说今日江总临幸了卖煎饼的,大概就会发生如下对话。

老板:"摊几个?"

江晓媛:"……"

祁连在她身后补充:"三个,一个不要葱花,一个不要辣椒,还有一个放俩鸡蛋,再加三碗豆浆。"

老板:"好嘞,一共十六!"

祁连就默默地掏钱挑豆浆,等交易结束,江晓媛还在那儿迷茫地掰着手指算数。

老板收了钱,双手如飞,一分钟一个煎饼,绝不让客人久等,三分钟以后就完成了实物交割,祁连自己拎走一个,挂在江晓媛手上两个,拍拍她的头:"走了。"

江晓媛如梦方醒:"哦,早!"

这样走回去,游魂主人与老实黑背的走位乾坤大挪移,变成一个长腿主人领着她蔫巴巴的小贵宾。

等回到家里,早起的奶奶必然已经堵在门口,目光在祁连身上扫一圈,开始盘问:"你们俩又碰上了呀?"

没心没肺的江晓媛说:"哦,祁总请客。"

看在早饭的情分上,奶奶她老人家总不好将祁总拒之门外,只好捏着鼻子放他进来,共进早餐。

奶奶对祁连只有一个意见——就是他手腕上那作为历史遗留问题的文身,老人家不能理解中二少年青葱岁月里"左青龙,右白虎"的审美情趣,在她老人家看来,汉子留长发、打耳洞、文身等行为,基本就像女人光膀子上街一样有伤风化。

什么长相与家世、能力与才华等,奶奶一概没有概念,她老人家对男人的要求只有一条——老实本分。

祁总不幸被这一条硬性规定淘汰了。

为了啃下"老领导"这块硬骨头,祁连开始了漫长而不动声色的抗战。

幸好,在这方面,他有天然的优势——自从蒋老师退居二线,专注经营管理培训,不再接客之后,江晓媛渐渐成了工作室里挑大梁的,经常出门不在家,她实在不放心把奶奶一个人扔在家里,所以一般会在祁连那里放一把钥匙,托他方便的时候照顾一下。

奶奶刚开始很反对:"你一个大姑娘,怎么能把钥匙给外人?还是个男的?"

江晓媛:"祁连没事。"

"怎么会没事?"奶奶瞪起眼睛,逼问,"他不是外人还是不是男的?"

"那好吧,"无言以对的江晓媛只好使出杀手锏,佯装投降地说,"那我去雇一个保姆。"

奶奶分不清普通保姆和月嫂的区别,听见过别人在楼下议论请月嫂的费用,一个月要小一万,唯恐江晓媛这头发丝里镶嵌着"败家"二字的熊孩子真的去当这种冤大头,只好捏着鼻子忍受了祁连的登堂入室。就这样,祁总在天时地利人和的帮助下,成功打入了敌人内部。

很快,他就发现奶奶的爱好了。

奶奶是两档节目的脑残粉。一个是每天中午的危言耸听破案节目,从绑架到杀人什么都有,内容基本是"受害人车里发现了一个至关重要的指纹",然后配上一段特别邪乎的背景音乐,渲染一下指纹的可怕之处,然后宣布结论"受害人失踪之前,车曾经借给了一个朋友,警方已核实了他的不在场证明"……每天基本都是以抓到一个见财起意的贼这种简单粗暴的结局告终。

另一个是每天傍晚的吵架节目,通常是东家长,西家短,三只耗子四只眼的一些家庭矛盾,不嫌丢人现眼地上电视,一大帮主持人和专家声情并茂煽风点火地调节矛盾。奶奶的爱好遭到江晓媛晨昏定省地鄙视,始终无人分享,寂寞得不行,祁连投其所好,渐渐地成了她的知音。

一天中午,江晓媛扛着自己的工具箱回家,刚一进门,正听见电视里传来阴森森的背景音乐,主持人一口一重音地问:"那么弟弟会不会就是杀害哥哥的凶手呢?"

祁连轻车熟路地接话说:"肯定是,前面铺垫那么长了。"

奶奶惊诧地回头看着他,祁连屁颠儿屁颠儿地削了个苹果给她:"昨天晚上您不是看了那个因为老家房子产权打架的事嘛,这个肯定也还是因为房。"

接下来,他在江晓媛的目瞪口呆中进行了长达一分钟的凶手心理分析,把奶奶说得一愣一愣的。祁连腼腆一笑,见好就收:"不瞒您说,我小时候最想当的就是警察,就是差一点,没考上警校,这才只好出来自己做点小买卖。"

奶奶的目光在他那充满罪证的手腕上停留了一下,表达了一点小小的疑虑。祁连大言不惭地扯淡:"哦,我以前不是做记者的吗?在社会版块,就是经常要深入一些比较边缘的地带,为了获取第一手资料,我在好多地方都潜伏过,这个都是那时候留下的。"

新时代的流氓都开始假装警校落榜生,这样真的好吗?

反正不管别人信不信,奶奶是信了。祁连用了长达两个月的时间,培养了和奶奶一样的八卦节目爱好,成功地塑造了自己温和耐心、"老实本分"又勇敢的形象,终于，以愚公移山的精神，他战胜了奶奶这个巨大的绊脚石。

从一开始的"怎么能把钥匙留给外人"，到后来奶奶主动张罗："小祁，经常过来陪我坐坐呀，她在家也来，没事，我们家晓媛就是个棒槌，我跟她没话说。"

闷骚祁总的第三个奋斗，起于和江晓媛一次看电影的经历。

电影讲了个让人昏昏欲睡的奋斗故事，最后男主角当上了CEO，迎娶了白富美，镜头里跳出了一个十分有暴发户气质的别墅客厅，不伦不类地选用了中式实木与欧式风格，正中间假壁炉上面还十分不环保地吊着一颗角马的大好头颅，总之十分喜感，不知道是导演的审美还是黑色幽默。

半个放映厅都笑了，江晓媛却没有。散场的时候，她突然说："其实我们家以前也是这德行的。"

祁总一愣。

江晓媛："我爸虽然一直让我学艺术，但是他自己老是特别低俗，我们家当时就被他装修成了这样，上下好几层，平时家里连人都没有，只有我跟一个保姆住，房子又阴森又空旷，我想找保姆，有时候天黑了都不敢自己出房间，就躲在屋里打电话给她……"

她虽然说的都是不愉快的经历，然而语气中还是不免带出了一点怀念。

祁连一时热血上头："你家在哪儿，带我去看看。"

江晓媛："我家？我家当然在另一个世界。"

祁连大言不惭道："当然，现在还不是你家，我们去看看你家原来住的地方房子还在不在，如果不巧这个时空里没有那片房子就算了，要是有，将来我想办法买给你。"

江晓媛："……"

祁连见她无言以对，以为她感动得说不出话来，于是自己也被感动了……直到他跟着江晓媛开车来到了某一片豪宅区。

这个时空中，那片小区居然也还在，并且风姿不逊于另一个时空中的它。如果不是江晓媛带路，祁连几乎不知道人满为患的市区里还有这种低密度的奢侈住宅。他趁着江晓媛趴在车窗上，远远地张望那片房子的时候，偷偷摸出手机来查了一下价格，终于知道江总无言以对的原因了。

以他名下那些小打小闹的资产，哪怕再加上灯塔助理留下的基金，再把刚刚孵化出来的工作室切吧切吧卖了……也万万买不起这里的一套最破最小最边角的房子。

祁连："你原来的家是哪个？"

江晓媛："这里看不见，楼王在最里面，景观挡着。"

脱轨

祁连有生以来还是第一次意识到自己也是另一种程度上的穷人。

车子缓缓离开小区的时候，祁连又忍不住在后视镜里看了一眼那些沉静的建筑，心里不知在想什么，也许有一天，他们真的能回到这里呢。那一定很美好，至少以江总的品位，总不会砍一颗角马的头挂在屋里。

不过，这大概是另一个任重道远的故事了。

番外三．浮生若梦

清晨，江晓媛不用闹铃就准时睁了眼。

她其实还是贪睡，至今依然有"一代觉皇"的资质，只要下定决心，一头栽下去，大睡二十四个小时完全不成问题。

可日复一日的创业生涯却好似在她脑子里装了一根绷紧的弦，那根弦会在每天天不亮时就把她从被窝里刨出来，哆哆嗦嗦地接管大脑与脊椎的功能，指挥着她在半梦半醒中晃悠进卫生间，用一捧凉水浇醒自己。

这就是自己当老板的下场——晚睡早起，当牛做马，吃苦在先，享乐永远读条中。

每天一睁眼，她就得开始绞尽脑汁地想，如何带着自己贼船上那一帮嗷嗷待哺的跟班找饭辙，从早一直想到晚，再在无限忧虑中闭眼，乱七八糟地睡过去。生活状态就和非洲大草原上的野生动物差不多。

直到她将一捧凉水泼到了脸上，江晓媛才发现有什么地方不对劲儿。

她顶着一脸狼狈的水渍，愣愣地盯着眼前的镜子，心说："怎么我那七折买回来的宜家镜子还能自己进化？"

原本方方正正的梳洗镜摇身一变，镜面拓宽了三倍有余，足能将江晓媛本人塞进去，外框是典型的"欧式不伦不类"风，包着一圈花团锦簇的繁复纹路，就差把"我是小公主"五个大字纹在镜面上。

下面放基础护肤品的小台则更是热闹非凡，从左往右，化妆水、肌底液、眼部精华、眼霜、乳液、面霜与护发精油等雄赳赳气昂昂地列队整齐，个个是出身非凡的"贵妇品牌"，从头到尾抹完这么一圈，想必这张脸皮已经能剥下来给维和部队挡子弹了。

江晓媛在原地蒙了好半天，突然魔障了一样冲出浴室。

这房间中有满满当当的衣帽间、窗明几净的卧室、门后挂了一排的包，蹬得东一只西一只的鞋，罗满了各种鸡零狗碎的梳妆台，高高的全身镜……

她突然哆哆嗦嗦地吐出一口气，整个人微微有些战栗。

因为这里是她家，不是她和奶奶住的那间小公寓，是她原来那个……被一场车祸撞没的家！

按道理，做梦的时候，周围所有的人和事物都只是有一个大致的概念，鲜少会真实得分毫毕现，逻辑也时常经不起推敲。可是眼前熟悉又陌生的房间那么真实，江晓媛甚至觉得自己闭上眼都能摸到自己需要的任何一件东西。

江晓媛在手背上拧了一把，疼得自己龇牙咧嘴。

她下意识地抓起手机，翻开通信录，里面一个个熟悉又陌生的名字是她平时一起吃喝玩乐的狐朋狗友，没有祁连，没有蒋老师，没有陈方舟，也没有她辛辛苦苦积攒的员工和客户。

邮箱里只有一大堆订阅广告，原本热热闹闹的"待办邮件"一栏中空空如也，头天晚上贴在床头的简易行程表也遗落在了遥远的平行空间里，江晓媛呆了五分钟，心想："我是回来了……还是一直都没走？"

她又有了花不完的零用钱，数不清的包，囤到过期的化妆品，一柜子来不及上身就过时的应季时装，她的生活富裕到近乎空旷，每一天都是可以狂欢的假日，她可以怀揣着巨大的优越感，无忧无虑地活到两百岁，再也不必去讨好那些穷酸又挑剔的客户，再也不用吃力地对着财务报表，研究怎样把一分钱掰成八瓣花。

江晓媛好似一个高速旋转中的齿轮，突然之间"刑满释放"，她一脚从高处踩空，整个人都飘得沉不下来，简直有点无所适从。

她先是心满意足地吃了保姆做的早餐，打电话给以前的朋友想找人出去玩，结果一圈下来，发现这个美好的周末清晨，她的朋友不是还没起，就是正准备睡，只有个时差的打起精神跟她聊了几句，内容却无聊得让人走神，好像他们两个人中间不仅隔了一条大洋，还有深深的代沟。

江晓媛只好去了她平时常去的美容美发会所，带着几乎微妙的心情躺进布满熏香味的SPA室，有生以来第一次带着十分想交流的心和技师小妹聊了起来，由于她太有真实感触，聊到最后，嘴甜人乖的技师小妹简直要说不下去了，坐在一边哭了二十分钟。

哭哭啼啼地从会所出来，江晓媛又跑去逛街，本想好好释放一下压抑了多年的购物欲，绕着橱窗转了一圈下来，却发现她的购物欲离奇地没了。

咖啡厅里坐满了把上亿的项目挂在嘴边的创业侠，小众的手工馆里，几个小清新正乌烟瘴气地磨着几块不知是琥珀还是柯巴的破石头，街拍模特穿得奇形怪状，到处凹造型……大街上熙熙攘攘，名车和美人多得看不过来，香水的气息此起彼伏地交织在一起，混成某种让人迷醉的浮华氛围。

江晓媛随意溜了几圈，却是索然无味，只好开车回了家。

她百无聊赖，不知怎么，就翻出了小时候学画画的工具，东西都还在，可惜大抵已经蒙尘，水彩和水粉早过期了，干成了一把渣，就剩下彩铅色彩还算齐全，勉强能在白纸上画出道来。

江晓媛拿着彩铅，在纸上信手涂鸦，好一会儿回过神来，发现自己居然正在画一组方案。在那个"梦里"，她们工作室正在竞争一组电视剧的造型设计，片方给的主题叫作"浮生若梦"。

这一套方案的最终命名是"庄生晓梦迷蝴蝶"，"梦里"，整个方案都是无数次通宵彻夜、无数次跟蒋老师吵得砸锅摔碗才敲定下来，所有细节都烙在她脑子里。

江晓媛愣愣地看着完整的初稿方案，瞬间生出无限疑惑，她想："会有这么真实的梦吗？"

她忽然又觉得整套方案少了点什么，于是夹起画夹，下楼去了书房。

江家书房冬暖夏凉，玻璃门外还连着一个小花园，环境十分舒适，是他们家的风水宝地之一，但江晓媛平时是不涉足的，因为觉得里面透着一股中老年男子特有的严肃与无趣。

她爸作为一个新时代的暴发户，在审美上非常有时代特色，欧式书房里放了整整一架子的中国古典文学，应有尽有，有些甚至是丝绸版本的。

江父正在地上整理他的球杆，莫名其妙地看着女儿抽风似的大驾光临，一言不发地开始翻腾他的书架："干什么呢？"

江晓媛随口说："找《庄子》。"

江父结结实实地大吃了一惊，迟疑着问："你说什么？是《庄子》？不是贞子？"

江晓媛冲他翻了个白眼，从一整排古书中抽出自己想要的那本，从头翻看起来——说来也奇怪，她读书的时候一听古文就困，试卷上的文言文阅读，字她差不多都认识，连在一起就蒙圈了，后来为了工作，为了应付各种文化背景，强行对着字典一点一点抠，慢慢地，她发现自己只要沉下心来看，居然也能读懂一点了。

江父小心翼翼地探头看了一眼，又拿起她放在一边的彩铅手绘打量了片刻，没看出什么所以然来："怎么今天不出去玩，想起在家画画了？看什么？"

"爸，"江晓媛没回答，反而冲他提了问，"这里面有一句话，'梦饮酒者，旦而哭泣；梦哭泣者，旦而田猎。方其梦也，不知其梦也。梦之中又占其梦焉，觉而后知其梦也。且有大觉而后知此其大梦也，而愚者自以为觉，窃窃然知之。君乎！牧乎！固哉！丘也与女皆梦也，予谓女梦亦梦也'是什么意思？"

她每次不想跟她爸啰嗦的时候都用这招——只要随便问个他说不上来的问题，中老年男子为了维护自己的脸面，自然而然就悄悄走开了。

可是这回江父非但没有走，反而缓缓开了口："你梦里是这样，但醒来以后却发现是那样，你永远也不知道自己是不是在做梦，凡人醒来以后以为自己知道自己做了梦，却不知道自己还在另一场梦里，我们俩其实都在梦里，而我告诉你这件事的这一刻，其实也只是这个梦的一部分。"

江晓媛一愣，不由得诧异地抬起头。

在她印象里，她爸一直是没什么"文化"的，因为以前实在是没时间，这几年岁数大了，才有点要追求"上层建筑"的需求，但又实在没精力坐下来读书，只好人云亦云地跟着朋友圈里那一堆垃圾豆腐块附庸风雅。

他一方面是个精明的市场弄潮儿，一方面也经常被人弄，他曾经被蹩脚设计师的"KTV式欧风"洗脑，也会随大流玩那些炒得沸反盈天的烂木头手串，同时还跟老伙伴们一起开始回归对襟褂子，崇拜起"去真存伪"的所谓"国学"。

而此时，她看见父亲的脸上褶皱丛生，在他的五官上盖上了一层精明市侩的薄膜，他的目光是沉甸甸的，几乎有些不真实。而对上那目光的一瞬间，"我们俩其实都在梦里，而我告诉你这件事的这一刻，其实也只是这个梦的一部分"这句话，在江晓媛心里轰然炸开。

她明白了什么，缓缓将手中的旧书与画稿放下。

江父微微一拉裤腿，跟她一起没型没款地坐在地上："你最近工作还顺利吗？"

江晓媛听了这句问话，眼睛瞬间就模糊了——她知道她爸问的不是那个"吉祥物"的工作，而是她真正的事业。

熟悉的房子、无法回归的旧生活，原来真的只是她的一个梦，她现在知道了这个真相，而无论她"醒"在哪里，也无论她醒来后又在哪一个光怪陆离的平行空间里……她和自己真正父亲之间的对话，或许就只剩下了这么一小段。

"别哭啦，"江父说，"我和你妈都很为你骄傲，你那小事业虽然竞争压力很大，但看起来很有活力，如果钱也能跨界，老爸愿意给你当一回风投。"

江晓媛就像一只骄矜又名贵的宠物猫，理所当然地享受过量的物质关照，却鲜少和家里人有像样的交流，而像这样一个阳光融融的午后，与她爸坐在书房的地板上聊天，好似是绝无仅有的经历……尽管并不是真实的。

脱 轨

江晓媛想说"我很想你们"，可有时候言语就像卡在喉咙里的刺，不上不下，怎么也吐不出来。

"为什么是我？"她说，"为什么我会遇到这种事？"

"每天都有人死，"江父静静地说，"但只有你一个人还有机会问这个问题。"

江晓媛一愣，想了想，觉得好像也是——毕竟，树是她自己撞的。

江父话音一转，又问："如果你还在这边，会想做点什么呢？"

江晓媛把手上的画板摊开给他看——她用了一整天游手好闲的时间来证明，她还是怀念那让她吃不饱穿不暖、让她四处奔波的小小工作室，她彻底变成了以往最不能理解的那种"工作狂"。

"我以前觉得世界上不可能有人喜欢工作，满口'梦想'，其实还不都是穷得？"江晓媛顶着一张花猫脸，顿了顿，又苦笑，"好吧，其实也没错，我确实也是穷得。"

江父于是笑了，站起来，伸手在她头上按了一下："世界上有很多有意思的事，可是有些人穷，觉得自己没有赚到足够的钱，不能保证起码的生活，所以不能去为所欲为地做自己想做的事。有些人富，生来要什么有什么，什么都能让人喂到嘴边，根本没机会去思考自己想要什么。还有些人，先是幸运地找到了自己的路，后来却被名利引到了偏道上……你呢，哪一种都不是，你像一个早已经忘记祖先长出双腿的鲛人，一直在沙滩上懒洋洋地晒太阳，直到突如其来的海啸把你卷进海里。"

江晓媛睁大了眼睛，玻璃门外扫进来的光正好对着她，光点细碎地擦过江父的身体，在他高大的身体外围镀了一层变幻的流光，形影模糊。他说："你的朋友在催你了。"

江晓媛陡然惊醒，发现自己正在工作室的办公室里，周围缭绕着一股挥之不去的浓咖啡味，祁连刚把一条毯子搭在她身上，被她突然"诈尸"吓了一跳，周围一大帮人睡得横七竖八，而她胳膊底下还压着那套方案的初稿。

江晓媛一把抓起他们半个礼拜的成果，抄起不锈钢勺子在一个金属盘子上重重地敲了几下，大叫一声："起来，都起来！我又有新想法了！"